btb

Buch

Bert Willer fährt mit seinem Sohn eine Woche nach Teneriffa. Der Urlaub wird zum Desaster. Als der Sohn dem Vater die Urlaubsliebe ausspannt, kommt es beinahe zum offenen Konflikt. Dann findet der Sohn im Zimmer des Vaters geheime Akten. Stasiakten. Ist sein Vater ein gemeiner Spitzel? Und wer ist die Frau, die er anscheinend jahrelang vor der eigenen Familie verbarg?

»Kathrin Schmidt schreibt eine atemberaubend schöne und zugleich hochpräzise Prosa. Sie versteht es wie nur wenige, ihre Figuren den Lesern ans Herz zu legen – mit all ihren Schwächen und Vorzügen, ungeachtet ihrer Widersprüche oder ihrer Rätselhaftigkeit.« *Neue Zürcher Zeitung*

Autorin

Kathrin Schmidt, geboren 1958 in Gotha, arbeitete als Diplompsychologin, Redakteurin und Sozialwissenschaftlerin. Für ihren Debütroman »Die Gunnar-Lennefsen-Expedition« erhielt sie den »Förderpreis des Heimito von Doderer Preises« und den »Preis des Landes Kärnten beim Ingeborg-Bachmann-Wettbewerb«. 2009 wurde Kathrin Schmidt für »Du stirbst nicht« mit dem Deutschen Buchpreis ausgezeichnet. Die Autorin lebt in Berlin.

Kathrin Schmidt bei btb:

Die Gunnar-Lennefsen-Expedition. Roman (73583)

Kathrin Schmidt

Seebachs schwarze Katzen

Roman

btb

FSC
Mixed Sources
Product group from well-managed forests and other controlled sources

Cert no. GFA-COC-001223
www.fsc.org
© 1996 Forest Stewardship Council

Verlagsgruppe Random House FSC-DEU-0100
Das FSC-zertifizierte Papier *Munken Print* für Taschenbücher aus dem btb Verlag liefert Arctic Paper Munkedals AB, Schweden.

2. Auflage
Genehmigte Taschenbuchausgabe Oktober 2007, btb Verlag in der Verlagsgruppe Random House GmbH, München

Umschlaggestaltung: Design Team München
Umschlagfoto: Getty Images / Wetherby
Druck und Einband: CPI – Clausen & Bosse, Leck
KR · Herstellung: SK
Printed in Germany
ISBN 978-3-442-73584-6

www.btb-verlag.de

EINS

WIE DIESE GESCHICHTE ANFING, IST SCHWER ZU SAGEN. Die Alte, die Fettvettel Zeit, hockte über dem Beginnen wie eine Bruthenne. Ließ sie nicht los. Der Auftakt verschob sich von Jahr zu Jahr, bis sie endlich, ungefähr neunzehnhundertachtundsiebzig, ins Rollen kam. Die Protagonisten waren um diese Zeit schon lange geboren. Bert Willer zum Beispiel wurde gerade achtzehn Jahre alt und in die Partei aufgenommen, die vorgab, Siegerin der Geschichte zu sein und die herrschende Rolle zu spielen im Lande. Im Rollenspiel war die Partei aber keineswegs bewandert, stümperte sich eins im scheinlinken Fach und trumpfte mit der Faust des Geheimdienstes auf, wenn ihr das Spielen verging. Bert Willer trumpfte zurück, er fuhr zwei Tage nach seiner Parteiaufnahme zum Wehrbezirkskommando im Grauen Berlins und erbot seine Mitwirkung in der Roten Armee der Sowjetunion für drei Jahre. Damit hatte er erst einmal ausgesorgt, die Genossen hielten ihn für blau. Grün hinter den Ohren. Gelb vor Neid auf die roten Soldaten oder schwarz im Herzen hinter weißer beziehungsweise hautfarbener Fassade. So bunt gepudert konnte er es sich leisten, auf dreijährigen Waffendienst in hiesiger Armee zu verzichten und trotzdem den gewünschten Studienplatz zu bekommen. »Elender Zivilist!« schimpfte sein Vorgesetzter noch am letzten Tag seiner anderthalb Jahre. Wie oft hatte er unter der Dusche gestanden, sich selbst geholfen und an seine Freundin gedacht, die im Grauen Berlins ausharrte und ein wenig dicker wurde ohne die Ausflüge zu zweit mit dem Fahrrad in die schöne Umgegend, die heute wieder Brandenburger Land heißt. Wie früher schon einmal, als die alte Fettvettel noch nicht den Atem angehalten hatte über dem Osten. Im Westen ließ sie es sich weiterdrehen, das Rad der Historie, hier aber verpaßte sie ihm einen hübschen Stillstand unter der Glocke ihres Rockes. Mal sehen, dachte sie damals, wie lange das anhält. Und wirklich: Das Land gebärdete sich noch eine Weile, bäumte sich auf, wurde aber ruhiger und hielt irgendwann ganz still, um sie nicht aufzustören, die zundrige, plundrige Fettvettel Zeit über seinen Gefilden. Das war, als Bert Willer mit achtzehn Jahren in jene Geschichte eintrat, die hier zu verhandeln ist, deren Beginn aber schwer zu verorten bleibt angesichts der Umstände, unter denen sie begann. Unter dem Glockenrock der fetten Alten, im Grauen Berlins, das die rechte Kulisse abgab für solcherart Geschehen.

Bert Willer also hatte sich eine Braut geangelt. Nicht schlecht. Daß sein Alter für solcherart Aktivität nach den Berechnungen der Jugendforscher seines Landes genau richtig war, wußte er. Wußte überhaupt eine Menge. Von den Ausgrabungen um die *Harappan Civilisation* im Indus-Tal wußte er und von den *Dead Sea Scrolls* von Qumran, aber daß sich hieraus für ihn Gutes ergeben könnte, hatte er abgehakt. Das war seine bescheidenste Aussicht: ein großer Wissenschaftler zu werden und dann unter dem Glockenrock hocken zu bleiben. Sich nicht messen zu können mit jenen, die das Weltniveau bestimmten. Festzusitzen. Was aber war das Weltniveau? Seine Vorstellungen davon waren noch klein und krumm und den Gürkchen nicht unähnlich, die in der guten Lausitzer Salzlake schwammen. Seine Braut, Lou Kummer mit den rötesten Haaren und der sommersprossigsten Haut seit Edwina, der Spielplatzfreundin, studierte an der Universität Mathematik, wovor er einen Heidenrespekt sein eigen nannte, und auch sie saß fest und litt ein wenig unter der Unlösbarkeit des Königsberger Brückenproblems. In der *Einführung in die Kombinatorik* hatte sie davon gelesen, hatte sich noch gewundert, daß es nicht *Kaliningrader* Brückenproblem hieß, aber dann war die Jahrezahl 1735 in ihr Bewußtsein aufgestiegen – jenes Jahr, in dem der Mathematiker Euler mittels Graphentheorie die Unlösbarkeit des Problems nachwies. Im Jahre 1735 gab es vielleicht Kalininsche Vorfahren, das schon, aber daß die Stadt einmal nach einem der Ihren, noch dazu einem verbrecherischen Exemplar der Gattung, heißen würde, war beim besten Willen nicht absehbar. Lou Kummers geheime Frage, ob die sieben Brücken über den Pregel noch existent seien, ließ sich ohnehin nicht beantworten, und so saß sie, und fest, und dachte hin und wieder an die Frage einiger früherer Königsberger Bürger, ob sie über jede Brücke genau einmal gehen konnten, ohne eine von ihnen zweimal zu betreten. Lou Kummer verlagerte das Problem in Städte, die sie kannte, auch wenn sie sich Brücken hinzudenken mußte zum Stadtplan und die Insel im Fluß nicht einfach voraussetzen konnte. Ja, es war ganz hübsch, so etwas zum Nachdenken und Draufbeißen zu haben, und hätte sie davon gewußt, hätte sie feststellen können, daß in der *Einführung in die Kombinatorik* ein Staatsfeind sein Unwesen getrieben hatte: Es handelte sich um eine Lizenzausgabe eines weiter westlich, in München gelegenen Verlages, war eine photomechanische Wiedergabe des mit Schreibmaschine getippten Manuskripts, und einer der Verfasser hatte für bestimmte Buchstaben ein Seiden- statt des normalen Kohlefarbbandes benutzt, so daß die schwimmenden, tänzelnden unter ihnen *NIEDER MIT DEM SOWJETIMPERIALISMUS* ergaben auf den Seiten 118 und 119, jenen übrigens, die vom hiesigen Geheimdienst abgesegnet worden waren wegen des Namens: *Kaliningrader* Brückenproblem sei eine irreführende Absurdität, man müsse schon bei der international üblichen Königsberger Angelegenheit bleiben. Das alles aber ahnte Lou Kummer nicht einmal, und hätte sie es getan, so wäre es eine erfrischende Affäre gewesen, denn natürlich hätte Lou darüber nicht schweigen wollen, sondern den Staatsfeind anzeigen, teeren und federn. So rot war sie damals, so blutgeduscht von den Opfern des Zweiten Weltkrieges, daß ihr die Hetze wider die rötlichste Siegermacht wie ein Flankenangriff auf die eigene Person vorkam.

Ihre Stimme war klein, kauerte weit hinten im Hals, zum Schreien reichte sie nicht. Wenn Lou Kummer, die immer ein wenig schneller auf dem Fahrrad unterwegs war, sich umwandte zu Bert Willer, öffnete sie nur kurz ihren Mund, und er wußte, daß sie ihm etwas mitteilen wollte. Er beschleunigte dann sein Radfahren, sie verlangsamte das ihre. Sie trafen sich, und manchmal fiel sie ihm einfach um den Hals und kostete ihn aus. Meist aber wuselte ihr Verstand in schnellen Sätzen durch sein Gehör, daß er ihm kaum folgen konnte.

Das gefiel ihm.

Sie heirateten zwei Jahre später, im Mai. Die alte Fettvettel Zeit hatte nichts dagegen, es kam ihr sogar gelegen. Lous Elternhaus ließ es sich, trotz ihres Widerwillens, nicht nehmen, eine angemessene Feierlichkeit zu inszenieren. Verwandte wurden eingeladen und Freunde. Der künftige Student Bert arbeitete zu jener Zeit für einige Monate als Fahrstuhlführer im Fernsehturm Berlins, fernab vom Grauen der Stadt, in das er abends zurückkehrte und seiner Braut nicht selten ein Westmünzlein mitbrachte oder sogar ein Stück Seife, das ihm ein Tourist geschenkt hatte. Zur Hochzeit bekam er einen Tag Urlaub. Überlegte am Morgen des Hochzeitstages plötzlich, ob er Lou Kummer wirklich heiraten sollte, denn er hatte am Vortag irgendwo zwischen Arbeitsplatz und Wohnung seinen Ausweis verloren, mußte also zur Meldestelle der sogenannten Volkspolizei pesen, sich ein Ersatzdokument zu beschaffen, und während er von dort zurücklief und den ersten Flieder als Hochzeitsstrauß vom Nachbarszaun brach, lief es ihm heiß und kalt über Schultern und Brust, daß dies ein Vorzeichen sein könnte. Daß er Lou Kummer, die er zwar liebte und die ihm über die Maßen gefiel, besser nicht ehelichen sollte. Als er ihr später gegenüberstand, sie zwar nicht zum Altar schritten, aber vor die Standesbeamtin im Pankower Rathaus traten, kroch diese Fühligkeit von Zeit zu Zeit an seinen Beinen hoch, bemächtigte sich seines Rückgrates, das dann eigentümlich zu schlottern begann, oder schaffte es bis hinauf ins Gesicht, wo sie rotfleckig zerlief. Er kämpfte sie nieder, indem er sich an seine Braut klammerte, die von alledem nichts zu bemerken schien. Nur als er in einer Klammerattacke beinahe ihren frisch gepflückten Fliederstrauß erwischte, schaute sie ihn mit einem Anflug von Verwunderung an und rückte ihn eigenhändig zurecht, daß er wieder aufrecht und erhobenen Kopfes sie küssen konnte nach dem Austausch der Ringe. Er hatte nicht gehört, wie die Standesbeamtin den *sowjetischen* Dichter Puschkin zitiert hatte mit einer Fabel, sondern nur seine Braut, die darauf mit einem unterdrückten Glucksen antwortete. Einem, das er kannte und liebte, als dessen Ursache er aber nur sich selbst ausmachen konnte und sich auf der Stelle dafür schämte, zum Anlaß ihres Glucksens geworden zu sein mit seiner jämmerlichen, urplötzlichen Angst vor dem Heiraten. Es war der Beginn der mißverständlichen Phase ihrer Beziehung.

Die Feier im großen Kreis ließ nichts aus. Nicht das Stammdurchsägen nach dem Verlassen des Standesamtes und nicht die Leine voller Babywäsche über der Tür zu Lous Elternhaus, nicht das Schnaps- und Bierleichentum oder die sonderbaren Geschenke zur Verehelichung. Die nahe gelegene Klubgaststätte hatten sie gemietet und einen großen Tisch für die Gaben der Gäste reserviert. Den mannshohen Standspiegel und die alte Kommode, von Bert Willers Armeefreunden gespendet, ließen sie sich gut gefallen. Das Geschirr aber war ein Ausbund an

Häßlichkeit mit seinem grüngelben Blattmuster auf kaltweißem Porzellangrund. Die Gläser drohten sie zu ersticken in ihrer Vielzahl und Buntfarbigkeit, und die Krönung, einen Nachttopf mit zwei Bockwürsten darin, verortete Lou sofort in einem Roman, den sie schätzte, und warf ihn zu Boden. Nicht etwa auf's Parkett, wo die Kraft des Holzes nicht ausgereicht hätte, den Glastopf zu zerschmettern, nein, sie lief damit in die Küche und entsorgte ihn wie nebenbei auf den rostbraunen Fliesen. Zwei Sätze des Bedauerns ließ sie sich abringen, gluckste aber dazu in ihrer unnachahmlichen Art.

Die Nacht kam wie eine Furie über die Frischvermählten. Kalt und donnernd zog ein Frühlingssturm über Berlin und nahm alle Stille von Zimmer und Küche, die ihnen die Nachbarn von Lous Eltern überlassen hatten für die Woche ihres eigenen Urlaubs. Ans Meer waren sie gefahren, nach Hiddensee hinauf, und wenn auch Bert und Lou lieber mit ihnen getauscht hätten, was den Aufenthaltsort anging, so waren sie doch froh über die kleine, gemütliche Wohnung. Lou liebte Bert spitzbübisch aus seinem Anzug, reizte ihn einige Male bis aufs Blut oder Messer. Der Sturm riß an den klappernden Fensterläden, pfiff sie zurück. Sie nahmen dann erneut Anlauf, tranken zwischendurch Erlauer Stierblut und Eselsmilch, er rot, sie weiß, und erklärten einander die Welten der Liebe. So lief das hin bis zum Morgen, und nach einem titanischen Aufschrei, der nahezu synchron aus ihren Mündern kam und selbst Lous kleine Stimme zu einiger Größe aufblies, sanken sie ein in ihre Kissen und in den Samstag nach ihrer Hochzeit und schliefen. Schliefen bis über den Mittag, den Nachmittag hinaus die Räusche aus ihren Leibern.

Was sind schon zwei Jahre, dachte Bert Willer kurz nach dem Aufwachen am späten Abend ... Das flüsterte ihm die Zeit ein, die er neben Lou verruht hatte. Zwei Jahre sind nichts gegen das, was noch kommt, und die plötzliche Gewißheit, daß noch etwas kommen würde, machte ihn schwach. So schwach, daß er kein Bein aus dem Bett bekam. Zwei Jahre war ihm Lou mit dem Studium voraus, wie sie ihm auch auf dem Fahrrad immer ein wenig voraus war, und in den drei Jahren, die ihr Studieren noch dauern würde, käme er gerade mal bis zu einem Vordiplom. Sie würde dann irgendwohin versetzt werden, hatte ja unterschrieben zu Beginn des Studiums, daß sie hinginge, wo sie gebraucht würde. *Absolventenlenkung*. So schwach wurde er bei diesem Gedanken, daß seine Beine sich in den Körper hinein zurückzuziehen schienen. Er malte sich aus, wie das Graue Berlins ihn dann ganz in seinen Bann zöge. Wie er frühmorgens zwischen den grauen Fassaden der Straße, in der sie dann unweigerlich wohnen würden, am Wochenende auch zusammen, zur U-Bahn liefe, um zum Alexanderplatz zu fahren. Von dort würde er das letzte Stückchen den Bus nehmen oder zu Fuß gehen. An der Markthalle vorbei, die sich wie eine Ansammlung bescheidener Farben im Grau behaupten sollte, das aber nur selten schaffte. Wie er in seinen Seminarraum eilte und dem Grauen nichts entgegenzusetzen hatte außer seinem dunkelblauen Pullover, den ihm Lou im letzten Jahr gestrickt hatte. Im Winter die dazu passende Pudelmütze und knackrote Handschuhe. Ach, das würde eine bescheidene Zeit werden, wenn er die Woche über ohne sie auskommen müßte! Ein Telefon hätte sie nur im Dienst, und wenn er sie dann von seinen Eltern aus, die auch eins besaßen, oder aus der Zelle um die Ecke anriefe, so würde sie ihm ohnehin nur erzählen, was vor den Ohren der Kollegen zu verantworten war.

Gedankenversunken duselte er vor sich hin, als er sie wahrzunehmen begann, wie sie im Licht der kleinen Tischlampe hockte und sich die Nägel schnitt. Die Fußnägel. Hatte sie einen geschafft, strich sie einige Male mit der Fingerkuppe über die Stelle, fühlte nach, ob sie glatt genug war für die Strümpfe, die sie, natürlich, nicht gleich wieder verderben wollte. Nicht Löcher hineinreißen an den Fußkappen, die sich langsam ausfraßen zu langen Laufmaschen. Die Strümpfe mußten dann weggebracht werden zum Repassieren. Das kostete eine Studentin zwar nicht so viel wie neue Strümpfe, wenn es sich aber vermeiden ließ, war es noch billiger. Ihr Kopf ging hin und her, vermutlich sang sie mit ihrer kleinen Stimme so leise, daß kein Laut zu ihm drang. Er lächelte. Stand auf und ging hinüber zu ihr, warf ihr seine Arme wie Schlingen um die Schultern, daß sie erschrak. Sie kugelten eine Weile über den Fußboden, dann war es gut. War genug.

Er verabschiedete sich, um eine Runde zu drehen draußen. Das hatte er in letzter Zeit öfter getan, und sie hatte es geschehen lassen, daß er allein aus dem Haus ging. Heute aber wollte sie mitlaufen, ihn im lauen Mai zur Würstchenbude verschleppen, wo sie beide sich den Bauch vollschlagen würden nach Liebesnacht und verschlafenem Tag. Ob er denn keinen Hunger habe? Er reagierte unverhofft scharf, schob sie ins Sofa unter die Tischlampe zurück und sagte nichts, sah sie aber mit einem Gesicht an, das ihr jeden Widerspruch austrieb. Sie faßte sich, schließlich waren sie ja erst einen Tag lang verheiratet!, und entschied, wenn er weg war, auch allein loszuziehen. Zur Würstchenbude. Bockbeinig drehte sie sich um und widmete sich den Nägeln an ihrer linken Hand, die eigentlich keine Maniküre nötig hatten. Kaum war er fort, stand sie auf und sah ihm durchs Fenster nach. Ein großer, schlaksiger Jüngling mit halblangem Haar, das wippte beim Gehen. Die Schultern schmal und lose in den Gelenken, leicht nach innen gedreht die Knie. Sie liebte ihn.

Hätte es eines Abschieds bedurft, so hätte Bert Willer ihn stattfinden lassen. Statt dessen lief er, ohne sich umzudrehen, davon, zur S-Bahn, fuhr, das letzte Stück mit dem Bus, hinaus in den eben entstehenden Stadtteil Marzahn und nahm in einem Zehngeschosser die Treppen hinauf in den achten Stock zu Fuß. Er klingelte, und ihm ward aufgetan.

◆ ◆ ◆

Bert Willer machte es ungefähr fünfundzwanzig Jahre später Mühe, daran zu denken. Sich zu erinnern. Die Gedanken seines Sohnes zu lesen war einfacher. Glaubte er. Wenn der Junge mit entschlossenem Blick auftrumpfte und zu einer Rede ausholen wollte, nahm ihm Bert Willer allen Wind aus den Segeln, sorgte dafür, daß man das Entweichen von Luft aus dem Kindskörper geradezu hören konnte. Er brauchte nicht viel mehr als einen Satz wie *Na, da siehst du mal, wie deine dummen Ideen sich selbst auffressen!* oder *Warte nur, balde …*, und es war um die Entschlußkraft des Jungen geschehen. Zum Glück verbrachten sie nicht allzuviel Zeit miteinander. Bert Willer arbeitete als Anzeigenakquisiteur für eine Stadtteilzeitung – ein zäher, nervenaufreibender Job, über den er trotz allem froh war. Der Junge ging das vierte Jahr aufs Gymnasium, *Gott sei Dank*, wie sein Vater Freunden gegenüber mehr als einmal bedeutete. Er war ein stiller, ernster Junge mit angstauslösendem Blick. Seine Hände steckten stets in den Taschen der Jacke, die er gerade trug. Im letzten Winter war das eine Daunenjacke gewesen, für die Bert Willer mehr Geld hingeblättert hatte, als ihm lieb gewesen war. Jetzt war es trotz des Hochsommers eine alte Popelinejacke aus Vaters Kinderzeit, von der sich der Junge nicht trennen konnte. Er hieß David, und die Neugier darauf, wie die Leute diesen Namen aussprachen, machte ihn hibbelig, franste ihn aus bei jeder neuen Begegnung. Taten sie es auf die feine englische Art, hatten sie verloren, und David wandte sich ab, selbst wenn er zuvor scharf darauf gewesen war, die Leute kennenzulernen. Sagten sie aber D-a-w-i-d zu ihm, konnten sie auf ihn zählen. Leider wußten das die Menschen nicht, die seine Bekanntschaft machten. Auch Bert Willer hätte nicht sagen können, nach welchen Kriterien sein Sohn anderen gestattete, seine Nähe zu suchen. Seine letzte Freude an dem Jungen lag drei oder vier Jahre zurück. Da hatte Lou noch gelebt, die ihn mir nichts, dir nichts zurückgelassen hatte nach einem plötzlichen Tod. Der war so schnell gekommen, daß Bert Willer keine

Gelegenheit gefunden hatte, sich mit ihm bekanntzumachen, ihn allmählich ins Auge zu fassen wie einen mächtigen Fremden, der vorübergehen wird. So lebte er seither immer mit einer gewissen Furcht, erwartete den Tod an unwahrscheinlichen Orten zu unwahrscheinlichen Zeitpunkten und wunderte sich keineswegs, wenn er nicht eintrat, sondern blies seine Furcht vor ihm noch weiter auf. Immer lief er ein wenig geduckt umher, als stünde der große Schläger hinter dem nächsten Mauervorsprung, in der nächsten Toreinfahrt.

Dieser Sommer hatte es in sich. Heißgelaufenen Tagen folgten Nächte, in denen nichts auskühlen konnte. Jeder Morgen hatte es schwer, ein bißchen Frische hervorzukehren. Wenn Bert Willer, wie heute, eine Frau mit nach Hause gebracht hatte, schickte er sie weg, ehe sein Sohn erwachen konnte. Er brühte einen Früchtetee, den David im Laufe des Tages, wenn er selbst unterwegs war, trinken sollte. Urlaubspläne hatte er ganz ohne den Jungen gemacht – nach Teneriffa wollte er nächste Woche mit ihm aufbrechen, das sollte eine Überraschung werden. Ein Hotel hatte er im Norden der Insel gemietet, etwas mit Kinderanimation, damit er sich umsehen konnte und der Junge seinen Spaß hatte. In diesem Augenblick fiel ihm ein, daß David dafür viel zu alt war ... Er fühlte sich einsam. Seine Haare standen zu Berge. Bert Willer begann zu zittern. Er holte die Zeitungen aus dem Briefkasten. Noch immer hielt er sich zwei Tageszeitungen, Lou zuliebe, die sie bestimmt nicht hätte abbestellen wollen. Als er die Wohnung wieder betrat, hörte er die letzten knatternden Geräusche der Kaffeemaschine und füllte sich eine große Tasse ab, setzte sich an den Tisch und begann zu lesen, wenn auch ohne die Leidenschaft seiner Frau, die die Tageszeitungen geliebt hatte und durch nichts in der Lektüre zu stören gewesen war. Begann doch nicht zu lesen, sondern wanderte in Gedanken den Morgen ab, an dem Lou ihm mitgeteilt hatte, daß sie nur noch kurze Zeit zu leben hätte, wie ein Scherzfeuerwerk war ihm die Mitteilung erschienen, sie hatte gelächelt, während sie davon sprach, und auch er hatte bei ihren ersten Worten noch ein Lächeln gezeigt, die Zähne gebleckt, bis es zufror. Nichts hatte er erwidern können darauf, sie hatte bei allem Lächeln mit einem großen Ernst davon gesprochen, hatte ihn an den Sohn erinnert, dem in Zukunft hoffentlich nur die Mutter fehlen würde. Dann war sie aufgestanden und fortgegangen, zur Arbeit, wie er gedacht hatte, aber sie war weit vor die Tore der Stadt hinausgefahren und hatte dort vermutlich die Tabletten geschluckt, die sie erst einschlafen, dann sterben ließen, und als man sie gefunden hatte, war es schwierig gewesen, sie noch zu erkennen. Drei Jahre war das jetzt her, und er brauchte noch immer Angst, um daran denken zu können.

Der Junge stand auf, kam verschlafen aus seinem Zimmer und setzte sich wortlos zum Vater an den Tisch. Er blickte ihm fragend in die Augen, beschloß aber dann, keine Antwort erwarten zu wollen. Seine Frage schluckte er mit der kalten Milch hinunter, die er sich eingegossen hatte. Dann stand er wieder auf und ging zurück, sein Vater war wie alle Tage kurz angebunden oder gar nicht da.

Bert Willer packte ein, was er für den Arbeitstag brauchte, er fühlte sich gehetzt, obwohl er mehr als genug Zeit hatte, den ersten Kunden aufzusuchen. (Zeit, die sich die alte Fettvettel nicht aus den Rippen zu schneiden brauchte, sondern einfach ausschwitzte.) Das Graue Berlins hatte sich mit den Jahren ins Pastellene gewandelt. Aber nicht nur das: Dächer waren saniert, Fassaden gedämmt worden in großem Stil. Hier mochte ihm das vorkommen wie eine Notwendigkeit, die einfach eingetreten war. Wenn er aber hinausfuhr, in eine alte Vorstadt mit historischem Kern, dann freute er sich an der *Wende*, die gerettet hatte, was gerade noch zu retten gewesen war. Er setzte sich ins Auto, ließ es an, fuhr los und fand sich nach einiger Zeit nicht bei einem seiner Kunden, sondern weit draußen vor der Stadt, dort, wo Lou gestorben war. Dort, wo man sie gefunden hatte. Ein Schulkind hatte sie entdeckt, hatte ein Päuschen machen wollen auf seinem Weg mit dem Rad ins nächste Dorf, hatte die Mappe ins Gras geworfen und sich selbst hinterher, und ehe es in den Himmel blicken konnte, wie es das vielleicht vorgehabt hatte, waren ihm die leergefressenen Augenhöhlen der Frau Willer ins Blickfeld geraten, es hatte geschrien und war außer sich vor Angst und Furcht wie um sein Leben gerannt, auf die Hauptstraße zu, die es erst nach einer halben Stunde atemlosen Sprintens erreichen konnte, und dort hatten zwei aus entgegengesetzter Richtung kommende Fahrzeuge gleichzeitig angehalten. Hatten das Kind erschreckt, geblendet, daß es stehenblieb in seinem Lauf. So waren die Dinge ins Rollen gekommen. Bert Willer versuchte, das Gesicht des Kindes zu erinnern. Ein flachsblondes Dorftrottelchen, Sommersprossen auf der breiten Nase, die schlanken Füßchen unter den dicken Beinen in erstaunlich kleinen Sandaletten steckend. Er hatte es nur gesehen, nicht selbst gesprochen. Vermutlich würde er es kaum wiedererkennen, denn es war zwölf oder dreizehn Jahre alt gewesen damals, und die Zeit, die verging, fraß in diesem Alter die Kenntlichkeit auf, wie Bert Willer an seinem eigenen Sohn bemerkte. Von Zeit zu Zeit registrierte er ihn wie einen Fremden, der ihm irgendwie an die Seite gestellt worden war.

Bert Willer blieb in seinem Wagen sitzen. Rauchte. Die Sonne stieg höher und höher, heizte ihm ein. Endlich, es mochten zwei Stunden vergangen sein, stieg er aus und setzte sich zu jener kleinen Bodenvertiefung in Bewegung, in der Lou gelegen hatte. In der sie aus ihrer Üppigkeit in jenen Zustand des ruinösen Zerfalls übergegangen war, den er nicht hatte fassen können. Ihre Haare und ihre vertraute Kleidung mußten ausreichen, sie wiederzuerkennen. Die Haare, die sie erst drei Wochen vor ihrem Tod frisch blondiert hatte … Bert Willer begann zu weinen, er hatte außer dieser Frau niemanden gekannt, mit dem er hätte teilen können, was seine Vergangenheit war.

Kinder kamen den Weg entlanggeradelt. Eines von ihnen erinnerte an das Findekind, wie Bert Willer fand. Als er es rufen wollte, war es das neben ihm fahrende, das ihm viel ähnlicher sah. Die ganze Gruppe zerfloß vor seinen Augen, jedes Kind trug ruhig lächelnd die Maske für Augenblicke, ehe es sie weiterreichte an den Nachbarn oder den hinter ihm Radelnden. Sie warfen sich die Maske schließlich zu, wurden lauter und lauter dabei und schienen Bert Willer zu narren, der immer unruhiger wurde. Als sie schon weit entfernt waren, gellten ihm noch ihre Schreie in den Ohren, er konnte nicht sagen, was sie gerufen hatten, alles war zu einem Geräuschbrei geworden, aber daß er sich angesprochen, angeschrien fühlte, war sicher. Er rollte sich zusammen, wieder auf, aber die Unruhe blieb und mit ihr die Unsicherheit, etwas zu tun. Irgend etwas.

◆ ◆ ◆

David dachte selten an seine Mutter, aber wenn er es tat, packten ihn Traurigkeit, Verzweiflung und Wut in abwechselnder Weise, daß es schwer war, in solchen Momenten seiner habhaft zu werden. Er lag mit zusammengebissenen Zähnen auf seinem Bett und wehrte die Tränen ab. Es gab zum Glück niemanden, der während dieses Zustandes etwas hätte von ihm wollen können. Seine Wut richtete sich gegen seine Mutter, weil sie ihn von ihrem Vorhaben nicht in Kenntnis gesetzt, sich einfach davongemacht hatte. Hätte sie es getan, hätte er flehentlich bitten und, dessen war er sich sicher, erreichen können, daß sie davon abließ, er hätte sich vor ihr auf den Boden geworfen oder ihre geblümten Röcke naßgeweint, daß sie gar nicht anders gekonnt hätte, als ihm zuzulächeln und davon abzulassen, er hätte sie niemals allein losfahren lassen an jenem Morgen, und wenn er die schlimmen Nachrichten hörte, die in seinem Kopf widerdröhnten, die polizeiliche Mitteilung eines Leichenfundes zum Beispiel oder die Ladung des Vaters zur Identifizierung, dann gab es für seine Tränen kein Halten mehr, dann fielen sie, liefen ihm aus den Augen davon. Das war der Zeitpunkt für die Verzweiflung, sich an den Jungen heranzumachen. Darüber, daß sie so unwiederbringlich tot war, gestorben, vergiftet, daß die Würmer ihr die Augen ausgefressen und ihren festen, dennoch weichen Körper zum Zerfall gebracht hatten. Daß sie niemals wieder nach Hause kommen und schon von der Tür aus nach ihm, ihrem Sohn, rufen würde, nach dem Spätzchen, ob es denn da sei, ob es denn Hunger habe, ob es denn seine Hausaufgaben schon erledigt hätte und sie deshalb noch ein Stückchen rausfahren sollten, in die Natur, ins Grüne.

Es war so vernichtend, diese Verzweiflung aushalten zu müssen, daß keine Tränen mehr kamen und die Stimmung allmählich, in ihn rettender Weise, überging in jene blaßblaue, glasklare Traurigkeit, aus der er sich nach einiger Zeit erheben konnte. Nach ihrem Tod hatten ihn diese Zustände immerzu gebeutelt, aber mit den Jahren waren sie seltener geworden. Manchmal provozierte er sie, indem er sich die Bauchfalten seiner Mutter vorzustellen versuchte und über ihren Tod hinaus zu erfühlen gedachte. Indem er die Finger hineinschob, knetete. Von hier aus war es nicht mehr weit bis zur Wut darüber, daß sie ihn über ihre Absichten im unklaren gelassen und so jede Chance auf Rettung – durch sein Weinen, Flehen, Zureden – vertan hatte.

Er lümmelte auf dem Sofa im Wohnzimmer und sah sich ein Video an, das der Vater ausgeliehen hatte, er hatte den Titel nicht einmal in Erinnerung. Es war eine von jenen Jackie-Chan-Opern, die Bert Willer ihm von Zeit zu Zeit mitbrachte, weil er meinte, sie seien seinem Alter angemessen. Er nahm sie nicht auf, sah sie zwar von Anfang bis Ende an, aber die Bilder moussierten um ihn herum wie Seifenbläschen, die jemand ungebremst produzierte. Er war statt dessen in Gefilden unterwegs, die seinen Vater sehr erstaunt hätten, wäre er nur ein einziges Mal mitgekommen auf eine solche Reise. In den Alpen war er unterwegs, lief allein Stunden um Stunden Langlauf-Ski, und seine Gedanken waren grundiert vom Tönen des Gleitens und

Verharrens in pulvrigem Schnee, in das er sich sehr versenkt hatte. So sehr, daß er das Ende des Films nicht einmal wahrnahm und erst nach einer ganzen Weile das Rauschen des Videogerätes zu hören begann. Es taute ihn langsam auf, brachte ihn zurück in den Feriensommertag, auf die Couch des abgedunkelten Wohnzimmers. Seine Hände lösten mechanisch das Rückspulen des Films aus. Dann lief er in das frühere gemeinsame Schlafzimmer seiner Eltern, wo Bert Willer Nacht für Nacht im Ehebett schlief und nicht einmal ahnte, daß sein Sohn sich manchmal in das Bett der Mutter kuschelte und erschrocken daraus aufsprang, wenn fremder Geruch darin hing. Das Waschmittel hatte Bert Willer nicht gewechselt nach Lous Tod, so daß frisch bezogene Betten David noch ein wenig die Illusion vermitteln konnten, seine Mutter würde sich wieder hineinlegen wollen nach ihrer Rückkehr. Wenn aber wie heute der Geruch einer fremden Frau sich darin ausgebreitet hatte, verlockte ihn nichts, darin zu liegen. Enttäuscht wollte er das Zimmer wieder verlassen, als ihm die Idee kam, sich Fotos anzuschauen, aus der alten Zeit, mit seiner Mutter und seinem Vater, die sich doch ganz gut hatten leiden können, wie David sich erinnern zu können glaubte. Zum Schrank lief er und öffnete behende mit einer zurechtgebogenen Büroklammer das für ihn verschlossene Fach, in dem auch die Briefe lagen, die sich seine Eltern geschrieben hatten. Ein Bild seiner Mutter, mit ihm als Baby auf dem Arm, fiel ihm als erstes in die Hände und brachte ihn in einen Zustand schwelgerischen Erinnerns an ihren Duft, an ihre Art, den Kopf zur Seite zu legen in Anfällen von Fahrigkeit, wenn sie etwas suchte oder vergessen hatte, was sie suchen wollte.

Seine Mutter …

Bert Willer war am frühen Morgen zum letzten Mal vor dem Urlaub zur Arbeit gegangen und hatte noch immer Mühe, die Kunden zu besänftigen, die er vor einigen Tagen versetzt hatte. Sie reagierten nicht auf seine neuerlichen Versuche zur Kontaktanbahnung, waren wohl auch untereinander auf Tuchfühlung gegangen. Ihn wunderte das ein wenig, aber es war ihm, wenn er es recht überlegte, seltsam egal. Er hatte Lou hinterhergeheult, das erste Mal seit sehr langer Zeit, das einzige Mal, wie er dachte, da konnten ihm die Kunden gestohlen bleiben. Teneriffa stand bevor, das war es, was zählte. Und wenn sie ihm hinterher mitteilten, daß sie ihm, nach langer und sorgfältiger Beratung, den Stuhl vor die Tür gesetzt hatten – zum ersten Mal machte ihm der Gedanke nichts aus, sondern beinahe Spaß. *Laß uns losziehn, Lou, du kommst nicht das erste Mal mit mir in Urlaub, ich rede mit dir, hörst du mich?, ja?, deine Klamotten hängen noch da, ich nehm dir was mit, Lou, du bist vielleicht dicker geworden, wer weiß, dein Badeanzug steht dir aber trotzdem noch, da war noch Platz für breitere Hüften, die weiße Häkelstola von vor zwanzig Jahren will ich an dir sehen, das wird schön, Lou, das Luftholen werden wir synchronisieren, damit ich merke, wenn du aufhören willst zu atmen, ich will, ich muß dich abhalten vom Verschwinden, du willst, du mußt bleiben wollen, Lou, was soll ich denn ohne dich auf Teneriffa anfangen, ein Auto mieten, beim Chinesen essen, abends in die Bar gehen, tagsüber im Strandbad verdümpeln, das wär alles, Lou, vielleicht noch ein bißchen einkaufen, Schmuck, Schuhe, aber was soll ich als Mann mit Schmuck und Schuhen anfangen …* Er sprach mit ihr, wie er es zu ihren Lebzeiten immer seltener getan hatte, und merkte endlich, daß für David kaum ein Gedanke reserviert war, dabei sah der Junge aus wie sie, er war ihr überaus ähnlich geraten. Was konnte er anderes tun, als zu beschließen, dem Jungen nach der Arbeit noch ein paar Sommersachen zu besorgen, ihn abzuholen zum Einkauf und ihn, ein bißchen wenigstens, zu verwöhnen. So zärtlich mußte er an ihn denken, auf einmal, ganz plötzlich, daß er sich nicht sicher sein konnte, David wirklich zu meinen, und er ging im voraus schon einmal die Treppe hinauf, versuchte sich vorzustellen, was der Junge wohl trieb. Erstaunen, daß diese Vorstellung nicht glückte. Zweifel stiegen auf, ob er überhaupt einen Sohn hatte.

Wie er aussah. Wie er hieß. Welche Schuhgröße? Nichts. Dann, nach einer Weile des Besinnens, löste sich vor seinen Augen der Kopf Davids aus dem seiner Frau, der sich in jenen Zustand verabschiedete, in dem er ihn zum letzten Mal gesehen hatte, krochen also Davids Augen aus ihren leergefressenen Augenhöhlen, stieg sein helles Haar aus ihren blondierten Strähnen, aus dem Schmutz, dem leblosen Schädeldach, nahmen seine Lippen ihre mit, deren Wölbung, das Schmollmündige – sie verblaßte hinter ihm ganz und gar, war nicht mehr aufzufinden, so daß er jetzt seine Tasche packte, seinen Stuhl ordentlich an den Tisch stellte, sein kleines Büro verließ, ohne sich von irgend jemandem zu verabschieden, und nichts mehr wollte, als nach Hause zu laufen, das Jungsgesicht vor dem inneren Auge, und nachzusehen, ob es tatsächlich, wirklich, wahrhaftig existierte. Es zog ihn. Er warf die Tasche auf den Beifahrersitz, sich selbst daneben, fuhr los, ohne etwas anderes als die Sohnesaugen vor sich zu haben, kam an, stieg die Treppe hinauf und öffnete die Tür. Nichts schien verändert, sogar die Schuhe des Jungen standen noch wie am Morgen, er konnte also nicht einmal das Haus verlassen haben. Erregt stürzte Bert Willer auf das Zimmer des Jungen zu, wollte ihn sehen, sprechen, riechen, ihm durch's Haar fummeln – die Tür war zu. War verschlossen. Bert Willer erinnerte sich nicht einmal daran, daß sie jemals Schlüssel besessen hatten. Es dauerte zwei, drei Atemzüge, bis der Junge öffnete. Hochroten Kopfes. Verstört, was Bert Willer aber nicht bemerkte. David hatte Papiere gefunden, deren Lektüre ihn verwirrt hatte. Das Gefühl, etwas ganz und gar Verbotenes zu tun, hatte ihn sehr schnell einfach gepachtet. Bert Willer war froh, daß David, dessen Namen er eben noch nicht zweifelsfrei hatte erinnern können, auf's Haar der Gestalt glich, die ihn hierhergezogen hatte, und er beeilte sich, den Jungen in seine Schuhe zu stellen, ihm die Popelinejacke zu gestatten, ohne die er trotz der großen Hitze das Haus nicht verlassen wollte, und mit ihm loszufahren in irgendein Einkaufscenter. Sandaletten. Kurze

Hosen. T-Shirts. Hemden. Der Junge sollte sich nicht von anderen unterscheiden müssen, nur weil er, sein Vater, ihn unter sich ließ wie ein Häufchen Scheiße.

◆ ◆ ◆

Bert Willer fragte sich, ob sein Plan verfehlt gewesen sei. David hatte, wie ihm schien, spöttisch gelächelt bei seiner grandiosen Enthüllung des Urlaubsziels. Dazu war er mit ihm sogar zum Griechen gegangen, sie hatten hinter ihren Tellern mit den Fleischbergen gesessen und den lieben Gott einen guten Mann sein lassen, bis es ihm entfuhr – nicht ohne gespannte Vorfreude auf das Gesicht des Jungen. Dessen Spott hatte er zunächst gar nicht wahrnehmen wollen, war darüber hinweggegangen mit einer Mischung aus ungewohnter Redseligkeit und abblockendem Schweigen, das immer dann einsetzte, wenn der Junge etwas fragte. Zum Beispiel nach der Art der Verpflegung (Halbpension), nach der Dauer des Fluges (viereinhalb Stunden), nach der georderten Fluggesellschaft (Condor) oder dem Hotel (Sol Parque San Antonio, Puerto de la Cruz). Schließlich hatten sie kapituliert vor ihrem Essen, das sie sich einpacken ließen zum Mitnehmen – morgen war auch noch ein Tag, ehe es am Montag losgehen sollte.

David trug neue Hosen und ein schwarzes T-Shirt, das er sich ausgesucht hatte. Es war unverändert heiß, selbst am Abend, hier unter Pappeln. Bert Willer bestellte sich noch einen Rotwein und sah über seinen Jungen hinweg zu zwei Männern, die an einem Tisch am Ende des Gartens saßen. Langsam dämmerte es ihm, daß er die beiden kannte, man hatte sich vor mehr als dreizehn Jahren zum letzten Mal gesehen. Er trug inzwischen einen Schnauzbart, einen dünnen Haarkranz um eine sich stetig vergrößernde Glatze und war sehr schmal geworden nach dem Tod seiner Frau, so daß er nicht befürchten mußte, sie könnten ihn wiedererkennen. (Das hätte die Fettvettel Zeit ohnehin nicht zugelassen.) Die beiden unterhielten sich sehr vertraut, über den Tisch hinweg rückten ihre Köpfe oft zusammen, um dann ruckartig voneinander wegzuschnellen, begleitet von einer wegwerfenden Handbewegung oder einem mißmutigen Lippenkräuseln. Dann wieder sahen sich die beiden im Garten um, als suchten sie jemanden. Frauen, schoß es Bert Willer durch den Kopf. Aber eigentlich sahen die beiden nicht so aus. Wie sah er selbst eigentlich aus, wenn er auf der Suche nach einer Frau war? Letzte Woche hatte er solche Schmerzen gehabt, daß Masturbieren auch nicht mehr half und er auf die Suche gegangen war. In seiner Lieblingskneipe hatte er Manuela getroffen, der er nicht mehr viel sagen mußte. Die wußte, worauf er aus war. Sie war älter als er, bestimmt fünf oder sechs Jahre, und verheiratet war sie auch. Er kannte ihren Mann flüchtig, hatte den beiden, als sie in ihre Wohnung um die Ecke eingezogen waren, geholfen, den Geschirrspüler anzuschließen. Manuela war seinetwegen hierhergezogen, hatte sie jedenfalls gesagt. Ob ihr Mann davon wußte, war nicht zu sagen. Es interessierte Bert Willer eigentlich auch nicht. Manuela kam manchmal in die Kneipe, manchmal rief er sie zu Hause an. Wenn ihr Mann ans Telefon ging, verwandelte er sich in einen Arbeitskollegen von ihr, der sie unbedingt sprechen müßte. War sie zu Hause, verabredeten sie einen Nachtdienst für einen der kommenden Tage. Es tat ihm gut, mit Manuela, die aus dem schwängerungsfähigen Alter schon heraus war, zu schlafen. Sie sprach nicht viel dabei, aber reagierte heftig auf jede seiner Berührungen. Das rührte ihn. Kennengelernt hatte er Manuela, als seine Frau noch lebte. Sie hatten zusammen in der Klinik gelegen, als Lou eine Fehlgeburt gehabt hatte. Sicher hatten sich die Frauen gut verstanden, denn Lou lud Manuela von da an in regelmäßigen Abständen ein, sie zu besuchen. Auch für jenen Tag, an dem sie starb, hatte sie Manuela eingeladen, so daß der sprachlose, zitternde Bert die Tür geöffnet hatte und sie hereingelassen. Es war ihre erste gemeinsame Nacht geworden. Bert Willer, von

Angst gepeinigt, hatte die Zuflucht, die sie ihm bot, fast bedenkenlos angenommen. Auch wenn er sie damals noch Lou nannte. Auch als ihm die Erektion schwand, als er sah, sich vergewisserte, daß sie gar nicht Lou war. Am nächsten Tag hatten sie zusammen die Vermißtenanzeige aufgegeben, und Manuela war erst abends zu ihrem Mann gegangen, nach Hause. Zur Beerdigung war sie gemeinsam mit ihm erschienen, hatte Berts Hand gedrückt und ihn umarmt, und die Tränen in ihren Augen waren echt gewesen. Immer wenn er an Manuela dachte, wurde sein Schwanz steif. Weiter geschah nichts. Wie jetzt. Er mußte seinem Sohn erklären, daß er noch ein wenig bleiben, ihm aber empfehlen würde, ruhig schon nach Hause zu gehen. David nahm das schneller an, als ihm lieb gewesen war, und schon nach kurzer Zeit war er nur noch als schwarzer Punkt am Ende der Straße erkennbar. Gegen die Erektion zu kämpfen erwies sich als schwierig. Er trug eine Bundfaltenhose. Nach dem Rotwein bestellte er einen weißen, der Kellner schaute ihn ein wenig verwundert an, sagte aber nichts. Die beiden Männer am anderen Ende des Gartens tranken Wodka und Bier. Eine verhängnisvolle Kombination, wie Bert Willer fand. Es kam ihm in den Sinn, bei welchen Gelegenheiten man sich damals getroffen hatte. Der Sicherheitsdienst war in *Amt für Nationale Sicherheit* umbenannt worden, und es wurden Überlegungen angestellt, wie man noch rechtzeitig bedrückende Unterlagen vernichten könnte. Am 15. Januar 1990 hatte es Massenproteste in der Normannenstraße gegeben, vor der Stasizentrale, und einigen von ihnen gelang es, sich an die Spitze der Demo zu stellen und das Haus zu stürmen. Zielgerichtetes Vorgehen, bei dem Leute, die sich nie zuvor gesehen hatten, einander als ihresgleichen wahrnahmen … Fünfzehn Meter gegen den Wind hatte er die Kollegen riechen können, damals, und mit diesen beiden da drüben, am anderen Ende des Gartens, hatte er eine große Anzahl an Akten verwüsten können. Erst hatten sie demoliert, was nur zu demolieren war in der Stasizentrale, dann war seine Wut am Ende der Aktion in tiefe Verzweiflung umgeschlagen, er hatte das Haus mit tränenden Augen verlassen und war schluchzend gefilmt worden von einer Fernsehkamera. Wenn er sich daran erinnerte, kam die Verzweiflung wieder hoch, auch die über das, was er selbst angerichtet hatte, und er war doch froh, daß ihn niemand danach fragte. Niemals. Außer seiner Frau ... Die beiden da drüben hatte er schnell aus den Augen verloren, sie waren ihm aber nie ganz aus dem Sinn gegangen, denn ihre Wut war eine andere gewesen als seine: Sie waren aufgebracht über die Leute auf der Straße, die sich anschickten, ihr Heiligstes zu besetzen, ihr geschlossenes System zu durchlöchern. Ihn hatte es nach Hause getrieben in dieser Nacht, wo seine Frau auf ihn wartete und ihn bewundernd fragte, was er denn bei der Besetzung der Stasizentrale machte, sie hatte ihm ins weinende Gesicht gesehen in den Nachrichten, und er hatte ihr nichts gesagt damals, sie im unklaren gelassen, ihre Auffassung gestützt, es hätte ihn dorthin gezogen, weil er Wut verspürt hätte auf das Treiben dieser Leute. So sehr im unklaren hatte er sie gelassen, daß sie ihn stolz für einen der Helden hielt, die es gewagt hatten, sich in die Höhle des Löwen zu begeben und dessen Geschrei durch ihre Standhaftigkeit Einhalt zu gebieten. *Ach, Lou.* Seine Erektion war verschwunden, er stand auf und ging, nachdem er gezahlt hatte, ganz nahe an dem Tisch vorbei, an dem die beiden saßen. Ließ seinen Beutel fallen, der auskippte, sammelte alles wieder auf und versuchte, etwas von dem zu verstehen, wovon sie sprachen. Aber da war wohl schon zu viel die Kehlen hinabgeschlingert, er hörte nur ein zweideutiges Rülpsen.

Zu Hause war er erleichtert, daß der Junge begonnen hatte, seinen Koffer zu packen. Jetzt konnte Bert Willer auch etwas erkennen, das wie Freude aussah auf Davids Gesicht. Er setzte sich zu ihm ins Zimmer, die neuen Klamotten waren schon einsortiert worden und eines der beiden Paare Sandaletten. Regenbekleidung? Wäre ganz gut, mein Junge. Er starrte. David holte ein Päckchen aus einer Lade, das wie ein zusammengefalteter und zugeknöpfter Beutel aussah, sich aber als eine Regenjacke entpuppte. Wo er die herhatte? Noch von Mutti, sagte der Junge. Hat sie mir viel zu groß gekauft damals, aber das ist ja gut so. Gummistiefel besaß er nicht, aber die hätte Bert Willer auch nicht gern gesehen im Gepäck. Morgen würden sie gemeinsam schauen, was noch fehlte. Jetzt wünschte er erst einmal eine gute Nacht, gähnend ging er aus dem Zimmer.

Draußen begann es zu regnen. Der Junge sah dem Schauspiel eine Weile auf dem Bett liegend zu. Dann stand er auf und schlüpfte windschnell und leise durch die Tür, um zur Toilette zu gehen. Auf dem Rückweg versicherte er sich durch Ohranlegen an Vaters Tür, daß dieser schon fest schlief. Er schnarchte hinreißend. Schließlich baute er sich eine Höhle mit seiner Bettdecke und las im Licht seiner Taschenlampe. Er war sich so sicher, ein Tabu zu brechen mit dieser Lektüre, daß er den Gedanken daran lieber ebenso schnell vergaß, wie er aufgetaucht war.

◆ ◆ ◆

Sie waren ziemlich zeitig am Flughafen, so daß sie noch eine Erkundungstour starten konnten. Am Schalter trennten sie sich mit der Maßgabe, das ringförmige Gebäude in entgegengesetzter Richtung zu durchstreifen. Wo sie sich wiedertrafen, würde ihnen verraten, mit welchem Tempo sie durchkamen. David machte sich auf die Suche nach einem Computermagazin und versackte im Zeitungsshop, während Bert Willer auch nicht daran dachte, ihn schnell wiederzusehen – er schaute sich in einem Tabakgeschäft nach einer Schachtel Zigaretten um. So lange hatte er nicht mehr geraucht, daß er gar nicht recht wußte, welche Marke man bevorzugen sollte. Könnte. Es wurde nur eine Schachtel blaue Gauloises daraus. Die hatte er bei einem seiner Kunden gesehen, und er erinnerte sich daran, daß der

Duft ihn gereizt hatte. Sie trafen sich in der Nähe des Schalters wieder und schlossen daraus, daß sie in vergleichbarer Schnelligkeit unterwegs gewesen waren. David war nun um ein Computermagazin reicher.

Bert Willer mußte das Taschenmesser, an das er nicht gedacht hatte, aus seinem Rucksack holen und in eine Extratüte packen lassen, die mit zum Reisegepäck ging. Der Junge lachte ein bißchen hämisch darüber, aber daß sie zusammen diese Reise machten, fand er inzwischen nicht schlecht, und so schlug er seinem Vater kumpelhaft auf die Schulter. Im Wartebereich versorgte sich Bert Willer noch mit der neuesten Zeitung, und dann bestiegen sie die Condor-Maschine. Während des Fluges schliefen sie beide fest ein, die Stewardessen hatten Mühe, sie zu den Mahlzeiten zu wecken. Nach der zweiten, einem warmen Essen, das aus einem Gemüseauflauf mit einem Stück gegrilltem Hähnchenfleisch bestand, begann Bert Willer eine Unterhaltung mit einer Mitreisenden, die, wie sich herausstellte, dasselbe Hotel gebucht hatte wie sie. David nahm dieses Gespräch zum Anlaß, aus dem Fenster zu starren, er war sauer, daß der gemeinsame Urlaub mit seinem Vater nun verregnet schien. Die Frau reiste ganz allein. Wenn er sie ansah, sah er lange schwarze Haare, einen kleinen Busen, schöne braune Augen und einen dunklen Teint. Eigentlich nicht der Typ seines Vaters. Sie lächelte ihm zu, fragte auch etwas, was er nicht recht verstand in seinem Zustand aufgeregter Ablehnung, hielt sich aber, als sie merkte, daß er keine Unterhaltung wollte, angenehmerweise zurück. Punktete damit bei ihm, wenigstens ein kleines bißchen. Er sah in ihren Augen nichts Strahlendes, obwohl sie schön genug dafür gewesen wären, und versenkte sich wieder in den Blick nach draußen, der hoch über den Wolken makellosen Sonnenschein für ihn bereithielt. Er mußte an die Lektüre denken, die er in seinen Koffer gepackt hatte, in ein Hemd eingeschlagen, das sehr sauber gelegt aussah. In der Nacht hatte er wieder gelesen darin, und ihm war so unklar, worum es in diesen

Papieren ging! Was sie in das Heilige Fach seines Vaters verschlagen hatte. Er stellte sich vor, wie jemand zu einer Frau ging – die neue Bekanntschaft seines Vaters kam ihm zu Anschauungszwecken gerade recht – und ihr vorspielte, daß da Interesse sei, großes Interesse. Wer sollte so idiotisch sein, das zu tun? Wer konnte ein Recht haben, darüber Auskünfte abzufordern? Und überhaupt – seine Stirn verzog sich zu einem krausen Etwas, das auch seinem Vater auffiel, der für einen Augenblick zu ihm hinschaute –, in welcher Verfassung war jemand, dem der Schwanz auf Anforderung stand? Oder war da beides, echtes und vorgebliches Interesse an der anderen Person? Das waren Rätsel, die sich ihm stellten und auf die er keine Antwort suchte im Moment. Im Moment war es ihm wichtiger, daß die Fragen überhaupt kamen, sich aus dem Unklaren, Grauen, Milchigen des Geschilderten ergaben nach langem Prozeß des Filterns, des Um-und-um-Wälzens.

Ein kleiner Junge vor ihm nahm Kontakt auf, wand sich aus seinem Gurt und stellte sich auf den Sitz. Seine Größe reichte nicht ganz dazu, daß er über den Sitz hätte hinwegsehen können. Also versuchte er es mit dem Spalt zwischen den Sitzen, schnitt drollig gemeinte Grimassen, nickte David auffordernd zu, versuchte es mit dem Trällern von Liedchen. David verspürte keinerlei Lust, darauf einzugehen, verzog sich hinter seine altmodische Popelinejacke und schloß die Augen. An Maurice und Enrico dachte er, seine beiden Freunde aus dem Gymnasium, und daran, wie schön es gewesen wäre, hätten sie sich rechtzeitig um eine gemeinsame Reise gekümmert. Maurice war der Moppel der Klasse, hinter ihm konnten sich zwei oder drei andere verstecken, wenn es hart auf hart ging. In Davids Schule aber ging es nicht hart auf hart. Eher war es eine gemäßigte, wenn auch sehr große Schule, mit weit über hundert Lehrern und tausend Schülern. Auf mehrere Gebäude, die dem Grauen Berlins noch nicht entkommen waren und das, wenn man dem Finanzsenator glaubte, auch in den kommenden Jahren nicht schaffen würden, verteilten sie sich, und der Ruf, der ihnen vorausging, war für diese Ostberliner Plattenbaugegend phänomenal.

Enrico stand im Verdacht, schwul zu sein, er war zwei Jahre älter als David und Maurice und sorgte sich auf eine väterlich anmutende Weise um die beiden. Fragte zum Beispiel immer nach, ob sie auch nicht vergessen hätten, ihr Mittagessen zu bestellen. Das kam ihnen sehr gelegen, denn in der Tat kümmerten sie sich mitunter nicht um so etwas Nebensächliches wie ihr Essen. An den Nachmittagen waren sie oft zu dritt unterwegs, der Größere bahnte den Kleineren den Weg in verschiedene Klubs und für den nachmittäglichen Zeitvertreib vorgesehene Freizeiteinrichtungen. Besonders gern hielten sie sich im *Siedlungsgebiet* auf, weitab vom Plattenbaubezirk gelegen. Dort gab es den Klub *Patschi*, nach der Straße, an der er lag, dem Patschendorfer Weg, benannt. Im *Patschi* konnte man hervorragend abhängen, aber auch, wenn es denn sein mußte, Hausaufgaben machen oder ein bißchen Sport treiben. Die einstöckige Baracke war graffitibesprüht und in einem mitgenommenen Zustand. Von Zeit zu Zeit versuchten die Jugendlichen, die den Klub aufsuchten, kleinere Reparaturen und Renovierungsarbeiten selbst auszuführen. Das waren Sonnabende und Sonntage, an denen David am liebsten im *Patschi* war, denn handwerkliche Arbeiten konnte er vorausschauend und übersichtlich organisieren. Der Sonnabend wurde genutzt, um im Baumarkt einzukaufen, was fehlte. Die billigste Wandfarbe. Pinsel und Rolle. Tapete, wenn es gar nicht anders ging. Aus den heimischen Kellern brachte manch einer eine Bohrmaschine mit oder ein bißchen Werg zum Abdichten tropfender Rohre, auch Silikon, die modernere Variante, und Farbreste. Waren genug Buntlacke da, ging es den alten Stühlen und Schränken ans Outfit. Polstermöbel altmodischer Couleur wurden von Anwohnern oft angeboten. Hatte man die anfangs noch gern genommen, so lehnte man in letzter Zeit ab – zu viele verschiedene Sessel und Sofas standen inzwischen im *Patschi* herum, und die Farbzusammenstellungen waren so bissig, daß man sich über jede Decke freute, die als Überwurf dienen konnte. In die Küche hatte man verschiedene alte Möbel gestellt, denen Schleifmaschine und Sprühdose zu einem herrlich lilafarbenen, vor allem aber einheitlichen Aussehen verholfen hatten. Ecki und Birgit hießen die beiden Sozialarbeiter, die in der Einrichtung zugange waren und sie durch die schwierige Haushaltslage des Bezirkes schipperten, jahrelang. Daß die Lage sich von Jahr zu Jahr verschlimmerte, hatte Birgit und Ecki wütender, trotziger und solidarischer mit ihren Schützlingen gemacht. Sie verstanden sich mit den meisten sehr gut und konnten, umgekehrt, auch auf sie zählen, wenn es nötig war. David, Enrico und Maurice gehörten nicht zu den Stammgästen, sie konnten die Fahrtkosten gar nicht aufbringen, die nötig gewesen wären, und mit dem Fahrrad zu fahren erforderte Entschlußkraft, Zeit und ein leidliches Wetter. Aber sie waren gern gesehen im *Patschi*, vor allem, weil ihre Dreieinigkeit die anderen beeindruckte. Hier im Flugzeug an die beiden zu denken, machte David für einen Moment schwermütig, aber einen Augenblick später stellte er sich ihr erstes Treffen nach seiner und deren Ferienreisen vor, und das würde sicher spannend werden. Maurice war nach England aufgebrochen gleich zu Beginn der Ferien, er hatte, mit Unterstützung der Kirche, eine Sprachreise angetreten. Enrico wollte mit seinem drei Jahre älteren Bruder durch Holland touren mit dem Fahrrad – auch das versprach packende Berichte, und wenn er es schaffte, auf Teneriffa seinem Vater zu entfliehen, der eine Brünette umgarnte, dann würde auch er sicher Vielversprechendes erleben. Seine Augen waren geschlossen, aber das hatte er nur getan, um vor Zudringlichkeiten sicher zu sein. Er saß und überlegte, dachte an seine Freunde und an die Papiere in seinem Koffer. Vollführte im Kopf Salti, die ihn aus der Maschine beförderten. Seine Beine, nackt und dünn, von Narben und blauen Flecken übersät wie die eines Sechsjährigen, bewegten sich, als schlügen sie den Takt für einen Volksmusik-Schlager, und wirklich ging ihm eine Frau nicht aus dem Kopf, von der er sich nicht recht erinnern konnte, wie sie hineingekommen war – eine Mittelalterliche, im Dirndl, mit toupierten Haaren und einem so irrlichternden Lächeln auf den Lippen, als gäbe es nichts Schöneres, als im Alpenglühen vom Alpenglühen zu singen. Er hörte den Text ihres Liedes, der von Liebe in den Bergen sang, von roten Schuhen im weißen Schnee, von Quellwasser und Forellen und einem Schuß Lust, der das Ganze zu einem Bild rundete, daß ihm wohl ward und er nicht merkte, wie die vorhin geschlossenen Augen nun noch ein Treppchen tiefer hinabstiegen: Er schlief noch einmal ein.

Sein Vater deckte die herabgerutschte Popelinejacke wieder über sein Gesicht und den Oberkörper. Sie faßte sich wohlbekannt an, wie in früheren Zeiten, als sie ihm selbst das vertrauteste Kleidungsstück gewesen war. Die Erinnerung stieg auf, wie er einmal mit dem Fahrrad ausgebüxt war, zwölf oder dreizehn?, und sich nicht weit weg von zu Hause ein Nachtlager gebaut hatte – die Jacke als oberste Zudecke. Seine Mutter hatte ihm, als er am Nachmittag nach Hause kam, nicht sofort, auf seinen Wunsch hin, etwas zu trinken gegeben, sondern darauf verwiesen, daß die Großmutter gekommen sei und man gleich ein gemeinsames Kaffeetrinken ausrichten würde. Bis dahin hätte er doch sicher Zeit mit seinem Durst? Da war er voller Wut losgefahren, hatte seinen besten Freund abgeholt, der eh immer in Ärger mit seinen Eltern steckte und ihn schon oft hatte überreden wollen, gemeinsam abzuhauen. Bis zur *Siebenbuchenbank*, gleich am Eingang des Waldes, waren sie gekommen, hatten ihre Räder dahinter versteckt und waren den Berg hinaufgeklettert, von wo aus sie gut überblicken konnten, wer kam – ohne selbst gesehen zu werden. Aus Ästen und Laub hatten sie eine Höhle gebaut, ihre Unterhemden benutzt, um sich im Bach am Fuße des Berges zu waschen, und daß er eine Popelinejacke mithatte, schien ihnen die Lösung ihres Bettproblems zu sein: Ihnen hätte sonst eine Zudecke gefehlt. Auf dem Kalkgestein des Berges wuchs kein Gras und nur wenig Krautiges, sie konnten nichts finden, was ihnen eine nicht allzu kalte Nacht beschert hätte. So hatten sie sich eng aneinandergekuschelt und die Jacke über sich ausgebreitet. Nach einiger Zeit war ihnen beiden klar geworden, daß sie sehr frieren würden über Nacht, und sie hatten, ohne dem anderen etwas zu sagen, gehofft, daß ihre Eltern sie suchten und fänden. Sie begannen, einen Wachdienst einzurichten, damit einer die Jacke eine gewisse Zeit allein zum Aufwärmen benutzen konnte. Als er mit dem Dienst an die Reihe kam, war er den Berg hinabgestiegen und die Straße in die Stadt ein Stück zurückgegangen, und wirklich kam ihm seine Mutter entgegen. Er sah sie von weitem und sprang in die Büsche, als sie aber nahe genug war, trat er ihr mit verlegenem Grinsen in den Weg. Nach einer ersten Ohrfeige machten sie sich auf, auch seinen Freund von oben herunterzuholen, sie fanden ihn unterhalb des Lagers, in der Nähe der Fahrräder, wo er frierend auf sie wartete. Die nassen Unterhemden hatte er mitgebracht. Er kam ohne Ohrfeige davon, natürlich, aber er würde, dessen war man sich sicher, zu Hause ohnehin eine tüchtige Naht bekommen. So schuldbewußt liefen sie neben ihren Rädern her, daß es nach eingezogenem Schwanz zu riechen begann, wie seine Mutter sagte. Den Freund gaben sie bei dessen Eltern ab, liefen dann das letzte Stück schweigend nebeneinander her, und als sie zu Hause angekommen waren und er sich ins Bett legen wollte, hatte ihn seine Mutter gepackt, ihm die Hosen heruntergezogen und mit dem Schuhlöffel derart zugeschlagen, daß er noch tagelang Striemen hatte. Gesagt hatte sie nichts, und auch er hatte mit schreckgeweiteten Augen geschwiegen. Die Popelinejacke war von dem Tag an sein liebstes Stück geworden, er hatte sie ebensowenig ablegen oder hergeben wollen wie jetzt sein Sohn. Dem hatte er diese Geschichte allerdings nicht erzählt, und in die Lage, ihn schlagen zu wollen, war er auch nie gekommen. Es mußte noch etwas anderes dran sein an dem guten Stück, das seinen Träger becircte.

Willers Nachbarin verlegte sich unterdessen auf schweigsames Beobachten. Zwar war der Mann nicht gerade das, was sie von diesem Urlaub erwartete, aber besser als nichts, wenn sie an die vorausgegangenen dachte. Je länger sie ihm von der Seite aus verstohlen zusah, desto stärker wurde ihr Bedürfnis, ihn – wie zur Probe – beiläufig zu berühren. Seinen Schenkel zu fassen zum Beispiel, oder aber, weil dies wohl doch den Charakter von Beiläufigkeit nicht würde aufweisen können, seinen Oberarm zu umturteln. Dessen Nähe brachte sie darauf, langsam und unrettbar in Schlaf zu verfallen, wobei sich ihr Kopf, scheinbar stockend und von ihrem Willen, genau das nicht zu tun, unmerklich gesteuert, auf seine Schulter fallen ließ.

◆ ◆ ◆

Sie waren gut gelandet in ihrem Hotel, hatten die ersten Spaziergänge schon unternommen, und David war froh, daß er ein Extrazimmer bekommen hatte, mit seinem Vater also nicht teilen mußte, was nicht zu teilen war. Daß sein Vater Einzelzimmer gebucht hatte, war eine der Überraschungen gewesen, die er sich hatte einfallen lassen für diesen Urlaub. Und die Zimmer lagen nicht einmal nebeneinander, sondern auf zwei verschiedenen Fluren. David weidete sich daran, so daß es dem Vater schon bald zu anhänglich wurde, wie er ihn ansah, wie er mit ihm sprach und unverhohlen Gefühl zeigte, was neu für ihn war. Sie beteuerten einander, gut schlafen zu wollen, ehe sie sich zurückzogen. Erbaut sah David dem Vater hinterher, der sich in Richtung des Fahrstuhls entfernte und sich nicht noch einmal umblickte. Sah dessen nackte Beine, die rundlichen, muskulösen Waden, die sportlichen Schultern unter dem T-Shirt, die beginnende Glatze – es war beachtlich, einen Vater zu haben. Beachtlich.

Die Luft war noch heiß, das Licht im Hotelgarten ließ Gekkos sichtbar werden, die an den weißen Hauswänden hinaufkletterten. David hatte sich nicht ins Bett verzogen, sondern war auf Wanderschaft gegangen. Der Pool lockte, einige junge Männer versuchten, mit ihren Sprüngen und Kraulrunden Mädchen zu bestechen, die vorbeischlenderten. David setzte sich auf eine der Poolliegen und sah dem Gebaren zu, das er aufregend lächerlich fand. Im Gartenrestaurant hockten Paare an Zweier-, Familien an Vierer- und Saufgruppen an großen, zusammengerückten Tischen. Die Flugbekanntschaft seines Vaters erblickte er, die ganz allein saß, zu seinem Fenster hinaufschaute, flehentlich, und in ihrem Cocktailglas rührte, als gelte es, irgend etwas Verlorengegangenes heraufzubefördern mit dem Trinkhalm. Sie sah alt aus, fand David nun, und von ihren Armen gehalten zu werden, erschien ihm für einen Moment sehr verlockend. Seine Großmutter hatte er auch gern um sich mit ihren starken Armen. Viel stärker als diese hier, die dünn und braun und faltig waren und glänzten, als seien sie mit dunkler Schuhcreme eingefettet worden. Diese Vorstellung reizte ihn, er stand auf, um ihr *Guten Abend!* zu sagen, wollte unauffällig den Geruch ihrer Haut wahrnehmen und war sehr überrascht, als sie wirklich stark nach Schuhcreme roch. Rot wurde er und ärgerte sich darüber. Sie forderte ihn auf, sich zu ihr zu setzen, fragte nach seinen Wünschen, an so einem ersten Abend sei sie so frei, ihm etwas zu spendieren, und als der Kellner kam und sich in spanisch-deutschem Singsang erging, entschied sich David, einfallslos, wie er fand, für Hähnchen mit Pommes frites. Zwar hatte er mit seinem Vater gut zu Abend gegessen, aber eine Weile länger neben dieser Frau zu sitzen erschien ihm für den Fortgang der Dinge spannender. Er würde ihren Geruch genauer kennenlernen können, ehe sein Vater darauf kam, an ihr zu schnüffeln. Im Schein des matten Lichtes sah der Cocktail, den sie sich nachbestellt hatte, verblüffend pinkfarben aus, und Erdbeeren steckten auf einem im Glas schlingernden Spieß. Für ihn hatte sie Orangenlimonade geordert, ohne ihn gefragt zu haben. Eine Cola wäre ihm lieber gewesen. Sie vertieften sich, ratlos, sprachlos für den Moment, in ihre Getränke. Er wunderte sich, daß der Schuhcremeduft verflogen war, jetzt dünstete sie einen parfümgesättigten Schweißgeruch aus, der ihn benebelte, vermutlich hatte sie niemals nach Schuhcreme gerochen, dachte er, der sich selbst erfüllende Prophezeiungen zur Genüge kannte. Seine Streunerei auf den Abend kam ihm mit einem Mal sehr *angebracht* vor, sehr in den Rhythmus passend, den er sich zuzulegen gedachte für diese Tage. Er betrachtete die Frau mit unverhohlener Neugier, sie schien es nicht zu merken. Eine Fliege hatte sich in ihrem Cocktailglas in eine ungewisse Zukunft gestürzt. Sie rührte unbeeindruckt davon weiter, bis er sie darauf hinwies. Sie lachten. Sahen einander in die Augen. In diesem Moment ertappte er sich dabei, daß er sie gern *Mutter* genannt hätte – das war ihm noch nie passiert. Verlegen wischte er sich den plötzlich einschießenden Schweiß von der Stirn und dachte daran, daß sein Vater es ihm ermöglichen könnte, sie tatsächlich *Mutter* zu nennen.

Das Hähnchen kam, eine braunrote Hälfte Tier mit Kartoffelstiften, die zu stark nach Altöl rochen, um appetitlich zu sein. Der Schuhcremegeruch stieg wieder auf. Trotzdem aß er das Fleisch mit so etwas wie Heißhunger, nicht wissend, wo der herkam. Zwischen den Bissen suchte er in ihrem Gesicht nach vertrauten Zügen, die sich aber nicht einstellen wollten. Schließlich, als er den letzten Rest Ketchup aufwischte, kam Bert Willer an den Tisch, breitschultrig und grinsend, und Davids sekundenlangem Erschrecken folgte bald ein unausgesprochener, aber um so spürbarerer Einklang mit seinem Vater, der sich dazusetzte und ein Bier bestellte. So hatten sie selten gesessen. Entspannt. Um eine Frau buhlend. Satt. Bert Willers Augen überzogen sich mit einem etwas milchig anmutenden Glanz. Er fütterte ein Hündchen, das um ihre Füße strich und offenbar einem Paar von einem der Nachbartische gehörte, verlegenheitshalber mit Davids übriggelassenen Pommes frites, was das

Tier mit Dank und einem fortgesetzten, getreulichen Scharwenzeln quittierte. Der Junge wunderte sich darüber, was Hunde so alles fraßen, zu Hause hätte man das keinem der Viecher anbieten können. Das Streicheln des Schwanzes, des Leibes, des Kopfes auf ihrer Haut machte die Frau frösteln. Sie heiße Morneweg, sagte sie da, Michaela, und das Nennen ihres Namens kam einem verzweifelten Aufbäumen gegen die Gegenwart des Tieres gleich, das sie offenbar aufbrachte. Sie leide an einer Hundehaarallergie, meinte sie erklärend, stand auf und ging zum Besitzerpaar, sie bittend, das Tier anzuleinen. Der Mann erhob sich, kopfschüttelnd, seine Verwunderung vor sich hinmurmelnd, und nahm den Hund fort. *Michaela?* Bert Willer sprach den Namen drei-, viermal aus; jedesmal mit einem anderen untergelegten Klang. Zum einen gurrend, zum anderen kehlig oder gepreßt, als riefe er leise nach einer Verfluchten. Dazu lachte er laut, und auch Michaela kicherte, warf den Kopf nach hinten, daß ihr langes, dunkles Haar flog. Für einen Moment schienen David die Bewegungen der beiden Erwachsenen wie in Zeitlupe zerhackt. Während Michaela den Kopf wieder langsam nach vorne nahm, fing Bert Willers rechte Hand mit großer Selbstverständlichkeit und ebenso selbstverständlicher Langsamkeit ihr Haar ein, hielt es fest, bis der Blick des Jungen implodierte, daß er die Augen schloß, und als er sie wieder öffnete, saßen sein Vater und die Frau nebeneinander, als sei das Gewesene nicht gewesen, sondern habe sich nur auf seiner Netzhaut ereignet. David gab vor, ins Bett gehen zu wollen. In plötzlicher Raserei erhob er sich und rannte davon, rannte, bis er völlig außer Atem war und weit entfernt vom Hotel, dessen Eingangshalle er rennend passiert hatte, zum ungläubigen Stutzen des Personals. Hier draußen, am Beginn der Steilküste, die sich viel weiter zog, als man von oben annahm, hockte er jetzt auf einem Stein und versuchte lächelnd, sich seinen Vater im Alleingang mit Michaela vorzustellen. Wie er sie anbaggern würde. Wie er seine Hände schließlich kaum noch würde im

Zaum halten können. Wie seine Augen immer milchiger glänzten im Anwachsen seiner Lust. So *beachtlich* erschien ihm sein Vater, daß er beschloß, es ab morgen mit ein wenig mehr Achtung und Respekt zu versuchen statt mit hündischer Anhänglichkeit, die ihn selbst befremdete. Auch wenn sie in jenem Moment entstanden war, als sein Vater ihm mitgeteilt hatte, daß er ein eigenes Zimmer habe für die Dauer des Urlaubs.

Ein Paar näherte sich ihm. Als es nahe genug war, erkannte David die Zwillinge aus seinem Nachbarzimmer. Das Mädchen weißblond und füllig, der Junge etwas größer und mit dunklerem Haar. Sie waren siebzehn, ein Jahr älter als David, und begrüßten sich johlend, waren sie doch schon am Nachmittag auf Tuchfühlung zueinander gegangen und hatten ein Eis zusammen gegessen, das er, David, ausgegeben hatte. Dabei war ihm aufgefallen, erinnerte er sich jetzt, wie intelligent das Mädchen zu sein schien – etwas, was ihm bislang an keinem Menschen aufgefallen war. Er wußte nicht einmal, woran er den Eindruck ausgeprägter Intelligenz festmachen sollte. Das Mädchen sprach nicht laut, im Gegensatz zu ihrem Bruder, dessen Worte wie Donnergrollen aus seinem Inneren aufzusteigen schienen. David lud die beiden ein, sich mit ihm auf eine Bank zu setzen, die er in vielleicht hundert Metern Entfernung entdeckt hatte. Während sie darauf zuliefen, fragte er nach ihren Eltern. Die Gesichter der beiden wurden für einen Atemzug starr, weiteten sich aber sofort wieder. *Ach, die …* Der Junge wieherte nun, hob seine Arme und gab den Affen, während seine Schwester ihm neckend einen Riegel Schokolade vorhielt. Auch für David hatte sie einen übrig, und als sie die Bank erreicht hatten, gaben sie sich erst einmal gemeinsam der Lutscherei hin.

Bert Willer hatte seinen Sohn schon beinahe vergessen, als er noch am Tisch gesessen hatte. Wieviel weniger vermißte er ihn erst, als er mit Michaela abschob. Abzog. Als er mit seinen Händen endlich hingeriet, wo seine Augen schon eine Weile haltgemacht hatten! Aber, und darauf hatten sie sich nicht zu einigen, sondern einander nur zu folgen brauchen in unaufschiebbarer Appetenz, das war niemandem sichtbar, denn es ereignete sich in Michaelas Zimmer, und als Bert Willer dieses Zimmer wieder verließ, fühlte er sich groß und wohl.

◆ ◆ ◆

Der nächste Morgen war ein Desaster. David hatte zum ersten Mal Hanf geraucht, hatte gespürt, wie alles um ihn her klein und eng wurde, und sich wohlgefühlt dabei. Aber nun, es war schon Viertel nach zehn, schlug das Wohlgefühl dröhnend zurück und richtete Kopfschmerzen an. Die beiden Geschwister hatten ihm den Joint zugesteckt, wie man einem Verschworenen eine geheime Information zusteckt: mit konspirativem Grinsen … Begierig hatte er sich drüber hergemacht. Zu Hause war ihm egal, wenn hinter der Schulhofhecke gekifft wurde, er war ein Sonderling in dieser Frage.

Er stand auf und sah belustigt die Flasche Schnaps, die er sich gestern noch hatte kaufen lassen von den Zwillingen. Nie würde er solch ein Zeugs anrühren, dachte er, und es tat ihm nicht einmal um die Peseten leid, die er dafür gelassen hatte: Er fühlte sich angemessen bestraft mit dem Verlust seines Taschengeldes. Stand also auf. Der Gedanke an Frühstück verursachte ihm Brechreiz. Er hielt zunächst seinen armen, gebeutelten Kopf unter die kalte Dusche, was den Druck für einen Moment betäubte, ihn dann aber um so heftiger zulangen ließ. Aufjaulend fiel er auf's Bett zurück und versuchte, an den gestrigen Abend zu denken, aber durch den Schmerz konnte er allenfalls wie durch eine halbwegs blickdichte Gardine hindurchsehen. Aspirin hatte er immer dabei, es war eine der komischen Angewohnheiten seiner Mutter gewesen, morgens zwei Tabletten davon zu schlucken und zu meinen, daß das Blut dann schneller fließe. Durch Kopf, Arme und Beine. Er nahm also zwei Aspirin, was einen sofortigen Durchfall auslöste – das Blut floß offenbar nicht nur durch Kopf, Arme und Beine schneller. Erleichtert setzte er sich nun an den kleinen Tisch, der am Zimmerfenster stand, und irgend etwas, vielleicht das, was ihm seine Mutter an dieser Stelle hatte einfallen lassen, verlangte von ihm, nach den Papieren zu greifen, die er zwischen seinen Hemden hierhergebracht hatte. Noch klebte der Schmerz, ein Klumpen pappigen Schnees, über dem Nasenbein, aber er taute allmählich, ohne die Drohung seiner Wiederkehr fortzunehmen. Was David heute aufblätterte, war von anderem Format als die vorausgegangenen Seiten, war eine Abhandlung zum *Einsatz von politisch-operativen Zersetzungsmaßnahmen im Rahmen der operativen Vorgangsbearbeitung gegen Erscheinungen des politischen Untergrundes im Verantwortungsbereich der Linie XX/7*, vorgelegt an der Juristischen Hochschule Potsdam. *Ministerium für Staatssicherheit* stand auf der ersten Seite, daneben ein Stempel, der das Ganze als *Geheime Verschlußsache* auswies. Als er eben umblättern wollte, fiel sein Blick auf den Namen des Autors, und da, tatsächlich, war ihm, als sei eine Schar Erbsen vor seinen Augen vorbeigehuscht, die Buchstaben tänzelten auf der Zeile, verwischten einander gegenseitig, ehe sie sich wieder ordneten und er nun las: *Bert Willer*, als Dienstgrad ein *Hptm.* vor den Vornamen gespannt. Etwas, was gar nicht sein konnte: Sein Vater war Historiker, hatte Geschichte studiert! War abgewickelt worden, völlig zu Unrecht, mit seinem ganzen Institut, kurz nach der *Wende*, zu einer Zeit, die ihn als brabbelndes, matschendes Kleinkind erwischt und so kaltgelassen hatte, wie jede Zeit ihn kaltgelassen hätte damals – es war warm, und es gab genug zu essen, er hatte eine ihn liebende Mutter und einen ihn liebenden Vater gehabt, und in der Rückschau erschien ihm diese Zeit so unnachahmlich friedlich, daß ihm augenblicklich Tränen aufschießen wollten. Trotzdem las er sich fest, fraß sich durch die Seiten. Eine Fremdsprache war es nicht, die da verwandt wurde, und doch erschien ihm das Geschriebene von seltsamem Zuschnitt, er verstand viele Wörter nicht beim ersten Mal, sondern erst nach zweitem, drittem Lesen der zusammenhängenden Textteile. Seltsam lächerlich kamen ihm die theoretischen Passagen der Arbeit vor, aber was Bert Willer beim *Herausarbeiten der schwächsten Punkte und der empfindlichsten Stellen für die Anwendung von Zersetzungsmaßnahmen* beschrieb, was er an *politisch-operativen Zersetzungsmaßnahmen in Form der Hervorrufung psychologischer Drucksituationen bei den bearbeiteten Personen* erfand, das verwirrte David nicht nur, sondern machte ihm Angst. Von wem sollte da eingegriffen werden *in Verhältnisse der bearbeiteten Personen zu Frauen*? Wer sollte *ihre Lebensgewohnheiten negativ beeinflussen*, sollte sie zum *Alkoholmißbrauch, zu sexuellen Ausschweifungen, zur Spielleidenschaft* verleiten? Oder, hier zog ein Schauer auf Davids Haut, der so bald nicht verschwinden wollte, wer sollte für eine *den Wünschen der bearbeiteten Hauptperson widersprechende medizinische Betreuung* sorgen? Von einem *Arzt-IM* war die Rede, der die Person *im unklaren lassen* sollte *über mögliche organische Leiden*, statt dessen *Gerüchte darüber verbreiten* und *vorsichtige Zweifel an der vollen geistigen Zurechnungsfähigkeit* äußern, die Person *zum Neurologen* überweisen. *Nervenaufreibende kleine Zwischenfälle* seien zu organisieren, *Beschädigungen des persönlichen Eigentums wie PKW oder Wochenendgrundstück*. Das Wort *Legende*, eines von Davids liebsten Worten, bekam einen erbärmlichen Klang. Zuvor in milchweißem Nebelkleid, war es nach der Lektüre nackt. Stand bestechlich und mager vor seinen Augen. Wie er es auch anfing, es wollte ihm nicht gelingen, seinen Vater als Verfasser dieser sechsundsechzig Seiten auszumachen. Draußen verflog der helle Sonnentag, er hörte das Gekreisch der Kinder nicht, die am Pool um die Wette balzten, und er sah den Schatten nicht zu, die durch sein Zimmer wanderten, auf den Abend hin. Eingefleischte Reflexe wie der Zwölf-Uhr-Hunger oder der nachmittägliche Riegel-Appetit waren ohnehin für den heutigen Tag ausgehebelt. Nicht einmal Durst verspürte er, obwohl der

Schweiß lief und er oft genug mit dem Handtuch, das noch nahebei lag vom Abtrocknen der Haare, über Stirn und Brust strich. Seine Geduld war längst am Ende, das merkte er, als er die Arbeit aus der Hand legte, erst einmal aufstand und ein paar Runden drehte im Zimmer. Sich viele Male niederbeugte, den Oberkörper wieder aufrichtete und mit beiden Armen nach hinten federte. Sein Jungengesicht hatte die Zeit, die alte Fettvettel, welken lassen wollen, aber er wehrte sie ab: Das Blut war während des Niederbeugens in den Kopf geflutet und hatte sie gar nicht zum Zuge kommen lassen mit ihrer Attacke. So hockte sie neben ihm und hatte kapituliert.

Es klopfte. Die Tür war abgeschlossen, noch von der Nacht her. Sein bekiffter Verstand mußte ausgereicht haben, ihn zum Schlüssel greifen zu lassen. Als er öffnete, zögerlich, erst hatte er die Papiere unter die Bettdecke geschoben und versucht, sich schnell ein wenig herzurichten, sah er seinen Vater. Erwartet hatte er ihn, merkte er jetzt. Bert Willer setzte zu einem ansehnlichen Redeschwall an, fauchte und zischte, aber nach wenigen Sätzen wurde er plötzlich leise. Verstummte. Der Fluchtimpuls kam zunächst unmerklich. Sein Sohn sah ihn an, fixierte ihn, wollte ihn in seinem Inneren aufsuchen, aber Bert Willer floh. Zuerst mit den Augen, die sich weigerten, Kontakt mit David aufzunehmen, dann setzte sich sein ganzer Körper rückwärts in Bewegung. Er lief davon, suchte das Weite, das nicht zu finden war. David sprang ihm hinterher. Rief nicht, aber sein Keuchen blieb Bert Willer auch noch im Ohr, als er längst die Serpentinenstraße zur Küste hinunter eingeschlagen hatte. Zwei-, dreimal mußten sie laut hupenden Autos ausweichen. Eineinhalb Stunden rannten sie, die Straße zog und zog sich. Mit fliegendem Atem fielen sie, als sie unten waren, in den dunklen, fast schwarzen Sand, der den Strand bedeckte. David mochte nicht mehr. Weinte. Kroch langsam zu seinem Vater, um ihm unter die Achsel zu schlüpfen. Seine Tränen fielen beinahe ein wenig kühlend auf Bert Willers Oberarm, so sehr hatte er sich erhitzt während des Laufens. Vorsichtig nahm er Davids Kinn mit der rechten Hand, faltete den Jungen in den Arm und bettete ihn dorthin, wo er als Kind so gern ausgeruht hatte: Seitlich und ganz klein zuammengerutscht lag er über kurz oder lang an seinem Vater, hatte ihm den linken Arm um den Oberkörper geschlungen, und sein Kopf lagerte im Winkel zwischen Arm und Brust.

Bert Willer wußte nicht, was geschehen war. Hatte keine Ahnung vom Fund seines Sohnes in seinem Heiligen Fach. Aber daß etwas geschehen war, wußte er schon, zu durchdringend hatte ihn David angeschaut. Sie lagen schon eine Weile am Strand, miteinander verschlungen, als Bert merkte, daß David eingeschlafen war. Er suchte im Gesicht seines Sohnes Spuren vom Tag, irgend etwas, was ihm verriete, woran er geraten war. Fand nur Sommersprossen. Vor sechsundzwanzig Jahren hatte er Lou kennengelernt, er erinnerte sich jetzt überaus genau daran, wie er sie zum ersten Mal gesehen hatte: Sehr sommersprossig, hatte sie ihn um eine Flasche Ketchup gebeten, die weit oben im Kaufhallenregal stand, und er hatte sie ihr heruntergereicht, mit charmanter Attitüde. Als er das erste Mal mit ihr schlief, hatte sie sich hinterher in der gleichen Art und Weise an ihn geringelt wie nun ihr Sohn es tat, und seine Liebe changierte eine Weile zwischen der des Vaters und der des Mannes. Sein Innerstes hatte er lange Zeit vor ihr verborgen gehalten. Hatte es abgespalten. Sich selbst zwei- oder dreigeteilt. Die Marzahner Tür fiel ihm ein, die ihm aufgetan ward am Tag nach seiner Hochzeit: Sein Führungsoffizier hatte ihm einen herrlichen Strauß Rosen entgegengehalten und ihm im gleichen Atemzug die Adresse von Bejla gegeben, mit der er zu schlafen hatte. Die er *bearbeiten* sollte, um Zugang zu ihrem Freundeskreis und ihren *geheimen Gedanken* zu bekommen. Die, natürlich, *feindlich-negativ* waren. Bejla … Lange schon hatte er nicht mehr an sie gedacht. Wenn er versuchte, sie sich vorzustellen, geriet ihm Lou dazwischen mit ihrem roten Haar. Bejla hatte blondes gehabt. Lange blonde Locken, zwischen denen er schließlich nach Lou gerufen und es verdorben hatte, mit ihr intim zu sein. Ganz froh war er damals gewesen, schließlich hatte er das Theater vier oder fünf Jahre lang gespielt. Verrückt. Wenn er daran dachte, wunderte er sich noch heute über Lous Vertrauensseligkeit. Über ihre langen, schönen Abschiede, mit denen sie ihn auf ihr Wiedersehen einzustimmen hoffte. Als sie schwanger wurde, war er froh, daß nun eine Last von ihm genommen sei – er kam oft genug zu ausgepowert nach Hause, als daß er noch mit Lou hätte schlafen können, obwohl er es wollte. Aber sie wurde während der neun Monate so wild auf ihn, daß er immer länger von zu Hause weggeblieben war, um der Schmach zu entgehen. Damals hatte er, offiziell, seine erste kleine Stellung beim Schriftstellerverband innegehabt. Als Historiker, der selbst schrieb, sollte er sich um junge Autoren kümmern. Kümmerte sich auch. Häufige Dienstreisen. Las. Viele Wochen im Jahr war er unterwegs, wenn die Jungen sich auf obrigkeitsanberaumten Zusammenkünften trafen. Dennoch war es oft genug vorgekommen, daß er früher ab- und bei Bejla anreiste. Zwischendurch hieß Bejla Ruth, Marja oder Kathrin, und er mußte sehr aufpassen, nicht nebenbei noch Vater zu werden. Eine anstrengende Zeit. Fuhr er zu Bejla, trug er andere Kleidung. Hatte die eine Existenz in der Marzahner Wohnung abgelegt und war in die andere hineingeschlüpft. Sogar ein Eau de Toilette war ihm für Bejla angepaßt worden. Bejla liebte dieses Eau de Toilette ... Die Marzahner Wohnung blieb so im Strudel der Anonymität, daß er mit großer Sicherheit anders heraustreten als hineingehen konnte, und es hatte ihm Spaß gemacht, war ihm groß und bedeutend erschienen, die Koordinaten zu wechseln. Wenn er bei Bejla klingelte, war sie regelmäßig sehr überrascht gewesen, ohne sich immer über sein Kommen zu freuen. Aber sie wurde schwach und schwächer, wenn er seine Machoallüren herauskehrte und sie in den Irrglauben verfiel, ihn davon heilen zu müssen. Eine weiche, sehr kluge Frau. Er delektierte sich daran, wie er sie hopsgenommen hatte mit hervorblitzendem Jungenschalk, dem Gehabe eines Möchtegerns und seinem Schwanz dazwischen, den sie nicht hatte ansehen können, ohne danach zu greifen. (Unversehens ging jetzt seine Hand dorthin, er zog sie schnell wieder weg.) Noch einmal treffen konnte er sie nicht. Lou hatte ihm, kurz vor ihrem eigenen Tod, erzählt, daß sie gestorben war. *Eingegangen wie Seebachs schwarze Katze.*

◆ ◆ ◆

Schön war es, neben David zu liegen. Sie schliefen beide, bis der Abend kam. Der Lärm des Badestrandes konnte ihnen nichts anhaben. Einen weiten Rückweg hatten sie vor sich, als sie erwachten. David setzte sich als erster auf, und wie er seinen Vater ansah, ließ viel vermuten. *Was*, fragte der, *ist los? Hast du den Leibhaftigen getroffen?* Das *Ja* starb zwischen Davids Lippen einen seltsamen Tod: Es hatte sich aufgemacht, mit einiger Emphase zuzuschlagen, wurde aber von Bert Willers Blick getroffen wie von einem weichen, einfachen Lappen, der ihm den Atem nahm und es erstickte. So *getroffen* fühlte es sich an, daß David erschrak und den Mund plötzlich aufmachen mußte, damit es herausfallen konnte. Er sah ihm nach. Es kugelte die Steinvorsprünge hinab und fiel schließlich ins Meer. Ohne Lappen hätte es sicher ein lautes, klatschendes Geräusch verursacht, so aber blieb es bei einem schmalzüngigen Schmatzlaut, mit dem es unterging. Bert Willer hing mit den Augen seinem unfreiwillig schweigenden Sohn an. Wartete. Und wirklich: Nach Minuten angestrengten Stilleseins begann David zu sprechen. Erst langsam, dann zügiger ging die Rede. Von Zweifeln. Zwängen. Zerissensein. Seinem eigenen, als er die Arbeit las, mit der sein Vater sich ein Diplom geholt hatte an der Juristischen Hochschule Potsdam. Wie ihm aufgegangen war, daß die eilfertigen Berichte aus seines Vaters Hand und Hirn stammten. Ob er letzteres ausgeschaltet hatte. Ob es das Ei des Kolumbus gewesen sei, das er da zu finden geglaubt hatte? Ob das Ei des Kolumbus für einen wie ihn nicht ein bißchen zu groß gewesen sei? Ob seine eigenen Eier dem des Kolumbus überhaupt angemessen gewesen seien in ihrer Größe, ihrem fetten, anstelligen Geschaukel vor fremder Frauen Augen? Gar nicht mehr aufhören wollten Davids Fragen an den Vater. Er steigerte sich hinein in eine Tirade von Anklagen. Rätseln, die ihm sein Vater gestellt habe. Womöglich, und hierbei zeigte sein angeschlagenes Gesicht Entsetzen über die eigene Courage, hatte der Tod der Mutter damit zu tun? Hatte sie es gewußt, es herausbekommen? Die Leute am Strand machten einen Bogen um die beiden auf ihrem Heimweg, stellten sich taub. Die meisten waren Spanier. Ausländer gerieten nur selten hierher, in den Schatten der riesigen Hotelruine, die man von oben aus gar nicht sehen konnte. Die Einheimischen waren mit ihren Autos hier heruntergekommen und hatten die Stille der Bucht gesucht, die durch Davids zunehmenden Stimmumfang jetzt auf die Probe gestellt wurde. Sein Vater war sprachlos, zuckte bei besonders scharfen und spitzen Bemerkungen des Jungen zusammen und hielt eine Hand mit der anderen fest, um sie nicht, alternierend, über den Kopf zu reißen in gespannter Erwartung. Seine Gesichtsfarbe wechselte von bleichem Grau in grünstichiges Rot, die Haut heizte sich offenbar gewaltig auf unter dem Wortschwall des Jungen. Schien sogar ihre Dicke zu verdoppeln: Ganz gebläht schaute er an David vorbei, die Augen flohen ihn und ließen ihm nicht eine Sekunde die Chance, ihn zu fixieren. So gehetzt kam er sich vor, daß nun sogar die Beine zu zucken begannen, als wolle er losstürzen und davonlaufen, aber wohin? Den Berg konnte er unmöglich schaffen, sein Serpentinengeschlängel nahm ihm den Atem schon bei der bloßen Vorstellung. Blieb also sitzen und suchte eine Schräge für seinen Blick, ihn darauf zu richten, daß er abrollen mußte, aber immer wieder hinaufklettern und den Augen seines Sohnes entgehen konnte. Die Zeit tat, als verginge sie ausdauernd ins Endlose, war aber nur so weit gekommen, daß er ihren Rockzipfel noch mit der Hand hätte greifen können, wenn er gewollt hätte. Wenn er gewußt hätte, daß sie sich, wieder einmal, an der Entfernung zu schaffen machte, die ihn von seinem Sohn trennte. Die sie gerne groß genug gehabt hätte, um den einen abzuschneiden vom anderen, daß sie alleine hätten weitertölpeln müssen. Einer ohne den anderen, ohne dessen Faden zur Mutter, der in Davids Fall einer imaginären Nabelschnur ähnelte, die er um den Körper gewikkelt trug, bei Bert aber einem hohlen, farblosen Seil, das sich von ihm aus zum Himmel spannte, wo er Lou vermutete. Nabelschnur und Hohlseil gerieten oft genug aneinander. Ineinander. Verhedderten sich, daß einer die Art und Weise des anderen zu spüren bekam, wie es um dessen Verbindung zu Lou bestellt war. Nicht, daß sie sich davon erzählt hätten. Das nicht. Aber Davids Nabelschnur war um so vieles fester und kompakter als Berts luftige Verknüpfung, diese hingegen so offen für Neues, Ungewohntes, daß beide etwas davon hatten, wenn sich ihre Mutterfraufäden verhedderten. Die Zeit fühlte sich hier einigermaßen machtlos, und das gefiel ihr nicht.

Nach einigen hoch aufschluchzenden Schlußtönen versiegte Davids Ansprache. Die Zuckungen seines Vaters vergingen ebenso wie das Handfesthalten, er löste sich. Etwas löste sich. Bert Willer sah im Rückspiegel des einzigen Autos, das noch unweit von ihnen parkte, plötzlich eine Gruppe von recht kleinen Schulkindern, die einander nicht gut zu sein schienen, denn sie bekriegten sich ausdauernd. Die Lehrerin, mittleren Alters, hatte sich schick und sogar ein wenig auffallend gekleidet, konnte das Matronengehabe damit aber nicht außer Kraft setzen, das sie in einige Entfernung von den Kindern brachte. Sie schrie nahezu stimmlos und mit sich überschlagenden Gesichtszügen, sah dabei ängstlich nach links und rechts. So hätte er auch nach rechts und links geschaut, wenn sie ihm nicht zuvorgekommen und dabei behilflich gewesen wäre, sich zu erinnern: An seine Situation, die kein ängstliches Umherschauen gebrauchen konnte, sondern ihn forsch und entschlossen brauchte, damit er herauskam aus ihr. Sofort fiel seine Haut zusammen, nahm den Grünstich aus dem Rot, das dann abblaßte. Bald war er wieder er selbst, Bert Willer, der seinem Sohn zeigte, was ein Kerl zu sein hat. Er nahm ihn zur Brust, drückte ihn, daß die Augen hervorzubrechen drohten, und gab ihm anschließend einen Schlag auf die Schultern, der ihn husten ließ. David staunte mit aufgerissenen Augen seinem Vater mitten ins Gesicht, der nun nicht mehr auswich, sondern den Jungen klein machte mit seiner Selbstzucht und Standhaftigkeit. Sie schienen quitt für's erste und standen auf, liefen den Kindern hinterher. Ein Bus rollte an, die Truppe von Kleinstlebewesen abzufahren, drehte auf dem weitläufigen Betonplatz vor der Hotelruine und zockelte dann die Serpentinen wieder hinauf. Vater und Sohn waren schon einige hundert Meter zu Fuß hinterhergelaufen, als neben ihnen ein Auto hielt. Die Eltern des Mädchens und des Jungen, mit denen sich David gestern abend bekifft hatte, fragten, ob sie eine Mitfahrgelegenheit suchten. Natürlich ließen sie sich nicht zweimal bitten, doch einzusteigen. Auf Bert Willers Frage, wo sie denn auf einmal hergekommen seien, dort unten habe doch nur noch ein Auto geparkt und das sei rot gewesen wie die Zunge vom kleinen Muck, *Sie kennen doch den Film?*, antwortete der Mann, sie hätten weit hinter der Ruine noch eine kleine Bucht entdeckt. Dorthin zu fahren, so seine Frau, sei zwar verboten, würde aber um diese Tageszeit schon niemanden mehr zum Strafzettel verleiten. Die Kontrolleure seien längst abgezogen. Nein, den Film kenne sie nicht. Es entspann sich ein längeres Gespräch über die DEFA und über den Schauspieler, der Anfang der fünfziger Jahre den kleinen Muck gespielt hatte. Als Präventivmediziner, erzählte Bert, lebe er heute unweit von Hannover und erinnere sich eigentlich kaum noch seiner frühen Filmrolle, die ihn in der DDR zu einem richtigen Kinderstar gemacht habe. Unter dem Mantel des Schweigens habe er ausgeharrt, als seine Mutter die DDR verlassen habe mit ihm. Ja, so sei das gewesen damals. Sie kämen auch aus Hannover!, entgegneten die beiden erfreut, und als der Name des Schauspielers fiel, hielt der Mann auf offener Strecke an, holte ein durchsichtiges Kännchen aus einem Leinenbeutel, der auf dem Rücksitz gelegen hatte, und ergötzte sich daran, daß er von eben jenem Mediziner diese Kanne erworben habe, Jala-Neti, zum Spülen der Nase mit isotoner lauwarmer Salzlösung! Vom kleinen Muck des DDR-Märchenfilms! Na, so ein Zufall aber auch! Und sie hätten nicht einmal geahnt, daß der Typ so eine Vergangenheit habe! Daß man sich auf Teneriffa begegnen mußte, um so was zu erfahren! Das Kännchen nehme er überall mit hin, es habe ihn geheilt von seiner zu trockenen Nasenschleimhaut, außerdem seien er und seine Frau dem Yoga verfallen, wie das so ist, und der Professor sei das schließlich auch, jetzt wird das ja ganz klar, da ist das Orientalische schuld! (Daß der kleine Muck nun weder hinduistische noch buddhistische Lektionen hinter sich hatte, machte dem Mann offenbar nichts aus, nein, er verstieg sich zu einem hanebüchenen Vortrag über das Morgenländische des Yoga, nicht ohne aus seinem Beutelchen das Paket mit dem Salz, Himalaya-Salz nehme er statt Kochsalz, zu greifen und vorzuführen, wie er die Nasenspülung vornehme. Begeistert. Mit abendländischen Gefühlen, natürlich, aber das Morgenländische stiege ihm aus der Tülle des Kännchens dreimal am Tag bis ins Gehirn, sagte er, und das mache ihn glücklich.) Bert Willer lächelte, seine Mimik geriet zwischen einen Anflug von Befriedigung, einem Hannoveraner Ehepaar etwas erklärt zu haben, und leichte Belustigung darüber, wes Geistes Kinder diese Leute waren. Und Kinder schienen sie ihm allemal zu sein, mit ihrem Kännchen, das nun von einem zum anderen wechselte und immer auf's Neue den Abglanz der Verzückung hervorrief. Als der Mann wieder losfuhr, duzte man sich schon, und Bert Willer wurde für den späteren Abend nach Santa Cruz eingeladen, wo man eine nette Bar gefunden habe. Der Kleine – damit meinten sie tatsächlich David, der die ganze Zeit schweigend aus dem Fenster geschaut hatte – könnte die Zeit gut und gerne mit den beiden Rangen des Paares verbringen, sie hätten sich ja schon kennengelernt, *oder?* Bert dachte daran, daß er Michaela Abend und Nacht versprochen hatte. Nur widerstrebend war sie am Morgen aufgebrochen zu einer Delphinfahrt auf's Meer, mit einem Geschwader alter Leutchen und Kinder, aber sie hatte den Ausflug bereits am Ankunftstag gebucht. Bert machte nun geltend, seine Bekanntschaft mitbringen zu wollen, worauf das Hannoveraner Ehepaar lässig abwinkte, *jaja natürlich*, das sei doch ganz klar, und als sie das Hotel erreicht hatten, waren Berts Gedanken durchgebrannt, weit weg von den Ereignissen unten am schwarzen Strand. Weit weg von David und dessen Erschrecken über ihn. Er sah sich in Michaela, stieß und biß sie, daß ihm jetzt schon, in beseligter Erwartung, im Schritt die Hosen emporschnellten, und ehe er ausstieg aus dem Auto, machte es alle Mühe, die Erregung zurückzudrängen, die ihn überrascht hatte.

◆ ◆ ◆

Wieder in seinem Zimmer, geriet David in einen Zustand der Bewegungslosigkeit, der Starre. Kauerte mit aufgerissenen Augen auf der Kante seines Bettes und sah – nichts, obwohl sein Blick im Zimmer blieb und sich hie und da hätte aufhängen können. An einem Bildchen, einem Tapetenmuster oder im Spiegel. Aber in seinem Kopf flatterte so vieles umeinander, daß für Äußeres gar kein Raum blieb, keine Faser frei war. Was in den letzten Stunden geschehen war, hatte ihn einerseits gestärkt, ihm andererseits aber auch alle Kraft aus den Knochen gesogen. Dieses Widerspiel von Stärke und Schwäche konnte er zunächst gar nicht richtig orten in sich, meinte, dem Kraftraub durch seinen Vater, der es ja offenbar gelernt hatte, andere Menschen zu schwächen, ausgesetzt gewesen zu sein, um im nächsten Augenblick zu fühlen, wie hinter der Wirbelsäule eine ungeahnte Kraft sich zusammenballte und er aufpassen mußte, daß sie sich nicht in wildem, unbezähmbaren Schreien Bahn brach. Daß er durcheinander war, hielt er fest für's erste und versuchte, irgend etwas Planvolles zu beginnen. Auf keinen Fall wollte er den Abend mit Kiffbrüderchen und -schwesterchen zubringen. Raffte sich also auf, zog die Papiere zwischen seinen Klamotten hervor, packte sie sorgfältig in seinen schwarzen Rucksack und erinnerte sich daran, daß Teneriffa eine Insel war – so ohne weiteres kam er hier nicht weg, konnte nicht einfach nach Berlin abhauen. Weder per Bahn noch per Anhalter. Während er also noch fieberhaft überlegte, was zu tun sei, bewegten sich seine Füße in Richtung Badezimmer. Er putzte sich die Zähne, ging unter die Dusche und fühlte sich besser, als er das hinter sich hatte. Was noch Platz fand in seinem kleinen Rucksack, packte er ein. Duschbad und Zahnputzzeug, Aspirin, ein paar Unterhosen, Socken und zwei frische Hemden. Dann schloß er das Zimmer und lief ohne Zögern zum Fahrstuhl, fuhr hinunter und bog nicht nach rechts ab, wo er seinen Schlüssel hätte abgeben können beim Portier, sondern nach links, zum Ausgang. Draußen umfing ihn die beginnende Dämmerung immer noch mit drückender Hitze, die aus dem Asphalt aufzusteigen schien. Er sah sich nicht um, wähnte seinen Vater mit Michaela längst im Auto nach Santa Cruz. Wenn er auch nicht wußte, wohin es ihn zog, so wollte er doch die erneute Begegnung mit seinem Vater hinauszögern. Bis ihm die Schwäche nicht mehr nachschlich und von Zeit zu Zeit Oberwasser bekam? Er wußte es nicht, seine Beine trugen ihn den Hang hinauf zur nächstgrößeren Straße, die, er hatte es gestern im Kleinbus abgelesen, fünf Kilometer weiter mit einer rechts von ihr gelegenen Bananenplantage lockte. Dorthin lief er, und als die knappe Stunde um war, ließ er sich weit drinnen unter die Bäume fallen. Schlaf kam noch lange nicht, er hatte ja erst vor kurzem an seinem Vater gedöst … Jetzt fiel ihm ein, wie zufrieden ihn das gemacht hatte, seinen Kopf auf dessen Brust fallen zu lassen. Früher hatte er oft so gelegen, während seine Mutter das Frühstück für sie alle drei bereitet hatte. Er hatte dann so getan, als schliefe er fest, wenn sein Vater grinsend, Lou zugewandt, damit begonnen hatte, leise auf seinen Zustand zu sprechen zu kommen. Ob er wohl tatsächlich fest schliefe? Was für ein süßer Kerl er doch sei! Diese Öhrchen, die sich so genau an die Linie der Wangenknochen anschlössen, daß es eine Freude sei, ihm da ganz vorsichtig reinzubeißen! Und das Mündchen: Ob es sich nicht gleich verziehen wollte? Vor Lachen? Da war es regelmäßig geschehen gewesen um seinen vorgetäuschten Schlaf, sein Körper hatte sich im unterdrückten Klamauk zu schütteln begonnen, und auch sein Mund war in Zuckungen ausgebrochen vor Spaß. Daß er sich jetzt daran erinnerte, ärgerte ihn, er hatte die Wut auf seinen Vater auskosten wollen, als er im Hotel losgezogen war. Zu lesen lohnte nicht mehr. Zwar hatte er seine Taschenlampe mit, fürchtete aber die Insekten, die unweigerlich angelockt würden vom Licht. Ein wenig wunderte er sich, daß hier, in ihm doch fremden Landen, keine Angst über ihn herfiel. Vor Hunger, der sich plötzlich meldete, langte er nach Bananen, schälte sich eines der kleinen grünen Dinger und war entsetzt über den Geschmack. Sicher waren sie noch unreif, er hatte auch die Schale kaum abbekommen. Als er ein kleiner Junge gewesen sei, ein Baby eigentlich noch, wurde erzählt, habe es Bananen nur selten gegeben. Wenn dann jemand kam, der ihm eine mitbrachte, habe es ihn vor freudiger Erwartung beinahe aus seinem Babystuhl getrieben, in dem er ansonsten sehr ruhig saß und der Dinge harrte, die da auf ihn zukamen. Seine Mutter hatte später sein Gesicht nachzuahmen versucht: Die Hände hatte sie hinter die Ohren gelegt und sie zu abstehenden Monstren gemacht, die Augen hatte sie aufgerissen und den Mund zu unartikulierten, spitzen Schreien geöffnet. So habe er ausgesehen als Baby, wenn Bananen im Anzug waren, und daß er wohlbehalten in seinem Stuhl blieb, sei nur der Tatsache zu danken, daß sie ihn darin festgebunden hatten mit einem dunkelblauen Kunststoffgeschirr. So genau sah er Lou jetzt vor sich, daß er sie anredete, vorsichtig, mit knappen, beinahe tonlosen Sätzen. Sie fragte, ob sie auch wütend gewesen sei auf ihren Mann. Ob sie ihn eigentlich gekannt habe? Gewußt, was er für Sachen angerichtet hätte in seinem zweiten, dritten und vierten Leben? Sie zögerte noch, setzte sich dann zu ihm unter die Teneriffa-Bananen und schwieg. Schwieg so lange, daß er seinen Kopf auf ihren Schoß legte und nun doch einschlief. Am nächsten Morgen würde ein herrenloser Hund an ihrer Stelle ruhen, aber das wußte er jetzt noch nicht.

Die Nacht leckte die Hitze allmählich von den Straßen. Bert Willer war mit Michaela und dem Hannoveraner gastgebenden Ehepaar in einer wirklich angenehmen Bar gelandet, in der es nur ums Trinken, nicht aber um andere Dinge ging. Wer sollte sich zurückhalten für die Rückfahrt? Beinahe hätten sie gewürfelt, als Bert großzügig auf ein Taxi zu sprechen kam, das man doch rufen könne und das selbstverständlich er bezahlen würde. Morgen wolle er sich ohnehin ein Auto mieten, und mit dem könne man dann noch einmal hierher fahren und das andere Gefährt abholen. Würfeln ade. Mit dem Trinken ging es hoch her. Die Cocktails, denen sie zusprachen, flossen die Kehlen hinab wie süße fruchtige Säfte. Man unterhielt sich gut, ohne einander eine nähere Bekanntschaft aufzunötigen. Natürlich wurden nach dem vierten, fünften Glas die Namen entblättert, die trotz gemeinsamer Heimfahrt noch im Dunkeln dümpelten: Das Ehepaar stellte sich als Silvia und Thomas vor. Hinterlechner. Ein bayrischer Name. Aber sie fühlten nicht bayrisch, eher sozialdemokratisch, *nicht, Silvi?*, wie es dem Wohnort angemessener sei. Der Kanzler sei ja auch einer von ihnen, ein Hannoveraner Bürger eben, und er habe ein relativ bescheidenes Häuschen in der Stadt gekauft und bezogen, *ich sage: relativ!*, das sei nicht viel größer als ihres, und ihres sei doch eher bescheiden, *ich sage: eher!*, da könne man ihm wirklich keinen Vorwurf machen. So plätscherte das Gespräch dahin, und Michaela merkte erst, als sie irgendwann zu später Stunde auf die Toilette mußte, dort in die Knie ging und das bekam, was man einen Filmriß nennt, daß es zu viel gewesen war. Sie mußte schon eine ganze Weile zwischen Tür und Toilettenbecken gelegen haben, als Silvia laut juchzend nach ihr rief. Zu sich zu kommen war die eine Sache, die andere, auf das Rufen zu reagieren. So sehr sie sich auch mühte, es kam kein Ton über ihre Lippen. Sie begann sich ein wenig zu rappeln, um Silvia auf sich aufmerksam zu machen. Als die schon eine gute Viertelstunde lang durch die Tür auf sie eingeredet hatte, gelang es ihr endlich, aufzustehen und die Verriegelung zu lösen. Sie fiel Silvia mit untergehenden Augen in die Arme, mußte hochgeschleppt werden in den Barraum und bekam dort erst einmal ein großes Glas Wasser gereicht. Der Barkeeper machte ein gelangweiltes Gesicht, sicher sah er solche Schnapsleichen jeden Tag, hielt sich nur demonstrativ die Nase zu, als er mit dem Wasser kam, und da sahen es auch die anderen: Michaela hatte sich übergeben auf der Toilette, die angetrockneten Bröckchen überzogen das Kleid in schleimiger Spur, und auch Silvia hatte, als sie Michaela abschleppte, gehörig davon abbekommen. *Ostkotze*, sabbelte Thomas beflissen, *richtige Ostkotze, das ist doch was!* Grinste. Das Grinsen verrutschte, wurde zu etwas Abfälligem, das er aber schnell wieder ins Grinsen hinüberziehen konnte. Die Männer versuchten, Stärke hervorzukehren und die Frauen dazu zu bringen, sich einigermaßen zu reinigen, was aber mißlingen mußte: Zu glucksig war die Stimmung, zu gackerig deren Gehabe. Also rief man ein Taxi, der Fahrer freute sich über die weite Strecke, die er zurückzulegen hatte und tat so, als nehme er die Bekleckerung der beiden Frauen gar nicht wahr. Hatte aber, ehe sie einstiegen, so etwas wie einen provisorischen Schutzbezug über die hinteren Sitze gebreitet, zwei große Handtücher, über die man sich gewundert hätte, wäre die Verfassung nicht vom Alkohol beeinträchtigt gewesen. So aber nahm man sie als etwas Selbstverständliches, die beiden Frauen bemerkten sie nicht einmal, und

Bert, der neben Michaela hinten zu sitzen kam, achtete nur darauf, daß sie nicht zu sehr verrutschten, während die Frauen immer wieder ihre Sitzposition änderten, indem sie einander Dinge in die Ohren flüsterten, die die Männer nicht hören sollten, und dann, laut auflachend, die Köpfe nach hinten fallen ließen. Gelegentlich lächelte der Fahrer Thomas aufmunternd zu, als der aber darauf nicht reagierte, ließ er es sein. Als sie bei ihrem Hotel ankamen, zahlte Bert anstandslos. Sah dem Taxi noch eine Weile gedankenverloren hinterher, als ihn Thomas' Rufe erreichten: Nicht verlassen wollten einander die Frauen, hatten sich eng untergehakt und waren auf dem Weg in Silvias Zimmer, das ja auch Thomas' Zimmer war! Lohnte sich eine lautstarke Auseinandersetzung? Jetzt, gegen Morgen, wo die meisten Leute im Hotel schliefen und ihre Träume die Luft verdickten in den Fluren? Die Männer sahen einander für Augenblicke in die Augen. Bert hätte Michaela den Schlüssel ihres Zimmers entwinden und dorthin ziehen können für den Rest der Nacht, und er hätte Thomas in sein Zimmer schicken können, aber das war ihm zu anstrengend. Also gab er sich geschlagen und forderte Thomas auf, doch mit zu ihm zu kommen, auf sein Zimmer, das für zwei ausgelegt war.

Als sie später nebeneinanderlagen, wunderte sich Bert, daß Michaela vergriffen war. Er fühlte sie nicht. Statt dessen begann Thomas ihn auszufragen, und seine Müdigkeit, die ihn eben noch im Gedenken an seine Freundin enttäuscht hatte einschlafen lassen wollen, verflog. Ihr Gespräch begann kreisend, im Anflug auf noch ungenaue Ziele immer wieder ein bißchen zögernd, aber doch beharrlich. Thomas interessierte sich für Berts Frauengeschichten, schien es, und Bert, der davon schon sehr lange mit niemandem mehr gesprochen hatte, verspürte keine Lust, darüber Auskünfte zu erteilen. Erzählte statt dessen von seinen Armeejahren in der DDR, die ihm den Ruf eines *elenden Zivilisten* eingetragen hatten, und von seiner Liebe zu Lou, der Toten, die begraben lag auf einem Mahlsdorfer Friedhof unter hohen Bäumen. Beide Geschichten verschränkten sich ineinander, so daß Thomas immer wieder versuchte, sie auseinanderzuziehen wie die beiden Seiten eines Reißverschlusses. Tatsächlich hatte Bert die Sehnsucht nach Lou bei der Fahne kennengelernt, sie hatte ihn überrascht. Zwar war er verliebt in sie gewesen, als er eingezogen wurde, aber daß man lechzen konnte nach einem anderen Menschen, war ihm neu gewesen. Während der anderthalb Jahre hatte er ihr Brief um Brief geschrieben, hatte ihr auf seinen Postengängen Schnitzereien fabriziert, Puppen gebastelt oder kleine Faltpapierchen geknifft, daß sie darin hätte untergehen sollen, wenn es nach ihm gegangen wäre. Daß sie schön festsäße zwischen all dem Zeugs, wenn er nach Hause käme. Natürlich hatte sie keineswegs festgesessen, wenn er bei ihr ankam. Er traf sie mit Kommilitonen beim Kartenspielen oder im Gespräch, wartete auf sie, wenn sie mit einem anderen Mädchen joggte, oder, was das schlimmste war, sie kam ein oder zwei Nächte gar nicht nach Hause in ihr Wohnheimzimmer, sondern langte am zweiten, dritten Tag völlig erschöpft, prustend vor Lachen und voller Freude über ihn an, ohne zu sagen, wo sie gewesen war. Er hatte die Zeit so begierig auf sie verbracht, daß ihm nach Aufklärung nicht der Sinn stand, sondern sie hatten ihre Mitbewohnerin gebeten, die nächsten Stunden, vielleicht sogar die Nacht?, bei jemand anderem zu verbringen, und regelmäßig war er dann über sie hergefallen mit einem Wolfshunger, der sich gewaschen hatte. Wenn er wieder wegmußte, hatte sie mit Sicherheit einige versäumte Vorlesungen hinter sich, ärgerte sich auch darüber, schickte sich aber drein mit einem lachenden und einem weinenden Auge, aus denen sie ihm letzte Blicke zuwarf durch das Fenster des abfahrenden Zuges. Das erzählte sich leicht, und Bert merkte nicht, daß er bald darauf andere Töne anschlug, die ebenso leicht klangen, aber aus einem ganz anderen Winkel seiner selbst kamen.

◆ ◆ ◆

Das Wetter, frei von Kapriolen irgendwelcher Art, schien der Insel ewigen Sonnenschein verordnet zu haben. Unweit vom Ort seines Erwachens, den Kopf auf den Flanken eines großen, herrenlosen Hundes, konnte David über ein Feld voller Kakteen sehen. Er kannte Kakteen nur als kleine, unscheinbare Exemplare, die auf den Fensterbänken seines Klassenraumes den großen Ferien entgegendümpelten. Dann wurden sie in Pflege genommen von einigen anstelligen Mädchen, die selbst mit Kakteen experimentierten zu Hause, oder von den Lehrern, und wenn die Schule im Spätsommer wieder begann, waren sie zumindest so kräftig, es wieder ein Jahr lang auszuhalten als Verbrämung eigentlich schmuckloser Zustände. Hier aber waren sie so groß gewachsen wie David, trugen Blüten oder Kakteenfeigen. Er stellte sie sich zu Hause vor, in seinem Klassenzimmer, und fühlte sich sofort sicherer im halbschattigen Dunkel, das sie hervorriefen. Schummerig genug, Marias Brust im Vorbeigehen zu berühren? Der Gedanke erschreckte ihn zunächst, belustigte ihn aber bald. Selten war er sich seiner Sexualität bewußt geworden, hatte immer hinuntergekämpft, was im Anzug war. Selbst wenn er gelegentlich masturbierte, tat er es im Halbdunkel des Halbschlafs, mit halbem Einsatz, halbem Phlegma. Er sah, daß der Hund weiblich war, was eine gewisse Beschämung hervorrief, deren Ursache auszumachen er nicht imstande war.

Streichelte, kraulte, tätschelte die Hündin. Ein warmes Gefühl bemächtigte sich seiner, als das Bild seiner Mutter schemenhaft aufging, wie sie sich gestern abend um ihn gesorgt hatte. Als ihm einfiel, daß sie geschwiegen und keine Antwort übrig gehabt hatte für seine Fragen, war das Bild schon wieder verschwunden, aber die Hündin war noch da. Mag sein, daß die Zeit, die alte Fettvettel, in diesem Augenblick eingriff, mag sein, daß ihr in diesem Augenblick nichts Besseres einfiel – die Hündin rief fortan in David Sohnesgefühle hervor, er hatte sich von einem Augenaufschlag zum nächsten mit der imaginären Nabelschnur an das Tier binden lassen. Rief die Hündin Lou, worauf sie von allem Anfang an hörte und getreulich neben ihm hertrotten sollte. Vorerst aber nahm er noch eine von den grünen Bananen, ehe er es wagte, auch eine Kaktusfeige abzureißen.

Die Sonne stand hoch, als er sich auf den Fußmarsch nach Puerto de la Cruz machte. Dort wollte er, mit einem Rest Geld, den er noch gefunden hatte in seiner Jacke, das ausgedehnte Bad am Strand durchstreifen. Drei, vier große Becken hatte er von außen ausmachen können, und es erschien ihm als sicherer Zufluchtsort für den vor ihm liegenden Tag – hier würde ihn sein Vater weder suchen noch finden. Sicher würde er den Strandabschnitt abwandern, an dem sie gestern gelegen hatten, und er würde in der Umgebung des Hotels planlos herumstreifen, falls ihm der Sinn ohnehin nicht nur nach Michaela stünde. Aber der erste Tag seiner Abwesenheit würde seinen Vater nicht weiter erschrecken, davon war er überzeugt, als ihm am Einlaß ins Bad bedeutet wurde, er könne diesen Hund unmöglich mit hineinnehmen. Diskussionen fruchteten nichts, so daß er nach einer Weile abzog und auf der gegenüberliegenden Straßenseite in eine McDonald's-Bude einkehrte, wo er sein Geld auf den Kopf haute. Einigermaßen satt, stand er nach einer Dreiviertelstunde wieder in der Nähe des Bad-Einlasses herum und fragte sich, was er tun solle. Fragte Lou, was er tun solle. Die stupste ein paarmal ihren Kopf gegen seine Beine, seinen Unterleib, rollte sich im Straßenstaub und blieb liegen, so daß auch er sich unter einem Baum auf eine eben freiwerdende Bank niederließ und, ein wenig unschlüssig noch, nach den Papieren in seinem Rucksack zu wühlen begann. David las. Davon, was Zersetzung bedeuten sollte, machte er sich unterdessen einen Begriff. Er suchte sich eine Vorstellung zu machen von jener Bejla, um die es auch in den anderen Berichten seines Vaters gegangen war. Der Zuname geschwärzt. Von ihrem Aussehen war die Rede (klein, zierlich, blond gelockt, blauäugig) und von ihrer Art, Verabredungen zu treffen (zögerlich, überlegend) und einzuhalten (unbedingt, pünktlich), von ihren Beischlafgewohnheiten (leicht erregbar, wenn der Damm einmal gebrochen war, aber auch sehr fordernd und ausdauernd) und ihrer Kleidung (»hippiemäßig«, in Anführungszeichen). Von ihrem Verlangen, »er« möge öfter und zuverlässiger bei ihr auftauchen. Von ihrer Arbeit in einer kirchlichen Oppositionsgruppe, die sich Saalefelder Friedenskeis nannte und eine auf Ormig vervielfältigte regelmäßige Publikation herausbrachte, den Saalefelder Feuermelder. Vom Bemühen seines Vaters, den Zugang zur Gruppe durch sein Verhältnis mit und zu Bejla aufrechtzuerhalten und auszubauen, aber auch von den Schwierigkeiten, die ihm in sexueller Hinsicht daraus erwuchsen, Bejla und seiner Frau gleichermaßen beischlafen zu sollen. Dieser Bericht seines Vaters stammte aus dem Jahre 1986. Da war er noch nicht einmal geboren, seine Eltern aber schon längst verheiratet gewesen. Von Bejla ging die Rede, daß sie ängstlich bis panisch auf Versuche seines Vaters reagiert habe, zu Unzeiten zu kommen und zu gehen, ihr also keine Hoffnungen, sie aber abhängig von seinen Besuchen bei ihr zu machen. Panisch? Ängstlich? Wurde er auch auf der Stelle. Seine Knie begannen in zackigem, scharfem Rhythmus aneinanderzuschlagen, daß es den Vorübergehenden ein auffallendes Bedürfnis wurde, darauf nicht zu achten. Hätte er den Hund nicht bei sich gehabt, hätten seine Hände für ihre rasende Fahrt keine andere Domäne als seinen eigenen Leib gefunden. So aber konnten sie Lou durchs Fell fummeln, und je mehr er die Wärme des Hundes fühlte, um so erstaunter wurde er über dessen Lebendigkeit. Zum ersten Mal schien es ihm, als sei das Leben des Hundes dem seinen überlegen, denn er vermochte ihm Ruhe und Stetigkeit zu suggerieren, wo eben noch helle Aufregung gewesen war. David liebkoste den Hund Lou, küsste ihm gar die Schnauze. Seine Knie hatten sich sehr schnell beruhigt. Er überlegte, hier auf der Bank den Tag zu verbringen und den Leuten zuzusehen, wie sie ins Bad hineingingen, aus dem

Bad herauskamen, vorbeiflanierten, Freunde oder Verwandte überschwänglich begrüßten, Eis aßen, Cola tranken, Ball spielten, afrikanischen Schmuck kauften. Es war noch früh am Tage. Wenn er es recht bedachte, könnte er gegen Abend zum nächstgelegenen Supermarkt laufen, wo zweimal am Tag ein Shuttlebus zum Hotel abfuhr. Kostenlos. Glück brauchte er, um darin noch einen Platz abzubekommen, hatte er das Gefährt doch nicht für die Fahrt hierher genutzt. Meist voll bis auf den letzten Platz, durfte nur zurückfahren, wer auch gekommen war damit … Bis dahin war noch viel Zeit, und David verlegte sich aufs Schauen. Steckte die Papiere wieder weg, nicht ohne von Zeit zu Zeit einen leichten Schauder auf der Haut zu verspüren, wenn er sich ihrer erinnerte. Sein Vater war ihm ein Rätsel. Ein kleinteiliges Puzzle, dessen Partikel sich ebensooft aneinanderfügten wie auseinanderdrifteten, so daß es ihm nicht gelang, die Konturen Bert Willers auszufüllen.

◆ ◆ ◆

Aus einem anderen Winkel seiner selbst.

Bert hatte eben begonnen, die lebendige Haut über den *alten Geschichten* mit feinen Skalpellschnitten zu öffnen. Zwischen seine leisen, dennoch scharf zischenden Worte geriet Blut, was das Erzählen erleichterte. Unmerklich hatte er angefangen, die weiche, ledrige Deckhaut mit den Fingern zu unterwandern und nachzufühlen, was damals gewesen war. Bejlas rissige Hände kamen ihm unter und ihre verhornten Fußsohlen, der flache, platte Bauch, den das Fehlen eines Quentchens Speck so anziehend gemacht hatte wie Lous fülligere Hüften, überhaupt waren die beiden Frauen übereinandergelegt worden in seinem Erinnern, ihr Haar verwebt, ihre Brüste nicht zuordenbar. Hatte Lou kräftigere gehabt als Bejla? Ihn interessierte das schon, aber es war nicht auszumachen unter den Bildern, die in ihm aufstiegen, ihn nun mit Unrast und Hochdruck überfluteten, so daß aus seinem Munde schließlich nur so herausfloß, was zu sagen ihm gestern noch nicht eingefallen wäre. Von den beiden Frauen sprach er wie von Konstanten, um die herum sein Leben brandete. Ein Leben, das nach strengen Regeln verlief, die aber gerade in Verzotteltem, Zerzaustem bestanden. Erzählte, wie er in einer Marzahner Wohnung ein Leben ab- und ein anderes angelegt habe. Bejla, in Jena zu Hause und alleinlebend, damals, hatte ihn nie erwartet. In ihren Haushalt eingemeindet zu werden, unter den uralten, bildschönen Porzellantassen, die sie wie besessen sammelte, zum Frühstück wählen zu dürfen, hatte ihm geschmeichelt und einen Unterton abgenötigt, der in den zugehörigen Berichten ein wenig zu sehr nach Verliebtheit klang. Einmal war ein Bekannter von ihr aus Berlin in Jena aufgekreuzt, der ihm den Schreck hatte in die Glieder fahren lassen: Er hatte ihn flüchtig gewahrt auf der Hochzeit eines Freundes. Komisch sah der ihn an, wie Bert fand, aber nach einem kurzen Wortwechsel hatte er sich wohl entschieden, ihn nicht zu kennen. Nach diesem Erlebnis, das er wider alle Anweisung nicht rapportiert hatte, war ihm wichtiger als zuvor, gleich zu Beginn ihrer Begegnungen zu erfahren, wen sie heute oder morgen, denn er blieb meist eine Nacht lang bei ihr, zu treffen gedachte. Ein andermal trug er, schöne Scheiße, Straßenbahnfahrkarten aus Kopenhagen noch in seinem Mantel, als er bei ihr ankam. Das war gewesen, als er sich als volksliedforschender Musikwissenschaftler ausgegeben hatte bei einer seiner ersten West-Reisen. Den Mantel hatte sie übrigens sofort als *nicht von hier* klassifiziert, und er hatte ihr zugestimmt, daß er das gute Stück von seinem Cousin aus Zirndorf geschickt bekommen habe. Das war gut, denn als er später ein Taschentuch aus der Tasche zog und die Fahrscheine hervorrieselten, konnte er erstaunt tun und den Cousin der unordentlichen Wesensart bezichtigen. *Daß der nicht mal seine Manteltaschen ausleert, ehe er Pakete in den Osten schickt!* Es hatte sich ein Gespräch über die Hamlettage in Helsingör angeschlossen, die er tatsächlich besucht hatte, was sie natürlich nicht wissen durfte. Für Lou hatte er eine silberne Kette von dort mitgebracht, von der er ihr erzählte, sie gefunden zu haben zwischen zwei Sitzen des D-Zuges, mit dem er zu ihr fuhr aus Jena, während sie ihn dienstlicherseits in Magdeburg, im Schwermaschinenbaukombinat »Ernst Thälmann«, wähnte, wo er für einen der obersten Chefs eine Rede hätte schreiben müssen. Nächste Stelle. Spaß hatte es ihm gemacht, sich diese Geschichten auszudenken und zwischen den Realitäten zu *switchen*, erzählte er Thomas. (Das Wort *switchen* hatte es ihm vor einem halben Jahr angetan, als es in einer Fernsehsendung um Chaostheorie gegangen und das Umschalten zwischen den Denksystemen so genannt worden war.) Noch nie hatte er zu einem Außenstehenden davon gesprochen, aber es wunderte ihn nicht, daß es heute über ihn kam. Er hätte es auch seinem Papierkorb, dem Kopfkissen oder der Portion Geflügelsalat zum Frühstück erzählt. Wenn die Zeit reif ist, ist sie reif, sagte er und ahnte die fette Vettel nicht einmal, die ihn schräg aus den Augenwinkeln ansah und spöttelte über den Spruch, indem sie ihren Rock hob und einen stinkenden Furz in seine Richtung abpfefferte. Er hatte genug getrunken, um ihn nicht riechen zu müssen.

Sein Sohn hatte Lunte gerochen. Das reichte, um, mit einigen Stunden Verspätung, darüber zu sprechen, was David hatte wissen wollen. Unmerklich geriet zu einer Ansprache an ihn, was er von sich gab im Bett, neben Thomas aus Hannover liegend, und der Alkohol, der doch seine Zunge gelöst hatte!, verabschiedete sich zunehmend, ohne daß der Redeschwall versiegte, ja, es schien sogar, als verflöge mit dem Alkohol jegliche Hemmung, über die doch längst vergangenen Ereignisse zu sprechen, und das, fand Bert später, hätte ihn verwundern müssen. Wo er doch einst Stillschweigen gelobt hatte über dies Tun. Stillhalten, was eventuelle Fragen, Stillfalten, was seine eigenen Gedanken betraf. Hier aber gab es nichts stillzufalten, weil die Gedanken erst im Moment des Aussprechens in sein Bewußtsein aufrückten. Sogar eine brenzlige Situation während des Studiums fiel ihm ein: Seine Kommilitonen hatten eine in Frankfurt an der Oder abgestempelte Postkarte von ihm bekommen, auf der geschrieben stand, daß er sich ausgerechnet dort überraschenderweise einer Blinddarmoperation habe unterziehen müssen. Eines der Mädchen, in Eisenhüttenstadt wohnhaft und unsterblich in ihn verliebt, hatte daraufhin begonnen, ihn zu suchen. Natürlich konnte sie ihn nicht finden, denn es war nur eine legendenbildende Übung gewesen, die Postkarte zu schreiben – zehn Tag brauchte er, um eine seiner geheimdienstlichen Westreisen absolvieren zu können. Als er wieder zurückkam, hatte das Mädchen schon herumerzählt, daß er überhaupt nicht in einem Frankfurter Krankenhaus gelegen habe, und er rettete seine relative Glaubwürdigkeit gerade noch mit der Behauptung, dem Messer im letzten Moment entkommen und nach Berlin verlegt worden zu sein wegen einer Magen-Darm-Geschichte, die zunächst fälschlicherweise als Blinddarmreizung diagnostiziert worden sei. In Berlin war er natürlich nicht gesucht worden.

All diese kleinen Geschichten verknüpften sich zu einem Teppich, in den sich einzurollen ihm gefallen hätte. So tief wollte er darin verschwinden, daß nichts mehr von ihm hervorschaute und diejenigen, zu denen er davon sprach, abließen davon, ihn weiterhin auszuforschen. Lou sah er vor sich mit fragendem Blick, dazu David und den Hannoveraner Thomas, der längst schlief und nicht mehr zuhörte. Einzig Michaela ahnte von alledem nichts, wie ihm jetzt einfiel, aber die Sucht, sich nach ihr zu sehnen, blieb aus. Das wollte ihm nicht gefallen. Es war so gut, in jemanden hineinzugehen und nichts gefragt zu werden, daß seine Tirade augenblicklich verebbte. Er wünschte sich Gürtelrose an den Leib, um einen Schmerz erdulden zu müssen, aber seltsam schmerzlos blieben Kopf, Rumpf und Glieder. Er spürte überhaupt nicht, daß Blut floß, sein Herz schlug, die Peristaltik in seinem Gedärm ihr Werk tat. Als er versuchte, das rechte Bein zu heben, sah er im Halbdunkel zwar, wie es sich reckte, empfand aber die Bewegung nicht. Das Gefühl, möglicherweise nicht mehr am Leben zu sein, nahm er nun mit ruhiger Gelassenheit, ja, sogar mit großer Genugtuung an: Wenn es mit solch spürbarer Entlastung, gar Tröstung über ihn kam, war es nichts Beängstigendes. War vielmehr ein Fall in flaumweiche Federn, die ihm den Blick nahmen auf die beunruhigenden Geschichten, die er gerade erzählt hatte. Auf Vergangenheit, Gegenwart und Zukunft, und im Empfinden einer augenblicklichen Loslösung von allem Irdischen schlief er ein.

◆ ◆ ◆

David hatte den Bus erwischt und sogar einen Platz darin ergattert, ohne ihn einem anderen wegzunehmen. Während der Fahrt zurück zum Hotel lag Lou zu seinen Füßen, es war ein Glück, daß der Fahrer nach anfänglichem Gezänk sich hatte beruhigen lassen und sie mitnahm. Zwei kleine Jungen machten sich sogleich über sie her. Die Augen ihrer herrischen Mütter, die den Hund alsbald verlaust und verwildert fanden und es verbieten wollten, lösten bei David große Lust aus, ihnen Lou auf den Schoß springen zu lassen. Das aber wäre vermutlich nichts geworden, weil Lou derartige Befehle nicht kannte, obwohl sie, wie David zugeben musste, erstaunlich gut *hörte* – sie entnahm wohl dem Tonfall, was er von ihr verlangte. Nie zuvor hatte er einen Hund besessen, und hätte ihm das jemand geweissagt, er hätte ihn glatt für verrückt erklärt, so zuwider war ihm die Vorstellung regelmäßigen Gassi-Gehens und Fütterns stets gewesen. Daß nichts davon mehr seinen Blick auf Lou trübte, nahm er leicht verwundert zur Kenntnis. Spielte in ihrem Fell, lud die kleinen Kerlchen ein, es ihm gleichzutun, den verwilderten Augen ihrer Mütter zum Trotz. Einer der beiden legte seinen Kopf auf Lous Flanke, und ehe noch eine weibliche Hand ihn hätte hochreißen können, war er eingeschlafen. Der Atem des Hundes hob und senkte seinen ruhenden Schädel, dessen Augenhöhlen nun seltsam dunkel und blaurauchig schienen, und dem kleinen Gefährten, der die Pendelwiege der Hundeflanke eine Weile fasziniert beobachtet hatte, fielen die Augen ebenso zu. Plötzliche Stille durchzog den Bus. Eine Chimäre, in deren Anwesenheit sich niemand getraute, auch nur ein Wort zu verlieren, während das Ungesagte in den Schlünden emporkroch und die Mundhöhlen ins Unerträgliche aufblähte. Zum Glück lag das Hotel nur eine knappe halbe Stunde entfernt, und als die Fahrzeugtüren sich öffneten, brach ein Lautstrom vom Zaun, der Lou und David für einen Moment ganz stillstehen und sie staunen ließ. Sie ließen sich aber doch mitreißen, denn in der Menge der Ankommenden fiel Lou nicht auf, zumal David, da sein Zimmer im Nebengebäudetrakt lag, noch vor dem Passieren der Rezeption nach rechts ausscheren konnte. Den Zimmerschlüssel trug er ja bei sich.

Ein ausgedehntes Bad mit anschließendem Fönen, Kämmen und Bürsten verhalf dem Hund zu einem gediegenen Aussehen. Mit Hunderassen kannte sich David einigermaßen aus, und wenn er auch nicht sagen konnte, in welchem Verhältnis die Anteile verschiedenster Arten zu Lou geführt hatten, so musste doch ein Deutscher Schäferhund in die immer wieder von Basenjis geprägte Linie gesprungen sein. Die langen, schlanken und nur kurz behaarten Beine trugen einen eigentlich dürren Hundekörper, den das zottelige, frisch gewaschene Haar aber nun zu einigem Stolz aufbauschte. Lou war eine seltsam erhabene Erscheinung in diesem kleinen, sehr durchschnittlichen Hotelzimmer, und David rieb immer wieder seinen Kopf an ihrem Leib, als wolle er sich von ihrer Ruhe und Erhabenheit gehörig anstecken lassen.

Als es klopfte, öffnete er die Tür und war einigermaßen erstaunt, Michaela Morneweg zu sehen, die ihn nach seinem Vater fragte. Sie sei erst gegen Mittag aufgestanden, sagte sie, und habe, als er nicht anzurufen war, in seinem Zimmer nachschauen wollen, habe auch an der Rezeption gefragt, aber sein Vater sei nicht aufzufinden gewesen. Nicht, daß sie sich Sorgen mache, aber es sei ja wohl besser, jetzt, auf den Abend zu, voneinander zu wissen, da sie die gestrige Nacht doch gemeinsam in jener Bar in Santa Cruz verbracht und sich, wie sie meinte, doch gut verstanden hätten. David bat sie herein, als sie aber den Hund sah, verwies sie auf ihre Allergie und sprang zwei, drei Schritte zurück. Also schloß er Lou im Zimmer ein und erbot sich, Michaela auf einem Spaziergang zu begleiten. Sie schien sich zu freuen, nahm seinen Arm. Lud ihn zum Essen ein, was ihm sehr gelegen kam. Gemeinsam liefen sie den Berghang hinauf, an den das Hotel gebaut worden war. Erzählten sich was. Oben angekommen, sahen sie die Hauptstraße hinauf und hinunter, drehten sich dreimal mit geschlossenen Augen auf ihren Absätzen und zeigten, nur um wenige Grade unterschieden, in beinahe dieselbe Richtung. Kälbernd johlten sie dann auf eine Kneipe am Straßenrand zu, die sich zu ihrer Überraschung als ein chinesisches Lokal outete, als sie eintraten. Nur zwei Tische waren noch unbesetzt, und so drängten sie schnell an den am Fenster, denn gleich hinter ihnen hatte eine familiäre Großhorde die Örtlichkeit erreicht, die maulend wieder abziehen mußte. Als sie allerdings die Speisekarte sahen, war ihnen das viel zu teuer, und schneller, als sie gekommen waren, hatten sie den Salon verlassen, nicht ohne sich zu schütteln vor Ärger über die Preise. Ein Supermarkt hatte noch geöffnet, und so kauften sie spanische Salami, grüne und schwarze Oliven, Stangenweißbrot und einen guten Käse, den es sehr billig dort gab und den insbesondere David liebte. Eine Flasche Wasser dazu. Mit seinem Taschenmesser wurde, im Schatten eines der kleinen, windschiefen Häuschen am Straßenrand alles hübsch vorschriftsmäßig geteilt, und so saßen und aßen sie bald darauf, was Mutter Teneriffa ihnen zu bieten hatte. Zwischen zwei Happen Brot mit Wurst läutete Michaelas Frage nach den kulinarischen Vorlieben seines Vaters Davids plötzliches Mitteilungsbedürfnis ein, und er berichtete von griechischen und italienischen Restaurants, die er in Gegenwart Bert Willers von innen hatte sehen und auskosten dürfen. Vor allem aber erzählte er von Kartoffeln, die sie sich zu Hause in den verschiedensten Varianten zubereiteten. Pell-, Brat- und Salzkartoffeln waren nur schnöde Beilagen, aber Puffer, Pürree mit Butter und Milch, Gnocchi, Rösti, Kroketten, Herzogin- und Backkartoffeln gaben demgegenüber schon edlere Gerichte ab, für die nun wiederum Fleisch und Fisch als Beilagen fungierten. Vom Sauerkraut erzählte er, in das kurz vor dem Ende der Garzeit eine rohe geriebene Kartoffel gegeben werden musste, um es schön sämig zu bekommen, oder vom Eintopf, aus dem Wiener oder Bockwürstchen grüßten. Jedenfalls war es gut, daß sie zu essen hatten und ihren Hunger während der Schwärmerei stillen konnten, sonst wäre es ihnen schlecht bekommen, unter der Abendsonne Teneriffas süchtig nach Kartoffeln zu werden. Die lagen nur als süße Bataten im Gemüseregal des Supermarktes oder gefrostet als Pommes frites in den riesigen Tiefkühltruhen, und darauf hatten sie beide keinen rechten Appetit. Michaela rülpste schließlich hörbar, errötete leicht und schluckte einen letzten Bissen vom Magenschlüsselkäse, wie sie sagte, ehe sie noch Wasser aus der Flasche trank und sich schließlich auch die Finger damit abspülte. David beeilte sich, das Gekaufte restlos zu vertilgen, drückte noch eine Salamiecke ins Weißbrotende und hatte den Käse schon längst aufgegessen, als Michaela auf die Frage nach Bert Willers Verbleib zurückkam. Während sie den Rest Müll zusammenklaubten und in die dünne Supermarkt-Plastiktüte stopften, rätselten sie ein wenig. Rissen Possen, als sie die Tüte zum Müllcontainer brachten. Der wird wohl auf und davon sein, in den Westen abgehauen, spöttelte David, und Michaela konterte, nicht ohne eine schöne schwarze Frau zum Mitnehmen gefunden zu haben, worauf David entgegnete, blasse, weiße Frauen stünden ihm besser, was wiederum Michaela zu der Bemerkung veranlasste, ihm hätte er aber ganz gut gestanden bei ihr, und sie sei doch eher ein brünetter Typ. Sie waren unversehens verstummt. Erschrocken und ein bißchen verlegen schaute sie David von der Seite an, der sich aber das Lachen kaum noch verkneifen konnte und es plötzlich hervorbrechen ließ, daß sie einstimmte. Lange noch delektierten sie sich an der Vorstellung seines Ständers, ohne ihn noch einmal an- oder auszusprechen, und als ihr Gelächter endlich abebbte, waren sie sich einig: Ihn zu finden war ein zu schwieriges Unterfangen für den angebrochenen Abend. Michaela hakte sich bei David unter, und nun zog es sie die Serpentinen hinunter an die See, genau an jene Stelle, wo David gestern mit seinem Vater zugange gewesen war. Es dämmerte schon, als sie dort ankamen.

Was er ihr erzählte? Eine kleine Episode nur, die ihn schroff überfiel und hängenblieb, wo sie eigentlich noch nie etwas gesucht hatte: In seiner Erinnerung. Ihm fiel ein, wie er mit seiner Mutter einmal den Weg zu einem ihrer damaligen Wohnung nahen Gondelteich singend und springend abgelaufen war, fünf Jahre mochte er damals alt gewesen sein, und wie es ihm gefallen hatte, neben ihr im Takt des Liedes, das sie sangen, mit jedem Bein zweimal aufzustampfen und sich überkreuz bei den Händen zu halten. Seine Mutter hatte sich herabgebeugt zu ihm, so daß er ihre Brüste im Kleidausschnitt springen sah, und wenn sie den Weg ein Stück zurückliefen, wie sie überhaupt immer die Richtung wechselten, wenn eine Liedzeile zu Ende ging, brauchten sie sich beide nur umzudrehen, ohne einander loszulassen. Lange hatten sie so für den doch kurzen Weg gebraucht, und die Intensität ihres Beisammenseins war größer als er selbst gewesen, wie ihm schien. Davon erzählte er Michaela, und er nahm ihre Hände wie vordem die seiner Mutter und begann, leise erst und stockend, als sie sich aber umgesehen hatten und weit und breit keine Menschenseele erblickten, auch lauter werdend und schließlich beinahe schreiend, jenes Lied zu singen und dazu zu hüpfen und zu springen wie seinerzeit mit Lou.

Hin und her ging es auf der mit Beton belegten kurzen Strandpromenade, Michaelas Brüste sprangen wie die seiner Mutter, nur daß sie sich nicht herabbeugen mußte zu ihm, und seine Stimme überschlug sich und riß auch sie hin zum Singen, zum Schreien fast. Ihm wurde schwindelig, er geriet mit den Händen sehr nahe an Michaelas Titten, mit dem Mund sehr nahe an ihren Hals, und auf einmal wurde es still um sie herum. Die letzten Liedfetzen stöhnte er ihr beinahe ins Ohr, während ihre und seine Hände nicht mehr den Versuch unternahmen, sich voneinander zu lösen, sondern sich, im Gegenteil, immer wieder fanden auf ihrem Weg in die geheimen Buchten des anderen. Er lächelte, als er mit nun schon großer Selbstverständlichkeit ihre Kleider öffnete und bedächtig neben sich faltete, derweil sie ihn mit großem Erstaunen ansah, allerdings mit einem Erstaunen über sich selbst. Nichts Fremdes stand zwischen ihnen, und wenn sie auch sehr viel älter war als er, so empfand sie das nicht in diesem Moment der Stille, der sie einschloß. Als sie beide nackt waren, war es mit der Lautlosigkeit vorbei. Schnell und schneller holte er in ihr aus, als hätte er das schon tausendmal getan, dabei war es seine Premiere, und wie er sie vor sich hertrieb, vergrößerte ihre Empfindung von Erstaunen noch. Ihr war in jenen Augenblicken, da das Bewußtsein sie kurz streifte, als sei sie noch nie so geübt von jemandem beschlafen worden. Fest krallten sich ihre Hände in seinen Hintern, um sich kurz darauf, als er sie umdrehte und von hinten in sie ging, in den schwarzen Sand des Strandes zu bohren. Dann wieder nahm er sich ihren Schoß mit der Zunge vor. Wie einen Teller, den er nicht lassen konnte, weil ihm die darauf angerichtete Speise so gut geschmeckt hatte, leckte er ihn aus und fuhr noch in die letzten Hautspalten, es war ihr, als entknote er ihre Schamhaarverzwirbelungen und nähme vom Saft, den sie absonderte, so viel, wie er kriegen konnte, und als er zum finalen Sturmritt blies, mit Händen und Mund nach ihr gierte und sie in den Sand stieß, immer wieder, mit der Wucht seines Unterleibes, da wußte sie sich nicht mehr zu helfen und nahm es hin, daß ihr schwarz ward vor Augen und sie erst wieder zu sich kam, als er neben ihr lag. Sein Herz schlug noch schnell und polternd gegen die Wände des Brustkorbes, aber sein Gesicht war glattgezogen und glänzte im Schweiß, der nur langsam trocknete. Sie sah an ihm, dem schnell Eingeschlafenen, vorbei, hinunter zum Meer. Wieder fiel Staunen über sie her. Darüber, daß sie kein schlechtes Gewissen empfand, es mit Vater und Sohn getan zu haben und sich noch dazu vorstellen zu können, es auch weiterhin an beiden Fronten zum Gefecht kommen zu lassen. Warum eigentlich an beiden Fronten? War es nicht vielmehr angebracht, Vater und Sohn gleichzeitig antreten zu lassen? Sie geriet in eine seltsame, ihr noch unbekannte Erregung, als sie sich das auszumalen begann, und ihre Finger fuhren langsam über die Brust des Jungen, die völlig unbehaart dalag und sich so von der seines Vaters unterschied. Ihn nicht aus den Augen lassend, glitt ihr Körper über seinen hin, begann sie, sich auf ihn zu setzen, sein schlaffes, klein gewordenes Glied mit den Fingern zu kneten. Sie sah auf ihre braunen Brüste hinab, die ihr auf einmal spitz und frisch vorkamen, und als sie merkte, daß er trotz wohligen Aufstöhnens nicht in der Lage sein würde, es noch einmal mit ihr aufzunehmen, begann sie, auf ihm sitzend, sich selbst zu reiben, bis ein heißer Schleier aus Abermillionen Sternen auf sie niederging, die sie orangerot aufglühen sah. Kein Laut kam über ihre Lippen, so selbstversunken hatte sie ihr Werk getan. Als sie schließlich neben ihm lag, schwer und heiß schienen ihr Arme und Beine und hatten sie mit ihrem Gewicht an den Boden genagelt, konnte sie sich gerade noch aufmachen, ihren Kopf auf seine Brust zu schieben.

Die Nacht wäre warm genug gewesen, sie schlafen zu lassen. Dafür aber dröhnten Gesänge näher und näher, es johlte und krakeelte von der Serpentinenstraße her, und Michaela kam gerade noch dazu, David zu wecken. Fieberhaft suchten sie in der Dunkelheit nach den richtigen Kleidungsstücken und setzten sich schließlich auf die Betonpiste, mit den Beinen in der Nachtluft baumelnd, mit den Fußspitzen Sand aufwirbelnd. Die da herunterkamen, waren junge Leute, Einheimische, wie es schien, mit Schnapsflaschen in den Händen, die reihum gereicht wurden und für Nebel in den Köpfen gesorgt hatten. Zu verstehen waren sie nicht, aber Michaela und David verstanden sie gut, als sie nahe genug herangekommen waren und sich belustigt über das Geländer der Promenade beugten. Mittrinken sollten sie, lud sie der Anführer der Gruppe ein. Stellte weißen und braunen Schnaps zur Auswahl. Die beiden sahen sich kurz an, ehe sie eine Flasche Weinbrand griffen und zum Munde führten, allerdings ohne etwas davon zwischen die Lippen geraten zu lassen. Mit den Handrücken wischten sie sich gekonnt über die Münder, aber das Interesse der jungen Leute an einer Deutschen mit ihrem Sohn, wie sie glaubten, war bereits am Abflauen. Zum Wasser hinunter zogen sie, übereinandergelegt ihre Stimmen und Stimmchen, und Michaela und David spöttelten ihnen hinterher. Ahmten ihr betrunkenes Walzen nach, brachen aber bald nach oben auf. Wieviel Zeit sie dafür brauchen würden, wußte nur David.

◆ ◆ ◆

Bert Willer war, wie auch Michaela, aber davon wußte er nichts, erst mittags erwacht. Der Hannoveraner Thomas hatte sich schon davongemacht aus dem gemeinsamen Bett. An Frühstücken war nicht mehr zu denken, ein teures Mittagessen im Hotelrestaurant jedoch wäre auch nicht in seinem Sinne gewesen. Halbpension bedeutete neben dem Frühstück ein ausgiebiges Abendbüffett, bei dem er sich würde aussuchen können, was ihm schmeckte, so daß er beschlossen hatte, sich im Supermarkt ein paar billige Leckereien zu besorgen. Hatte sie hinuntergeschlungen, dazu einen ganzen Liter Cola getrunken. Zwei Aspirin sollten ihm den Kopfdruck fortnehmen, der sich immer breiter machte, je stärker die Sonne auf ihn schien. Einen Hut hatte er sich vor Tagen schon gekauft, ein Ungetüm von einem Sombrero, den er bei Nichtgebrauch im Nacken tragen konnte und das auch tat. Setzte also den Hut auf und lief nach der ersten Stärkung stadtauswärts, in entgegengesetzter Richtung zu der, die sein Sohn am Abend vorher eingeschlagen hatte. Über kurz oder lang schmerzten die Füße, brach sich der Darmdruck Bahn, brannten die Schultern in ihrer Verspannung. Kein schöner Zustand. An einem Kiosk kaufte er sich erst einmal ein Bier und löste seine Zunge, die bis dahin festgezurrt im Munde gelegen hatte. Einem einheimischen Alten, der recht gut Deutsch sprach, denn er hatte einige Gastarbeiterjahre im saarländischen Neunkirchen hinter sich, redete er von Wind und Wetter, Waldbrand und Wundschutzsalbe. Ein Wort gab das nächste, und plötzlich war man mittendrin im schönsten Altherrengeplänkel, fernab von allem, was es wirklich gab, eine Frau und einen Sohn, Freund und Freundin, Hannover und Berlin, Frühstück und Abendbrot. Der Alte war ein kleiner, untersetzter, dennoch mit *Kümmerling* recht treffend zu bezeichnender Kerl, der das graue Haar redlich geschnitten und das Stück Glatze darin wie poliert trug. Vor ihm auf dem Tischchen stand ein Espresso, und es dauerte unendlich lange, bis er davon den ersten Schluck nahm. So lange, daß Bert Willer schon ein zweites Bier geordert hatte, als es endlich soweit war. Bert fragte sich, warum sein Gegenüber ausgerechnet einen Espresso vor sich stehen hatte. Der mußte doch heiß getrunken werden, am besten mit einem Löffel Zucker darin!, aber davon keine Spur. Er prostete ihm bei jedem Ansetzen der Flasche erneut zu, aber der Alte hob nur seine Espressotasse ein Stückchen an und stellte sie wieder ab. Seltsamerweise wucherten hier, gleich neben der vielbefahrenen Autostraße, Kakteen, deren Feigen so ausahen wie jene zu Hause im Supermarkt. Ob er sich würde zusammenreißen können und das Kosten sein lassen? Ach was … Er streckte schon die Hand aus, als ihm die Stachelei einfiel, die diesen Sukkulenten eigen war. Zog sie also wieder zurück. Der Alte hingegen kam nun die wenigen Schritte auf seine Seite des Tischchens und pflückte drei Kakteenfeigen einfach mit einem Pappteller ab, den er von der Theke des Kiosks genommen hatte, spießte eine von ihnen auf eine Gabel, schnitt die Blütenkappe ab und löffelte sie mit seinem Espressolöffelchen wie ein Frühstücksei leer. Bert ging daran, ihm das nachzumachen, es war aber, wie sich herausstellte, schwieriger als gedacht. Kaum hatte er unvorsichtigerweise eine der Feigen mit dem Arm gestreift, als auch schon die Stacheln herausbrachen, den Ort wechselten. Statt in der Feigenhaut steckten sie nun in seiner, und die Lust, eine der Früchte auszulöffeln, mußte sich noch ein wenig gedulden, bis sie wieder zu spüren war. Erst einmal mühte er sich mit der linken Hand ab, die unerquicklichen Widerhaken aus dem rechten Arm herauszuziehen. Blut und Wasser schwitzend vor Eifer und Anstrengung, bemerkte er das nachsichtige Lächeln des alten Mannes nicht, der in aller Seelenruhe daranging, die zweite der drei Feigen zu köpfen. Ließ die dritte liegen, für Bert, der, als er aufsah, dem Alten nur noch nachsehen konnte, wie er an einer Ampel die Straße überquerte. Davonschlurfte. Als hätte es ihr Gespräch nie gegeben, sah er sich nicht einmal um. Bert spürte die Enttäuschung, die sich mit einem müden Lächeln Bahn brach und von jemandem, der das Geschehen beobachtete, lediglich als kühle Miene der Langeweile hätte mißdeutet werden können.

Ein drittes Bier brachte ihn in die Vergangenheit, sehr zum Leidwesen der alten Fettvettel Zeit, die wieder einmal ganz in der Nähe thronte, auf einem Betonpfeiler saß, den der Kioskbesitzer für einen kleinen Zaun um die Tischchen in den Boden gerammt hatte, und ihr Ärger ging in eins mit einem Kopfschütteln der plötzlichen Verwunderung, wie ein von ihr als DDR-Bürger erdachter Mensch hier auf Teneriffa, auf einer vor Bruchteilen von Weltgeschichtssekunden für solcherart Entworfene doch unerreichbaren Urlaubsinsel, umherspazieren und

Kakteenfeigen löffeln konnte. Sie sah ihm ins verlorengegangene Gesicht, und für einen Moment, der zu kurz war, als daß sie ihn hätte registrieren können, kam Mitleid in ihr auf. Er simulierte nicht, wußte sie unversehens, wenn er immer wieder in die Vergangenheit zurückkehren wollte, und sie ließ ihn in das abgeerntete, verwilderte Gelände, das sie selbst, die Zeit, mit keinem Blick mehr streifte. Sie sah ihm nach, wie er drin unterging, und verschwand. Er war noch weit davon entfernt, das Zeitliche zu segnen, wie sie auf einmal wußte. Statt dessen zog er wildernd durch die Gebiete des Verflossenen, in sich gekehrt beschwor er ein Treffen mit seinem Führungsoffizier herauf, auf dem ihm ein Orden verabreicht worden war wie eine bittere Pille, die er zu schlucken hatte, auf daß es ihm *noch besser* ginge. In jener Hochhauswohnung war das gewesen, in der er die eine gegen die andere Existenz auszutauschen bereit gewesen war, wieder und wieder, und er fragte sich plötzlich, was mit dem langen dunkelblauen Mantel passiert war, den er dort deponiert hatte, und mit dem breitkrempigen schwarzen Hut, dessen Verwegenheit ihn stets schon angesprungen, noch bevor er ihn auf den Kopf gesetzt hatte. Er war nach der *Wandlung der Verhältnisse* noch ein paarmal dorthin zurückgekehrt und hatte eines Tages eine junge Familie die Wohnungstür hinter sich zuziehen sehen. Vater, Mutter und drei kleine Kinder, der Vater fett und versoffen, die Mutter klein, zierlich und zäh aussehend, nahezu ohne Zähne, wie er merkte, als sie die Kinder anschnauzte, doch gefälligst schon den Fahrstuhl zu holen, während sie noch die Tür schloß. Da hatte er gewußt, daß es wirklich vorbei war, auch wenn die *alten Kameraden* noch oft versuchen sollten, sich ihm in Erinnerung zu bringen. Sogar gemeinsame Besäufnisse hatte es gegeben, in deren Vorfeld man sich auf alte Zeiten einschwor und darauf, daß man keine Verräter unter sich dulde. Daran teilzunehmen wäre ihm nicht eingefallen, aber er war auch nie auf die Idee gekommen, sein vergangenes Tun öffentlich zu machen oder in einer der zahlreich anberaumten Täter-Opfer-Aussprachen Auskunft zu geben. Die Täter-Seite gefiel ihm nicht mehr, zumal er sie erst seit den Wendetagen als Täter-Seite zu sehen in der Lage war. Das war mehr, als die meisten seiner Mit-Täter vermochten, die sich noch immer in jenem Recht sahen, das durch abtrünnige, *charakterschwache Republikverräter* gebrochen worden war und das sie, die *inoffiziellen Mitarbeiter*, noch aufrechtzuerhalten versucht hatten, lange genug. Er hatte sein Institut, die dritte Arbeitsstelle, verlassen, ehe es ihn verließ. Sowieso war es *abgewickelt* worden ein Jahr nach seinem Ausscheiden, und daß er gekündigt hatte, war ein Glücksfall für ihn gewesen: Die Kollegen waren alle überprüft worden auf ihre Registratur als Täter. Er hatte diesen Job als Anzeigenakquisiteur angenommen, und bei der Bewebung hierfür hatte sich niemand für sein Vorleben interessiert. Viel weniger Geld bekam er, aber das war ihm lieb und teuer, er sah es zuweilen sogar als eine Buße an, die er nun freiwillig ableistete. Alles in allem war es hübsch versunken in den letzten Jahren, und seit Lous Tod hatte er nur noch selten wirklich daran gedacht. Über diesem Film, der sein Unterbewußtes grundierte, lag für gewöhnlich eine Schicht Watte, die es unmöglich machte, etwas deutlich zu erkennen. Das untergründige Grummeln jedoch war allgegenwärtig, und in den letzten Tagen hatte es Situationen gegeben, da war die Watte in Fetzen davongewirbelt. Jedenfalls zeigten sich nun ganze Sequenzen, über denen sich der Schleier aber plötzlich wieder schloß. Für Bert war das eine neue Art von Versuchung, die er immer dann zunächst niederzukämpfen hoffte, wenn der Wunsch nach Film von außen an ihn herangetragen wurde. Wenn sein Sohn ihn ausforschte, verbiß er, was hochkam. Fragte aber der Hannoveraner Thomas, dessen Recherchegründe oberflächlich bleiben mußten bei all dem, was er nicht wußte, wovon er sich nicht einmal den Ansatz einer Vorstellung machen konnte, schaffte er das Niederkämpfen nicht und lieferte Antwort. Setzte einen selbstredenden Mechanismus in Gang, der Auskunft gab über Dinge, die sein Gegenüber gar nicht interessierten, ihm aber gerade darum um so heftiger über die Lippen polterten. Thomas hatte längst geschlafen, als er ihm erzählte, was Sache gewesen war. Bert schloß daraus, daß es eine Art induzierter Monolog war, den er führte: Er hatte irgendwo gelesen, daß es induzierte Psychosen gab, die insbesondere von Müttern auf ihre Kinder, mit denen sie eng zusammenlebten, übertragen wurden. Und so glaubte er seinen Monolog, umgekehrt, ursächlich von seinem Sohn induziert. Den Stein ins Rollen zu bringen, bedurfte es aber offenbar des Desinteresses weiterer Personen, wie des Hannoveraners Thomas, die mit einer einfachen, frivolen, seichten oder auch nur einschläfernden Bemerkung seinen Redefluß losbrechen lassen konnten, und während er nun also über Mantel und Hut nachdachte, die Zeit hatte sich, wie gesagt, davongemacht in ihr gegenwärtiges Gefilde, traten die Züge seines Führungsoffiziers aus dem Dunkel der Erinnerung. Er war, als sie sich zum letzten Mal sahen, achtundvierzig Jahre alt gewesen, großgewachsen und schlank. Auf dem überraschenderweise sehr kurzen Hals hockte ein adlernasiger Kopf, der wie der eines Vogels mit einem jähen Keckern hervorschießen konnte, wenn sich Gelegenheit bot. Dann entblößten sich wie von selbst zwei Reihen kreuz und quer gewachsener Zähne, die er schnell, sobald er sich dessen gewahr wurde, mit den nur knapp schließenden Lippen notdürftig zuknöpfte. Buschige, helle Augenbrauen standen im Gegensatz zur beginnenden Glatze, die an seiner Männlichkeit zu fressen schien, denn auch sie versteckte er, unter einer Mütze oder einem Hut, und inbesondere dann, wenn eine Frau in der Nähe war. Als besonders groß hatte Bert seine Ohren in Erinnerung, die nicht, wie es die menschliche Anatomie vorschrieb, auf gleicher Höhe mit den wasserblauen Augen lagen, sondern darunter, und ihm so den Anschein eines schlappohrigen Hundes mit nach oben gereckter Schnauze gaben. Zuweilen bellte er auch, fiel Bert jetzt ein. Insbesondere dann, wenn er sich über den *Klassenfeind* ausließ, der in den eigenen Reihen Fuß zu fassen beginne und schwer zu erkennen sei, da sich die betreffenden *Genossen* immer auf ihren Marx beriefen, den sie gelesen hätten und der zu dieser oder jener Angelegenheit eben dies oder jenes gesagt habe – was sollte man da antworten, ohne den *Klassiker* zu entwerten!? Einmal hatte er mit seinem Führungsoffizier, den er Karl-Otto nannte, ein Eis essen wollen in der berühmten Mokka-Milch-Eisbar in der nach dem *Klassiker* benannten Allee. Sie hatten beide einen Schweden-Eisbecher bestellt mit Eierlikör und Apfelmus. Am Löffel, mit dem die Frau am Eistresen die Leckerei in die Gläser füllte, mußten noch Reste vom Nußeis geklebt haben, jedenfalls hatten Spuren davon ausgereicht, einen allergischen Anfall zu provozieren, der Karl-Otto an den Rand des Todes gebracht hatte. Das plötzliche Aufschwellen seines Gesichts, der Lider und der Mundpartie, die roten Flecken, die das Gesicht und die Brust unter dem rasch aufgeknöpften Hemd überzogen, und die auf alle Anwesenden unheimlich wirkende Atemnot hatten sich tiefer in sein Gedächtnis gegraben, als er wußte. Er hatte über das Telefon des Lokals die Schnelle Medizinische Hilfe verständigt, und die hatte Karl-Otto auf dessen Wunsch, den er nur radebrechend und unter immer neuen Erstickungsanfällen hervorbringen konnte, ins Volkspolizei-Krankenhaus gebracht. Seltsamerweise hatte er sich, nachdem sich die Aufregung eingermaßen gelegt hatte, über beide Schwedenbecher hergemacht. Zwar war das Eis geschmolzen, dafür aber um so leckerer gewesen. Jetzt rülpste Bert, und er wußte, daß diese Lautäußerung aus der Vergangenheit kam: So hatte es geklungen, als er sich vor siebzehn Jahren die Seiten gestrichen hatte nach dieser Schwelgerei.

Es war aber, als brächte ihn diese sehr körperliche Erinnerung auf Gegenwärtiges. Sein Sohn fiel ihm ein, und endlich, nachdem er ihm ausgewichen und davongelaufen war, um sein Fragen nicht verstehen zu müssen, ging ihm auf, daß David einiges wissen mußte über ihn! Augenblicklich begannen seine Knie zu zittern wie kurz zuvor Davids. Ging eine bange Ahnung ihm durch den Sinn, die ihn für einen Moment erstarren ließ, dann aber in Bewegung setzte. Er zahlte, lief wieder einmal davon.

◆ ◆ ◆

Als sie zu sehr später Stunde in der Nähe des Hotels anlangten, trennten sie sich nahezu wortlos, um nacheinander, wenige Minuten zeitversetzt, das Foyer zu passieren. Michaelas Müdigkeit war durch den langen Marsch ins Bohrende gewachsen, sie hielt sich nur noch mit Mühe aufrecht und war froh, als sie ins Bett fallen und einschlafen konnte. David hingegen fühlte sich frisch, und als er mit dem Fahrstuhl hinaufgefahren war, sah er schon von weitem seinen Vater vor der Zimmertür hocken. Klein und mickrig sah er aus: Die Beine eng an den Körper gezogen und mit beiden Armen umfaßt, den Kopf auf den Knien, saß er *in Morpheus Armen wie in Abrahams Schoß*, mußte David denken, und er lachte, weil diese beiden Gestalten für gewöhnlich seines Vaters wörtliche Rede bevölkerten. Mit zwiespältigem Gefühl drehte er den Türschlüssel, ihm wäre lieber gewesen, seinem Vater jetzt nicht begegnen zu müssen. Ohne eine Nacht über die Begegnung mit Michaela geschlafen zu haben, würde er kaum verheimlichen können, was da geschehen war zwischen ihnen, und wenn er auch nicht die Spur eines schlechten Gewissens hatte, so drückte doch Unsicherheit ihre Fäuste auf seine Schläfen, daß er die Augen schloß – just in dem Moment, da Bert Willer sie öffnete. Sofort bemächtigte sich wieder das Zittern seiner Knie, so daß er einige Mühe hatte, aufzustehen und vorauszugehen in Davids Zimmer. Lou hatte offenbar keinen Radau gemacht, sondern vertrauensselig auf Davids Erscheinen gewartet, und auch Bert umschmeichelte sie mit entwaffnender Anmache. Leckte ihm die Hände, was sein Kniezittern mit gehörigem Ekel übertünchte, daß er leise aufschrie und David bat, er möge *das Vieh* wegnehmen, und überhaupt: Wo komme es her, *das Aas, vermaledeites*, und was habe es in Davids Zimmer zu suchen? David antwortete darauf nicht, stellte aber den Hund vor: Das sei *Lou*, eine Hündin, wahrscheinlich mit Anteilen des Deutschen Schäferhundes in einer Linie von Basenjis, immer wieder mit Straßenkötern vermischt, aber das gäbe ihr ja auch einen gewissen Reiz. Sie sei sehr sauber jetzt und satt, er habe sie gut gefüttert am frühen Abend und gewaschen mit Shampoo, und er redete und redete, daß seinem Vater das Vorhaben im Kopf zusammenschmolz, den Jungen heute noch nach seiner ihn, Bert Willer, betreffenden Lektüre zu fragen. Ohnehin konnte er sich diese Frage gut selbst beantworten. Was anderes als seine und Bejlas Akten konnte er gefunden haben, die er im Schrank des Schlafzimmers aufbewahrte, im Heiligenschrein familiärer Geheimpapiere und Fotografien, wo er sie einmal eingeschlossen hatte, nachdem Lou ihm damit gekommen war und ihn zu seiner allergrößten Überraschung gefragt hatte, was es damit auf sich habe, und er ihr darauf, unzureichend, in verblüffter Sprachlosigkeit nur kopfnickend oder -schüttelnd, antwortete. Sie hatte ihn mit einem Lächeln, von dem er nicht sagen konnte, ob es eins der kühlen Ermüdung oder der beobachtenden Teilnahme gewesen war, einfach sitzen lassen mit den Akten und war aus dem Haus gegangen, an den Abend erinnerte er sich jetzt sehr genau. David war sieben oder acht Jahre alt gewesen, ein kleines Männchen mit den schönsten Rosinen im Kopf, die er sich hatte vorstellen können in seinem Erwachsenenleben. Ins Bett hatte er ihn gebracht, ihm in ziemlicher Abwesenheit eine Geschichte vorgelesen, von den Wichtelöchslein mit Sonne und Mond zwischen den Hörnern, die ihnen so viel Kraft gaben, daß mit ihnen nicht zu spaßen war, und als der Junge schlief, hatte er sich aus einer nahe gelegenen Tankstelle eine Flasche *Goldkrone* geholt, sie geköpft und beinahe leer getrunken. Zwischendurch hatte er versucht, in den Papieren zu lesen, aber die Zeilen verschwammen ihm vor den Augen. Auf den Alkohol hatte er das geschoben, obwohl er damals schon wußte, daß es die Angst vor dem unweigerlich eintretenden Schmerz war, die ihm das Lesen verleidete. Und schließlich hatte er das Zeug ins Geheimfach gepackt und den Schlüssel zweimal umgedreht, hatte sich in rhythmischem Takt den Kopf wieder und wieder wund geschlagen an der Tischkante und war schließlich liegengeblieben auf dem altertümlichen Wohnzimmersofa, wo Lou ihn in aller Herrgottsfrühe, als sie wiederkam, finden sollte. So besoffen war er gewesen, daß er die darauffolgenden beiden Tage brauchte, um wieder klar zu werden im Kopf. Lou hatte ihn in Ruhe gelassen, nur hin und wieder war sie an sein Bett getreten und hatte vorsichtig gefragt, was er denn haben wolle, etwas zu trinken oder zu essen, die Zeitung oder eine neue Flasche Schnaps, und wieder war es ihr Lächeln gewesen, das er nicht entziffern konnte. Da, zwischen zwei Augenaufschlägen, sah er es sehr genau: Der Hund lächelte wie Lou damals, so schien es ihm, und eine nie gekannte Erregung schoß ihm durch Mark und Bein. Er vergaß augenblicklich, wo und wer er war, daß er einen Sohn hatte, daß dieser Sohn neben ihm stand. Vergaß, was er vorgehabt hatte, als er hier heraufgefahren war, und daß er Hunde eigentlich nicht leiden mochte. Es zog ihn, Lou zu umarmen, er legte seinen Kopf in ihre Seite und vergrub ihn im Fell, während seine Händc auf und ab wanderten. Schon wähnte er seine Hand in der nassen Vulva seiner Frau, da merkte er, daß es die Geschlechtsöffnung des Hundes war, die, als er erschrocken die Augen öffnete, feucht im seidigen Fell glänzte, und als er die Erektion spürte, die ihn überkommen hatte, schoß eine monströse Scham ein, die ihn davonlaufen ließ. Die Hündin wandte sich nach der knallenden Tür um, und wer wollte, hätte sehen können, daß sie es mit Lous Lächeln tat. Hätte nicht David vor Stunden mit Michaela geschlafen, schüttelte es ihn an dieser Stelle. So aber öffnete er nur das Fenster, damit die schwül verhangene, welke Luft sich verzog.

David löschte das kleine Licht und sah hinaus.

Unten war noch Betrieb, die Umgebung des Pools taghell erleuchtet. Das Fenster hatte den Schall isoliert, der nun ungebremst heraufdrang. David hatte nicht übel Lust, sich den Lärm und Radau um die Ohren schlagen zu lassen. Selbst wenn er seinem Vater die Geschichte mit Michaela vorenthielt, sondern nur drohte, ihr das eben Geschehene, Gesehene zu erzählen, hätte er ihn womöglich in der Hand, und wenn er sich dabei auch beschissen fühlte, so keimte doch zum ersten Mal so etwas wie Lust in ihm auf, seinen Vater ein wenig zu quälen, er hatte es schließlich verdient ... Langsam machte er sich auf, den Hund nach draußen zu bringen. Dazu musste er darauf achten, daß der Portier ihn nicht unbedingt sah. Wenn er aber doch angehalten werden würde, dann müßte er eben sagen, daß der Hund auf unerklärliche Weise zu ihm geraten und er nun dabei sei, ihn wieder loszuwerden. Lou sah ihn mit wissendem, bejahendem Blick an, als goutiere sie sein Vorhaben, sie wieder auszusetzen. Zwar hatte sich Trauer in ihrem Blick breitgemacht, aber sie schluckte sie, indem sie das Maul öffnete und mit der Zunge ein paar Mal rundum fuhr, hinunter. David schaffte es, vom Portier ungesehen ins Freie zu gelangen, wo er dem Hund noch einmal die Arme um den Hals legte und ihn dann fortschickte. Als er nach einer Weile seine Tränen weggewischt hatte, konnte er Lou gerade noch erkennen, wie sie im Licht der Straßenlaternen die Straße hinunter zum Meer einschlug, sie war ganz allein, und manchmal stehenblieb, sich umwandte, Anstalten machte, umzukehren, aber dann doch auf dem einmal eingeschlagenen Weg weitertrottete.

Er ging zum Pool. Zog sich aus und sprang hinein. Das Wasser war nicht kalt genug, ihm den Kopf aufklaren zu lassen. Lauwarm schwappte es über ihm zusammen, wenn er abtauchte und so lange wie möglich, ohne Atem zu holen, unter der Oberfläche blieb. Er dachte nicht an Michaela, aber daran, was er mit ihr getan hatte, und unter der Hand verwandelte sich die eine in eine Vielzahl völlig gesichtsloser Frauen, die um ihn herumschwammen und wie beiläufig seine Unterarme oder seine Fußsohlen berührten. Es war gut, hier im pißwarmen Wasser zu schwimmen, er fühlte sich wie in einem gewaltigen Uterus. Als er wieder auftauchte und über die Poolleiter das Becken verließ, hallte das Rauschen in seinen Ohren noch nach, verlor sich aber allmählich, je deutlicher das Getöse derer zu ihm drang, die nicht gerade im Wasser waren, sondern bei musikalischer Fortissimo-Untermalung aus den Lautsprecherboxen einander jagten, sich wenige Worte zuschrien oder Ball spielten. Gespräche, Unterhaltungen waren offensichtlich nicht möglich in diesem Lärm, und vor Davids Augen verzerrten sich die Bewegungsabläufe der Nachtschwärmer. Unterhalb der Flimmerverschmelzungsfrequenz, in abgehacktem Zeitlupentempo, warfen sie sich ihre Bälle zu, die David, als schlösse er in tackerndem Rhythmus die Augen und öffnete sie wieder, in Ein-Meter-Abständen wahrnahm. Seltsam verwandelt schienen auf einmal auch die Geräusche, die in Wellen anbrandeten, um wieder zu verebben, und als presse er in ebenso tackerndem Rhythmus die Hände auf die Ohren, dröhnten sie im Wechselspiel. Als er an sich hinuntersah, mußte er zu seinem Erschrecken feststellen, daß auch seine Füße sich nicht in flüssigen Abläufen vom Boden hoben, sondern daß sein Blick darauf von schwarzen Momenten durchschossen wurde, in denen er nichts sah. In diesem Zustand überfiel ihn ein großes Lachen, das wohl aus einem Winkel seiner Angst herkam, sich nicht mehr zurechtzufinden in seinen Eindrücken von der Welt. Betäubend grell brach es aus seinem Mund, dem Hals, und es kreischte, schmetterte, gellte derart schrill über den Platz, daß die Leute erschrocken innehielten, sich umdrehten nach David, und, als ihre Augen ihn gefunden hatten, auf ihn zuliefen, bis eine Menschentraube sich um ihn angesammelt hatte, die schwieg und staunend auf ihn hinabsah. Er war zu Boden gesunken. Lachte gegen die Dudelmusik aus den Boxen an. Erschöpfte sich, daß er nach vielen Minuten der Ratlosigkeit in den Gesichtern um sich herum still und stiller wurde, und ein alter Mann löste sich aus der Traube, legte ihm eine Hand auf die Stirn und fragte nach seinem Befinden. Nuschelnd, aber dem Manne verständlich, äußerte David großen Hunger, was ihn selbst verwunderte angesichts des Abendbrotes, das er mit Michaela verschlungen hatte. Der Alte, in Badehose und Gummilatschen, brachte ihn dazu, sich erst einmal anzuziehen. Dann lud er ihn ins Restaurant ein. Die Menschenmenge hatte sich schneller verflüchtigt, als sie herangestürzt war. David hätte bemerken können, daß hinter vorgehaltener Hand auf ihn gezeigt, über ihn getuschelt wurde, aber er war zu sehr im Vorgefühl des Essens, des Bauchvollschlagens, daß nichts davon zu ihm drang.

Sie setzten sich an einen abgelegenen Tisch, den das Licht der Laternen kaum erreichte. So wurden sie zunächst auch von den wie geölt blitzenden Kellnern übersehen, bis der Alte mit einem geübten Pfiff einen von ihnen auf sich aufmerksam machte. Das Essen, das er bestellte, kam nach wenigen Minuten. Obzwar David skeptisch gegenüber seiner Auswahl gewesen war, erwies es sich als genau das, was er ersehnt hatte, ohne daß er es hätte benennen können. Kaninchen in Pfeffersauce, mit gebratenen Kartoffeln und einem frischen Salat. Einen Augenblick lang wunderte er sich, daß kein Altölgeruch von den Speisen ausging. Er aß hastig und schlang das Fleisch beinahe unzerkaut hinunter. Während er sich für einen Augenblick seitlich hinabbeugte und nachschaute, was da krabbelte, ob da vielleicht eine Bremse zum Stich ansetzte, brachte der Kellner eine neue Portion. David nahm das gar nicht wahr, sondern aß und aß. Wunderte sich, als er bei den letzten beiden Kartoffelstücken angelangt war, allerdings über die widerwärtige Übelkeit, die auf einmal aus dem Magen heraufstieß, aber nach einigen Augenblicken auch wieder verging. Die Kartoffeln ließ er liegen.

Jetzt erst kam er dazu, sein Gegenüber einer eingehenden Musterung zu unterziehen. Der Mann trug einen leicht spöttelnden Zug um den Mund. Nicht vordringlich, sondern auf eine Art und Weise, die David zunächst unsicher machte, was er da sah, ihn aber dann unmerklich aufforderte, an Spott zu denken. Das Haar stand nur noch in dünnem Kranz um eine stattliche Glatze, die mit dem Bauch nicht nur farbliche Ähnlichkeit aufwies. Rund und glatt wölbte sie sich und schien wie ein nach oben gebuckeltes, kleineres Pendant des Leibes, der aus der Badehose entweichen wollte, es aber nicht schaffte. Arme und Beine hingen zart und dünn am kugeligen Körper. Als er wiederum nach dem Kellner pfiff und dies mit einer Geste des rechten Armes untermalte, konnte David sehen, daß ihm Mittel- und Ringfinger fehlten. Der Mann machte Anstalten zu zahlen, holte dazu seine Kreditkarte aus einem in seine Badehose eingenähten Fach und spähte unter dem Rand seiner dicken, braunumrandeten Brille nach dem Rechnungsbetrag, als wollte er ihn genauestens überprüfen. Der Kellner begann schon von einem Bein auf's andere zu treten, da wurde ihm die Karte gereicht und ein um einen Euro aufgerundeter Betrag genannt. Erst als er wiederkam, um eine Unterschrift zu holen, bedankte er sich aufgesetzt förmlich bei dem alten Herrn. Der steckte die Karte wieder zurück und sah nun David fragend in die Augen, als wolle er sich bei ihm nach dem Stand der Börsenkurse erkundigen. David verstand nicht ganz, und in seinem Nichtverstehen wurde er unruhig und fahrig. Was wollte der Alte? Was sollte er ihm erzählen? Er versuchte aufzustehen, aber der Mann drückte ihn, schneller als er erwartet hätte, in den Stuhl zurück und richtete seinen bohrenden Blick jetzt auf seine Hände, die daraufhin Mühe hatten, etwas zu finden, worin sie sich hätten verstecken können. Schließlich schob David sie unter seine Oberschenkel, saß also nun kerzengerade auf seinem Stuhl und wich den Augen des Alten aus, so gut er konnte. Sie belauerten sich einige Minuten, ehe der Mann zu sprechen begann. David konnte nicht anders, als über seine Fistelstimme die Lippen zu kräuseln. Von Fischen sprach er, von den großen im Meer und den kleinen im Aquarium, deren Daseinsberechtigung doch eigentlich nur im schönen Schein bestünde, den sie verströmten. Über

Umwege, beispielsweise auf einem Esel den Hang hinauf zur Eisenacher Wartburg oder aber unter die Oberfläche der Zeit, wo er es sich heimisch zu machen vorgab mit uraltem Rum und Kandis, in heißem Wasser zu steifem Grog gerührt, kam er irgendwann, als es David schon längst in den Füßen juckte und er auf eine Gelegenheit lauerte, davonzulaufen, auf Frauen zu sprechen. *Und du*, fragte er David, *auch schon eine gehabt?* Nun hätte David eigentlich anderes vorgehabt, als dem Alten davon zu erzählen. Um so mehr wunderte er sich später über seine sofortige Offenherzigkeit, die ihn mit größter Selbstverständlichkeit über Michaela sprechen ließ und davon, wie er es getan hatte mit ihr, unten am Strand, vor ein paar Stunden erst. Und während er davon berichtete, standen die Bilder in ihm Schlange. Warteten darauf, ausgebreitet zu werden vor einem fremden alten Mann, der sich zurückgelehnt hatte und mit süffisantem Lächeln darauf lauerte, *ins Bild gesetzt* zu werden. Und wirklich: Da saß er plötzlich, Glatze und Bauch prall und glänzend voraus, gleich neben David und Michaela, die unweit der Strandpromenade miteinander schliefen, ohne auch nur im entferntesten zu schlafen. Aber auch als sie zwei Sätze später tatsächlich schliefen, kurz nur, ehe sie vom Johlen der jungen Leute geweckt wurden, saß der Alte nahebei und sah ihnen dabei zu, wie eines im Arm des anderen lag, als sei es seine Art, das zu tun, und als David mit seinem Bericht ans Ende kam, tat er es in dem unumstößlichen Glauben, der Alte sei Zeuge gewesen, persönlich, unmittelbar. Als er ihm die Hand reichte, um sich zu verabschieden, tat er es unter dem Siegel der Verschwiegenheit. Ein Kopfnicken genügte, die beiden wie Komplizen erscheinen zu lassen. Als aus dem benachbarten Gesträuch ein Vogel aufstieg, hinauf in den Himmel, sah David ihm nach, wie man einem unfreiwilligen Zeugen nachsieht, gegen den man eine verschworene Gemeinschaft zu verteidigen hat.

◆ ◆ ◆

Lou verbrachte die Nacht am Meer. Nicht schlafend, das nicht, aber doch von einer großen Ruhe getragen, die sie aus ihrem Körper aufsteigen spürte. Sie kannte die Köter oben auf der Straße und wußte, daß keiner von ihnen hier herunterlaufen würde, so daß sie weder auf Konkurrenz zu achten noch Selbstverteidigung zu üben hatte. Der Mond stand hell im Schwarz der Nacht, und hätte sie singen können, wäre ein vollkommenes Solo in den Himmel gestiegen. So aber hatte sie in hündischer Manier den Sternen entgegengejault, und wäre ein Mensch dazugekommen, hätte er die Heulboje sicher verjagt.

Lou konnte sich an ihre Mutter kaum erinnern. Manchmal, wenn der Tag besonders schwül war und die Schwalben tief flogen, glaubte sie, einen dünnen Schleier vor Augen zu haben, hinter dem eine Straßenhündin von einiger Größe ihr Gesäuge in den Sand packte und fünf kleine Welpen nährte. Dann sah sie ihren Bruder und die drei Schwestern in kurzen Sequenzen um die Mutter herumwirbeln, aber dem Jungen unter ihnen war kein langes Leben beschieden gewesen. Er wurde überfahren. Was aus den Schwestern geworden war, ahnte sie nicht einmal, sie hatten sich, als die Zeit gekommen war, nacheinander von der Mutter gelöst und waren im Straßengewirr verschwunden. Sie hatte geglaubt, die Zeit bei der Mutter würde nic zu Ende gehen, und hatte ihr angehangen mit einer Treue, die ihr zum Verhängnis wurde: Ihre Mutter hatte sie ausgeliefert, glaubte sie, an einen großen, schwarzen und im Geschlechtsakt sehr bissigen Artgenossen, von dem sie noch dazu annehmen mußte, daß er ihr Vater war. Dafür hatte sie sie zu hassen und zu vergessen begonnen. Fünfmal hatte sie Junge bekommen von dem Kerl, vor dem sie sich nirgends in Sicherheit wähnen konnte, und immer waren die Kleinen verreckt gleich nach der Geburt, daß es ein Jammer war. Dann hatte ihr Körper seine Fruchtbarkeit verloren, bis sie den Schwarzen vor drei Wochen tot auf dem Gefährt des Hundefängers hatte liegen sehen. Seitdem war sie mit jedem Tag freier und selbstbewußter geworden, hatte nicht mehr nur gewartet, bis ihr jemand etwas zu fressen übrigließ, sondern hatte bei jeder Gelegenheit mitgedrängelt und keine Angst mehr gehabt. So heilsam war die Zeit seit seinem Tode gewesen, daß Lou voller Stolz über ihren schönen, geschmeidigen Körperbau sich fremden Menschen angetragen und einen von ihnen sogar dazu gebracht hatte, sie mitzunehmen. Während sie daran dachte, dehnte sich die Ruhe, die aus ihrem Leib aufstieg, noch weiter aus und befiel die Luft, das Meer und die Tiere darin, daß man eine Stecknadel hätte fallen hören können. Sie schnalzte mit der Zunge, um herauszubekommen, ob sie ertaubt war. Als sie sich ihrer völligen Gesundheit versichert hatte, legte sie den Kopf zwischen die Vorderpfoten und schloß die Augen.

◆ ◆ ◆

Was soll man mit einem Morgen anfangen, der hanebüchen heiter mitten im Fenster steht und keine Anstalten macht, abzuhauen? Man steht auf, bewegt sich ein wenig im Licht. Dreht sich vielleicht, um zu sehen, ob die Sonne wirklich wärmend auf die verschiedensten Körperteile scheint. Der eine stellt sich unter die Dusche, um die Nacht abzuspülen, die andere wirft sich mit beiden Händen einen Schwapp kaltes Wasser ins Gesicht und versucht, ihre Schlafwärme hinüberzuretten. Wenn man mit dem Ort des neuen Tages verwachsen ist, genau voraussagen kann, was man um wieviel Uhr wo tun wird, erscheint er als geschlossene Halbkugel, innerhalb derer man sich von Pfosten zu Pfosten hangelt und sicher sein kann zurechtzukommen. Das war Bert Willer überhaupt nicht.

Blinzelnd erwacht, versuchte er mühsam mitzubekommen, wo er war. Etwas fehlte, und als er sich daran erinnerte, daß es eine Hündin war, die mit warmem, weichem Fell an ihn geschmiegt gelegen hatte, sah er sich nach ihr um. Statt dessen erblickte er seinen Sohn, der auf dem Fußboden schlief und eine braune Decke bis über die beiden, wie Bert fand, sehr schönen Ohren gezogen hatte. David mußte sehr spät nachgekommen sein, tatsächlich hatte er sein Zimmer nicht abgeschlossen, wie er es *unter normalen Umständen* natürlich getan hätte. Er stand auf und tat, was man an einem solchen Morgen tut: Drehte sich, um zu sehen, ob die Sonne wirklich wärmend auf die verschiedensten Körperteile schien. Zum ersten Mal in seinem Leben fühlte er sich, als habe er seine Unschuld verloren, die unwiederbringlich als fremde rosa Haut im Gestrigen hing, während er ganz ohne Hülle, die Muskelstränge und Sehnen über die Knochen gespannt, im Heute stand. Natürlich wünschte er sich, die Zeit zurückdrehen zu können. Für die alte Fettvettel ein ganz besonderer Moment. Endlich hatte sie ihn soweit, daß er etwas ungeschehen machen wollte! Oft hatte sie sich darüber gewundert, daß er von diesem Wunsch ganz und gar verschont geblieben war bislang, dabei stand die Scheiße, die er angerührt hatte, schon ein paarmal halskrausenhoch. Sogar nach dem Tod seiner Frau, der ihn in tiefe Verzweiflung hatte fallen lassen, war der Gedanke daran, die Zeit einfach ein Stück zurückzudrehen, nicht aufgekommen in ihm. Jetzt war es also soweit, und die Alte saß in gespannter Erwartung auf dem Nachttisch. Und sie kamen, die Tränen. Sie frohlockte und rieb sich die Hände, ein schöner Erfolg.

Berts Anstrengung, leise zu bleiben, weckte David auf. Nicht in die Augen sehen konnte er seinem Vater, der mit nassem Gesicht auf dem Bett hockte und flennte. Flennte, während die alte Fettvettel sich aufplusterte und die Macht genoß, die sie über ihn hatte. (So fett wurde sie, daß sie die beiden Männer, denn David war ja nun einer von ihnen, in ihrem Busen leicht hätte erdrücken können.) Nicht einmal neben ihn setzen konnte sich David, der fieberhaft überlegte, wie er mit der Situation umgehen sollte, aber keine Idee legte in seinem Kopf an. Er trottete ins Bad, kam wieder, setzte sich einen Augenblick ans Fenster, stand auf, obduzierte mit seinem Taschenmesser die Polsterung des Stuhls, sprang, als er das bemerkte, drei Schritte zurück, wieder vor, zupfte an den losen Fäden herum, als könne er die Löcher stopfen, dabei wäre das einzige Loch, das er hätte stopfen wollen, die Kluft zwischen ihm und seinem Vater gewesen. Lou fehlte ihm, ihr Hundelächeln, mit dem sie ihn angestoßen hatte, sich als ihr Sohn zu fühlen. Der gestrige Abend hatte dieses verdammte Gefühl, das David in diesem Augenblick haßte, doch dabei gleichzeitig Erbarmen mit sich selbst empfand, verstärkt. Er glaubte, ein Einvernehmen in den Zügen des Tieres erkannt zu haben, als er es, sehr spät, fortgeschickt hatte. Bert Willer wußte von den widerstreitenden Gefühlen seines Sohnes nichts – und wurde doch von ähnlichen Empfindungen gebeutelt. Zwar hätte er den gestrigen Abend um alles in der Welt ungeschehen machen wollen, aber zu der Hündin fühlte er sich doch hingezogen, wenn er es recht bedachte. In ihrem Gesicht war er auf- und abgegangen. Die Erinnerungen an Lou, seine Frau, hatten ihn geführt und gelenkt, hatten ihn in einem bewußtlosen Augenblick beinahe zum Geliebten des Tieres gemacht, wofür er eigentlich kein anderes Wort als *pervers* in seinem Hirn ausmachen konnte. Dennoch: Er hatte die Hündin Lou umarmt mit einer selbstverständlichen Wärme, für die er nun wiederum nur das Wort *Menschenliebe* fand, dabei war sie ein Tier, ein natürliches, der Herkunft nach wild gemischtes Wesen!, aber das Wort *Tierliebe* blieb seltsam fremd, als er es ein paarmal ausprobierte im stillen. Er wußte nicht, was die Zeit mit ihm vorhatte, und hätte er sie hier sehen können, wie sie in freudiger Erwartung hinter ihm auf dem Nachttisch hockte und es gar nicht abwarten konnte, ihn zerbrechen zu sehen, wäre möglicherweise alles Blut aus seinem Kopf in den Eingeweiden versackt. Wäre er ohnmächtig geworden.

Endlich schluckte Bert Willer ein paar Tränen. Lenkte sie mit der Zunge in seinen Mund und ging dem Salzgeschmack nach, der sich darin ausbreitete. Das schien ihn für einen Moment abzulenken, jedenfalls sah er jetzt zu seinem Sohn hin, der noch immer an den ausgedröselten Polsterfäden herumzuppelte. Seine Scham vor David war so groß, daß er laut aufschreien wollte, als er sich den Jungen vorstellte, wie er ihm dabei zusah. Zusehen mußte, denn er hatte nichts mehr registrieren können als Lous klaffende Vagina, in die er um ein Haar hineingetrieben worden wäre von seinem abstoßenden Unverstand. Hatte er, während er mit ihr spielte, etwas anderes gefühlt als ihre Hitze, ihr Anerbieten? Bereitwilligkeit. *Gegenliebe* ... Er erstarrte.

Davids Lusthauch, den Vater zu quälen, war klein geworden über Nacht. War eigentlich gar nicht mehr auszumachen in dem, was er dachte. Was dachte er überhaupt? Die Stille dieses Morgens war nur hier oben, hinter den schallisolierenden Fenstern zu spüren, und Davids Lust auf Radau, von dem er sich ohne Umschweife betäuben lassen wollte, überkam ihn wie gestern Abend. Tatsächlich drehte er den Knauf und klappte die Scheibe an. Das losschießende Getöse stopfte augenblicklich nicht nur die Leere in seinem Kopf, sondern auch den Abgrund, der sich zwischen ihm und seinem Vater aufgetan hatte. Mit einem Schrei fuhr David herum und auf Bert Willer zu, drückte ihm fast den Atem ab in seiner Umarmung, und Bert antwortete mit einem langsam anschwellenden Mißton, der ebenso allmählich wieder in seinem Hals verebbte. Die beiden konnten einander noch immer nicht ansehen, und während Bert sich mit einem Zipfel des Bettlakens die Tränen trocknete, starrte David auf einen Punkt in der Ferne, einen Arm um die Schulter des Vaters gelegt. So saßen sie lange Zeit, und hätte es nicht geklopft, wäre nicht Michaela Morneweg erschienen, unschlüssig, wen sie nun eigentlich suchte – die alte Fettvettel hätte womöglich ihrer Lust, die beiden eingehen zu lassen, indem sie das Fenster ganz öffnete und sie hinausfallen ließ, stattgegeben. So aber wurde sie abgehalten von einer Person mit langen schwarzen Haaren, einem kleinen Busen, schönen braunen Augen und einem dunklen Teint, eigentlich nicht ihr Typ, wußte sie, aber sie beließ es für diesmal bei einem nur angeklappten Fenster. Machte sich aber, ungehalten über die Störung, auf und davon.

Mit Michaela hatten die Männer nun überhaupt nicht gerechnet, hatten sie vielmehr längst in die Beiläufigkeit entlassen, als sie sich, leicht lauernd und zu ihrer eigenen Überraschung doch nicht ohne Unsicherheit, in den Hüften wiegte, die Arme in die Seiten stemmte und fragte, ob sie schon gefrühstückt hätten. Da sah sie die Tränenspuren in Berts Gesicht und glaubte nichts anderes, als daß David seinem Vater die Wahrheit gesagt hätte über ihren gestrigen zweisamen Abend. Langsam setzte sie sich zu Bert Willer, rutschte auf seinen Schoß und flüsterte ihm mit einem koketten Augenaufschlag zu, ob er sich eine *Ménage à trois* denn nicht vorstellen könne, sie habe ihn lieb, da müsse ein anderweitiger Kontakt doch nicht stören, noch dazu, wenn er gewissermaßen in der Familie bliebe. Das wiederum verstand Bert Willer als auf den Hund gemünzt und meinte, sein Sohn sei gestern abend ausgeflogen, um sich Michaela Morneweg zu offenbaren, und habe ihr brühwarm berichtet von Lou, der Hund-Frau, in deren Zügen die der Menschen-Frau Lou so deutlich ihre Bahn zogen, daß es wirklich in der Familie zu bleiben schien, wenn er sich ihr näherte, und er nickte leise, ergriffen von Michaelas Verständnis und doch voller Gewissensnot …

Sie gingen gemeinsam zum Frühstück, Michaela henkelte sie beide unter und lief ein wenig schneller, so daß sie wie Anhängsel an ihr zu baumeln schienen. Im Fahrstuhl drückte David auf den Frühstücksetagenknopf, und während sie die letzten zwanzig Meter zum Büfett hinter sich brachten, streifte Bert Willer so etwas wie eine aufgesetzte Ruhe übers Gesicht.

◆ ◆ ◆

Der Hannoveraner Thomas suhlte sich neben seiner Frau im Bett herum. Die beiden schliefen nicht, hatten unter Kunstrülpsen und Kichern sich gegenseitig Nasengüsse verpasst und wollten den Vormittag in aller gebotenen Ruhe verbringen, als es schnell hintereinander viermal klopfte. Das war das Zeichen, das Silvia und Michaela für den Fall verabredet hatten, daß eine die andere und niemanden sonst brauchte. Die Augen fielen ihr beinahe heraus, so abfällig ließ Silvia sie hin und her rollen, stand aber dann doch auf und bedeutete Michaela durch die geschlossene Tür hindurch, daß sie sich erst noch anziehen müsse. Ihrem Mann gab sie flüsternd zu verstehen, was Sache war. Sie suchte leise fluchend nach ihren kurzen Jeans und dem Top, fand beides erst nach einer ganzen Weile unter Thomas' über den Stuhl geknäulten Klamotten. *Zweimal zwei ist vier*, sagte sie leise, und *dreimal drei neun*.

Schnell hatte sich Thomas erhoben und angezogen, wenn er auch sauer war, auf seine Frau ein Weilchen verzichten zu sollen. Als sie Michaela die Tür öffneten, machte diese einen Sprung über die Schwelle und blieb wie angewurzelt stehen, sah mit weit geöffneten Augen geradeaus, zum Fenster hinaus, und sprach kein Wort. Der rechte Arm verkrampfte sich, und als sie versuchte, etwas zu sagen, wollte das nicht gelingen. Sie kannte diese Zustände aus weit zurückliegender Zeit und hatte sie eigentlich schon vergessen, denn seit Jahren hatten diese epileptischen Anfälle sie verschont. Nun waren sie offenbar zurückgekehrt, und als sie wenig später wieder klar war im Kopf, sagte sie dazu nichts, sondern schwieg es aus, trotz eifriger Nachfrage ihrer Gastgeber. Statt dessen zog sie Silvia am Arm aus dem Zimmer hinaus, lief mit ihr zum Fahrstuhl, sprang gerade noch in die sich schließende Tür. Die tat sich noch einmal auf, und die beiden Frauen fuhren nach unten, wo Michaela keineswegs haltmachte, sondern ihre neue Freundin zu immer schneller und schneller werdendem Lauf anhielt, die Serpentinenstraße hinab. Silvia verweigerte das prompt, blieb stehen, brüllte, daß *keine zehn Pferde …* usw., doch Michaela entwickelte eine beeindruckende Stärke, die noch zunahm, wenn Silvia sich deutlich sträubte. Sie zog und schob sie in Richtung Strand, daß vorbeikommende Passanten, hätte es sie gegeben, sicher an ein Gewaltverbrechen von Frau zu Frau geglaubt hätten und eingeschritten wären. So aber zog sich der Kraftakt bis zur Betonpromenade hin, wo Michaela von Silvia abließ, aber im Gegensatz zu ihr keinerlei Erschöpfungssymptome zeigte. Sie wunderte sich, daß der Strand recht voll war, sie aber niemandem begegnet waren auf ihrem Weg hier herunter. Eine neuerliche Absence zwang sie zum Innehalten, und Silvia, die derartige Zustände an keinem anderen Menschen je hatte beobachten können, wurde noch unruhiger. Fragte sich, ob sie den Moment nutzen sollte, um abzuhauen, aber der Weg nach oben erschien ihr zu weit, sie selbst war zu ausgepowert und Michaela würde sicherlich schneller wieder zu Kräften kommen, als ihr lieb sein konnte. Also bemühte sie sich nach kurzem Überlegen um sie, versuchte, sie auf der Betonpiste zum Sitzen zu bewegen, was aber mißlang, denn nicht nur ihr rechter Arm, sondern auch das Bein war völlig steif geworden. Was Silvia nicht wissen konnte, war, daß Michaela während ihrer Absencen eine widerliche Alte sah, die fett und verquollen in ihrer Nähe herumwuselte und den Rock hob, unter dem sie nackt war. Im Moment ihres Verschwindens klarte Michaelas Geist wieder auf und vergaß, was er gesehen hatte.

Plötzlich erwachte die Närrin in ihr. Sie stellte sich auf die Zehenspitzen und tänzelte wie eine flügelschlagende Henne über den Beton, ließ sich unter dem Geländer in den Sand rollen und stand wieder auf. In ihrem Gesicht begann es scheinbar unkontrolliert zu zucken, und tiefer, griechisch anmutender Gesang löste sich in bleischweren Wellen aus ihrem Mund. Dazu hob sie ihr kurzes Röckchen, was hier nicht weiter auffiel, denn sie trug ein Bikinihöschen darunter, aber sie tat es, als rücke sie eine gewichtige Tracht zurecht. Und der Gesang fiel schon auf, es war ein massiver, lauter, von holpernden Lautverbindungen und zischendem Luftablassen begleiteter Gesang, so daß die Leute am Strand sich umzudrehen begannen. Schließlich kamen ein paar Kinder vorsichtig näher, zogen Erwachsene hinter sich her, denen die Unschlüssigkeit, ob sie es mit einer Verrückten oder aber einer verdienten Jodlerin ihres Volkes zu tun hatten, ins Gesicht geschrieben stand. Das Zucken in Michaelas Gesicht war jetzt rhythmisch geworden und wurde von seidenweichem, frivolem Lächeln unterbrochen. Sie riß Silvia mit herrischer Anmaßung zu sich herunter und fuhr nun in scharfem Tangoschritt mit ihr durch den schwarz aufstäubenden Sand. Silvia hatte die Dame zu geben, während Michaela mit zackigem Hinternschwenk den männlichen Part des Paares markierte. Der Gesang hatte sich unmittelbar in den erstaunlich lauten, von keiner Bewegung unterbrochenen Vortrag eines Tangos von Astor Piazolla gewandelt, *Desde una estrella a titilar …*, und als Silvia sich ängstlich umgesehen, aber in den Gesichtern der zumeist spanischen Augenzeugen des Spektakels kein abschätziges Spotten hatte erkennen können, ließ sie sich willig führen, begann Spaß zu finden an der Aktion. Die Leute hielten sich nicht lange zurück, der Tango war ein Ohrwurm, und sie stimmten ein und tanzten mit. Bald war der ganze Strandabschnitt in Bewegung geraten, nur vereinzelt saßen noch bloße Zuschauer, zumeist ältere oder aber deutsche, denen das Blut nicht danach stand, sich an einem kanarischen Gestade zu blamieren, auf ihren Decken und Badematten. Michaela riß Silvia wiederum herrisch mit sich, diesmal aber lachend und jauchzend, und die beiden liefen Hals über Kopf davon, in jene stille Bucht, die Thomas hier unten entdeckt hatte. Ließen sich keuchend und übermütig in den Sand fallen. Als hätte sie längst vergessen, daß sie Silvia eigentlich aus dem Bett gerissen hatte, weil sie vorgab, sie zu brauchen, warf Michaela nun überstürzt ihr Röckchen und das T-Shirt ab und wollte ins Meer rennen, blieb aber davor abrupt stehen. Felsbrocken lagen herum, steinerne Wale von erheblicher Größe, deren glänzende Rücken ein wenig aufblitzten, wenn das Wasser sich zurückzog, um gleich darauf mit einem lauten Schmatzer an Land zu gehen. Vorsichtig setzte Michaela nun ein Bein vor das andere, *wie eine Störchin*, dachte Silvia und lachte im gleichen Augenblick, daß das weibliche ihr vor dem männlichen Exemplar der Gattung eingefallen war, das es doch genauso machte. Sie sah sich um, ein wenig klebte noch Neid auf die Freundin, die sich solch närrischem Treiben einfach hingeben konnte, in den Augenwinkeln, während sie selbst immer mit den Füßen auf Stein oder im Sand scharrte vor lauter Verlegenheit. Sie zog eine Schneckenscheibe unter ihrem linken Fuß hervor. Wie fein geschnitten hielt sie den Längsquerschnitt des Schneckenhauses gegen das Licht und vollzog in Gedanken die Windungen nach, die der Schneckenleib darin wohl oder übel mitmachen mußte. Sie erschauerte. Ein kleines Stück vom Wasser glattgeschliffenen Holzes und eine schöne blaue Scherbe, deren Ränder von Sand und Wasser stumpf geworden waren, kamen als nächstes zum Vorschein. Sie baute einen kleinen Altar aus ihren Schlappen, auf dem sie die Fundstücke anordnete. In ihrem Kopf cntstand ein kreiselnder Sog, der ihre Gedanken in die unteren Körperteile hinabstrudelte, während ihre Hände nach weiteren Kleinigkeiten und Schnipseln wühlten. Es duftete, sie roch Sonnenmilch, hatte ein kleines Plastikfläschchen geöffnet. Zum Vorschein kamen noch ein rostiger Flaschendeckel, zwei Steine, die zusammengelegt eine Herzform ergaben, ein Metallstab mit einer kleinen goldfarbenen Kugel an der Spitze und der Henkel einer kobaltblauen Porzellantasse. Der Horizont weit hinten schimmerte in der Farbe unreifer Pflaumen, und als sie ihre Kostbarkeiten betrachtete, sah sie sie hinter einer dünnen weißen Haut, embryonale Bröckchen, die wachsen und mehr und mehr vom Platz um sie herum abhaben wollten. Verwundert rieb sie sich die Augen, aber die Haut blieb.

Michaela? Die watete weiter und weiter in die offenbar flache See hinein, war bis zum Schritt im Wasser und schien sich nicht für ihre neue Freundin zu interessieren. *Das wollen wir doch mal sehen.* Silvia bemerkte, als sie sich ausziehen wollte, daß sie ja überhaupt keine Badebekleidung anhatte, aber nackt ins Wasser zu gehen, konnte sie sich selbst in dieser abgelegenen Bucht nicht vorstellen. Also behielt sie BH und Slip an und folgte Michaela, die inzwischen doch lieber ganz eingetaucht war und hinausschwamm in den Atlantik. Sie vermochte sie nicht einzuholen, und als sich die eine erschöpft umdrehte, um nach der anderen zu sehen, erschrak sie angesichts der riesigen Entfernung, die zwischen ihr und dem Ufer lag. Auf halber Strecke Silvias Kopf in den Fluten. Sie hielt nun mit aller Kraft darauf zu, aber es war, als risse sie eine Strömung immer weiter hinaus. Als sie schon beinahe am Ende war mit dem Latein ihrer Kräfte, kam glücklicherweise ein Motorboot in fünfzig Meter Entfernung vorbei. Die Frau an der Seite des Bootsführers bemerkte die untergehenden und wieder auftauchenden Arme Michaelas, ihre Rufe hörte schon lange niemand mehr, und machte ihn darauf aufmerksam. Kurz entschlossen wendete er und lenkte sein Boot zur Unglücksstelle, und als sie sie erreicht hatten, war es die Frau, die mit einem geübten Kopfsprung ins Wasser schnellte. Eine Weile war nichts von ihr zu sehen. Der Bootsführer begann unruhig zu werden und seine Schuhe und Strümpfe auszuziehen, als sie wieder ans Licht kam mit einer blau angelaufenen Frauenleiche, wie er dachte. Aber die Fremde war nicht tot, sie hustete eine Menge Wasser aus und kam wieder zu sich.

◆ ◆ ◆

Heieiei, wir müssen nach Hause. Bert Willer sagte diesen Satz mit unterlaufener Stimme. David konnte weder glauben noch nicht glauben, was sein Vater da sagte im Angesicht des Hannoveraners Thomas, der ihnen zum Mittag über den Weg gelaufen war auf der Suche nach seiner Frau. Auf dessen Einwand, sie hätten doch noch eine Woche, gab Bert Willer zu verstehen, daß *die Vergangenheit drückt, nicht wahr?* Dabei schaute er ihn verschwörerisch an, aber Thomas, der seinen nächtlichen Erzählungen nur bis in den raschen Schlaf gefolgt war, schaute kein bißchen verschwörerisch zurück. *Naja, nichts für ungut*, glaubte er zu verstehen und sah den beiden mit Erstaunen hinterher, wie sie statt des Fahrstuhls die Treppe nach oben benutzen wollten. Seine Stimme versackte für einen Moment in der dicken, milchigen Luft des Hotelfoyers. Er konnte ihnen nicht hinterherrufen, daß das Treppenhaus heute gesperrt sei wegen Malerarbeiten. Als er sie wiederkommen sah, die Absperrkette hatte ihnen einen Strich durch die Rechnung gemacht, besann sich die Stimme und rief ihnen *halt!, halt!* zu. Noch einmal trafen sie sich in der Mitte des Foyers, und Thomas erklärte umständlich, daß er und seine Frau schon gerne noch eine Woche blieben, und wenn sie es an ihrer Statt tun könnten, warum sollten sie dann nicht die Flüge tauschen? Bert Willer erschien das als Rettung aus tiefster Not. In der kommenden halben Stunde erbot sich die Mitarbeiterin der Rezeption, ihre Flugtickets umbuchen zu lassen, und trug Silvia und Thomas als neue Mieter für Berts Zimmer ein. Wenn alles gutginge, würden sie morgen am späten Abend in Hannover landen, entweder mit den Kiffgeschwistern, die nach Hause wollten, die Wohnung teilen für eine Nacht oder aber noch eine späte Verbindung nach Berlin nehmen.

Ihr Urlaub hatte nur eine Woche gedauert. Manchmal glaubte David seinen Vater in der Hand zu haben, konnte aber die Hand gar nicht mehr als zu seinem Körper gehörig fühlen, denn nicht nur sein Denken hatte sich davongemacht, auch seine körperlichen Zustände spürte er kaum. Und so kam es, daß er die meiste Zeit vielmehr als baumelndes Handgelenktäschchen an seinem Vater hing, der ihn manchmal zu öffnen versuchte mit einer scheuen Frage. Meist aber blieb er verschlossen, und sein Vater wagte nicht, ihn über das Baumeln an seinem Gelenk hinaus zu berühren, denn er vermutete einen tiefen Ekel bei seinem Sohn. Bert Willer streifte ihn ab, um ihn seine Sachen pakken zu lassen. Er hatte David nicht gefragt, ob er schon nach Hause wolle. Daß er selbst meinte, nach Hause zu *müssen*, schien ihm Rechtfertigung genug für das Vorhaben. Er würde nicht auf Gegenwehr stoßen, dessen war er sich sicher. Zu Hause würde sein Sohn möglicherweise zum Jugendamt gehen. Hieß das *Sodomie? Gomorrhoe?* Sodom und Gomorrha als Sinnbilder unsittlichen Betragens vor unserer Zeitrechnung ... Nein, *Gonorrhoe* war eine Geschlechtskrankheit, fiel ihm ein, und hatte eine andere Wortwurzel. Oder sein Sohn würde im Wissen um seine Verfehlung auf der Stelle Ausgaben verlangen, die früher lange geplant werden mußten. Ein neuer Computer. Markenklamotten. Puma-Schuhe. Mp3-Player, Digicam oder Fleischberge beim Griechen. Er wagte es nicht, sich all dies in lebensnahen Farben auszumalen, sondern legte es zuunterst in den Koffer, den er jetzt vom Schrank holte, um ihn zu packen. Es schüttelte ihn von Zeit zu Zeit, ohne daß er hätte sagen können, was dieses *es* war. Es höhlte ihn aus, ließ ihn auf dem letzten Loch pfeifen, fraß an ihm, gab ihm den Rest, brachte ihn zur Strecke, um die Ecke, brach ihm das Genick, drehte ihm den Hals um, riß ihn in Stücke, machte kurzen Prozeß, beförderte ihn ins Jenseits, aber als er sich am Ende auf den Koffer setzte, war er lebendig und kräftig genug, ihn zu schließen. Darüber wunderte er sich, hatte er doch einen Augenblick lang gedacht, es hätte ihm tatsächlich den Garaus gemacht.

David tat es ihm nach. Mechanisch füllte er in seinem Zimmer den Koffer mit seinen Habseligkeiten, wickelte die Papiere in eines der neuen Oberhemden, legte zwei Hosen darüber. Die Waschtasche packte er noch nicht ein, weil es ihn unter die Dusche zog, wo er sich zu reinigen hoffte von all dem Klebrigen, das an ihm haftete. Wenn er sie besonders heiß aufdrehte, würde er womöglich Schmerz fühlen können. Das verlockte ihn. *Alles unter Kontrolle?* Die Frage sprang ihm auf den Schoß wie gestern noch Lou, er konnte sie kaum bändigen. Flüchtete schließlich ins Bad, wo er heftig die Tür hinter sich schloß und eine Weile an ihr kleben blieb mit geschlossenen Augen. Als er unterm Wasserstrahl stand, fluppte die Seife einige Male aus seiner Hand, und als er sich endlich abseifen wollte, stellte er fest, daß er alle seine Kleider angelassen hatte. *So'n Mist.* Die Sachen wollten ihn nicht verlassen, drehten sich zu Rollen auf, die er kaum noch abstreifen konnte. Als er es mit großen Mühen geschafft hatte, sich auszuziehen, kroch, weißes, glibbriges Wurmgeschmeiß, Kälte über seinen Körper, und er sprang schnellstens wieder unter den heißen Guß, den er sich verordnet hatte. Freute sich unterschwellig, daß er warm und kalt offenbar unterschied, und rieb sich mit der Seife auch die letzten Winkel seines Leibes ab. Das war gut so. Seine Haut welkte schon, als er aus der hitzigen, dampfenden Badzelle in den trockenen Tag zurückkehrte, der ihn mit Sonne und hohen Temperaturen lockte. Bert hatte keinerlei Anstalten gemacht, ihn mit ihm verbringen zu wollen. David spürte plötzlich einen schwachen Abdruck dessen, was seinen Vater umtrieb, als undeutliches Brennen im Gesicht, das sich jedoch sofort wieder verlor. Seinen Koffer durchsuchte er nach brauchbaren Klamotten, die nassen hängte er zum Trocknen über die Stühle im Zimmer. Sie tropften, im Teppichboden zeigten sich dunkle Flecken, denen David beim Wachsen zusah, während er mit dem Rücken zum Fenster stand. Was er zu fassen kriegen wollte, war ein Gedanke zum Fortgang der Dinge, der sich aber nicht zeigte. Statt dessen gelang es ihm, sich Michaela vorzustellen. Sie hatten gemeinsam gefrühstückt. Müsli, Bananen und Pfirsiche, Kaffee. David kalte Milch. In ihrem Gesicht hatte es Fältchen, zwei eitrige Pickel und einen dünnen roten Kratzer gegeben, den er ihr zugefügt hatte am Abend vorher. Über diesen Kratzer war er hineingeglitten in ihren Halsausschnitt und hatte sich bei ihren Brüsten aufgehalten, während sie zu seinem Vater von irgend etwas gesprochen hatte, was ihn nicht erreichte. Durch die weiße Hülle ihrer Bluse hatte er hinaussehen können, es war gut gewesen, so versteckt zu bleiben vor den anderen Hotelgästen. Einen Knopf hatte er geöffnet, nach draußen auf den Tisch gelangt, noch eine Banane mußte es sein, und danach die Bluse wieder verschlossen. Michaela hatte nur einmal etwas verwundert an sich hinuntergeschaut und ihm mit der linken Hand ungewollt einen Nasenstüber verpaßt. Er war dann wieder herausgekrochen und hatte ordentlich auf seinem Stuhl Platz genommen, aber weder sein Vater noch Michaela hatten sein Fehlen bei Tisch bemerkt. Gewundert hatte er sich, daß sein Vater plötzlich sehr abrupt aufgestanden war und nach ihm gegriffen hatte, wie man eben nach einem Henkeltäschchen greift, und Michaela war abwechselnd blaß und burgunderrot geworden und hatte nichts mehr sagen können. Sie waren auseinandergegangen ohne Verabredung, ohne Zeichen für spätere Zeiten. Michaela war sitzengeblieben über ihrem Kaffee, und als er sich nach ihr umdrehte, hatte David gesehen, daß sie sich klammheimlich über die Augen wischte.

Die Flecken auf dem Fußboden hatten die Größe von Pizzatellern erreicht. Sie näherten sich einander an, verschmolzen schließlich. Endlich faßte David einen klaren Gedanken: Wenn sie morgen abreisten, würden sie keinen guten Eindruck machen, es sei denn, sie trockneten bis dahin. Also packte er mit einem Griff alle seine Sachen und breitete sie im Bad wieder aus, hängte sie auf die Handtuchleiste und über den Wannenrand. Im Zimmer begann er damit, die nassen Stellen des Teppichbodens abzureiben mit dem Duschtuch, das er vorhin nicht benutzt hatte und das demzufolge noch völlig trocken war. Als er innehielt und sein Werk betrachtete, hielt er ein schmutziges, feuchtes Etwas in den Händen, aber die Flecken schimmerten nur noch in einem matten Grau.

◆ ◆ ◆

Die Frau hatte Michaela eine Decke gegeben und ihr in der Kajüte einen Tee gebrüht. Sie saßen unten und sahen sich an, während der Mann auf den Hafen von Puerto de la Cruz zusteuerte. Mit Spanisch, Französisch und Englisch versuchte die

Frau eine Verständigung zumindest anzubahnen zwischen ihnen. Michaela allerdings konnte die Versuche nur russisch kontern, so daß sie sich zwar anzulächeln begannen, aber doch scheu hinter ihren aufgestützten Armen verschanzt blieben. Plötzlich fiel Michaela der Tango ein, den sie gerade am Strand intoniert hatte. Es war das einzige Stück Spanisch, das in ihr festhing. Sie fing an, den Tanz zu summen, um dann mit kräftiger Stimme den Text vorzutragen. Das Erstaunen in den Augen der Frau wuchs sich zu einem stummen Glotzen aus, sie hatte offenbar Mühe, den Mund wieder zu schließen und den Blick nicht gar zu verblüfft über die in der kleinen Kajüte fein säuberlich aufgereihten Dinge hinüber zu Michaela zu schicken. Dabei stieß er hier und da an, und eine Flasche mit einem wie von Geisterhand eingebrachten Schiff löste sich aus ihrer hölzernen Fassung, rollte zu Boden und zerbrach mit lautem Scheppern. Als das Boot im Hafen vor Anker ging, wurde ihnen bewußt, daß Michela nichts anzuziehen hatte. Die Frau reichte ihr ein paar Sachen von sich und hieß den Mann kehrtmachen, der eben in die Kajüte hinunterschaute, um zu sehen, wie es den beiden miteinander erging. Irgend etwas hatte ihn irritiert, merkte er, als er die kleine Treppe wieder emporstieg. Später verabschiedete sich Michaela, nachdem sie ihren Namen und das Hotel, in dem sie wohnte, auf ein Zettelchen notiert hatte, um der Frau die Möglichkeit zu geben, ihre Sachen wiederzubekommen. Der Mann und sie schauten Michaela noch lange nach, die in einer der älteren, vom Hafen aus die Stadt wie ein Spinnengewebe durchziehenden Straßen verschwand. In dem Augenblick, da Michaela zwischen den ungezählten Passanten, mehr Touristen denn Einheimische, untertauchte, tauchte der Mann auf und wußte, was ihn irritiert hatte, als er einen Blick in die Kajüte riskiert hatte. Das Schiffsfläschchen stand nicht mehr auf seinem Sockel aus Holz.

Schneller und schneller gerieten Michaelas Schritte, sie rannte fast, als eine schöne schattige Parkanlage ihren Beinen

Stillstand verordnete. Auf einer Bank sitzend und die Kinder nicht beachtend, die in ihrem Gesichtsfeld dreisten Spielen nachgingen, mußte sie daran denken, wie leichtsinnig es gewesen war, ins Meer zu laufen und so weit hinauszuschwimmen. Die beiden epileptischen Anfälle des Vormittags wären Grund genug gewesen, sich im Zimmer zur Ruhe zu legen und zu warten. Auf Bert Willers baldige Abreise zum Beipiel, die er ihr in Aussicht gestellt und ihr jede Hoffnung auf ein sie verfolgendes Glück in der Liebe genommen hatte. Er könne nicht mehr, hatte er gesagt, und sie hatte das als Absage an ihr Dreieinigkeitsvorhaben aufgefaßt, von dem er wiederum nichts ahnte. Dann hatte er nach seinem Sohn gelangt und war davongelaufen, und sie hatte nicht anders gekonnt, als ein paar Tränen zu weinen, obwohl sie sich für diesen Urlaub vorgenommen hatte, es nicht dazu kommen zu lassen.

Ihre braunen Beine zogen noch immer, obwohl sie dabei war, die Fünfzig zu überschreiten, die Blicke der Männer auf sich. Sie wußte das. Mit trotzigem Vorsatz zog sie das Kleid, das ihr die Frau angepasst hatte, noch eine Handbreit höher und setzte sich lasziv in Szene. Ihre Augen fielen ihr ein, die vom Salzwasser des Meeres und der Tränen gerötet sein mußten, und sie lief über die Straße in ein kleines Lädchen, sich eine Sonnenbrille und eine Zeitschrift zu kaufen. Wieder zurück, gab sie sich dem Journal mit gespielter Intensität hin, blätterte vor, zurück, unterstrich einzelne Zeilen mit dem Finger und ging dann noch einmal zu einer anderen Stelle, wobei sie die Hand zwischen den ursprünglich aufgeschlagenen Seiten beließ. Dabei registrierte sie aus den Augenwinkeln, wer sie ansah. Schlendernde, goldberingte Altherren mit pomadisiertem Grauhaar um die Glatze herum, junge Familienväter, die sie zwischen zwei Sätzen an ihre Frau mit Blicken auszogen, und junge Muskelprotze in sehr bunten, beinahe regenbogenfarbigen Hosen, die zu Hunderten, wie sie schätzte, hier herumhingen und in Gruppen und Grüppchen regelrecht organisiert schienen. Sie seufzte. Es funktionierte, aber nach dem, was geschehen war, wollte es einfach keine Bedeutung mehr annehmen.

Michaela erinnerte sich, wie sie als Fünfzehnjährige einmal mit großen, verweinten Augen dagestanden und darauf gewartet hatte, angesehen zu werden. Aber die Jungen hatten nur betreten an ihr vorbei nach links oder rechts geschaut, auf ihre Klassenkameradinnen, mit denen sie bis dahin in keinerlei Konkurrenzverhältnis gestanden hatte. Die Lehrerin thronte mit großspurig beißendem Gesicht über dem Geschehen, der Auswahl einer Partnerin für den Tanzstundenabschlußball. Ihr Vater war vier Wochen zuvor verschwunden und hatte eine Karte aus dem Westen über die Grenze geschmuggelt, auf der er der Familie mitteilte, wie gut ihm die Flucht gelungen sei. Die Eltern lebten seit Jahren getrennt voneinander, es gab seltene Besuche, aber welche Bedeutung ihr Vater dennoch für ihr Mädchendasein hatte, spürte sie besonders von jenem Tag an, da ihre Mutter der Lehrerin in einem vertraulichen Gespräch von seinem illegalen Grenzübertritt erzählt hatte. Vermutlich hatte sie nicht geglaubt, eine solch stumm bleibende Herabsetzung auszulösen. Plötzlich schnitten Unverständnis und Gemeinheit unüberwindliche Gräben zwischen Michaela und ihre Freunde. Mit der Zeit füllten sie sich mit mißbilligendem Schweigen oder ängstlichem Wegsehen, und über allem thronte die Lehrerin, deren Gesicht die Spuren der Freude über die gelungene Denunziation nicht verheimlichen konnte. Jetzt, als sie daran dachte, mußte sie lächeln über die Alte, die in ihrem Heimatort immer schnell die Straßenseite wechselte, wenn sie Michaela von weitem erkannte. Eine gut angepaßte Brille mußte sie tragen und auch nicht allzu gebeugt gehen, fiel ihr ein, und sie stellte sich ihre Lehrerin bei der letzten Beinahe-Begegnung vor: Tatsächlich war sie erstaunlich aufrecht gelaufen und hatte die Straße vor sich offenbar im voraus abgesucht nach diskreditierenden Fährnissen, so weit entfernt war sie noch gewesen bei ihrem Seitenwechsel. Für eine Neunzigjährige eine

Leistung. Sie hatte als Antifaschistin im Nazi-Knast gesessen, und Michaela hatte ihr von allem Anfang an deshalb nach dem Mund geredet. Um so größer die Enttäuschung, ihr fassungsloses Erschrecken, als die Lehrerin sie mit leeren Augen überging und sie nicht mehr zählte im Klassenverband. Ausgerechnet der Kleinste, Jochen, hatte sich letztlich vorgewagt, *darf ich bitten?*, und sie war traurig und froh zugleich mit ihm auf die Tanzfläche gegangen, wo sie Mühe hatten, miteinander zurechtzukommen. Nach dem Abschlußball hatte er sie, den Gepflogenheiten gemäß, nach Hause gebracht, und die paar Gläser Wein hatten gereicht, sie damals schon zum lauten Singen zu verleiten. Der Widerhall in den Straßen der Kleinstadt öffnete Fenster, aus denen sich empörte, nachtschlafene Gestalten zu Wort meldeten und mit der Polizei drohten, wenn das nicht aufhörte. Das Laufen fiel ihr so schwer, daß sie hoffnungslos umknickte und der linke Absatz von den nagelneuen Tanzschuhen abbrach. Also zog sie die aus und lief mit Jochen auf Strümpfen nach Hause, von denen nicht mehr viel übrig war, als sie ankamen. Die Sohlen waren nach wenigen Metern schon durchgewetzt gewesen, und später kringelte sich ein dünnes, schmutzigrandiges Nylongeflock in Fersenhöhe. Wie sie den Schlüssel ins Schloß bekam, wußte sie nicht mehr. Jedenfalls hatte es eine Reihe von erfolglosen Versuchen gegeben, das Schlüsselloch zu treffen. Ob ihr die Mutter im letzten Moment zu Hilfe gekommen war oder ob Jochen es geschafft hatte, die Tür zu öffnen, blieb im Dunkel der Vergangenheit liegen. Am Morgen danach hatte sie zwei Rollmöpse und drei saure Gurken neben sich auf dem Nachttischchen stehen, als sie erwachte. Jetzt roch sie sie sehr genau, und als sie sich umblickte, sah sie einen der Muskelbullis naßforsch lächelnd, nicht weit von sich, auf dem Geländer der Parkanlage sitzen. In der Hand hielt er ein ziemlich großes Glas saurer Gurken und aß, bis ein Rülpser sein Klammerlächeln durchstieß. So erschrocken schien er, daß er ein wenig aus der Balance geriet und beinahe abgekippt wäre. Michaela konnte sich ein Lachen nicht verkneifen und sah in die entgegengesetzte Richtung. Ein Hund tauchte weit hinten im Menschengewühl auf und verfolgte still und geschäftig seine Bahn, lief geschmeidig zwischen den Hunderten Beinen hindurch die Straße hinunter. Sie sah ihm dabei zu, und während er langsam vor ihren Augen wuchs, um im Entfernen wieder kleiner zu werden, spürte sie ein unbestimmtes Stechen in der Herzgegend. Sie glaubte, ihn wiederzuerkennen.

◆ ◆ ◆

Anfangs schaukelte das Flugzeug nur ein wenig, geriet dann aber in Turbulenzen, die Bert Willers Haare zu Berge stehen ließen. David schlief, er hatte die letzte Nach vor dem Fernseher verbracht und sich durch die Programme gezappt. Kein bißchen Müdigkeit hatte sich einstellen wollen, so daß er munter gelegen und gelümmelt hatte, bis die Sonne einbrach. Der hauseigene Shuttleservice hatte sie zum Flughafen gefahren, sie hatten sich im Kleinbus nicht nebeneinandergesetzt. Und auch jetzt saßen sie nicht zusammen, denn David hatte seinen Platz mit Thomas' und Silvias Tochter getauscht. Neben dem Kiffbrüderchen war gut sitzen und pennen, denn es hatte vermutlich einen schweren Rausch auszuschlafen. Außerdem litt es an Flugangst und hatte schon deswegen gestern abend geraucht, was das Zeug hielt. Auch heute morgen hatte es der Schwester einen Joint angeboten. Abgelehnt. Schwesterchen hockte etwas kläglich neben Bert Willer und litt genauso wie er, was die Turbulenzen anging. Ansonsten war ihr Hirn freilich unbeschwert von Sorgen, was sie aber nicht mitbekam hier oben. Sollte sie heulen? Sie überlegte einen Moment, ließ es dann aber sein, schon weil Bert Willer sie nicht wahrnahm und vermutlich keinen Trost spenden würde, so wie der aussah.

Ein Traum, schwer und blau wie der Himmel über ihnen, der seine Farbe durch die geschlossenen Lider hindurchreichte und tief im Kopf deponierte, suchte David heim. Die Figuren bekamen eine blaue Gesichtsfarbe und tönten blau, wenn sie den Mund öffneten. Das blaue Klingeln eines fernen Glöckchens untermalte das, was geschah. (Daß es nur Bordgebimmel wegen der anhaltenden Turbulenzen war, blieb außen vor.) David sah, wie seine Mutter und er, nur mit kurzen Hemdchen bekleidet, die am Nabel schon endeten, durch blaustichige Straßen vor dem Mob flohen, der ihnen ans Leder wollte. Er verstand nicht, was man damit beabsichtigte, sah aber plötzlich, daß seine Mutter Schweinegestalt angenommen hatte. Sie lief mit kleinen, trippelnden Schritten aufrecht auf Hinterbeinen, während die Vorderbeine sich wie Arme vor- und zurückbewegten. Da sie in Klauen endeten, konnte sie David nicht mehr anfassen und ließ ihn vor sich herrennen. Plötzlich erkannte er, daß er selbst ebenso ein Schwein geworden war. Mit geschlitzten Äuglein sahen sie einander sehr traurig an zwischen den japsenden, eiligen Schritten. Lou weinte, und sie grunzte dazu. Der Schreck fuhr David als blaues Beil übern Kopf. Mit einem kleinen, spitzen Schrei erwachte er und hoffte, daß das Gezerre vor seinen Augen sich entwirren möge. Aber er blieb noch eine Weile benommen sitzen und suchte mit starrem Kopf, aber wandernden Augen die einsehbaren Sitzreihen im Flugzeug nach seiner Mutter ab. Er schüttelte sich. Das Gebimmel ebbte ab, ihm wurde bewußt, daß es der Hintergrundton seines Traumes gewesen war. Noch immer rätselte er, was für ein Pulk von Leuten ihnen da nachgelaufen war, und was sie geschrien hatten, hing in seinen Ohren wie blauer Pudding: *Du bist die Frau der Spitzelsau!*, und *Alle oder keinen, nieder mit den Schweinen!* Ein kleiner Junge mit blauen Locken hätte ihn beinahe erreicht, sein Kreischen hallte noch nach in seinem Kopf, es war ein lustiges, lautes Johlen gewesen. Dem Kleinen hatte man angemerkt, daß es ein großer Spaß für ihn gewesen war, hinter den blauen Schweinen herzurennen. David dachte eine Zeitlang, blau zu sein.

Abstürzen? Bert Willer verfing sich in heillosen Überlegungen. Seinen Kopf trug er auf einem Serviertablett zur Toilette, glaubte er. Als die Stewardeß ihm auf dem Weg hinterherrief, ob sie ihm noch etwas zu trinken hinstellen könne, schaute er auf das imaginäre Tablett in der Hoffnung, sein Mund würde antworten. Ging dann, als habe er nichts gehört, einfach weiter. Auf der Brille sitzend, stürzte er wieder und wieder ab, nur er allein, und es verlor allen Schrecken. Wurde zum ersehnten Übergang in einen Aggregatzustand, den er noch nicht kannte. Auf den er, wie er jetzt spürte, eine schmerzhafte Neugier empfand. Wie damals, als Lou ihm seine und Bejlas Akten auf den Tisch geknallt und ihn gefragt hatte, was er dazu zu sagen hätte. Blöde Frage. Was sollte er dazu sagen? Er wollte nur fort in jenem Moment, zerstückelt unter dem Tisch oder mit einem Küchenmesser erstochen in der Badewanne liegen, von einer Straßenwalze überrollt im heißen Teerbett blutigen Dunst absondern oder, was das einfachste gewesen wäre, an einer winzigen Apfelspalte erstickt sein. Schon damals war er, obwohl die Gründe, Scham zu empfinden, sich gewandelt hatten, in den Bann einer Tötungsmaschinerie geflüchtet und hatte den Kopf nicht mehr angehoben, Lou ins Gesicht zu sehen. Dabei war er es gewesen, der ihr, als er im Institut gekündigt und die Stelle als Anzeigenakquisiteur angenommen hatte, von der Vergangenheit erzählte, mit Lou war es immerhin möglich gewesen, den *dunklen Punkt* aufzudecken, auch wenn sie gesagt hatte, daß das ja wohl kein Punkt, sondern eine ausgewachsene Linie, seine Lebenslinie sozusagen, gewesen wäre und daß an den Folgen dieses Tuns noch lange zu knabbern hätte, wer mit ihm zu tun habe. Eine Hypothek hätte er dem Jungen damit aufgeladen, die der vermutlich gar nicht in der Lage wäre abzutragen, und auch für ihr Zusammenleben war erst einmal Pause angesagt. Sie wollte Gewißheit, was diese *Sache* mit ihr anzustellen in der Lage wäre. Ob sie seinen Geruch noch ertrüge, prüfte sie täglich. Angefangen hatte er seine Eröffnung mit der Frage, ob sie die kleine Kette aus Helsingör noch hätte, *los, hol sie mal!,* und dann nur gesagt, wo er sie kaufte. Name und Anschrift des Ladens. Hatte von Kopenhagens Straßenbahnen und den Grenzübertritten unter falschen Namen erzählt, von seiner Ausbildung im Osten der frühen 80er, war mit ihr sogar zu zwei, drei toten Briefkästen gefahren, die sich in unmittelbarer Nähe der Wohnung ihrer Eltern befunden hatten und noch Jahre nach der Wende so taten, als warteten sie darauf, kontrolliert zu werden. Von seinem Tun im Inneren des Landes hatte er nichts gesagt. Nichts von Bejla, nichts von den anderen Damen, deren Überschläfer er gewesen war an Lou vorbei. Die vielen Wochen, in denen er regelmäßig außer Landes weilte, hatten bei ihr als Dienstreisen firmiert, in den fernen Osten oder die Karpaten, jedenfalls nach dort, wohin man ihm nicht einfach folgen konnte, wenn einem danach gewesen wäre. Lou hatte sich daran gewöhnt, sie war eine Frau mit eigenem Aktionsradius gewesen, und die Dinge, die sie schaukelte, hatten ihr Gewicht gehabt. In den letzten Jahren des untergegangenen Staates war sie drauf und dran gewesen, ein *feindlich-negatives Element* unter anderen *feindlich-negativen Elementen* zu werden. Eine Freundin hatte sich abgesetzt zu einer Gruppe von Frauen, die die Verhältnisse auf Elemente von Leibeigenschaft untersuchten und fündig geworden waren: Leibeigenschaft nannten sie das Regime der Staatsmacht, sie im Lande festzuhalten gegen ihren Willen. Leibeigenschaft nannten sie auch andere Verhältnisse der Subordination, zum Beispiel den unbedingt dreijährigen Militärdienst unter der Androhung, die gewünschte Ausbildung sonst nicht machen zu können, aber auch ihre eigene Unterwerfung unter die Regeln der *sozialistischen Ehe*, ohne die man einfach keine Wohnung und von niemandem einen Kredit bekam. Als Verheiratete konnte man 5000 Mark bekommen und sie dann *abkindern* – durch die Geburt eines Kindes verringerte sich die Schuldsumme, bis sie nach dem dritten Kind verschwunden war. Allerdings funktionierte das nur bei erstmaliger Heirat. Feierte jemand zweimal oder gar mehrfach Hochzeit, galt das für ihn nicht mehr. Sie nannten das System eins der *feudalabsolutistischen Aufklärung*, waren stolz auf diesen Begriff, der ihnen eingefallen war, als sie an die Verhältnisse in der Sowjetunion dachten oder an die in Rumänien, wo nicht einmal diese halbseidene Art der Aufklärung griff. Als eine junge Frau aus der Gruppe Studenten aus dem georgischen Kaukasus zum Studienaustausch zu Gast hatte, staunten die nicht schlecht über die vielen kleinen Kinder deutscher Kommilitonen, die noch dazu nicht einmal verheiratet waren, und daß es hierzulande nicht üblich war, daß allein Bakschisch darüber entschied, wer wann und wo einen Studienplatz bekam, konnten insbesondere ihre bulgarischen Mitstudenten zuerst nicht glauben. Zuweilen wähnten sich die Frauen den weiter ostwärts Wohnenden gegenüber privilegiert, aber das stieß schnell an Grenzen, wenn sie selbst zu denken begannen und das, was sie dachten, öffentlich äußerten. *Zum Schluß* hatte Lou beinahe jedesmal, wenn sie ans Telefon ging, um mit dieser oder jener Freundin aus ihrer Frauengruppe zu sprechen, ganz langsam noch einmal wiederholt, wo und bei wem sie sich treffen wollten, *für die Genossen von der Stasi!*, hatte sie gesagt und gelacht dabei, denn Angst hatte sie nie gehabt. Tatsächlich war ihr nie etwas passiert. Daß sie auf der Liste der für den *Ernstfall* festzunehmenden Staatsfeinde stand, erfuhr sie erst, als sie Jahre später einen Antrag auf Akteneinsicht gestellt hatte bei der zuständigen Behörde. Auf die Idee war sie gekommen, als Gabriele sich geoutet hatte als Informantin, und Gabriele war die Initiatorin ihrer Frauengruppe gewesen. Gabriele hatte sie noch einmal zu sich eingeladen, und jede von ihnen war aus einem anderen Grunde neugierig gewesen auf diese Wiederbegegnung nach Jahren. Wunderbaren Kuchen hatte sie gebacken und, als sie laut und vergnügt beieinandersaßen, ein Papier verteilt, auf dem die Informationen an die Staatssicherheit penibel nach Datum aufgelistet waren. Nicht daß sie sich zu rechtfertigen versuchte! Kühl und mit einfachen Worten beantwortete sie die stockenden Fragen der geschockten Versammelten, spulte ein wie auswendig gelerntes Programm ab. Lou war an diesem Tag wortlos und mit verspanntem Nacken nach Hause gekommen, und er hatte sie in die Arme genommen, bis sie es ihm erzählte. Daß es eine gute Gelegenheit war, hatte er sofort gespürt und sie nach der Kette gefragt ... Als sie *es* wußte, war es ihr mit Gabrieles Tun in einen Topf geraten und hatte dort vor sich hin geköchelt, bis sie eben selbst einen Antrag auf Akteneinsicht stellte.

Er hatte damals berichten sollen über die Aktivitäten seiner Frau, das aber abgelehnt mit dem Hinweis darauf, daß es andere Informanten geben müsse, wenn sie es schon wüßten. Es war die Zeit, da viel Volk sich über die ungarische Grenze absetzte oder die Botschaft der Bundesrepublik in Prag im wahrsten Sinne heimsuchte. Noch ahnte niemand, daß ein Ende des Staatswesens nur noch um eine Armeslänge entfernt war. Das lag jetzt an die vierzehn Jahre zurück, und daß es ihm hier, in der Toilette eines Ferienfliegers von Teneriffa nach Hannover in den Sinn kam, ließ ihm ein zerknirschtes Grinsen übers Gesicht wandern. Er sah es im Spiegel.

Wieder zurück an seinem Platz, zitterte er am ganzen Körper wie so oft in den letzten Tagen.

◆ ◆ ◆

Jemand warf mit einer leeren Flasche nach ihr. Sie setzte zum Sprung an und war schnell weit genug entfernt, um nicht getroffen zu werden. Hier oben, auf den Klippen, ließ es sich eigentlich aushalten, und sie legte sich still in die Sonne, um zu schlafen. Blinzelte, sobald sich ein leises Geräusch erhob. Zwar ging der Wind sehr sacht, doch das reichte, um hin und wieder ein Stück Papier oder eine leere Plastikverpackung über die Steine schlurren zu lassen. Sie sah einer Wursthülle hinterher, die schließlich von einem Grasbüschel aufgehalten wurde, überlegte, ob sie hinlaufen und sich von der Labsal des Geruchs einlullen lassen sollte, aber dann fiel ihr ein, wie warm es war. Vermutlich würde die Pelle stinken. Desillusioniert schloß sie wieder die Augen. Der Junge hatte ihr gutgetan, hatte Hoffnung auf Anschluß in ihr geweckt, aber das war vorbei, sie würde ohne ihn auskommen müssen. Noch immer sah sie sich an seiner Seite in der Bananenplantage und fragte sich, was sie wohl zu ihm geführt hatte. Es konnte nur sein Geruch gewesen sein, ein angstunterfüttertes Ausdünsten von Bedrängnis, der sie angelockt hatte. Sie kannte solch einen Geruch von ein paar Pennern, die unten am Hafen hausten, immer auf der Hut vor irgendwelchen Schlägern oder der Polizei. Auch zu ihnen fühlte sie sich hingezogen, ließ sie zu Kindern werden, die Stöckchenweitwurf übten – sie brachte die Ästchen zurück, immer wieder, bis der Angstgeruch beinahe verflogen war. Manchmal brach einer von ihnen dann mit ihr auf ins nächste Geschäft, um von den erschnorrten Piepen etwas Eßbares zu erstehen, was für beide halbwegs reichte. Von dem Jungen hingegen hatte sie sich nichts versprochen, sondern nur beruhigend ihre Flanke unter seinen Kopf geschoben, die er willig angenommen und auf der er vielleicht etwas besser geschlafen hatte als ohne sie.

Die Sonne stand hoch, es war heiß und drückend. An solchen Tagen war es besser, sich unten am Meer die Zeit zu vertreiben, aber nach Vertreiben von Zeit stand ihr heute nicht der Sinn. Mehr davon wollte sie haben, um die Augenblicke der Stille ausdehnen zu können. Sie stellte sich vor, nicht mehr atmen zu müssen und statt dessen sehr ruhig hier oben zu liegen, bis sie sich an der Hitze entzündete und herunterbrannte bis auf ein Häufchen verkohlter Knochen. Das Feuer hätte sicher einige Mühe, ihr Blut zum Eintrocknen zu bringen. Es gefiel ihr, den Gedanken an Körperflüssigkeiten aufzugeben und statt dessen eine große Trockenheit zum Maßstab aller Dinge zu machen, die noch mit ihr geschehen sollten. Sie zog in Betracht, daß ein kleiner Regen vermutlich ausreichen würde, den Prozeß auf halber Strecke zum Stillstand zu bringen. Daß sie in diesem Fall von ihren Artgenossen zerrissen und gefressen würde, verursachte Brechreiz. Insbesondere, wenn sie daran dachte, daß eines ihrer Geschwister daran beteiligt sein könnte. Sie begann, ihren Körper abzulecken, wie sie es bei streunenden Katzen so oft gesehen hatte. Er schmeckte schweißig. Sie wunderte sich, aber je näher sie mit der Schnauze ihrem Geschlechtsteil kam, um so deutlicher witterte sie einen Duft, den sie von früher kannte. Nicht fortzuwaschen von ihrem Urin und dem Wasser des Meeres, in dem sie oft genug zugange gewesen war seither. Ihre Zunge drang ein Stückchen in ihre Vulva, und da kam es ihr: Sie war trächtig, und daß sie es dem Jungen nicht sagen konnte, machte sie traurig.

◆ ◆ ◆

Bert und David hatten die Nacht nicht in Hannover verbracht, sondern den letzten Zug nach Berlin noch erwischt. Nun saßen sie im Morgengrauen nebeneinander auf dem kleinen Balkon ihrer ruhigen, noch immer staubarmen Wohnung und sahen der Sonne zu, die langsam über der Wuhle aufging und einen leuchtend roten Streifen über den Himmel zog. Die Peinlichkeit hatte zwischen ihnen Platz genommen, wie sie ihnen schon auf Teneriffa nachgelaufen war: mit gewaltiger Keule auf eine Gelegenheit lauernd, ihnen die Köpfe einzuschlagen. Daß sie es bislang nicht hatte tun können, lag daran, daß keiner von beiden sie aussprechen wollte. Dabei sah David das, was sein Vater mit Lou getan hatte, keinesfalls als Delikt an, denn viel zu sehr hatte er im Hund Lou seine Mutter gesehen, die er, wieder einmal, hatte fortgehen lassen. Die Ähnlichkeit mit Lou war es auch letztlich gewesen, die Bert Willer über alles Maß erregt und ihn dazu gebracht hatte, alles um sich herum für einen Moment in den Wind zu schlagen. Die Erregung war, *Gottseidank!*, abgeklungen, ehe sein Tun sich völlig verselbständigt hatte, und er war sich natürlich der vermeintlichen Schande sofort bewußt geworden. Von da an hatte die übergroße Peinlichkeit keulenbewehrt in seiner Nähe herumgelungert. David hingegen schämte sich, den Diebstahl der Akten aus dem Geheimfach seines Vaters zuzugeben und die Fragen, die er ihm schon einmal gestellt hatte am Strand von Teneriffa, zu wiederholen. Die sein Vater offenbar nicht verstanden hatte. Wie sonst hätte er einfach zur Tagesordnung mit Silvia und Thomas aus Hannover übergehen können? Womöglich hatte er das alles nur geträumt? Neinnein, die Akten gab es wie die Fragen an seinen Vater, der hier neben ihm hockte und an etwas dachte, was in David keinerlei Erschrecken auslöste, höchstens eine kleine Verlegenheit, wie er sie auch gespürt hatte, als er einmal seine Eltern beim Beischlaf ertappt hatte. Sieben Jahre alt war er gewesen, hatte nachts schlecht geschlafen und ausnahmsweise eingenäßt, was ihm nur noch selten passierte. Barfuß und ohne Schlafanzughose war er dann ins Zimmer der Eltern gegangen. Aus dem Gewirr ihrer erregten Stimmen hatte er geschlossen, daß sie noch munter waren und sich möglicherweise stritten. Sehr leise war er eingetreten und hatte sich neben seine Mutter ins Bett gepackt. Sofort legte sich die Heftigkeit ihrer Bewegungen, von denen er dachte, sie machten Faxen miteinander, denn daß sie sich schlugen, war ihm, obwohl es so klang, ganz unvorstellbar. Seine Mutter hatte erst schwer atmend nach ihm getastet und ihn dann, nachdem sie sein Bett frisch bezogen und ihm eine trokkene Hose gegeben hatte, wieder hinübergebracht. Was sie getrieben hatten, war ihm viele Jahre später erst aufgegangen, als er in einem Film eine Beischlafszene sah und die nächtliche Begegnung mit seinen Eltern ihm schlagartig wieder einfiel.

Bert begann zu gähnen.

Die Fettvettel Zeit, Heilerin aller Wunden, wie ihr die falsche Fama vorausging, machte sich daran, Davids Sinne zu betäuben für's erste und ihm den Entschluß als gut überlegt vorzugaukeln, seinen Vater nichts mehr zu fragen, ihm aber auch nichts mehr zu sagen. David machte sich diese Entscheidung schneller zu eigen, als die Alte annahm, so daß sie auch noch ein wenig von sich erübrigte für Bert. Seine Wunden wollte sie mit Sicherheit nicht heilen, sondern sie nur schön überwuchern lassen von Tagesgeschäften, damit sie irgendwann – den Zeitpunkt würde sie bestimmen – um so tiefer und schmerzhafter nach ihm riefen. Also veranlaßte sie ihn, den *Beinahe-Hundefick* neben sein Gedächtnis zu jenen Verfehlungen zu packen, denen David auf die Schliche gekommen war. Was sie nicht bedachte, waren die inzwischen durch und durch verhedderten Mutterfraufäden der beiden. Sie waren, ob sie es wollten oder nicht, damit an Lou gekettet, und was David nicht ausmachen konnte, nämlich den Unterschied zwischen Hund und Mutter, wurde für Bert zum Auslöser einer neuen Sehnsucht: Er wollte es sauber haben, sich reinwaschen, rein sein. Wollte auseinanderklamüsern, was ihn an Lou band, daß er es mit einem ihr irgendwie ähnlich sehenden Hund hatte tun wollen, und er beschloß, an dieser Stelle, in diesem Moment und der Zeit ziemlich ungelegen kommend damit, seine Beziehung zu Lou zu rekonstruieren und nachzusehen, was Frauen wie Bejla damit zu tun hatten. Sauber zu sein bedeutete auf einmal für ihn, sich den Fragen zu stellen, die ihn umstellt hatten aus Davids Mund, die aber offenbar auch aus den hündischen Zügen herausgesprungen waren, auf ihn zu, daß es keinen Sinn mehr machte, zu fliehen. Er sah David von der Seite an, der eingeschlafen war auf seinem Stuhl, zusammengesunken, mit herabbaumelndem Kopf, und trug ihn hinüber in dessen Zimmer, wo er ihn vorsichtig auszog und zudeckte. Schlafmangel ist gut gegen Depressionen, sagte er sich und spürte eine eigenartige Frische unter der Epidermis, in den unteren Hautschichten. Er fand sich verjüngt, als er im Vorbeigehen in den Flurspiegel schaute, und lief sofort ins Schlafzimmer, die Akten aus dem Heiligen Fach zu nehmen. Eine Woche Urlaub von Teneriffa nach hier herübergerettet zu haben schien ihm auf einmal von unverhofftem Glück getragen. Als er die Akten nicht fand, suchte er, keiner Eingebung, sondern kühl der Spur seines Verstandes folgend, in Davids

Koffer danach. Nahm sie zwischen dessen Klamotten heraus und setzte sich in die Küche damit. Ehe er zu lesen begann, brühte er einen starken Kaffee auf und suchte nach etwas Eßbarem, fand schließlich auch ein paar trockene Fruchtkekse. Kühl wollte er bleiben, und so tat er nacheinander, was ihm als Gleichzeitigkeit vorgeschwebt hatte: Knabberte an den Keksen, nahm zwischendurch ein paar Schlucke des heißen Getränkes und griff erst, als er damit fertig war, zu den Papieren auf dem Tisch. Die Zeit fühlte sich seltsam machtlos und schlich resigniert von dannen. Ihr Triumph, so hoffte sie, würde nicht ausbleiben. David aber lag in seinem Bett, und daß er nach dem Erwachen in eine große Stummheit hineingeraten würde, wußte er in diesem Augenblick des Schlafes ebensowenig wie sein Vater.

◆ ◆ ◆

Stille Wochen. Sein Vater hatte das anfangs nicht ernst nehmen wollen, es nur für eine kleine Laune seines launischen Kindskopfes gehalten. Als er aber nicht mehr aufhörte zu schweigen, war guter Rat auch nicht teuer: Er brauchte seinen Sohn nicht. Jetzt nicht, da er so viel mit sich und seinen Vergangenheiten zu tun hatte, daß das Schweigen seines Sohnes ihm, ehrlich gesagt, ganz recht war und sich schnell unter die Selbstverständlichkeiten einschlich, die ihr Zusammenleben ausmachten. Nach der Woche, die sie eigentlich auf Teneriffa hatten verbringen wollen, war Bert Willers Urlaub längst noch nicht vorbei. Er machte sauber, klar Schiff, räumte auf, um, hinweg, bürstete, fegte, mistete und räucherte aus, wienerte, scheuerte, desinfizierte, filterte, klärte, polierte, staubte ab und kehrte aus, was sich an Dreck in den Ecken seines Gedächtnisses festgesetzt hatte. Was herauskam, war ein Haufen Gerümpel, den er zu sichten hatte, denn beileibe nicht alles, was er zutage förderte, erschloß sich ihm ohne Umschweife, und manches davon war sofort von weiterem Müll überlagert worden, so daß er es nicht einmal wahrnehmen konnte, ohne sich Stück für Stück erneut und eingehend vorzunehmen. Die Frage, wie er dazu gekommen war, als Spitzel zu fungieren, war einfach zu beantworten gewesen. Er hatte bei der Armee einen Kumpel, der abhauen wollte in den Westen, nicht verpfiffen. (Daß das eine Falle gewesen war, weiß er noch nicht einmal heute, nur die Zeit, die über alles hinweggeht, erinnert sich daran und läßt es an dieser Stelle der Geschichte erwähnen.) Daraufhin hatten ihn die *Genossen* zur Brust genommen, hatten ihm Straffreiheit in Aussicht gestellt, wenn er zur *Wiedergutmachung* bereit sei und tätig beweise, daß er *fest auf der Seite des Arbeiter- und Bauernstaates* stünde, und als das zweistündige Gespräch zu Ende gewesen war, hatte er einen Führungsoffizier, eine inoffizielle Wohnung in Berlin und eine Ausbildung zum Auslandsagenten vor sich, die natürlich *im Inneren* beginnen mußte, damit er sich beweisen konnte. Zunehmend kam Spannung ins Spiel und Abenteuerlust und das Gefühl, für *sein Land* etwas ganz und gar Großes, Erhabenes zu tun. Legendenbildung machte ihm sogar Spaß, und nur als die Hochzeit mit Lou, die er schon geplant hatte, einer eingehenden Prüfung unterzogen wurde, als noch nicht klar war, ob *die Genossen* in Lou die passende Braut sahen und bereit waren, seiner Heirat zuzustimmen, überlegte er eine halbe Nacht lang, es sein zu lassen. Im Fall der Fälle. In jenem Fall nämlich, Lou, deren Eltern oder Anverwandte legten den Verdacht auf Unzuverlässigkeit nahe. Zwar war nicht geplant, Lou einzubeziehen in seine Aktivitäten, aber sie mußte eine Frau sein, die besser Suppe schöpfte als Verdacht, ihrem Mann bodenlos vertraute und bei längerem Alleinsein nicht den Kopf in den märkischen Sand steckte. Die Prüfung dauerte noch an, als der Termin für die Trauung längst gesetzt worden war. Erst zwei Tage vorher gab man ihm grünes Licht. Er hatte gezweifelt daran und sich nach Möglichkeiten umgesehen, den Kontrakt zu beenden. Am einfachsten wäre gewesen, sich zu dekonspirieren, aber daran wirklich zu denken, wagte er nicht. So kam ihm das Ja der *Ge-*

nossen wie eine Erlösung vor, und sein Wunsch, mit Lou zusammenzusein, wurde gleich am ersten Tag nach ihrer Hochzeit auf die Probe gestellt. Er hatte im *toten Briefkasten* eine Ladung in die Marzahner Wohnung gefunden und war tatsächlich hingefahren, allein, mit Lous Wut im Gepäck, wie er bemerkt und erwartet hatte. Dort war nichts weiter geschehen, als daß ihm ein dunkelblauer langer Mantel und ein breitkrempiger Hut angepaßt worden waren. Seinen Ärger darüber verbarg er hinter stahlharter Fassade, wie er sie zu jenem Mantel hatte tragen sollen. Einen fünfstündigen Ausgang mit Erkennen und Abhängen von Beobachtungspersonen hatte man eine Woche später geplant. Er sah sich jetzt zeitunglesend in der *Mokka-Milch-Eisbar* sitzen, es fiel ihm nicht schwer, die Beobachter auszumachen und hinter sich zu lassen. Großes Lob war ihm sicher. Einer der hoffnungsvollsten Kader, wie sein Führungsoffizier sagte. Sein Studium nahm er ernster als zuvor, hing noch ein Fernstudium dran an der Juristischen Hochschule Potsdam. Wenn er nach Golm hinausfuhr, nahm er von Karlshorst aus den Zug über Schönefeld, eine lange Fahrt war das und nicht zu vergleichen mit den Bedingungen, unter denen die in Berlin wohnenden Studenten von heute dorthin gelangten. Er beschloß, dort noch einmal hinzufahren, sich treiben zu lassen vom Pulk junger Leute. Morgen? Warum nicht. Er klopfte an die Zimmertür seines Sohnes und fragte der Ordnung halber nach, ob er nicht Lust hätte auf einen kleinen Ausflug für den morgigen Tag, nach Potsdam? Das letzte Mal Sanssouci sei schon lange genug her, um es jetzt mit anderen Augen zu sehen. Ein wenig aufgeregt war er schon bei dieser Anfrage, beruhigte sich aber schnell, als er keine Antwort erhielt. Natürlich kam Sanssouci nicht in Frage, aber er hatte es versucht. Seiner Vaterpflicht Genüge getan.

Er setzte sich auf dem Balkon in den Hängesessel, den er vor ihrem Urlaub angeschafft und noch gar nicht richtig ausprobiert hatte. Gestern erst hatte er die Verpackung hervorgeholt und das Ding an der Betonplatte des oberen Balkons aufgehängt, nicht ohne sich den Ärger der Mieter zuzuziehen, die über seine Bohrerei geklagt hatten. Dabei hatte er eine menschliche Zeit dafür gewählt, gegen elf war es gewesen, und ein Wochenende dämmerte noch lange nicht herauf. Aber die Leutchen, die hier wohnten, waren durch die Bank Rentner und alt und grau, den ganzen Tag zu Hause. Es störte ihn nicht, daß es sie störte. So schnell, wie das Gewitter aufzog, verflog es in der Regel, wenn die Sache erst einmal erledigt war, und wirklich war am späteren Abend noch Frau Hellmann von oben rechts heruntergekommen, um sich für das vormittägliche Geplärre ihres Mannes zu entschuldigen. Er liege jetzt Gott sei Dank im Bett, es sei ein Kreuz mit ihm, seine Meckerei ja kaum zu ertragen. Da habe sie sich gedacht, einen kleinen Kuchen zu backen von etwas heimlich abgezweigtem Hefeteig, den Streusel mit Pudding fresse er ihr ja geradezu aus der Hand, und sie hatte ihm einen kleinen Napfkuchen mit Rosinen, Korinthen und Zimt überreicht. Davon nahm er sich jetzt noch ein schönes Stück und war beinahe froh, so *sauber* zu sein, daß er es mit Appetit essen konnte. Das Gefühl der *Sauberkeit* war ein neues, fremdes, eines, das er erst noch auskosten mußte und herausbekommen, wo es herrührte. Außer Nachdenken war ja nichts passiert. Daß sein Sohn schwieg, fiel ihm jetzt nicht ein, und wäre es ihm aufgefallen, hätte es an seiner *sauberen Haltung* nichts ändern können: David hatte nichts zu melden im Zuge von Bert Willers Selbst-Ermittlungen. Daß er noch einmal Stück für Stück jene Wege abging, die ihn so viel früher durch die Tage gebracht hatten, verstärkte das Keuschheitsempfinden mit jedem zurückgelegten Meter. Als könne er die Last nun geklärt und recyclebar irgendwo am Wegesrand deponieren, wo sie verrotten würde und in den Lauf der Dinge eingehen wie alles Natürliche. Als sei sie ein für allemal von ihm genommen und hinterließe jungfräuliche Flecken auf seiner Haut, die sich irgendwann auswüchsen zu einer ganz und gar jungfräulichen Hülle, mit der er noch einmal von vorn würde beginnen können. So eingelullt wurde er von diesem grandiosen Irrtum, daß die Zeit, die alte Fettvettel, sich für gekommen hielt und kräftig dreinzuschlagen begann. Die zurückgelegten Meter ließ sie sofort verschwinden hinter einer hübschen Kulisse aus blühenden Apfelbäumen vor einem herrlich blauen Himmel, und immer, wenn Bert Willer ein klein wenig zur Seite oder gar zurückschaute, um die abgelegte Last am Wegesrand wenigstens noch einmal in Augenschein zu nehmen, sah er nur Blühobst und Blauhimmel. Daß Sommer war und die ersten Klaräpfel nur noch wenige Wochen brauchten bis zur süßen Reife, entzog sich ihm.

Er saß also und drehte sich um die eigene Achse in seinem Hängesessel. Ein schönes Ding. Auch vor- und zurückschaukeln konnte er damit und tat es in Richtung der größten Ausdehnung seines kleinen Balkons, nachdem er den Tisch und die beiden Hockerchen hineingestellt hatte ins Wohnzimmer. Mit Bejla hatte er einmal in Burgau, einem kleinen Dorf bei Jena, in einer Hollywoodschaukel gesessen, im Garten ihrer ebenso blonden Freundin Anitra. Daß er daran jetzt denken mußte, verwunderte ihn nicht, er glaubte es, im Gegenteil, provoziert zu haben. Anitra war nur hin und wieder nach ihnen beiden schauen gekommen, den Liebeszwitscherlingen, wie sie sie in ihrer unnachahmlich naiven und immer eine Spur an Kitsch erinnernden Art genannt hatte. Die Nacht zuvor war Lou sehr fordernd gewesen, ihn einnehmend wie ein großes Territorium voller auf sie wartender Abenteuer, und er hatte geschwächelt beim Turteln mit Bejla. Als sie ihn dazu gebracht hatte, sich auszuziehen und es sich auf der Hollywoodschaukel so bequem zu machen, daß sie sich einfach auf ihn setzen konnte mit geöffnetem Leib, da hatte er nichts zu erwidern gehabt an Stoßkraft und Lust. *Huch,* hatte Bejla geflüstert, *mein Kleiner, mein Tauber, so unschuldsbelämmert heute?* Und er hatte sich seufzend und wie unter großen Anstrengungen schnaufend rasch wieder angezogen, um Anitra zuvorzukommen, die er als Grund vorschob für sein Nichtkönnen. Er hatte das Versagensgefühl jetzt auf der Zunge, es schmeckte nach tauben Nüssen, dachte er, ohne eine Vorstellung von deren Geschmack zu haben. Langsam sog er das Aroma tiefer in die Mundhöhle hinein, und nun spürte er es genauer: Nicht taube Nüsse, sondern Bejlas ungewaschene Haare hatten seine Geschmacksrezeptoren am Wickel. Das verwunderte ihn, war Bejla doch nicht hier, war längst tot, und was er schmeckte, mußte auf anderen Wegen seine Papillen erreicht haben, daß er auf der Stelle in eine versteckte motorische Unruhe hineingeriet. Dazwischen mischte sich trockener Staub, den der Wind von unten her bis hinauf in die vierte Etage wirbelte, wo er ihn einatmete und wiederum schmeckte, und was nun in diesem eigenartigen Geschmacksverschnitt hervorzustechen begann, war etwas, das ihn auf verworrene Weise an Hundescheiße erinnerte. Scheinbar still saß er in seinem Sessel, wenn man ihn jedoch genauer ansah, konnte man den feinen Schauer, der seine Bewegungsabläufe in ihrer Langsamkeit aufstörte, durchaus wahrnehmen.

Er kehrte um. Auf dieses Nacherleben war er so nicht gefaßt gewesen. Seine Erinnerungen waren Bestattungen gleichgekommen bislang. Daß sie sich aber mit heutigem Straßenstaub zu neuer Qualität mischen konnten, machte ihn erst einmal sprachlos, und er verließ seinen Posten, um in der Küche etwas völlig anderes zu tun. Nahm einen Topf aus dem Küchenschrankfach, gab Wasser und Zucker hinein und schüttete vier Päckchen Himbeer-Götterspeise dazu. Selbstvergessen entzündete er die Schnellkochflamme des Gasherdes und stellte das Gefäß darauf. Als sich die Gelatine gelöst hatte und er die Speise in eine zuvor mit kaltem Wasser ausgespülte Glasschüssel gab, kam er zu sich. Bejla hatte dieses Himbeerzeugs geliebt, und ihretwegen war er damals noch so manches Mal umgekehrt, um in einer Kaufhalle danach zu fahnden.

◆ ◆ ◆

Hei, wollen wir mexikanisches Hähnchen essen? Die Frage störte Michaela Morneweg aus ihrer anheimelnden Ruhe unter den Bäumen der Hotelanlage auf, und sie war neugierig genug, feststellen zu wollen, woher sie kam. Sie schaute sich um und sah den Hannoveraner Thomas da stehen, realisierte erst jetzt, daß sie selbst gefragt worden war. Ein wenig verdattert gab sie zu, ziemlichen Hunger zu haben. Thomas spottete über ihr verdutztes Aussehen, und sie stimmte schließlich in das Gelächter ein, das er absonderte. Gemeinsam machten sie sich auf die Suche nach Silvia, die sich für den Nachmittag bei Thomas abgemeldet hatte, um ins Stadtzentrum zu fahren, wo sie nach ein paar Mitbringseln für die daheim gebliebenen Anverwandten fahnden wollte – eine Sache, die Thomas abgrundtief verabscheute und es zu den großen Kompromissen seiner Ehe zählte, daß er Silvia gewähren ließ. Achtzehn Uhr wollten sie sich in der Hotelhalle treffen, um gemeinsam Abendbrot essen zu gehen. Michaela nutzte die Zeit, die sie mit ihm allein war, zum Kokettieren, aber die rechte Lust auf einen Flirt stellte sich nicht ein. Zwar suchte ihr Blick relativ ungeniert seinen Schritt auf, verzog sich aber auch rasch wieder. Es war verrückt, dachte sie, sich nach dem nächsten umzusehen, wo doch gleich zwei sich verdrückt hatten, auf der Flucht waren vor ihr, und sie beschloß auf der Stelle, den Urlaub züchtig und in aller gebotenen Keuschheit an sein wohlverdientes Ende zu treiben. In mimosenhafter Manier brachte sie etwa eineinhalb Meter zwischen Thomas und sich und schaute auf ihre gut beschuhten Füße, während sie mit ihm sprach. Es war klar, daß Thomas von alledem nichts bemerkt hatte und in infantiler Art und Weise, wie sie fand, über die Gäste herzog, die sich doch nur ebenso benahmen wie er, der er laut schnatternd und mit ausholender Gestik durch die Hotelhalle zog. Silvia war noch nicht da. Sie ließen sich in zwei Ledersesseln nahe des Eingangs nieder und begannen, sich Witze zu erzählen, als Michaela plötzlich alle Farbe verlor. Männer, so sich ihr auf drei oder vier Meter näherten, trugen durchweg Bert Willers Gesichtszüge und zogen kleinere Exemplare hinter sich her, die sie an David erinnerten. Schnell schloß sie die Augen, um den Eindruck zu vertreiben, doch als sie sie wieder öffnete, war die Welt um sie her immer noch voller Bertdavids, so daß sie in Panik verfiel und sich ohne ein Wort des Abschieds erhob und davonlief, während Thomas aus dem Fenster sah und weitererzählte. Als er sich ihr wieder zuwenden wollte, stellte er überrascht ihre Abwesenheit fest, und die Worte starben einen leisen Tod zwischen seinen Lippen. Suchend schaute er sich um, konnte aber keine Spur entdecken von Michaela. Seine Frau kam in diesem Augenblick vollbepackt, sie hatte sich mit Souvenirs aller Art eingedeckt, zur Tür herein, und Thomas hatte Michaela vergessen.

Die schob sich unterdessen an einem Pulk alternder Herrschaften vorbei in ihr Zimmer, wo sie, erlöst von ihren Visionen, wie sie glaubte, auf's Bett fiel. Hier jedoch war es umgekehrt, sobald sie die Augen schloß, zogen Berts und Davids in großer Zahl auf sie zu. Also hieß es, Lider offenhalten, was nicht so einfach war, denn immer wieder war sie versucht, es auszuprobieren und nachzusehen, ob sich die Männer vor ihrem inneren Auge verzogen hatten. Langsam stellte sich Verzweiflung ein. Sie fühlte einen epileptischen Anfall nahen und bemühte sich um Ruhigstellung ihrer psychophysischen Funktionen, stellte das Radio an und suchte sich einen Sender mit klassischer Musik heraus, was sie einigermaßen ablenkte. Max Bruchs erstes Violinkonzert. Ihr nun ruhiger gewordenes Blut lief in geregelteren Bahnen durch ihren Körper, der Anfall war abgewehrt. Was sie jedoch weiter beunruhigte, war das tiefliegende Gefühl von Trostlosigkeit, das sich in ihr ausbreitete. Als liefe sie ruhig und entschlossen in ein Meer von Trübsinn aus, aus dem sie keiner retten würde wie aus dem wirklichen Meer vor drei Tagen. Die Frau fiel ihr ein, die ihre Kleider noch immer nicht abgeholt hatte, obwohl sie längst aus der Hotelwäscherei zurückgekommen und in einem bedeutend besseren Zustand waren als vordem. Gebügelt und an einer Naht ausgebessert, ohne Knitter und Flecken … Sie nahm die Sachen, legte sie sorgfältig zusammen und packte sie in eine große Plastiktüte, aber das Zusammenhanglose ihres Tuns holte sie alsbald ein, als sie die Tür hinter sich schloß, um die Klamotten zurückzubringen. Natürlich würde sie die Frau, die irgendwo draußen herumschipperte, nicht einfach so finden, ohne Verabredung, und sie ging wieder hinein in ihr Zimmer. Was sollte sie tun, der allgemeinen Bekümmernis, die sie ergriffen hatte, ein Schnippchen zu schlagen? Sie sollte versuchen, Silvia und Thomas ausfindig zu machen. Thomas hatte offenbar das Hotelrestaurant im Sinn gehabt, denn auf der dortigen Speisekarte flatterte mexikanisches Hähnchen schlaraffenländlich herum, mit Messer und Gabel im braungebratenen Rücken. Mit Zitronenscheiben und roten Bohnen als Beilage. Das Wasser lief ihr überraschenderweise im Munde zusammen, und sie machte sich auf den Weg. Als sie die Hotelhalle durchquerte, war ihr, als sähe sie schemenhaft einen Hund, der vor der Eingangstür saß und auf etwas zu warten schien, das auf unerklärliche Weise mit ihr zu tun hatte. Als sie genauer hinschaute, konnte sie ihn allerdings nicht ausfindig machen und hielt ihn für eine Sinnestäuschung.

Im Restaurant saßen Silvia und Thomas an einem der Tische in Fensternähe und knabberten die Knöchelchen ihrer Hähne ab. Die roten Bohnen, das, was Michaela so verlockt hatte, waren schon aufgegessen worden. Schuldbewußt sah sie von einem zur anderen, aber Thomas bat sie einfach, Platz zu nehmen. Hatte er ihren Auf- bzw. Abtritt von vorhin einfach vergessen? Michaela mochte darüber nicht nachdenken und setzte sich, bestellte sich ein Chili con Carne. Kein Hähnchen. Dafür kamen die roten Bohnen reichlich. Es schmeckte vorzüglich, und sie fragte sich, warum sie bislang die in Altöl ausgebackenen Pommes frites mit Bratwurst, einfallslos gegrilltem Vogel oder Frikadelle bevorzugt hatte. Silvia ließ sich in ihrem Gespräch mit

Thomas nicht beirren, und Michaela fand es ungeheuer erleichternd, nichts sagen zu müssen. Richtig dankbar war sie den beiden dafür, die sie freundlich ansahen zwischen zwei miteinander gewechselten Sätzen. Zum Nachtisch bestellten sich alle drei noch frische Ananas mit Schlagsahne, und Michaela genoß es, daß ihr das Zeug bald aus den Ohren herauszukommen schien, wie sie glaubte. Der Trübsinn konnte nicht obsiegen in diesem Dreieck, obwohl er immer wieder anklopfte und sich in Erinnerung brachte. Michaela fragte die beiden, ob sie nicht noch ein wenig Zeit miteinander verbringen könnten, zum Beispiel in der Hotelbar oder in ihrem Zimmer beim Skat. Skat spielen könne sie nicht, sagte Silvia, aber beim Canasta könnte man sich die Zeit vertreiben. Wenn sie noch zwei Mitspieler anheuern dürfte, die sie heute beim Einkauf zufällig kennengelernt habe? Thomas pflichtete ihr bei und erbot sich, nach Nennung der Zimmernummer auf die Suche zu gehen. Währenddessen fragte Silvia nun doch nach Michaelas Verbleib vor drei Tagen, sie hatte ja gesehen, daß sie von einem Mann und einer Frau an Bord eines Bootes gehievt worden war. Ach, beschied Michaela obenhin, das sei doch alles längst gegessen wie das mexikanische Hähnchen und die Ananas, da hätte sie aber überhaupt keine Lust, ein Wort drüber zu verlieren. Warum ihr dies aus dem Mund schlüpfte, wußte sie nicht, legte sich auch keine Rechenschaft darüber ab. Jedenfalls bot Silvias Gesichtsausdruck ab sofort eine beleidigte Nuance, die auch dann nicht weichen sollte, als Thomas mit den beiden Spielpartnern wiederkehrte und man beschloß, am Tisch im Restaurant sitzen zu bleiben. Mit spitzen Fingern griff Silvia die Karten, die Thomas von oben aus dem Zimmer geholt hatte, und teilte aus. Dazu gab es Bier für die Herren und einen schönen kühlen Weißwein für die Damen, spanisch süß, und wenn es ein ganz normaler Abend gewesen wäre, hätte er einfach vorbeigehen können. So aber wurde Michaela nach einer guten Stunde wiederum hellfühlig, sie spürte die Anwesenheit eines Hundes und schaute sich verstohlen um. Da sah sie ihn sitzen, durchs raumhohe Fenster beobachtete er sie mit angelegten Ohren, wie um seine Ergebenheit auszudrücken. Er kam ihr bekannt vor, und als sie eine Weile nachgedacht hatte, erinnerte sie sich: Sie hatte auf der Bank nahe der Parkanlage gesessen, nachdem sie vom Boot ihrer Retter gekommen war, und genau diesen Hund die Straße herunterkommen sehen, er hatte sich gelenkig und geschmeidig zwischen den Beinen der vielen Menschen seinen Weg gesucht. Ihr war es so vorgekommen, als erkenne sie ihn wieder, und tatsächlich: Es war jener Hund, den David in seinem Zimmer gehabt hatte an jenem seltsamen Tag, der sie ineinandergetrieben hatte in aller verruchten Unschuld, und in dem Moment, da sie ihn ansah, lief er davon. Suchte sich aber ebenso gelenkig und geschmeidig seinen Weg wie vor Tagen, denn er kam unbemerkt vom Portier und von den Kellnern ins Restaurant gelaufen und setzte sich zu Michaelas Füßen unter den Tisch. Die anderen Mitspieler nahmen seltsamerweise keine Notiz von ihm, obwohl der hinzugekommene Herr sich schon zwei-, dreimal unter dem Tisch ans Bein griff, weil er etwas Weiches dort verspürt hatte. Michaela kraulte dem Tier verstohlen den Kopf und wunderte sich über das Ausbleiben einer allergischen Reaktion. Silvia gewann den Canasta-Abend haushoch, und als alle sich bereits verabschiedet hatten, um ins Bett zu gehen, saß Michaela noch am Tisch und überlegte, was sie mit dem anstelligen Tier tun sollte. Es hatte offenbar nach ihrem Herzen geschnappt.

◆ ◆ ◆

Auf dem Potsdamer Hauptbahnhof wählte Bert Willer ein vegetarisches Dhal-Gericht, das ihm phantastisch mundete. Der kleine Imbiß war sicher noch nicht lange hier, so neu erschienen ihm Stühle, Tische und Wanddekorationen. Während er aß, verfestigte sich eine gewisse Angst, weiterzufahren. Noch acht Minuten bis Golm, aber den nächsten, den übernächsten Zug ließ er erst einmal abfahren, blieb beim Inder sitzen und knüpperte zwei Büchsen Bier auf. Die Fahrt hierher war ihm fremd erschienen. Die zwei oder drei Male, die er seit dem Umsturz der Verhältnisse die Strecke nach Potsdam gefahren war, hatten sich nicht in sein Gedächtnis eingegraben. Er war bis Lichtenberg mit dem Auto gekommen und hatte es dort abgestellt, weil der Parkplatz im Gegensatz zu dem am Ostbahnhof nichts kostete. Die S-Bahnen verkehrten in Minutenabständen dorthin, so daß er den ehemaligen Hauptbahnhof schnell erreichte. Dort war er in die Regionalbahn nach Brandenburg umgestiegen, die die Strecke durch Westberlin nahm. Während er fuhr, überlegte er, daß seinem Sohn diese Fahrt vermutlich völlig *normal* erschien. Ihm aber bereitete sie immer noch ein leises flaues Gefühlchen in der Magengrube, um die Nieren herum. Er hatte sich gezwungen, die durchfahrenen Bahnhöfe, die Häuser und Parks links und rechts genau anzuschauen, hatte kurz vor Wannsee über die schmalen Schreberzeilen gegrinst, die zwischen den Gleisen und der Stadtautobahn hingen wie vergessen und nicht abgeholt, und als die Bahn Berlin verließ, um ins Land Brandenburg einzuscheren, hatte sich die Musik vor der Lautsprecheransage der nächsten Station geändert. Die nächste Station war schon Potsdam gewesen. Früher hatte er viel länger bis hierher gebraucht, war in Karlshorst in die Sputnik-Bahn gestiegen, die ihn den feindlichen Teil Berlins südlich hatte umrunden lassen. Wenn er versuchte, sich Bilder vom damaligen Streckenverlauf ins Gedächtnis zu rufen, stieg nur ein dickflüssiges Grau aus seinem Erinnern auf. Er wunderte sich.

Das Bier floß langsam, schluckweise in seinen Hals. Menschen kamen und gingen, aber er saß fest. Sah ihnen beiläufig nach, merkte sich kein Gesicht. Vorhin im Zug hatte ihn nicht einmal die Leuchtschrift irritiert, die als Datum für den heutigen Tag den 03.05.2024 herzeigte im Wechsel mit der seltsamerweise richtigen Uhrzeit und der Ankündigung des nächsten Bahnhofes. Jetzt, da es ihm einfiel, merkte er, daß er daran geglaubt hatte, das Jahr 2024 erreicht zu haben. Mit der Bahn? Die sich vom Boden gelöst und den Lauf der Erde viele Male hatte abdröseln lassen unter sich, ehe sie wieder aufsetzte? Er wußte es für einen Moment nicht, versuchte, sich vorzustellen, daß mehr als zwanzig Jahre zwischen dem heutigen und dem Datum auf der Anzeige lagen, und sah besorgt in die gewölbten Spiegel, die über der Imbißtheke prangten. Nein, er war nicht gealtert, alles war, wie es war. Ein Fehler der Bahn. Erleichtert kam er in der Jetztzeit an, erhob sich nach den letzten Schlukken Bier und suchte auf der Anzeigetafel nach der nächsten Verbindung nach Golm. Er mußte den Zug nach Wustermark nehmen, der in wenigen Minuten von Gleis 3 abfuhr, und er hastete, rannte auf einmal, um ihn zu bekommen. Den Bahnsteig erreichte er mit hängender Zunge, die Wagen rollten ein, und er erkletterte den ersten unter – für wen? – gespielter Erleichterung und höchster innerer Erregung, die sich verstärkte, je näher das Ziel kam. Die ungezählten alten Loren und Güterwaggons auf den toten Gleisen zwischen Potsdam und Golm ließen ihn unterschwellig über die Dauer ihres dortigen Herumstehens sinnieren. Unkraut war zwischen den Brettern und Stahlteilen, in Ritzen und Spalten gewachsen, breitete sich aus, als wollte es sie sanft auf ihre ewige Ruhe unter krautigem Gespinst vorbereiten. Aber schnell war er wieder da, der Aufruhr, der aus seinen Eingeweiden zu kommen schien … In Golm stolperte er zuerst in die Bahnhofskneipe, zischte das nächste Bier und sah sich, er saß am Fenster, den Ort seiner *Promotion* genannten Einschwörung auf staatsdoktrinäre Geheimniskrämerei an. Sah sich in jüngeren Jahren, die schwarze, abgewetzte Cordjacke über den ausgewaschenen Jeans, auf die Blöcke und Baracken zulaufen, die heute Teile der Potsdamer Universität beherbergten, und verstand, wieder einmal, nicht mehr, was passiert war seither. Sein Hirn geriet in ein chaotisches Bündel von Schwingungen hinein, aus dem kein Entkommen war. Je mehr sich die Frequenz verkleinerte, desto größer schienen die Amplituden zu geraten, so daß die Bilder einander in immer schnellerem Wechsel überlagerten und er die Augen schließen und gewaltsam nach dichtem Schwarz greifen mußte, um die Implosion zu verhindern. Als er, leergeräumt, nach einigen Minuten zahlte und aufstand, tat er es torkelnd und stolpernd, und es war nicht das Bier, das daran Schuld trug.

Langsam, sein rechtes Bein aus unerfindlichem Grund hinter sich herschleifend, ging er über die Straße auf den Parkplatz zu, überquerte ihn, fand sich an einer alten, weißgestrichenen Baracke wieder, vor der ein Schild auf Geoökologie in universitärem Rahmen verwies und fiel in Ohnmacht. Es war die Zeit der Semesterferien, so daß das Gelände nur hin und wieder von einzelnen Menschen, von denen man nicht hätte sagen können, daß man sie für Studenten hielt, durchquert wurde. Bert Willer war, als er aus der Bewußtlosigkeit zurückkehrte, froh darüber. Allein lag er im Frühherbststaub, rappelte sich auf, strich Jacke und Hose einigermaßen sauber. Sah sich um, erstarrte aber zusehends beim verschwommenen Anblick der wohlvertrauten Plattenbauten. So wohlvertraut, daß er für einen viel zu langen Augenblick nicht wußte, wie er hätte verhindern können, einfach hineinzugehen und nach diesem Dozenten oder jenem Seminargruppenbetreuer zu fragen, deren Namen ihm, nach Jahren der mutwilligen Verschüttung, mit derber Plötzlichkeit wieder einfielen. Erst als er seine Brille aufgesetzt hatte und nun klarer sehen zu können glaubte, entdeckte er, daß die alten Gardinen nicht mehr an den Fenstern hingen, daß hier und da ein Stückchen Pflasterweg erneuert worden war und die alten Kasernengebäude weiter hinten ihn in einem aktuellen Terrakottaton ansprachen, den er nicht erwartet hatte.

◆ ◆ ◆

Er wußte nicht, was er hätte sagen sollen. Davids Verstummen kam einem Sandsturm gleich, der Augen, Nase, Ohren und Mund seines Gegenübers verstopfte mit einem lauten, dröhnenden Grundton, zu dem sich die Gewalten des Wetters vereint hatten. Maurice und Enrico, die auf gut Glück vorbeigekommen waren, um nachzuschauen, ob er von seinem Teneriffa-Trip schon zurück sei, glaubten zunächst, er sei an einer Art Stimmband-Schwäche erkrankt oder litte an einer äußerst schmerzhaften Angina, die es ihm verleidete zu sprechen. Als David aber auf ihr Nachfragen nicht anders reagierte als mit geradeaus gerichtetem, stummem Blick, meinten sie das Dröhnen wahrzunehmen, das sich aus seinem verschlossenen Mund löste, und ergriffen nach stockfleckigen Ausreden die Flucht. David war froh, daß sie schnell wieder weg waren, und ärgerte sich darüber, daß er die Tür geöffnet hatte. Sein Vater war offenbar seit Stunden nicht zu Hause, wie er erst jetzt feststellte. Der Kaffee in der Maschinenkanne war längst kalt geworden, und daß Bert ihn nicht ausgetrunken hatte, nahm er als Zeichen für seine Ab- in Anwesenheit. So etwas passierte ihm sonst nie, er nahm sich immer genügend Zeit für seinen Morgenkaffee. Selbst wenn er vor morgendlichem Dienst stand, reichte sie aus, denn er stand dementsprechend früher auf.

David goß den übriggebliebenen Kaffee in ein hohes Glas und gab einen großen Klacks Vanilleeis dazu, krönte das Ganze mit einem Schuß Sahne aus der Sprühflasche. Daß er sich überhaupt angezogen hatte am Morgen, erschien ihm als eine enorme Leistung, war er doch die Tage zuvor liegengeblieben im Bett, nur aufgestanden, um auf die Toilette oder in die Küche zu gehen. Auch gewaschen hatte er sich schon lange nicht mehr. Die Frage, ob das den Freunden aufgefallen war, kam ihm erst jetzt in den Sinn, und er errötete ein bißchen. Aber wie er es auch anfing, kein Wort wollte ihm über die Lippen rollen, selbst wenn er es in Abwesenheit seines Vaters versuchte und kleine innere Ansprachen an Tisch, Bett und Kaffeekanne hielt. Das war verwunderlich, denn bis jetzt hatte er noch geglaubt, sein Schweigen als Reaktion auf die Nähe seines Vaters auffassen zu können, die ihm sehr zu schaffen machte. Jetzt aber war sein Vater weg, und trotzdem gehorchte ihm seine Mundmotorik nicht mehr, so daß er wie nebenbei von Vorstellungen überrollt wurde, er müsse mit seinen Lehrern und Freunden fortan per Zettel kommunizieren. Es belustigte ihn mehr, als daß es ihn erschreckte, auch wenn er seine Antworten auf deren Fragen immer erst nach einer gewissen Zeit lesbar würde notiert haben können. Was ihm aber Sorgen machte, war das Wetterdröhnen in seinen Ohren, das sich einstellte, wenn ihm bewußt wurde, daß er schwieg. Also versuchte er, nicht daran zu denken, was ihm aber meist mißlang und ins Gegenteil umschlug: Die Gedanken hingen der Tatsache seines Schweigens um so stärker an. Er legte sich auf's Sofa im Wohnzimmer und machte den Fernsehapparat an, dessen er sich nicht mehr bedient hatte, seit er nach Hause gekommen war. Hängen blieb er bei einer Sendung über die Pygmäen im Süden der Zentralafrikanischen Republik. Der Sandsturm seines Schweigens schien auf sie überzugreifen, sie verzweifelten schier beim Versuch, gegen ihn anzusprechen, und der Film geriet aus dem Ruder. Nach einer Weile beobachtete David die kleinwüchsigen Menschen beim Verlassen des Apparates, sie tanzten im Wohnzimmer seines Vaters, das er keineswegs als sein eigenes betrachtete, herum und versuchten, in ihren überkommenen Ritualen sich gegenseitiger Kenntnisnahme zu versichern. Jetzt, da sie nicht mehr sprechen konnten, legten sie einander die Hände auf die Schultern und Bäuche, griffen sich gegenseitig an Stirn und Kinn. Was sie sich mitzuteilen hatten, vermochte David nur zu ahnen, es mußte etwas sehr Warmes, Menschliches sein, denn die anfänglichen Zeichen der Verzweiflung schwanden aus ihren Mienen. Er ließ sich von ihnen in die Mitte nehmen. Sie lächelten freundlich, ehe er einschlief.

Die Zeit, die alte Vettel, hatte ihn fest im Griff. Kippte längst vergangene Ereignisse in seinen Traum, jetzt aber von der ihm abgewandten, von der Rück-Seite her. Er war noch sehr klein, fünf oder sechs Jahre alt, und seine Mutter spielte mit ihm *Mensch, ärgere dich nicht!*. Glücklich war er, gewinnen zu dürfen, und er forderte seinen Vater, der in die Küche kam, um sich ein Stück Brot abzuschneiden, auf, doch mitzumachen. Neue Runde. Und wirklich trat Bert Willer auf den Tisch zu und setzte sich. Jetzt begann die Luft zu vibrieren vor Spannung, die sich zwischen seinen Eltern offenbarte und die er nicht für möglich gehalten hatte als kleiner Junge. Wahrgenommen haben mochte er sie vielleicht, hatte sie aber im Unvermögen, sie einzuordnen, ins Abseits gedrängt, von wo sie jetzt von der Fettvettel Zeit hervorgeholt und als dräuendes Ungemach über alles gestellt wurde, was geschah. David spürte im Traum, wie seine Bewegungen sich verlangsamten und völlig zu versiegen drohten in der verschwiegenen Fehde seiner Eltern. Erbitterung und Feindseligkeit griffen auf ihn über, so daß er klein und ausgestoßen zwischen Vater und Mutter saß und dennoch unbändig lachte über den Gewinn des Spiels. Als er später erwachte, empfand er die Tatsache, daß er lachen konnte, wenn er sich ganz und gar verloren vorkam, als Déjà-vécu, und die Traumsequenzen mischten sich mit seinen Erinnerungen zu einem schwerverdaulichen Cocktail.

Daß er während dieser Träumerei einen Kopf kleiner geworden war, hatte die Zeit nicht beabsichtigt. Es war ihr einfach passiert, als sie ihn festhielt, während sie selbst ans Schrumpfen ging, um Vergangenes näher heranzuholen. Mag sein, daß David besonders sensibilisiert war: Der Film über Pygmäen mochte seine psychophysische Verfassung in einen Zustand der Offenheit gegenüber diminutiven Veränderungen hineinmanövriert haben, so daß die Zeit womöglich gar nichts dafür konnte. Jedenfalls war David nun nicht mehr 1,75 m, sondern nur noch 1,58 m groß. Er selbst merkte es erst, als er sich erhob und die Wohnung aus anderer, ihm allerdings noch erinnerlicher Perspektive wahrnahm. Vor zwei Jahren etwa hatte er aus der jetzigen Augenhöhe auf den Küchentisch, die Schränke im Wohnzimmer und das Waschbecken im Bad geschaut. Er mußte lachen. Kam sich ganz und gar verloren vor. Déjà vécu.

◆ ◆ ◆

Bert Willer öffnete vorsichtig die Tür. Er mochte seinen Sohn, den er nicht zu brauchen glaubte in dieser Phase seines Lebens, nicht wecken. Aber er fand ihn, obschon es zwei Uhr in der Nacht war, in der Küche am Tisch sitzend vor, und daß er lachte und damit nicht aufhörte, machte ihm Angst. Irgend etwas, so dachte er, stimmte an seiner Erscheinung nicht. Erst jetzt, im Angesicht des Lachenden, fiel ihm auf, daß er mit David in den letzten Tagen kein Wort gewechselt hatte und stets froh darüber gewesen war, daß er nicht reagiert hatte auf seine Anfragen und Mitteilungen. Er nahm das Kinn des Jungen in die Hand und versuchte, dessen Augen auf sich zu richten, was aber mißlang. David schaute an ihm vorbei, in die Ferne oder auf einen unbestimmbaren Punkt in der Nähe, wechselte das Ziel seines Blickes schneller, als Bert Willer ihm folgen konnte. Dazu lachte er, laut und aufdringlich, dann wieder leise gluckernd, daß Bert nichts anderes glauben konnte, als daß er den Verstand verloren habe, während er in Potsdam-Golm gewesen war und sich noch einmal angeschaut hatte, was ihn vor Jahren verlockt hatte mit der Aussicht auf unbestreitbare Abenteuer. Daß der Junge nicht mehr sprach, hätte er doch als Alarmzeichen auffassen müssen, und nun, da er verrückt geworden war, erschien ihm die ganze letzte Zeit in einem verstörenden Licht. Er fühlte sich plötzlich selbst dem Verrückt-Sein so nahe, daß er die Lage der Dinge zueinander nicht mehr recht ausmachen konnte, sondern sich als kleines milchfarbenes Hamsterchen zwischen ihnen herumstreichen sah. Er schloß die Augen, öffnete sie wieder. Zum Glück verging sein merkwürdiges Empfinden schneller, als es über ihn gekommen war. Aber den Jungen hatte es erwischt, dessen war er sich sicher. Er wollte ihn hinübertragen in sein Bett, aber David war so unendlich schwer geworden, daß er davon rasch wieder abließ. Er mußte augenblicklich heulen und ging im Dusel daran, sich einen Kaffee aufzubrühen, türkisch. Währenddessen sah er unausgesetzt auf seinen Sohn, der hinter dem Tränenvorhang verrutschte, die merkwürdigsten Positionen einnahm, der aber, wenn sich Bert Willer die Augen ausgewischt hatte, völlig unverändert, lachend, auf seinem Stuhl saß und überhaupt nicht den Eindruck von Steinschwere vermittelte. Als der Kaffee fertig war, goß er ihn ins Becken fort und genehmigte sich einen Braunen, den er für seltenste Gelegenheiten in der Hausbar des Wohnzimmers aufbewahrte. Der Schnaps machte ihn ruhiger, ließ ihn erst einmal überlegen, was zu tun sei. Ruhig begann er auf David einzureden, und wirklich erhob sich der Junge und ließ sich friedlich, wenn auch glucksend, ins Bett bringen. (Bert deckte ihn sorgfältig zu, es war eine erstaunlich kühle Nacht, und das Fenster in Davids Zimmer hatte den Tag über offengestanden.) Wenn man aber denkt, daß nun Ruhe einkehrte, so irrt man. Immer wieder, bis in die Dämmerung, die ersten Vormittagsstunden hinein, ließen die Lachschauer Bert Willers Körperbehaarung sich aufrichten, zogen die Poren zu einer ordentlichen Gänsehaut zusammen. Da an Schlafen unter diesen Umständen nicht zu denken war, strichen Vergangenheit, Gegenwart und Zukunft in völlig willkürlicher Reihenfolge, wie er meinte, durch seinen Sinn. Daß die Zeit, die alte Vettel, sich aber genau überlegt hatte, womit sie ihn provozieren wollte, versteht sich eigentlich von selbst. So sah er seine tote Frau Lou neben seinem lebenden Sohn David liegen und wischte die Vorstellung schnell wieder weg, da diese Synchronie ihm weiche Knie machte, ihn Blut schwitzen ließ. Dann wieder sah er sich selbst mit Lou, seiner Frau, und Lou, »seinem« Hund, beim Drillingsspiel – etwas, was ihm fassungslosen Schauder durch die Rippen jagte. Von einer Seite auf die andere warf er sich, meinte zuweilen wirklich ausgeschwitztes Blut im Halbdunkel auf dem Weiß des Kissens auszumachen, was sich natürlich nicht bewahrheitete, wenn er das Licht anknipste. Dann wieder war es Bejla, die ihm den Hund Lou zuführte. Dem sah er ins Gesicht und war so eingenommen davon, daß er sich auf der Stelle entblößte und unter Bejlas fachkundigem Beifall den *Hundefick* vollzog. Bejla hatte den Hund auf Anitras Grundstück gefunden, er war zugelaufen und hatte in seiner afrikanischstämmigen Art die Hausbewohner überrascht. Da fiel ihm ein, daß die Bewohner eines Thüringer Hauses der 80er Jahre wohl kaum das Afrikanischstämmige eines Hundes ausmachen konnten, und ihm wurde der fiktive Charakter der gedanklichen Spielereien, unter deren Zwang er sich allerdings befand, klar. Es gelang nicht im mindesten, davon loszukommen. Noch viele Male sah er sich entweder mit Bejla in einer Hängematte liegen und fand sich im Leib eines Hundes, wenn er beim Liebesspiel innehielt, oder aber er lief mit einer Scheinzufallsbekanntschaft aus Bochum auf der Straße geradewegs in die Arme seiner Frau, die ihn noch vor Erreichen der häuslichen vier Wände herumkriegte. Es war seltsam, wie der einstige Auftrag, sich unauffällig dies- wie jenseits der damals anscheinend endgültig befestigten Grenze zu bewegen, stets auf eine sexuelle Begegnung hinauslief, als hätten seine *Legenden* nur dazu gedient, ihn für Frauen attraktiv zu machen. Als habe er selbst sich nur unter diesem Aspekt sehen können, dabei hatte es doch konkrete Aufträge gegeben, deretwegen er ausgerückt war, das Neuland einzunehmen. Seine am längsten glaubhafte Legende hatte ihn nach Norwegen geführt. Er hatte den Namen der norwegischen Familie getragen, weil er sich als Sohn eines von seiner Mutter gewaltsam getrennten und in Deutschland aufgewachsenen Kindes eines Besatzungssoldaten ausgab, der die norwegische Staatsbürgerschaft besaß. Seine Eltern hatten beide schon tot zu sein, dabei gab es seinen fiktiven Vater und dessen Sohn wirklich. Nur ahnte der nichts von seiner norwegischen Herkunft und war in einer ostdeutschen Pflegefamilie aufgewachsen. Dort, in Norwegen, hatte sich Bert Willer sehr wohl gefühlt, die Familie hatte ihn mit großer Herzlichkeit aufgenommen, und als es daran ging, das Erbe der Mutter zu verteilen, seiner angeblichen Großmutter also, war er hingefahren und hatte sich sein Teil abgeholt … Seltsam, diese alten Geschichten, die er für abgelegtes Leben hielt und die doch von solchem Brand waren, daß sie hier für heiße Zustände sorgten. So heiß, daß ihm kalt wurde und er eine karierte Decke aus seinem Bettkasten zog, um sie sich um die Beine zu schlagen. Und wie er da so saß, kam ihm, *Gottverdammich!,* die Idee, nach dem Mann der toten Bejla zu fahnden. Lou hatte ihn damals kennengelernt, aber er selbst hatte nie den Mut besessen, sich dem Mann zu stellen. Gegenüberzustellen. Vielleicht würde alles besser, wenn es aufklarte. Wenn nicht mehr nur solch schleimige, unkenntliche Spuren aus der Vergangenheit in die Gegenwart zogen, daß man wohl oder übel darauf ausrutschen mußte, wenn man sich dorthin begab. Seine Frau Lou hatte, nachdem sie das erfahren hatte, was er *die Wahrheit* nannte, zur Bedingung ihres Bleibens gemacht, Psychologie studieren zu dürfen. Sie hatte dafür das Geld eingefordert, das er von seinen Eltern geerbt hatte und das eigentlich den Grundstock eines Stadtrand-Häuschens abgeben sollte. Seine Eltern waren tot, sie konnten nicht nein sagen, und so hatte er, natürlich, zugestimmt, als sie die Mathematik an den Nagel hängte. Ohnehin war sie als ehemalige Preiskalkulatorin einer Möbelfabrik, die es nicht mehr gab, lange genug arbeitslos gewesen. So hatte sie als Fünfunddreißigjährige noch einmal den Studentenstatus innegehabt, und sie war eine hervorragende Studentin gewesen. Er hatte sie bewundert, aber immer darauf gedrungen, nichts wissen zu wollen von den Geheimnissen des Faches, und wenn er gewußt hätte, was sie damals längst wußte, nämlich, daß die Psychologie ihr keineswegs Klarsicht auf ihr und ihres Mannes Verhältnis zur Vergangenheit verschaffen würde, hätte er sich nicht ganz so kopfversandet gebärdet. Während eines Praktikums war sie auf Bejla gestoßen, die inzwischen, was ihn sehr überrascht hatte, als Psychologin in einer Berliner Klinik arbeitete. Dieser zweiflüglige Name! Er war um seine Frau herumgestrichen und hatte scheinbar beiläufig nach Bejlas Aussehen, ihren Gewohnheiten gefragt. Als ihm längst klar war, um wen es sich handeln mußte, hatte seine Frau im Krankenhaus anläßlich eines Geburtstagsfrühstücks Fotos gezeigt von ihrer Familie, und da war es zum Eklat gekommen: Bejla hatte ihn sofort wiedererkannt. Sie brachte Lou, die es daraufhin ganz genau wissen wollte, ihre Stasiakten mit, mit denen sie über kurz oder lang auf den heimischen Tisch schlug und ihn herausforderte. Er war einer der schwarz Durchgestrichenen in Bejlas Akte. Einer, dessen Namen man nicht preisgab, aber Bejla wußte, wer als einziger für diese Art von Berichten über sie in Frage kam. Lou hatte fortan mit roten Ohren dagesessen und die Papiere studiert, hatte ihm Kopien davon angefertigt und geschrieen, wie sie nie zuvor mit ihm geschrieen hatte. Was mit Bejla fortan geschah, *ging auf keine Kuhhaut*, wie Lou ihm immer wieder hatte sagen wollen. Jetzt, da er sich daran zu erinnern suchte, kam es in kleinen Perlen, die sich nur langam zur Kette fädeln ließen: Bejla war an paranoider Schizophrenie erkrankt, so hatte es Lou genannt, und welche kleinen grünen Männchen ihr das verbleibende Leben schwer machten, dafür hatte er jegliches Interesse abgelehnt. Klein und grün waren die Männchen nicht gewesen, aber, jetzt kam es ihm, groß und grün und staatsmächtig. Die uniformierten (und auch zivil gekleideten) Sachwalter der vormaligen Ordnung hatten sie bis in die heutige verfolgt, selbst den Unfalltod ihrer Eltern hatte sie als eine von verlängerter Staatssicherheitshand geplante Aktion gesehen, deren Ziel die Zerstörung ihrer Persönlichkeit war, die sich wiederum, wie sie selbst meinte, mit allem wappnete, was das verhindern konnte. Sie ließ sich Zähne ziehen, in denen sie Minisender vermutete. Sprach mit keinem ihrer Nachbarn mehr. Ihr Mann war der einzige, dem sie bis zu ihrem Ende vertraute, und dieses Ende, so hatte Lou erzählt, sei gekommen, weil sie es schließlich abgelehnt habe, zu essen. Zunächst aus Angst, vergiftet zu werden. Später sei der Stolz, von keiner Nahrung mehr abhängig zu sein, so übermächtig geworden, daß sie zunehmend euphorischer geworden wäre. Phasenweise sei sie in der Klinik gewesen und psychopharmazeutisch am Leben erhalten worden, aber ihr Mann habe sie nach einem weiteren (wie sich zeigen sollte, dem letzten) Rückfall zu Hause behalten und zu Tode gepflegt. Vor den Augen ihres Mannes sei sie leuchtäugig verhungert. Bert Willer hatte davon nichts hören wollen, hatte *die Ohren auf Durchgang* gestellt, wenn Lou davon anfing, und war nun erstaunt, daß die Schallwellen sich damals doch über Hammer, Amboß und Steigbügel zur Cochlea fortgeplanzt hatten, während er geglaubt hatte, von Mittelohr zu Mittelohr eine Verbindung hergestellt zu haben, die tatsächlich für sofortiges Ausfließen des Gehörten auf der anderen Seite sorgte. Bejla hatte mit ihrem Mann, hieß er nicht Hartung?, Harald?, in Westberlin gewohnt. Westberlin war für ihn auch vierzehn Jahre nach der Vereinigung beider Stadthälften Westberlin geblieben. War keine Gegend, wo man einfach so hinfuhr. Allenfalls, wenn man ein Ziel hatte. Eine Behörde aufsuchen mußte. Er sah noch heute vor seinem inneren Auge die Grenze, wenn das Wort *Berlin* fiel, sah ein großes Stück Niemandsland im Fleisch seines Staates stekken, und daß es lila umrandet war in seinem Geiste, der das von einer alten Stadtkarte hernahm, machte ihn immer an Kaliumpermanganat denken, mit dem faulem Fleisch im Fleische zu Leibe zu rücken war. Seine Mutter hatte es benutzt, um einem zu alt gewordenen rohen Bratenstück den strengen Geruch auszutreiben, und er sah die kleinen Kristalle sich lösen in der Luftbrühe, sobald er Westberliner Boden betrat. In Spandau hatte Bejla gewohnt, er erinnerte sich. Noch nie war er dort gewesen. In Spandau war Rudolf Heß im August 1987 ums Leben gekommen, das wußte er, und die Tatsache, daß Heß als einziger

Insasse im dortigen Militärgefängnis der Alliierten einsaß und Gnadengesuche stets am Einspruch der Sowjetunion gescheitert waren, bereitete ihm noch heute so etwas wie Genugtuung. Er fragte sich nicht, warum. Bejla konnte erst in den Neunzigern nach Spandau gezogen sein, denn bis zum bitteren Ende war sie in Thüringen geblieben, auch wenn sie ihre Freunde reihenweise in Richtung Westen verabschieden mußte. Da fiel ihm ein, daß das letzte Telefonbuch, das er sich geholt hatte, das von 1997 gewesen war.

◆ ◆ ◆

Der Arche Noah e. V. residierte in einem kleinen Büdchen im Einkaufscenter von Puerto da la Cruz. Strandnah gelegen und neu, wurde das Center täglich von so vielen Leuten besucht, daß der im Büdchen sitzenden Sybille Volkmann, wenn sie für einen Moment die Augen schloß, Heerscharen von Menschen auf den Innenseiten ihrer Lider vorbeistrichen. Sie hatte ihren Jahresurlaub für diese Aktion genommen, in der Flugpaten und Abholer für nach Deutschland vermittelte Hunde gesucht wurden. Sehr erfolgreich war Sybille Volkmann bislang nicht gewesen, und als eine deutsche Frau an ihren Platz herantrat, war sie ganz Ohr, brühte ihr einen Kaffee auf und wußte vor lauter Diensteifrigkeit gar nicht recht, welches ihrer Beine das linke und welches das rechte war. Die Deutsche stellte sich als Michaela Morneweg vor und berichtete von einem Hund, den sie gefunden und der sich ihr angeschlossen habe. Nun wolle sie sich nach einer Möglichkeit erkundigen, ihn mit hinüber nach Deutschland zu nehmen. Ob das Tier jünger als drei Monate sei? Dann reiche nämlich ein amtstierärztliches Gesundheitszeugnis zur Einfuhr. Sei es aber älter, dann müsse das Tier einen internationalen Impfpaß mit beglaubigter Tollwutschutzimpfung vorweisen. Alles kein Problem. Das sei ja selten, daß jemand sich so eines armen herrenlosen Geschöpfes annehme … *Herrenlos* würde das Geschöpf auch weiterhin sein, entfuhr es Michaela obenhin. Die angestrengte Frage, ob sie das Tier denn in Deutschland wieder aussetzen wolle, wurde nicht ausgesprochen, stand aber für einen Moment als Kälteblock im Raum. Michaela brachte ihn stückweise zur Schnellschmelze, indem sie der verdutzten Sybille erklärte, sie sei und bliebe nun mal eine Frau, und *frauchenlos* bliebe der Hund natürlich nicht. Sybille verstand langsam, aber verstand. Sie rief mit ihrem Handy bei der Zentrale an und ließ sich die Anschrift des derzeit diensthabenden Tierarztes geben, der auch Kastrationen vornehme. Michaela war so weit, daß sie nach dem Geld nicht mehr fragte, das sie dafür vorzulegen habe. Sie war entschlossen. Der Hund saß draußen auf dem Grünstreifen der breiten Straße und wartete, und ehe sie ihn zum Arzt brachte, kaufte sie eine schöne feuerrote Lederleine, deren Halsband sich das Tier willig umlegen ließ. Ihr Hund. Sie stieg mit ihm in ein Taxi, was ihr ohne Lederleine womöglich nicht gelungen wäre, wie sie sich überlegte. Sie mußte grinsen, und der Taxifahrer sah sie, wie sie fand, süffisant an. Taxierte sie mit einem plötzlichen Blick aus seinen Augen, von denen das eine dunkelbraun, das andere hingegen von grünlichgrauer Farbe war. Michaela erschauerte unwillkürlich, faßte sich aber schnell.

Beim Tierarzt saßen nur wenige Leute im Wartezimmer. Sie meldete sich an und wurde bevorzugt bedient, fragte sich jedoch, warum. Ohne ihr eine Antwort darauf zuteil werden zu lassen, nahm der Arzt Kontakt zu dem Tier auf, blies ihm vorsichtig in die Ohren und rieb dann seinen Kopf an der Hundeschnauze, was Michaela einigermaßen verblüffte. Er sprach hervorragend Deutsch, was sich schnell klärte. Er hatte in Deutschland Veterinärmedizin studiert. Nach einem geübten Handgriff lag das Tier plötzlich ziemlich wehrlos unter ihm, aber es wollte sich auch gar nicht wehren, wie es aussah. Der Arzt betastete den Leib des Tieres, besah sich die Geschlechtsöffnung und lächelte. Dann zog er eine Spritze auf, und selbst den Einstich ließ das Tier ganz ruhig über sich ergehen. Der Arzt eröffnete ihr, daß das Tier Zeichen der Trächtigkeit zeige und sie vermutlich einen hübschen Wurf zu erwarten hätte, wenn sie anderthalb Monate mit ihm zu Hause sei. Aber bei Tieren sei das ja nicht so, daß man während der Schwangerschaft nicht impfen sollte. Er habe der Hündin die Tollwutspritze verabreicht, kastrieren könne er ja nun nicht. Als Michaela das Portemonnaie zückte, um zu zahlen, antwortete er, er helfe dem Verein ehrenamtlicherweise, weil es in Deutschland wenigstens Hunde- und Katzennarren gebe, die solch ein Viech zu sich nähmen. Die Verdatterte stand plötzlich wieder mit ihrer Hündin und den eben ausgestellten Papieren auf der Straße, und ehe sie sich's versah, kam der Taxifahrer mit den beiden unterschiedlichen Augen herangerollt und öffnete ihr die Wagentür. Sie stieg ein, ließ sich zum Hotel fahren. Wieder lächelte er süffisant, sie konnte sich des Eindrucks nicht erwehren, und das Geld, das sie ihm gab, entsprach in etwa dem Betrag, den sie beim Arzt eingespart hatte. Viel Geld. Zu viel, wurde ihr plötzlich klar, aber da war er schon wieder weg. Sie rannte noch ein paar Schritte gestikulierend hinter dem Wagen her, aber das Auto lächelte mit dem Heck ebenso süffisant wie sein Fahrer und war natürlich schneller verschwunden, als ihre Beine aufhörten zu laufen. Sie drehte sich resigniert um und merkte jetzt erst, daß sie den Hund an der Leine hatte. Die Hündin. Der Gedanke an einen Wurf kleiner Welpen und die Neugier darauf, wie sie aussehen würden, machten ihr Spaß. Sie sah die kleine Straße hinab, bis sie abbrach, um sich in nicht einsehbaren Serpentinen zum Meer hinunterzuschlängeln, und zählte die herrenlosen Hunde. Vier Stück nahm sie wahr und stellte sich bei jedem von ihnen eine Mischung mit ihrem Tier vor. Einer war groß und schwarz, ein anderer klein, drahtig und hell. Ob auch die Kleineren eine Chance hatten? Sie wußte es nicht, ging nun vergnügt ins Hotel und merkte, wie sich ihr Körper wiederum einseitig verkrampfte, so daß sie sich benommen in einen der Sessel im Foyer setzen mußte. Der Hund schien zu verstehen, wie es um sie stand, und sah sie aufmerksam an. Da er nun eine Leine hatte, nahm das Hotelpersonal zunächst keinen Anstoß an seiner Anwesenheit. Als sich Michaela jedoch wenig später erhob, um ins Zimmer zu gehen, kam der Portier laut rufend und kopfschüttelnd auf sie zu, um ihr zu erklären, daß im Hotel die Unterbringung von Tieren unerwünscht sei. Auf Michaelas Frage, was man denn tun könne, um sie erwünschter zu machen, lächelte er ebenso süffisant wie der Taxifahrer vorhin, so daß Michaela ihr Portemonnaie zückte, um ihm eine ebenso große Summe wie den Taxi-Fahrpreis zu geben. Nunmehr, dachte sie, habe sie aber wirklich genug gelöhnt, um das Tier einfuhrbereit zu bekommen. Sie sah, wie der Portier seinen Kollegen versteckte Anweisungen gab, und fuhr mit dem Fahrstuhl hinauf. Ihr Zimmer empfing sie mit der verklemmten Attitüde einer Kemenate. Jedenfalls stellte sie sich so eine solche vor. Die beschlagenen Fenster sahen nach Tierblasenhaut aus, und das frisch bezogene Einzelbett wirkte so jungfräulich, daß sie einen Moment lang einen unsichtbaren Fledderer befürchtete, der es auf sie abgesehen hatte und deshalb das Bett blütenweiß und rein für seine Bedürfnisse brauchte. Die beschlagenen Fenster kamen offenbar daher, daß die vormittägliche Putzkolonne sehr lange die Dusche heiß aufgedreht hatte, um das scharf riechende Reinigungsmittel abzuspülen. Sie sah auf den Kasten über der Tür: Die Klimaanlage war ausgefallen. Als sie das Fenster öffnete, wehte es von draußen noch heißer herein, als es drinnen ohnehin schon war, so daß sie es schnell wieder schloß.

Gestern hatte sie Hundefutter mitgebracht. Sie öffnete eine Büchse und füllte sie in einen Plastiknapf, den sie von Sybille Volkmann geschenkt bekommen hatte. Der Junge hatte die Hündin Lou genannt, dabei wollte sie bleiben. Sie meinte, sich an eine Schlagersängerin dieses Namens zu erinnern, eine rotzig aussehende Rothaarige, und wunderte sich ein wenig, daß der Junge so entschieden hatte. Während sie Lou beim Fressen zusah, setzte sie sich auf die Bettkante und würfelte in ihrem Kopf aus, was sie nach ihrer Rückkehr zu tun gedachte. Bert und David in Berlin ausfindig machen? Ihnen einen der Welpen vorbeibringen, wenn es an der Zeit war? Ihre Hundehaarallergie hatte sich in wunderbar einzuatmende Luft aufgelöst, sollte sie ihrem Arzt davon Mitteilung machen? Ihn auf die wiedererstandene Neigung zur Epilepsie hinweisen? Würde sie Medikamente nehmen müssen? Vielleicht nicht mehr Auto fahren können? Die Gedanken verjagten einander regelrecht, und als sie sich besann, war es in ihrem Kopf plan und blank. Abgewischt der Tisch, auf dem das Kommende sich zeigen sollte in seinen möglichen Farben. Plötzlich empfand sie sich ohne Zukunft, ohne Aussicht auf die nächsten Tage, und das nahm ihr den Atem und versetzte sie in Panik. Noch nie war sie abgeschnitten worden vom Futurum, noch nie hatte sich nichts mehr eingestellt, wenn sie allein die kommende Woche sich vorzustellen suchte. Daß das die Fettvettel gewesen war, die sich ein Späßchen erlauben wollte mit ihr, konnte sie nicht ahnen. Zum Glück wurde die Alte dieses Scherzes schnell über, und langsam verflog der Schrecken. Gleichzeitig konnte sie sich wieder auf dem Flughafen sehen und ihren Hund als Übergepäck deklarieren, was sie erst einmal beruhigte. Dennoch waren die Zweifel an ihrem Verstand nicht leise und verhalten, sondern schoben sich nun zwischen sie und Futur I und II, wo sie, aufgebockt wie ein altes Auto, auf Durchsicht warteten.

Sie hatte noch fünf Tage, innerhalb derer sie mit ihrer Hündin zum Strand hinunterlaufen oder nach Puerto de la Cruz in die Einkaufsmeilen fahren könnte, auch Ausflüge wurden im Hotel angeboten, aber ihre Lust, hier zu sein, war verflogen. Seltsamerweise ebenso die Lust auf Bekanntschaften – sie schien genug zu haben mit Lou, die sie treuherzigst ansah und aufs Wort folgte, obwohl sie *das Wort* nicht einmal kannte. Absonderlich. Als Silvia später anrief, um sich auf einen erneuten Kartenabend zu verabreden, schützte Michaela eine Migräne vor, die ihr *das Sprechen schwer und das Kotzen leicht mache*, jedenfalls begann sie mitten im Telefongespräch zu würgen und ließ den Hörer auf die Gabel krachen.

◆ ◆ ◆

Hartung, Harald u. Bejla. Er hatte sie ganz einfach gefunden im Telefonregister und wunderte sich darüber, daß ihm das nicht früher eingefallen war. Mit einem Internet-Routenplaner suchte er sich eine Verbindung nach *drüben* und beschloß, mit dem Auto hinzufahren. Er wußte nicht recht, ob er den Mann schon einmal gesehen hatte. Unter Bejlas Jenaer Freunden war er ihm jedenfalls nicht aufgefallen. Wenn Hartung nicht mehr dort wohnte, was nach dem Tod seiner Frau verständlich gewesen wäre (die Erinnerungen …), wußte vielleicht ein Nachbar, wohin er gezogen war.

Bert Willer war an diesem Morgen früh aufgestanden und hatte seinem schlafenden Sohn einen Kuß auf die Stirn gegeben. Die Sache mit dem glucksenden Lachen war nach jener Nacht Gott sei Dank ausgestanden gewesen. Daß er nach wie vor nicht sprach, beunruhigte seinen Vater nicht weiter, er hielt es für pubertären Quark, der durch Treten breit statt stark machte, und aus diesem Grund und weil er im Wechsel damit Angst vor seinem Sohn hatte, versuchte er, es zu übergehen. Aber irgend etwas war doch komisch, Davids Klamotten schlakkerten an ihm, als hätte er sie viel zu groß gekauft, dabei hatten sie doch gepaßt vor zwei, drei Wochen! Ob das Zeug von so schlechter Qualität gewesen war, daß es hoffnungslos ausleierte bei der ersten Wäsche?

Die Fahrt nach Spandau kostete ihn einige Überwindung. Wenn möglich, vermied er Autofahrten in den *Westen*, ohne daß er hätte sagen wollen, warum. Es kam als Dopplung der Belastung über ihn, der ohnehin diesen Teil der Stadt eher mied. Dabei hätte er früher einmal Westberlin auswendig kartographieren können … Er staunte, wie das Auto hindurchrutschte durch die Ösen dichten Verkehrs, ohne daß es ihm besondere Anstrengung abverlangt hätte. Während der Fahrt rauchte er unablässig, so daß er für seine nichtrauchenden Artgenossen aus Hals und Haaren stank. Er sah sich um, wenn ihn eine der zahlreichen Ampeln zum Stehen gebracht hatte, und seine Augen klapperten die Trottoirs nach Frauen ab, suchten deren Hinterteile oder, wenn sie von der anderen Seite kamen, Brüste auf. Mehrfach fiel ihm ein dicker Aschestrich auf die Hose, wenn ihm ein Arsch zu sehr gefallen hatte. Als er das merkte, erinnerte er sich vorwurfsvoll des Zwecks seiner Fahrt und schaute geradeaus, bis zur nächsten Ampel. *Reisen verbindet!* Die Werbung im Schaufenster eines kleinen türkischen Reisebüros ließ ihm Teneriffa in den Sinn kommen. Michaela. Lou und Lou. An seinen Sohn dachte er diesmal nicht. Mit zitternden Knien nahm er auf einmal die vielen Hunde im Stadtbild wahr. Sie schienen sich darauf geeinigt zu haben, ihn anzuschauen, wenn er an ihnen vorbeifuhr. Dabei lächelten sie zutraulich, daß das Zittern sich auf seine Hände ausweitete. Er mußte das Auto stoppen, fand eine Parklücke und lenkte gerade noch ein, ehe ihm das Steuer aus den Händen glitt, obwohl er es hatte festhalten wollen. Darauf, daß die Viecher ihm hier in Deutschland einen solchen Empfang bereiten könnten, war er bislang nicht gekommen. Bestimmt hatten sie sich in Hannover am Flughafen und auf der Fahrt nach Golm nicht anders verhalten als jetzt, und er war froh, es nicht bemerkt zu haben. Im Angesicht der Tatsache, daß er es fortan immer bemerken würde, verflog diese Frohgestimmtheit natürlich sofort. Ein langohriger Dakkel schaukelte an seinem Wagen vorbei, grinste ihn an und wandte ihm dann sein gerötetes Genitale zu, wobei er das Hinterteil aufmüpfig in die Höhe streckte, bis ihn sein Frauchen, eine alte, hagere Dame, mit einem unwilligen Riß an der Leine zum Weitergehen aufforderte. Das war zuviel. Bert nahm die Hände vor die Augen, schüttelte sich. Diese Verdopplung des

Zitterns führte dazu, daß ihm seine Brille ab- und zu Boden fiel, die Knie heftig aneinanderschlugen und ein beinahe knöchern zu nennendes Geräusch dabei hinterließen. Tappernden Schritts bewegte er sich kurz darauf auf eine Bäckerei zu, in der er erst einmal einen großen Topf Kaffee orderte, später, als er die Hälfte getrunken hatte, auch noch ein Stück Eierschecke dazu. Das Zittern verging immer dann, wenn er die Tasse oder den Kuchen zum Munde führte, um dazwischen um so heftiger wieder einzusetzen. Glücklicherweise kamen nur wenige Leute in den Laden. *Ob er sich nicht wohl fühle? Ob sie ihm helfen könne?* Die Verkäuferin sah ihn mit einer Mischung aus Mitleid und Neugier an, daß er auf der Stelle in eine große Lust auf dieses Exemplar Frau flüchtete. Sofort hörte das Zittern ganz auf, und als er das Geschäft verließ, tat er es ruhig. Sie aber sah, daß sein Glied sich aufrichtig verhielt und ihr mitteilte, wie es um ihn bestellt war.

Er stieg wieder ins Auto und wartete auf das Ende der Erektion. Es kam nicht, so daß er nach einer ganzen Weile in der Hoffnung losfuhr, es würde vergehen. Tatsächlich hielt es bis Spandau an. Genauer gesagt, bis er in seine Zielstraße einbog und nach den Hausnummern zu schauen begann. Fünfundzwanzig. Ein Mietshaus, vielleicht für sechs Parteien? Altneubau würde man so etwas in Ostberlin nennen. Ob es auch hier so heißen mochte, wußte er nicht zu sagen. Die Fassade war in frischem Mintgrün gehalten und vor noch nicht allzu langer Zeit wärmegedämmt und renoviert worden. Das Dach war neu, es glänzte in schwerem Schwarz und saß bleiern und drückend den Hausmauern auf. Er konnte keine Tür entdecken, fuhr also auf den Hof und parkte den Wagen gleich vor der ersten einer Reihe von Garagen, die das Grundstück nach hinten begrenzten. Nach dem Aussteigen genehmigte er sich erst einmal ein paar weite Blicke über das Anwesen und eine letzte Zigarette vor dem Betreten des Hausflures. Ein Junge kam um die Ecke, stellte sein Fahrrad ab und wollte eben ins Haus gehen, als

Bert Willer klar wurde, was mit seinem Sohn geschehen war: Er war – ihm wollte zunächst gar kein passendes Wort einfallen, aber dann, als der Junge die Tür hinter sich hatte zufallen lassen und nicht mehr zu sehen war, fiel es ihm ein – *geschrumpft*. So natürlich kam ihm das vor, daß er es ohne Aufregung feststellte, noch einmal daran dachte, wie er mit David am Strand gelegen und wie der sich an ihn geschmiegt hatte und wie das wohl ausfiele, wenn es heute stattfände: Der Junge war viel kleiner geworden. Er strich sich ruhig über die Augen, einmal Lider zu, dann wieder auf. Versuchte, ins Haus zu gehen. Die Tür war verschlossen. Der Name *Hartung* fehlte auf der Klingelleiste. Zwei der Namen der tatsächlich sechs Parteien waren mit der Hand auf Zettelchen notiert und über die Glasscheibchen geklebt worden, die anderen steckten, fein säuberlich maschinenschriftlich, dahinter. Er versuchte es zunächst mit *Krüger*, und als niemand sich meldete, drückte er den Knopf neben *Scherner*. Über die Wechselsprechanlage war die helle Stimme eines vermutlich jungen Bürschchens zu hören, und Bert wollte seinen Plan, ihn nach Harald Hartung zu fragen, schon verwerfen, aber die Worte waren schneller als er. Statt einer Antwort summte der Türöffner, und Bert Willer trat ein. Der Junge wartete schon auf ihn, es war der Fahrradfahrer, der vor ihm ins Haus gegangen war. Wortlos geleitete er Bert ins Wohnzimmer und schloß die Tür hinter ihm, und noch ehe dieser Verwunderung darüber empfinden konnte, drehte sich ein Sessel mit einer klitzekleinen, adlernasigen Frau zu ihm um. *Scherner*, sagte sie nur und sah ihn an. Bert war verdutzt und sammelte sich, um seine Frage loszuwerden. Als er es geschafft hatte, sah die Alte verträumt zum Fenster hinaus, und nach einer Bert unendlich lange scheinenden Pause fing sie an zu singen. Klein und dünn hockte ihr Stimmchen weit hinten in der Kehle und forderte Bert auf, genau hinzuhören: Das Lied kannte er, es war Bejlas Lieblingsweise, ein russisches Schlaflied, *Bajuschki, baju!*, gewesen, und daß er ausgerechnet dieses Lied in schönstem, klarem Russisch von dieser uralten Spandauerin hörte, erschütterte für einen Moment sein Weltbild, brachte die kleinen Karos durcheinander. Dann erzählte Adlernäschen von Harald und Bejla, die in der Wohnung nebenan gewohnt hätten. Versprochen hätten sie ihr, zu schreiben, aber nicht ein Briefchen sei gekommen, nichts, nichts, nichts. Naja, so geht die Zeit eben. Die Frau sei die netteste Nachbarin gewesen, die man sich hätte denken können, und das, obwohl sie so hübsch gewesen sei! Sie hätte eingekauft und sie zum Essen geholt, und zu dritt hätten sie so manchen schönen Abend verbracht, sogar Süßwein hätte sie manchmal dagehabt, den trinke sie nämlich gerne. Bis sie dann krank geworden sei. Von dem Tage an habe sich alles verändert. Schizophren, hatte der Mann gesagt und sie unter Verschluß halten müssen, es sei denn, sie war in der Klinik. Zuletzt sei es ihr wohl wieder etwas besser gegangen, deshalb sei er auch weggezogen mit ihr, in eine andere Gegend, wo man einen Neuanfang versuchen wollte, und sie hätte sie nur noch einmal gesehen, am Tage des Umzugs, von weitem, als sie unten ins Auto ihres Mannes gestiegen sei. Da hätten sie heraufgewunken zu ihr und geschrieen, daß sie ihr auf jeden Fall schreiben würden. Auf jeden Fall! Aber, na ja, man sieht, was daraus geworden ist … Bert Willer fragte, wohin denn der Umzug gegangen sei, aber das wußte die Alte nicht. Irgendwohin in den Süden, aber in den Westsüden. Südwesten? Ja, meinetwegen auch Südwesten, ist doch egal.

Bert Willer versuchte, sich zu erinnern. Gestorben sei die schizophrene Bejla, buchstäblich verhungert, hatte Lou gesagt. Daß sie dazu eine Wendung benutzte, die er eigentlich von Bejla kannte, merkte er erst jetzt: *Eingegangen wie Seebachs schwarze Katze*. Bejla hatte das oft gesagt. Zu ihren Zimmerpflanzen, die stets nach nur wenigen Wochen vom grünen in einen braunen Zustand gewechselt hatten. Zu den Fliegen und Mücken, die sommers in der Lampenschale neben Anitras Gartentisch verschmort waren. Zu dem grauen Mäuschen, das sie in der Vitrine ihres Wohnzimmers gefangen und sich nicht getraut hatte, herauszulassen. *Eingegangen wie Seebachs schwarze Katze?* Da hatte ihm Lou einen Bären aufgebunden.

◆ ◆ ◆

David dachte eigentlich an eine seltsame Krankheit. Da er aber keinen Schmerz verspürte und sich nach dem vermeintlichen Schrumpfen kein weiteres Symptom dieser oder anderer Art zeigte, meinte er im Abstand von wenigen Tagen, die offenbar ausgereicht hatten, seine neuartige Perspektive als Gewohnheit auszugeben, das Kleinerwerden habe er sich nur eingebildet. Zwar paßten seine Sachen nicht recht, aber er schob es, wie sein Vater anfangs, auf deren schlechte Qualität. Im Billigladen eingekauft, konnten die Klamotten einfach nichts taugen. Er ging nicht aus der Wohnung und fertigte den einen oder anderen Freund durch die Wechselsprechanlage ab, und wenn es ihn ankam, setzte er sich auf den kleinen Balkon und stellte sich vor, wie es war, aus seinem Schlund hinunterzuspringen. Das reichte, um ihm den Gedanken daran für die nächsten Stunden auszutreiben, die er dann meist allein vor dem Fernseher oder in seinem Zimmer verbrachte. Viele Bücher hatte er seither gelesen, hatte sich das Regal seiner Mutter vorgenommen, die immer nur so viele Bücher besessen hatte, wie in dieses Regal hineinpaßten. Drohten es mehr zu werden, hatte sie aussortiert und anfangs meist ihren Sohn zum Markttrödler geschickt, der sie ihm abnahm gegen einen kleinen, kleineren, den kleinsten Geldbetrag, den man sich denken konnte für Lous schöne, teure Bücher. Dann aber hatte sie ein Antiquariat gefunden, das die Exemplare in Kommission nahm, und hier war es etwas mehr Geld, das sie dafür bekam. Schöne Touren waren das gewesen, wie er mit seiner Mutter in den Westen fuhr. Eine schwere Tasche hatten sie dabeigehabt, die er jedesmal mit anfassen durfte, wenn es ans Umsteigen ging, und seine Mutter hatte in ihm den

Eindruck erweckt, daß überhaupt erst seine Hilfe diese weiten Fahrten ermöglichte. Dafür hatte sie ihm kleine Beträge vom Erlös abgegeben, und er hatte sein Schwein damit gefüttert. Ach, Lou.

Daß er Lous Bücher verstand, hätte er nicht sagen können, würde ihn jemand danach gefragt haben. Aber die Wahrscheinlichkeit, daß jemand ihn so etwas fragen würde, ging asymptotisch gegen Null. Im Regal standen nur die *schöngeistigen*, wie Lou gesagt hatte. Jedes Mal, wenn er ein neues *schöngeistiges* herausnahm, erschauerte er und roch daran, aber sie hatten Lous Duft nicht angenommen, hatten ihn entweder abgelehnt oder abgelegt und dünsteten eine staubige Mischung aus Sägemehl und grünen Heringen aus. Das vermochte er sich nicht zu erklären, gewöhnte sich aber daran.

Sein Vater kam zur Unzeit und wie zum Luftholen nach Hause in diesen Tagen, als müßte er, war er draußen, den Atem anhalten und käme nur unter Aufbietung aller Kräfte bis ins Haus, die vier Treppen herauf. Hatte er die Wohnungstür laut scheppernd hinter sich geschlossen, blieb er erst einmal daran angelehnt stehen und atmete tief und heftig ein und aus. Manchmal rutschte er in sich zusammen und ging in die Knie, als hätte er Verfolger abgeschüttelt und müßte sich davon erholen. David sah das, wenn er von der Küche in sein Zimmer oder ins Bad ging, was er gern tat, wenn er seinen Vater hörte, ihn aber keines Blickes oder Wortes würdigte. Sie lebten in einer Wohnung, aber wenn einer hätte sagen sollen, wer der andere war, hätte er sich erst eine Weile besinnen müssen.

Heute war David spät dran, war erst aufgestanden, als er nichts mehr hörte, was auf die Anwesenheit einer weiteren Person in der Wohnung schließen ließ. Die andere Person, daran dachte er seltsamerweise, würde nicht umhinkönnen, für ihn Schulbücher zu kaufen vor dem Ende der Ferien. Die Liste dafür hatte er am Ende des Schuljahres bekommen, nur für das Fach Mathematik stand da ein »noch näher zu bestimmendes

Lehrbuch«. In die Schule zog es ihn nicht gerade, und wenn er daran dachte, seinen Freunden begegnen zu müssen, ohne Michaela dabeizuhaben, die allein Zeugnis würde ablegen können über *sein schönstes Ferienerlebnis*, machte sich Unlust in ihm breit wie ein Schwamm, der sich vollsog. Allerdings: Wenn er es recht bedachte, würde ihm Michaelas Zeugenaussage ebenfalls Pein auferlegen, nämlich die, seinen Freunden währenddessen nicht in die Augen schauen zu können. Mit oder ohne Michaela – es war ein hinkendes Vergnügen, wieder zur Schule gehen zu müssen. Er legte die Bücherliste auf den Küchentisch in der Hoffnung, sein Vater würde merken, was es damit auf sich hatte.

Still saß er, trank einen Malzkaffee, den er sich gekocht hatte. Richtigen Zichorienkaffee. Man mußte dabeistehen, weil das Zeug sofort überkochte, wenn es die Siedetemperatur erreicht hatte. Die blauweiße Packung hatte schon Jahre im Schrank gestanden, ehe er darauf gekommen war, sie aufzureißen. Mit Milch und Honig schmeckte er gut. Trank er ihn, dachte er an seine Kindertage, als Lou ihn gerufen hatte vom Spielen auf dem Hof, eine Tasse hatte sie dabei geschwenkt, und er hatte sich gefragt, was wohl darin sei. Manchmal war es Zichorienkaffee mit Milch und Honig gewesen, manchmal aber auch ein mit Milch, Wasser und Zucker gebrühter Kakao, ein Eigelb mit Zitrone oder, an ganz besonderen Tagen, Kindercola, die er abgöttisch geliebt hatte. Lou war erfinderisch gewesen. Jetzt, da er älter wurde, merkte er, wie sehr sie an ihn gedacht haben mußte alle Tage und wie schade es war, daß sie das nun nicht mehr tun konnte. Köstlich war es gewesen, und er hätte alles darum gegeben, sie wieder aufleben zu lassen.

Je länger er an den abgebrochenen Urlaub dachte, desto weniger ließen ihn die Erlebnisse dort noch in Rage geraten. Die alte Fettvettel tat so, als vermummte sie sie mit einem immer dichter werdenden Schleier. Daß der Schein trog, merkte der Junge noch nicht, sondern war froh darüber. *Schmerz, laß nach*, hatte sein Vater gesagt, und das tat er tatsächlich. Es ebnete sich ein, was eben noch groß und aufragend gewesen war (Das Spitzeldasein Bert Willers. Michaelas Brüste. Lous Louschnauze. Seines Vaters im Hund wandernde Hand.), und bekam den matten Schimmer der Normalität, der es für das Vergessen vorbereitete, wenn alles gutging. In Gedanken sah David seinem Vater beim Lesen der Bücherliste zu und dachte daran, ihm einen richtigen Kaffee zu kochen. Endlich.

◆ ◆ ◆

Alte Seilschaften. Nie hatte er daran gedacht, sich ihrer zu bedienen. Jetzt aber kam es ihm ganz gelegen, daß ihm vor Jahren telefonisch eine Anschrift zugegangen war, unter der man alte Beziehungen wieder aufleben lassen konnte. Ganz *konspirativ.* Bert Willer schrieb einen Brief mit der Bitte um einen Auszug aus dem Berliner Sterberegister, Bejla Hartung geb. Stille betreffend, und brachte ihn zu der angegebenen Adresse. Dort steckte er ihn in den vierten Briefkasten von unten. Uwe Bartelt nannte er sich, wie früher. Sie wußten, wo sie ihn erreichen konnten.

Die folgenden Tage waren von einem kaum zu unterdrükkenden Fieber gezeichnet, das ihn ergriffen hatte und nicht mehr loslassen wollte. In diesem Zustand bemerkte er nicht einmal den Kaffee, der morgens in der Maschine stand. Sein Sohn, der ihn eben noch nach Kräften ignoriert hatte, lernte, ihn mitleidig anzusehen, wenn er mit irrlichterndem Blick in der Wohnung auf und ab lief und keine Ruhe fand, seinen Toast zu rösten und mit Marmelade zu bestreichen, sondern ihn weiß und weich in vier Stücke brach, die er nacheinander zermümmelte. Arbeitslos wollte er sich melden, auch wenn er in der ersten Zeit wegen der Aufkündigung des Arbeitsverhältnisses aus dem Amt nicht einsehbaren Gründen kein Arbeitslosengeld würde bekommen können. Er hatte einiges gespart, und seine Witwerrente würde erst einmal ausreichen, ihn nicht verhungern zu lassen. Jetzt, da er daran dachte, wunderte er sich, daß er darauf nicht viel früher gekommen war und diese klebrige, aufreibende Beschäftigung in den Wind geschrieben hatte. Auf seine schriftliche Kündigung bei der wöchentlich erscheinenden Zeitung erhielt er ein bedauerndes Antwortschreiben mit der Anrechnung von weiteren fünfzehn Urlaubstagen bis zu seinem Ausscheiden. Er begann vorsorglich damit, über das Internet Hausrats- und andere Gegenstände anzubieten, die er *in Zukunft* nicht mehr würde brauchen können. Dessen war er sich eigenartigerweise sicher, während er, was die Zukunft selbst betraf, in höchstem Maße unsicher war. Er veräußerte Gläser, Geschirr, Töpfe, den Küchenmixer, das *gute* Besteck, seine Anzüge, die er während der Arbeit getragen hatte, weiße und hellblaue Hemden, Schlipse, die schwarzen gelackten Schuhe und einen dunkelblauen Cashmere-Westover. Das Geld dafür legte er auf einem besonderen Konto an, das er eigens für diese Geschäfte eröffnet hatte und das ihm so etwas wie Unabhängigkeit von seinem Gehalt und der Rente suggerieren sollte. Die Beträge waren vergleichsweise gering, aber ließen bei Bert Willer dennoch ein gutes Gefühl aufkommen, das er dringend brauchte. Außerdem hatte er begonnen, blitzartige Erinnerungen aufzuschreiben, die ihn hin und wieder überfielen. (Ein Geruch. Einen Namen finden für einen Geruch. Eine Konstellation. Die Beteiligten an der Konstellation aus dem Gedächtnis kramen und benennen. Eine Farbe. Deren Schattierungen.)

Dafür gab es eine Datei auf seinem Computer, die er blizzard.doc genannt hatte und deren Inhalt in der Art und Weise der stürmischen Verwirbelung tatsächlich einem Blizzard ähnelte. Täglich trug er kleine und kleinste Splitter ein, die in der Zusammenschau plötzlich ein Muster ergaben, das er wiedererkannte. Er sah auf einmal das *patchwork* seiner Vergangenheit, die kleinen Stückchen, denen er in ihrer Vereinzelung niemals nachzuspüren versucht hatte und die doch, alles in allem, gehörige Stoffbahnen ergaben, in denen er zu verschwinden drohte. Immer wenn er am Versinken war, zerrte er sich am eigenen Schwanz wieder heraus und masturbierte sich den Kopf leer, der sich dann so betulich zur Seite legen und ihn einschlafen ließ. Nur daß ihm vor dieser Art Einschlafens immer Michaela Morneweg erschien und seinen schön geleerten Kopf schon wieder zu füllen begann, indem sie ihm Hunde zutrieb, verleidete ihm die Selbsthilfe.

Eben hatte er, gedankenversunken, die auf dem Tisch liegende Liste in die Hand genommen, die er nun durchsah, las, doch in jeder Zeile zwei-, dreimal von vorn begann und dennoch nichts begriff. Er legte sie weg, nahm sie aber sofort wieder, als ihm auffiel, daß er nicht verstanden hatte, und nun wurde ihm klar, was das war – die Schulbuchliste seines Sohnes. Ja, richtig, er hatte ja einen Sohn! Jetzt fiel ihm auch wieder ein, daß der Junge kleiner geworden war, *geschrumpft* – er konnte das Wort nicht ohne längere Pause an seine Stelle plazieren und wiederholte es halblaut einige Male, um sich zu vergewissern, daß er das richtige ausgewählt hatte. Schließlich ging er, nach Tagen, in Davids Zimmer, den er lesend im Bett liegend vorfand, dabei war heute ein ebenso schöner, heller Sommertag wie gestern, und ein bißchen Sonne würde dem gebeutelten Wesen sicher nicht schaden. Er setzte sich auf die Bettkante und sah seinen Sohn lange an. Der sah zurück. Auf die Schrumpfung wollte er besser nicht zurückkommen, vielleicht hatte der Junge das noch nicht bemerkt. Oder stimmte es gar nicht? Bert Willer versuchte, wieder einmal, die Größenverhältnisse zu rekonstruieren, aber mit einem Sohn, der zugedeckt im Bett lag, mochte das nicht gelingen. Er schlug ihm vor, gemeinsam zu Mittag zu essen, er würde Falafel zubereiten, eine Trockenmischung habe er noch gefunden, und dann vielleicht schwimmen zu gehen. David schien erleichtert, ja, beglückt über diesen Vorschlag, fiel seinem Vater um den Hals und dachte, nun wird alles, alles wieder gut.

Als sie am Abend vom Haussee zurückkamen, wußte Bert Willer sehr genau, daß David kleiner geworden war. Aber der Junge war so zutraulich und mitunter sogar fröhlich gewesen, daß ein Arztbesuch sicher nichts mit sich brächte außer Verunsicherung.

◆ ◆ ◆

Michaela war wieder zu Hause in Frankfurt an der Oder. Von ihrem Küchenfenster aus konnte man nach Słubice auf die polnische Seite hinübersehen. In den letzten Jahren war die Stadt einerseits aufgehübscht worden, daß es eine Freude war, aber im Bereich des Übergangs nach Polen gähnten die Neubauten aus den siebziger und achtziger Jahren aus leeren Fenstern. Niemand wußte, ob etwa ungelöste Eigentumsverhältnisse hierfür verantwortlich zu machen waren. Drüben, auf polnischem Boden, hatten sich viele Studenten der Viadrina, der Europa-Universität, eine Bleibe gesucht, denn die war dort bedeutend günstiger zu haben als in Frankfurt. In den grenznahen Studentenwohnheimen hatten sich viele Deutsche eingenistet, aber auch private Unterkünfte waren begehrt.

Michaela hatte eine viel zu große Wohnung. Sie war dort wohnen geblieben, als ihr früherer Freund Franz, alleinerziehender Vater dreier resoluter Söhne, sich für ein Leben in Baden-Württemberg entschieden hatte. Eigentlich hatte sie mitziehen wollen, sie hing jedoch an ihrem Beruf und in ihrer Stellung fest und hatte anfangs die Zeit ihres Umzuges immer wieder ein Stückchen hinausgeschoben, um noch *ein Weilchen* hierzubleiben. Sie arbeitete als medizinisch-technische Assistentin im Klinikum Frankfurt, in der Ultraschall-Abteilung der Gynäkologie, und wenn sie auch beinahe sicher war, in Baden-Württemberg eine ebenso gute und womöglich höher bezahlte Anstellung zu finden, so hielten doch das gute Betriebsklima, die alten Kollegen und ihre Freunde in der Stadt sie letztlich davon ab, Franz nachzufolgen. Anfangs kam er beinahe jedes Wochenende mit den Jungen nach Frankfurt, weil ihre Dienstpläne sie selten samstags oder sonntags entließen als offiziell Alleinstehende. Dann aber verflog das Reisefieber, versickerte allmählich zwischen den Bergen ungewaschener Wäsche, die Franz jedesmal bis zum kommenden zurückließ, und eines Tages hatte sie zwei Umzugskartons gekauft, die gewaschenen und gebügelten Klamotten hineingepackt und hinuntergeschickt zu ihm. In einem sehr freundlichen, warmherzigen Brief hatte sie ihm für die vergangenen Jahre gedankt, für den Kinderstreß, den sie hatte kennenlernen dürfen, ohne selbst ein Kind bekommen zu müssen, und sie wünschte ihm einen guten Neuanfang *da unten*, mit ihr sei einfach nicht zu rechnen. Darauf war kein Zeichen mehr gekommen von ihm, sicher, dachte sie, hatte er die Wärme, die sie beim Schreiben verspürte, als brütende Gefechtshitze mißverstanden – etwas, was ihr schon oft passiert war. Sie hatte nur mit den Schultern gezuckt und es akzeptiert.

In den auf Franz folgenden Jahren hatte sie zwei der vier Zimmer freigeräumt und untervermietet. Sie hätte sie auch mit Möbeln anbieten können, erinnerte sich aber daran, wie sie selbst in ihrer Jugend einmal möbliert gewohnt hatte. Es war ein Graus gewesen, den sie den jungen Leuten nicht zumuten wollte. Dafür ertrug sie den fluktuierenden Wechsel von Anstrichen, Tapeten und Möbeln. Die Studenten hatten, fand sie, schon genug zu ertragen, wenn sie mit ihr Küche, Bad und Toilette teilen mußten. Im Moment wohnten Hedda und Maik bei ihr. Sie studierte Kulturwissenschaft, er Betriebswirtschaftslehre. Zwei so unterschiedliche junge Leute … Aber das machte ja nichts, sie gingen sich nach Möglichkeit aus dem Wege und wunderten sich, daß sie beide ziemlich gut mit ihrer Vermieterin auskamen. Michaela überlegte, ob sie nach dem Ende der Maik-Zeit, das im nächsten Sommer anstand, dessen Zimmer nicht wieder übernehmen und in eine Unterkunft für ihren Hund umwandeln sollte. Sie rechnete, beschloß dann aber, daß noch genügend Zeit sei zu versuchen, mit weniger Geld auszukommen.

An diesem Tage, dem letzten ihres Urlaubs, machte sie mit Lou einen Spaziergang nach Polen. Sie kaufte sich eine Stange Zigaretten, von der drei Schachteln für Hedda vorgesehen waren. Ungeschriebenes Gesetz, daß sie immer am Wochenende drei Schachteln auf deren Türschwelle legte, die ihr jedesmal mit einer freudig und wie überrascht wirkenden Umarmung kam, wenn sie sie entdeckt hatte. Sie setzten sich nach dieser Umarmung für ein Viertelstündchen zusammen, im Frühjahr und Sommer auf Michaelas Balkon, im Herbst und Winter in ihrem Wohnzimmer, und rauchten ein oder zwei Zigaretten. Dabei erfuhr Michaela das Neueste aus Heddas Leibes- und Liebesleben, aus dem Klausuren- und Prüfungs-Alltag, ohne selbst etwas beisteuern zu müssen zum Gespräch. Das war ihr sehr angenehm. Pünktlich nach fünfzehn Minuten, für deren Ablauf Hedda, die zu keinem Anlaß eine Uhr trug, ein untrügliches Gefühl entwickelt hatte, das Michaela immer wieder aufs neue faszinierte, erhob sie sich und murmelte etwas von *war ja schön* und *bald mal wieder*. Dann war sie verschwunden, und wenn Michaela später an ihrem Zimmer lauschte, kam kein Ton von drinnen. Sie schlief aber keineswegs, sondern verbrachte die Samstage bis in die Morgenstunden des Sonntags in Heinrich's Pub, wo Michaela sie nie vermutet hätte, wäre sie ihr nicht einmal dort begegnet. Das war jetzt zwei Jahre her, und Michaela mußte immer noch grinsen, wenn sie daran dachte. Sie war mit Alu-Alfred, ihrer damaligen Bekanntschaft, knutschend durch Frankfurt gezogen und im Pub gelandet, als es schon nicht mehr Samstag gewesen war, und Hedda hatte ebenso knutschend schon dort gesessen, und daß der Knutschpartner der älteste von Franzens Söhnen gewesen war, den es zurückgezogen hatte nach Frankfurt, hatte die Sache etwas pikant gemacht. Er hatte nämlich die Wohnung, in der er einige Jahre gelebt hatte, nicht als Fremdschläfer betreten wollen, später, als sie alle zusammen dorthin losgezogen waren, und das war schon der Anfang vom Ende der Heddaschen Knutschpartnerschaft gewesen. Morton, Franzens Ältesten, sah sie seitdem hin und wieder, er kam immer höflich auf sie zu, trug ihr eine schwere Tasche oder führte sie zu einem Eis in die ihrer Wohnung nahe gelegene Milchbar aus, kam aber niemals mit hinauf. Michaela war erschrocken darüber, daß der Junge sie offenbar als Mutter angesehen hatte und zurückschrak vor der Erinnerung. Ihr selbst waren die Kinder zwar nahe gewesen, aber sie hatte sich niemals dazu verstiegen, mehr als Franzens Partnerin zu sein. Und als sie weg waren, hatte sie an die Jungen mit dem stetig abnehmenden Mond ihrer Franzbeziehung gedacht, bis sie gar nicht mehr aufgetaucht waren in ihrem Hirnkasten. Morton war alt genug, ihr das nachzusehen mit seinem Verstand, aber zu jung, als daß es ihn nicht mehr schmerzte.

Als sie dem Händler das Geld für die Zigarettenstange zuschob – sie hatte einen kleinen Zigeuner, den sie bevorzugte, weil zu ihm nicht viele Leute kamen und er sich beinahe zu verstecken schien hinter den anderen –, fiel ihr ein, daß sie auch nach Hundefutter oder billigem Fleisch schauen könnte. Daß sie daran überhaupt noch nicht gedacht hatte, belustigte sie ein wenig. Sie nahm Lou beiseite und sah ihr tief in die Augen. Es war erstaunlich, was sie in ihren Pupillen erblicken konnte. Ganze Rudel von Hunden sperrten in ihnen ihresgleichen vom Hundefänger ab, indem sie eine bellende Postenkette bildeten und den Mann, der sich zunächst scheu nach seinem Wagen umsah, dazu brachten, darauf zuzurennen, um hineinzuspringen und abzuhauen. Eine beeindruckende Vorstellung. Michaela brauchte einige Zeit, um daraus wieder aufzutauchen. Von jetzt an sollte sie dem Hund öfter in die Augen schauen.

Ein Stückchen weiter unten auf dem marktähnlichen Gelände gab es Schaschlik, kroß gebraten über offenem Feuer, wovon sie gleich vier Stück nahm. Hatte sie zunächst überlegt, auch davon Hedda etwas mitzubringen, so entschloß sie sich doch nach einer kleinen Weile des Abkühlens, Lou, die ganz ruhig und ohne Erwartung dasaß, damit zu füttern. Sie strich das Fleisch und den Speck vom Holzspieß ab und legte es vorsichtig auf eine der Pappen, die sie am Schaschlikstand bekommen hatte. Tatsächlich nahm Lou Brocken für Brocken der Leckerei vorsichtig mit der Schnauze auf, schaute dazwischen wie fragend auf Michaela, die sie ermunterte, den nächsten aufzugreifen. Das irgendwie menschlich anmutende Gehabe des Hundes verunsicherte sie ebenso wie das, was sie in seinen Pupillen hatte sehen können, und sie begann sich zu fragen, ob sie vielleicht zu wenig geschlafen hatte letzte Nacht. Aber sie war kurz nach halb elf ins Bett gegangen und auch erst neun Uhr dreißig wieder aufgestanden. Das also konnte es nicht sein. Was aber dann? Ins Nachdenken darüber schrie jemand ihren Namen, kam, mit links wild gestikulierend, auf sie zu und blieb freudestrahlend vor ihr stehen: Maik, der *BWL-Student*. Er bereitete sich darauf vor, den Rest der Semesterferien zu Hause bei seinen Eltern in Zwickau zu verbringen, wie er sagte. Was das hieß, konnte Michaela an seinem Gepäck erkennen. Eine aus geschnitztem Holz zusammengesetzte Mühle, wie sie in Deutschlands Gärten passen mochte, schaute aus seinem großen Rucksack hervor. Auch zwei Gartenzwerge, mit häßlichen Fressen, wie sie unwillkürlich denken mußte. Am linken Handgelenk baumelte ein Plastikbeutelchen mit zwei Stangen Zigaretten, und unter dem rechten Arm klemmte ein Paket mit Fleisch und Käse. Michaela mußte lachen. Sie lief mit ihm los, über die Oderbrücke nach Hause, und daß sie ihm für das Fleisch-und-Käse-Paket einen Beutel geben konnte, erleichterte die Sache. Sie trugen ihn gemeinsam, einer am rechten, einer am linken Griff, an den Grenzposten vorbei. Zu Hause verspürte sie keinerlei Lust, sich Maik noch länger anzutun, und daß sie ihm das unumwunden sagen konnte, gehörte zu den schönen Seiten ihrer Untermieterbeziehung.

Hundefutter würde sie beim nächsten Mal aus Polen mitzubringen versuchen. Für heute hatte Lou vermutlich genug, aber sie selbst hatte nur zwei oder drei Fleischstückchen vom Schaschlik gegessen und jetzt ein Hungergefühl, das ihren Magen unterwanderte, ihn anhob und dann wie ein leeres Säckchen wieder fallen ließ, damit sie auch genau merkte, daß es da war. Also bestrich sie sich zwei Brotscheiben mit Butter, belegte eine mit Salami, die andere mit orangerotem Lachsersatz, schnitt sich zwei Tomaten und einen Apfel dazu auf und setzte sich in die Küche, um zu essen. Dort hatte sie einen kleinen, transportablen Schwarzweißfernseher stehen, der seinen Geist einfach nicht aufgeben wollte, so sehr sie ihm das auch nahegelegt haben mochte. Es war ein Junost-Gerät aus einer Zeit, die die UdSSR als Produzenten in den Unterlagen vermerkt hatte, und solange es lief, brachte sie es nicht über sich, ein neues anzuschaffen. Sie schaltete es an und sah im Brandenburger Regionalsender einen Filmbericht über die Potsdamer Universität. Der Campus II in Golm wurde gezeigt und darüber berichtet, daß hier früher die Juristische Hochschule des Ministeriums für Staatssicherheit gewesen war, und als die Kamera in der Totale auf einen Weg einschwenkte, der vom Bahnhof zu den Universitätsgebäuden führte, sah sie jemanden näher kommen, den sie kannte. Bert Willer schlenderte, die Hände in den Taschen, auf die Kantine zu, und ehe sie sich dafür hätte entscheiden können, wegzusehen, hatte der Film sein Ende erreicht. Sie war baff. Nicht darüber, daß Bert Willer offenbar zufällig in einen Kamerablick geraten war, aber daß sie just in dem Augenblick, in dem er zu sehen war, das Gerät angestellt hatte.

◆ ◆ ◆

Zehn Tage noch, dann würde die Schule wieder beginnen. Bert hatte mit seinem Sohn die Bücher bestellt, hatte dafür einen neuen Schulrucksack gekauft, den er David schenkte, als die

Buchhandlung sie anrief: *Die Ware* sei abzuholen. Der Junge machte sich erfreut auf den Weg, um mit der einen die andere *Ware* abzuholen, und als er zurückkam aus dem kleinen Privatladen im *Siedlungsgebiet*, hatte er vom eigenen Geld, das er zuvor von seinem Konto genommen hatte, zwei Kriminalromane gekauft. Einen davon versuchte er sofort seinem Vater aufzudrängen, er solle ein bißchen lesen, das lenke schön ab. Mit dem anderen verschanzte er sich in seinem Zimmer und hatte ihn zum Abend hin zur Hälfte geschafft. Nach Büchern stand Bert Willer wahrlich nicht der Sinn, und er packte den Krimi unter sein Kopfkissen. Als Kind hatte er daran geglaubt, daß unter dem Kopfkissen deponierte Literatur ihre schwarzen Signale in sein weißes Hirn sandte. Noch zum Abitur hatte er Formelsammlungen und Wörterbücher mit ins Bett genommen, vor dem Einschlafen hineingeschaut und sie dann unters Kissen gelegt, und wirklich war, was er schlafnah gelesen hatte, morgens präsenter in seinem Kopf als alles das, was er am Nachmittag schon versucht hatte darin unterzubringen. Das hielt er für den rationalen Kern der Kopfkissengeschichte, zu einer Zeit übrigens, da *rationale Kerne* von morgens bis abends sein Denken zu bestimmen begannen – er hatte der promovierten Philosophin, die bei ihnen Staatsbürgerkunde unterrichtete und mit einem höchst vergnüglichen Philosophiekurs aufwartete, einen großen Brocken seines Herzens geschenkt. Einen zweiten hielt seine Russischlehrerin besetzt, die aus dem Baltikum stammte und sich Jelena Wladimirowna nannte. Zwar war sie irgendwann, als er die zwölfte Klasse besuchte, pi mal so alt gewesen wie er, so daß er sich wunderte, wie sie an sein Herz geraten sein konnte, aber es war nun mal geschehen. Drei Jahre waren es noch bis zu ihrer Rente, als er sich für immer von ihr verabschiedet hatte. Sie hatte geweint. *Jahre der Unschuld* nannte er die Zeit seiner Jugend bei sich. (Wenn er gewußt hätte, wie alt und fett die Vettel damals schon gewesen war, hätte er ihr das Wort *Unschuld* nicht anhängen können.)

Seine Beine schmerzten. Er ging die letzten Tage rückwärts, um nach Gründen zu suchen, fand aber nur in der erhöhten Beanspruchung so etwas wie eine möglich Ursache. Er konnte nicht mehr lange sitzen, sondern lief allezeit umher, und was er draußen suchte, wußte er oft gar nicht zu sagen, wenn er das Haus verließ. Aber er verließ es und kehrte zu Zeiten zurück, die ihm Rätsel aufgaben zu seinem Verbleib dazwischen. Je angestrengter er daran dachte, desto unwirklicher wurden die möglichen Aufenthaltsorte, bis sie ganz verschwammen vor seinen Augen und weder Namen noch Farben trugen, ihn an sich zu erinnern. Er massierte seine Waden vorsichtig mit den Fingern, nahm dann auch einen kleinen Roller hinzu, den er im Bad fand. Gab Olivenöl auf die Schienbeine, das er mit sanften Bewegungen bis auf die Schenkel strich. Freute sich plötzlich seines Leibes. Nicht, daß er ihn *hatte*, sondern daß er der Körper *war*, ließ ein Gefühl von Agilität und Kraft in ihm auferstehen.

Mit einer Dose gesalzener Macadamia-Nüsse setzte er sich ins Wohnzimmer. Bejla hatte gesalzene Nüsse geliebt, er hatte ihr oft aus Berlin ein paar Tüten Erdnüsse mitgebracht. Daß sie nicht mehr lebte, setzte sich zu seinem Erstaunen zum ersten Mal in ein Empfinden seiner selbst um. Ganz langsam kroch die Nachricht von ihrem Tod – *eingegangen wie Seebachs schwarze Katze* – aus ihrer angestammten Hirnwindung, die er sehr deutlich zu spüren glaubte, hinaus und überrollte seine Vernunft mit einer stinkenden Fiktion. Er sah sich vor ihrem aufgebahrten Leichnam, den er eigenhändig geöffnet hatte, stehen und darin herumwühlen, als suche er etwas. Etwas ganz Bestimmtes. Dabei hatte seine Vorstellung von ihr stets an ihrer Haut haltgemacht! Das war etwas, was ihn jetzt mit einem seltsamen, hinterhältigen Stolz erfüllte. Ihm, der darauf dressiert worden war, in anderer Leute Wunsch und Wille herumzuspazieren wie in einer ihm eigenen Plantage, war Bejlas Haut die Grenze gewesen, vor der er innegehalten hatte. Was er in ihren Innereien zu schaffen hatte, konnte er nicht sagen. Aber es stank, und in seinem Ekel würgte er an den Nüssen, die, mit Magensäure vermischt, wieder heraufkamen. Er rannte in die Küche und spuckte das Zeug in den Mülleimer, spülte mit einem Glas Wasser hinterher und beschloß, sich ein Bier zu genehmigen. Bier war tröstlicher als alle Hautwiderstände der Welt. Wenn es den Weg vorbei am Kehlkopf und hinab durch den peristaltischen Schleusengang in den Magen geschafft hatte, machte es ihn ein klein wenig, so viel, daß er wenigstens nicht zappeln mußte, ruhiger. Er öffnete die kühlschrankkalte Flasche, als sei die darin enthaltene Substanz so etwas wie ein zu lange vorenthaltenes Rauschmittel, seine Hände zitterten. Als er sie ansetzte, ging tatsächlich eine flache Beruhigung über ihn hin, sie tätschelte seine Sinne und machte, daß er sich wiederum ins Wohnzimmer lümmelte. Auf dem Tisch lag die Post des heutigen Tages. David hatte sie mit heraufgebracht, als er vom Buchkauf zurückgekommen war. Bert Willer wollte sie durchsehen, besann sich dann aber der Nachrichten im Zweiten Deutschen Fernsehen. Als er erwachte, war es Viertel nach eins, es hatte ihn dahingerafft mit aller Macht. Sein traumloser Schlaf hatte ihn nicht erfrischt, er war krumm vor Schlaftrunkenheit und fühlte sich elend. Als er auf den Balkon trat, merkte er, daß es draußen leise regnete. Er bedauerte jetzt, daß über ihnen noch jemand wohnte, dessen Balkonboden sich über ihn spannte wie ein Dach. Zu gern hätte er solch langsam eindringende Nässe gespürt, wie sie näselnder Regen brachte. Er lehnte sich zumindest weit hinaus über die Brüstung, um etwas abzubekommen. In der Hand hielt er immer noch die Post, wie er erst jetzt bemerkte. Das aus dem Wohnzimmer dringende Licht reichte aus, wenigstens einen Blick darauf zu werfen. Eine Stromrechnung, die Bestätigung einer Anmeldung in einem Fitneßstudio, die er vorgestern für David vorgenommen hatte, um ihn zu überraschen, zwei Werbeprospekte für irgendwelchen Kram, der ihn nicht interessierte, und ein Brief ohne Absender. Er öffnete ihn.

Eine Person namens Bejla Hartung geb. Stille sei nicht in Berlin gestorben. Statt dessen lebe eine solche Person mit ihrem Mann, Harald Emil Jürgen Hartung, im Saarland, in der Stadt N.

Das war tatsächlich der Südwesten/Westsüden Deutschlands.

In der Ferne bellte ein Hund.

UND ZWEI

SIE HATTEN URLAUB GENOMMEN FÜR DIE VERGANGENEN TAGE.

Die ersten drei verbrachten sie in einem Weingut an der Mosel, wo sie es sich gut gehen ließen zwischen den aufwendigen Verkostungen. Sie blieben die meiste Zeit im Bett und wunderten sich ob ihrer durchdringenden Schläfrigkeit, die sie in Anfällen niederriß und kampfunfähig machte. Wieder zu Hause, fuhren sie tagsüber mit dem Auto ins Umland und versuchten, einander ihr Genügen am anderen mitzuteilen. Nun, am siebten Tag, da unausweichlich das Ende der Auszeit drohte, ihre Praxis rief und seine Anstellung in einem Softwareunternehmen, wollten sie den Abend mit einem einfachen Essen ausklingen lassen, einem griechischen Salat und Steaks mit Kräuterbutter. Selbstgebackenes frisches Brot. Er hatte Wein heraufgeholt aus dem Keller, einen italienischen Roten mit verführerischem Geruch. Das Leben hier im Saarland war noch unauffälliger, als sie sich ausgemalt hatten, und manchmal hatten sie schon daran gedacht, einfach auf die französische Seite überzuwechseln. Aber sie arbeitete als Psychologin und fürchtete sich, trotz inzwischen sehr guter Sprachkenntnisse im Französischen, die Nuancen nicht mitzubekommen, die sie im Deutschen so gut ausmachen konnte. Die Wörter blieben im Französischen ohne Farbe, während die deutschen Ansprachen ihrer Klienten schiere Schimmerspiele waren, sich in untergelegte Töne auflösen konnten und wieder zur Tarnfarbe zurückfinden, wenn sie die Kraft dazu hatten. Sicher hatte das mit ihrer Fähigkeit zu tun, sich selbst zeitweise aufzulösen und ganz einzugehen in die psychophysische Verfassung ihrer Kunden, ehe sie zurückkehrte an ihren Platz auf der anderen Seite des Tisches. Ein bißchen hatte sie den Ruf einer Wunderheilerin, wenn man an die bettnässenden oder unbändig masturbierenden Mädchen dachte oder an die ticbeladenen, einkotenden Jungen, die ihr vorgestellt wurden. Es war so gekommen, daß ihr mehr Kinder als Erwachsene unterkamen, obwohl sie keineswegs eine Praxis für Kinderpsychotherapie führte. Das war seltsam, und es brachte ihr Kritik ein und bohrende Nachfragen. Ließ sich aber nicht ändern. Selbst Frauen, die zu ihr kamen mit einer handfesten Überweisung durch ihren Hausarzt, brachten nach Wochen wie zufällig das Sohnespätzchen mit, das Tochtersternchen, und wie zufällig gerieten die alsbald in den Fokus der Psychologin. In ihre Fänge.

Salat und Steaks schmeckten, sie nahm sich ein zweites Stück Fleisch und zerkaute es langsam. Im Zuprosten erzählte er, was ihn morgen erwartete. Ein Ritual. Als er ihr zu Leibe rückte, ihren Pullover hinauf- und seine Hände hinuntergeschoben hatte in ihre Hose, dachte sie an die kleine Mutistin, wechselte über zu jenem zwölfjährigen Beutelaufschlitzer und wunderte sich, als er schon fertig war, schwitzend und erschöpft auf ihr liegenblieb. Sie strich über sein Brusthaar, blies darüber hin. Ging schließlich in die Küche. Dort stand noch eine Neige in der Weinflasche, die sie sich eingoß, eine neue Flasche öffnete und ihr Glas auffüllte. Eine Einladung zu einem Klassentreffen in Thüringen war gekommen, die Wasser- und die Gasrechnung. Woher die Thüringer ihre Adresse hatten, war ihr nicht klar. In langen Zügen leerte sie das Glas, ihre Haut erschauerte, die Härchen stellten sich auf. Sie hätten ein Kind bekommen sollen, jetzt wäre die Wahrscheinlichkeit, daß sie noch einmal schwanger würde, sehr gering, dachte sie. Ein normales, frohgemutes, mit anfangs kleinen, später immer größer werdenden Öhrchen. Ein Opferkind, durchfuhr es sie plötzlich kalt, und ihre aufgestellten Härchen reckten sich noch weiter von der Haut weg – sie fröstelte. Trank. Brachte sich in eine schwermütige Stimmung, in der sie gut würde einschlafen können.

Zerschlagen erschien er noch einmal, um sich ein Glas Wasser zu holen. Daß sie keine Freunde hatten, begann ihre Brustkörbe einzudrücken. Erst ihren, und als sie es wagte, ihm davon zu erzählen, bestätigte er ihr Empfinden – auch seine Lunge tat sich schwer damit, gegen das Fehlen anzuatmen. *Weißt du*, sagte sie, *es ist, wie wenn du alle Perlen aus deiner Kette unbemerkt verloren hast, aber der Strick baumelt dir noch am Hals … Ja*, sagte er. Sie lachten, und das Lachen war klein und verrutscht in ihren Gesichtern.

Sie atmete tief. Aus ihrem Mund stieg ein Wölkchen Knoblauch auf. Er verabschiedete sich ins Bett, nicht ohne ihr zu versichern, daß sie, falls sie es jetzt wolle, sich eine Freundin suchen und finden könne. Sie lächelte, küßte ihn. Daß sie zurückblieb, während er sich schon zu schlafen anschickte, war von Anbeginn ihres Zusammenlebens ausgemachte Sache gewesen. Sie würde nie so früh schlafen können wie er, zu umtriebig ging sie noch einmal die vergangenen Stunden und Tage durch, entwarf die kommenden am inneren Reißbrett. Eine Freundin … Früher hatte sie viele Freundinnen gehabt, war mit der einen oder anderen in Urlaub gefahren, hatte mit Gudrun Rotwein getrunken, bis sie nicht mehr in der Lage gewesen war, nach Hause zu laufen, hatte eine Nacht auf ihrem Sofa verbracht und am Morgen nicht mehr gewußt, warum sie nackt in Gudruns Armen lag. Sie hätten sich berührt, sagte Gudrun und grinste breit. So viele Jahre lag das zurück, daß sie Mühe hatte, sich Gudruns Gesicht vorzustellen: Schmal, mit erbarmungslos gezupften

Brauen und einem leichten Silberblick darunter. Sie waren sich nach dieser Nacht für ein paar Wochen aus den Augen gegangen. Dann hatte Gudrun ein paar Steinchen, schöne Steinchen, in eine Tüte gefüllt und zu ihr auf die Arbeit gebracht. Sie arbeitete damals als studentische Bäckereiaushilfe, und Gudrun kam, um ihr mit den Steinchen den Neubeginn ihrer Freundschaft abzuverlangen. Gudrun wußte von ihrem Hobby des Steinesammelns und Katalogisierens. Sie hatten zwei Streuselschnekken aufgegessen, ehe wieder jemand in den Laden kam, die Schnecken staubten aus ihren Mündern und sorgten dafür, daß sie sie zum Kichern nicht allzuweit öffneten. Sie hatte Gudrun die Uhrzeit zugerufen, zu der sie sie treffen würde am Abend, *und wo?* (Gudrun war für diese Frage noch einmal ins Geschäft zurückgekommen), *na unten bei Ulle!* hatte sie zurückgerufen und sich dabei schnell die Hand vor den Mund gehalten, um den Staub nicht rauszulassen. Stunden später hatten sie sich bei Ulle getroffen – Ulrike, eine andere Freundin, die in der Eckkneipe neben der Bäckerei kellnerte und ihr auch den Aushilfsjob dort besorgt hatte. Ach, das waren Zeiten gewesen … Ulle und Gudrun waren um Jahre gealtert, wie sie selbst auch, sie würde gern zu ihnen zurückkehren, sie wiederfinden, sie wüßte schon, wo sie suchen müßte. Malte sich aus, sie ginge zum alten Hellmann, Ulles Vater, nach Hause. Der wohnte schon so lange in seiner Wohnung, daß er mit Sicherheit in den letzten Jahren nicht ausgezogen war, und der würde ihr schon sagen, wo Ulle steckte. Wenn sie nicht noch wohnte, wo sie zuletzt gewohnt hatte, mit zwei kleinen Töchtern, für die es keinen Vater gab. Jedenfalls keinen, den es gelohnt hätte ihr vorzustellen. Und Gudrun hatte ja damals schon keinen Grund mehr gehabt, mit ihrem Mann zu leben, sie hatte ihn langsam vergrault aus der gemeinsamen Wohnung und sich neue Männer gesucht, schöngewachsene, fischige oder altgesichtige. Das war die Zeit gewesen, da sie einander aus den Augen verloren hatten. Aber an Freundinnen hatte es auch danach nicht gemangelt, das mußte zuzugeben sein, und es war schade, daß die der letzten Jahre nicht einmal wußten, daß sie im Saarland lebte, weitab vom gewohnten Schuß, der oft genug ihr Herz getroffen hatte. Sie lehnte sich ein wenig aus dem Küchenfenster. Im Hof unten strichen zwei Katzen herum, jaulten, maulten, es war gar nicht ihre Zeit, sie wunderte sich. Das Rauschen des Laubes an den Bäumen verführte sie, sich ganz loszulassen, an diesen Abend, diese Luft, diese mäßige Stille, die sich von Zeit zu Zeit selbst unterbrach. So losgelassen fühlte sie sich, daß sie die Freundinnen an sich vorbeigleiten, vorbeischwimmen sah, sie nickten ihr zu oder grüßten freundlich, kamen mit einer Geste der Umarmung oder ungebändigtem Lachen auf sie zu, drehten aber ab, ehe sie sie erreicht hätten. Sie hatte Mühe, sich wieder zu fassen.

Eine Weile lehnte sie noch schweigend am Fenster, ehe sie hinüberging zu ihm.

Natürlich.

◆ ◆ ◆

Sie erwachte früher als er. Versuchte halbherzig, ihn zu wecken, was nicht gelang. Also erhob sie sich, machte sich fertig. Kaffee brühte sie auf, stellte Toast und Butter bereit, kochte ihm ein weiches, sich selbst ein härteres Ei. Dann ging sie die Treppe hinunter, um aus dem Briefkasten die Tageszeitung zu holen, und traf noch die junge Frau, die sie ausfuhr mit ihrem Fahrrad. Sie grüßten sich freundlich. Einen Moment lang stellte sie sich das Mädchen als ihre Freundin vor.

Aus der Zeitung donnerte ihr Wahlkampfgetöse entgegen, sie überblätterte es schleunigst und kam auf den Wirtschaftsteil, den sie seltsamerweise, wie sie selbst bemerkte, in den letzten Jahren schätzen gelernt hatte. Der Mann geriet ihr in die Börsenkurse, als er, noch schlafwarm und irgendwie dampfend, neben ihr Platz nahm, sich Kaffee eingoß und wortlos nach der Butter griff. Sie staunte darüber, daß er noch immer Zärtlichkeit in Wellen auslöste, die ihren Körper von oben bis unten, von vorn nach hinten, einfach in alle Richtungen überrollten. Nur, daß ein weichgekochtes Ei, das er jetzt köpfte, nicht eben liebesfreundlich war. Sie seufzte auf. Wunderte sich über ihr Empfinden. Er schien es nicht zu teilen im Augenblick, seine Schlafanzughose blieb völlig unbewegt im Schritt, als sie ihm über den Arm strich. Er rieb nur, innig?, seinen Kopf an ihrer Schulter, als wollte er sehen, wie fest sie war. Sie unterhielten sich über den bevorstehenden Tag. Es war der erste nach ihrem kurzen Urlaub, da mußten noch Absprachen getroffen werden. Wer was besorgen mußte. Wer als erster wieder zu Hause sein würde. So normal war das, daß sie Angst bekam. Fürchtete, sie würde am Abend unter den Zutaten für sein Abendessen begraben werden, das er ihr in schillernden Farben ausmalte, als er sich aufgerappelt und die Müdigkeit abgeschüttelt hatte. Sie stand auf, noch während er das abendliche Chili herbetete, Zutaten erfand, Tabasco nicht vergaß, und verabschiedete sich in die Praxis. Sie würde ihn nicht mitnehmen heute mit dem Auto, er könnte ja das Fahrrad haben. Zwar schien er zu schmunzeln, zu grinsen, als er ihr hinterhersah, aber es war ein ziemlich festgefahrenes Lächeln. Eines, das ihn Kraft kostete. So viel Zeit, sie hatte noch so viel Zeit, bis die ersten Patienten kämen, was würde sie tun wollen? Mit der Sekretärin Kaffee trinken und frühstücken? Er ergab sich, seine Mittelstandsaura mußte noch hergestellt werden, dem Fortgang der Normalität und ging ins Bad. Duschte. Fönte sein Haar, das einen neuen Schnitt vertrüge. Benutzte ein brandaktuelles Aftershave, das sie ihm gekauft hatte, rieb es wieder ab, sich schüttelnd, und griff nach dem alten, gewohnten. Dann zog er sich an. Die Jeans waren so sorgfältig gebügelt worden wie das Hemd, das machte er selber. Er überlegte, ob er ein kleines Tuch um den Hals binden sollte. Zwar fiel ihm nicht ein, wie man das nannte, aber die legere Akkuratesse seines Outfits machte es möglich, daran zu denken. Zum Probieren nahm er ein kleinkariertes Geschirrtuch, dessen Farben sich mit denen seines Hemdes bissen, aber darauf kam es nicht an. Es ging darum, den Knoten richtig zu machen, und da erstarb sein Wille. Was ihm nämlich gelang, war immer nur wieder ein Pionierknoten, den er als Kind aufs heftigste eingeübt hatte und nun nicht mehr aus den Fingern bekam. Seine Mama sah er neben sich sitzen, sie knotete ihn hin und wieder ein in das blaue Pioniertuch, ein gleichgültiges Räkeln ging von ihr aus und setzte sich im Raum fort. Die Zimmerpflanzen schienen es ihr nachzutun, die Gardinen, die Möbel. Alles räkelte sich, ein wenig gleichgültig, und der Junge, der er war, schrumpfte darin auf Sesselhöhe. Die Mama erhob sich, er mußte ihrem Gesicht hinterhersehen, den Kopf nach oben drehen. Das war ungewohnt, er hatte das lange nicht mehr getan. Aber er tat es und sah ihr nach, wie sie in der Speisekammer verschwand und mit einer Vogelmaske wieder herauskam, *siehst du?* sagte sie, *das ist der böse Greif, vor dem du immer Angst hattest, ich habe ihn gefangen und geköpft heute nacht,* und sie hielt die Vogelmaske an ihr Gesicht. Keckerte. Erst war er erschrocken, dann lachte er los mit ihr, sie lachten um die Wette, und zwar so lange, daß der Anlaß ihres Lachens ins Abseits geriet, die Vogelmaske irgendwo im Zimmer herumlag und sie beide sich kugelten und tief Luft zu holen versuchten zwischen den Attacken. Später erinnerte ihn seine Mama daran, daß er loswollte zur Altstoffsammlung, schließlich hatte sie ihm das Pioniertuch geknotet, und er trollte sich. Es fiel ihm nicht leicht, aus ihrem gleichgültigen Räkeln aufzutauchen und auf die Straße zu laufen, mit dem Handwägelchen und fünf Flaschen darin, die er im eigenen Keller gefunden hatte. Er traf seine Freunde, alle mit dem blauen Tuch und dem straffen Knoten darin, und sie verabredeten einen Plan, wie sie ihr Netz auswerfen konnten nach Glas und Papier. Es machte ihnen Spaß, von Haus zu Haus zu ziehen, und die meisten Leute gaben ihnen bereitwillig ihre Altstoffe. Nach zwei oder drei Stunden trafen sie sich zum Abschluß ihrer Aktion beim Lumpen-Kley, der *Annahmestelle für*

Sekundärrohstoffe, und hielten erfreut das Geld in die Höhe. Rannten damit zur Schule. Dort wartete die Lehrerin bei reichlich Kaffee, Kuchen und einem guten Buch auf sie und nahm das Geld an sich, frohmütig, genervt – wer wollte das sagen. Sie hatten gewonnen. Waren spinnennetzartig vorgegangen und so den anderen Klassen zuvorgekommen, die auch losgezogen waren, aber nicht so systematisch wie sie die Häuser überfallen und die Bewohner herausgeklingelt hatten. Mit stolzgeschwellter Brust zog er wieder nach Hause mit seinem Wägelchen – seine Mama räkelte sich noch immer gleichgültig, wie ihm schien, im Sessel, und wieder lachte sie ihn an, fummelte den Pionierknoten auf und hielt sich das Tuch wie eine Gangstermaskierung vor Mund und Nase.

Wenn er aber an seine Mutter dachte, dann daran, daß die Wahl seiner Frau ihr sicher Spaß gemacht hätte, hätte sie erlebt, wie er sich, zum zweiten Mal, band. Auch das erste Mal war ganz nach ihrer Fasson verlaufen, er hatte seine erste Frau lange gekannt. Als Schuljunge war er schon scharf gewesen auf sie, die Superschlaue, die jeden in die Tasche stecken konnte mit ihrem Wissen. Dann hatte er sie aus den Augen verloren, sie war nach Jena gegangen, um zu studieren. Er hatte ein paar Freundinnen gehabt in dieser Zeit und sich ausgetobt, wie seine Mutter sagte, wenn er am Wochenende kurz nach Hause kam, um seine Wäsche waschen zu lassen. Er studierte in Ilmenau, einem kleinen thüringischen Städtchen. Auf einem Klassentreffen, fünf Jahre nach dem Ende ihrer gemeinsamen Schulzeit, hatten sie sich nicht gerade gesucht, dafür aber um so heftiger gefunden. Es war eine Sache von Tagen gewesen für sie und ihn, sich von bisherigem Freund, bisheriger Freundin zu trennen und schnellstens zu heiraten, nach drei Wochen nämlich. Seine Mutter und ihre Eltern hatten keine Gelegenheit, eine Feier nach üblichen Gepflogenheiten auszurichten, weil sie erst hinterher davon erfuhren, und während das seiner Mutter sehr zupaß kam, grämten sich Bejlas Eltern über die Eigenmächtigkeit ihrer einzigen

Tochter. So sehr, daß sie den jungen Leuten verboten, sich ihrem Haus zu nähern. Das hielt aber nur drei Monate an, dann wurde der Bann gebrochen und mit einem Schnaps außer Kraft gesetzt, und Bejlas Eltern und seine Mutter verkehrten durchaus freundschaftlich. Die Zeichen standen damals noch gut für Bejla und ihn. Er ertappte sich auf der Klobrille sitzend, mit einem lächerlichen Geschirrtuch um den Hals, er stöhnte. Zwar hatte er Tücher gefunden, die gut zu seinem Hemd passen würden, ein selbstbemaltes beispielsweise von ihr, mit einem Löwenkopf darauf, aber er stieß sie weg, daß sie nach unten fielen und er noch einige Male mit den Füßen danach trat. Verärgert hob er sie auf, lachte dabei aber schon wieder über sich selbst. Er zog sich die Schuhe an und ging in den Schuppen, das Fahrrad abzuschließen.

Sie war inzwischen angekommen in ihrer Praxis, hatte sich – zur Abwechslung – einen Tee gebrüht und wartete. Nicht auf die Patienten, die zweifelsfrei kommen würden, sondern auf einen ruhigeren Seelenzustand, in dem die Fahrt hierher nicht noch nachschwänge, der überstürzte Abschied nicht nachklänge in ihr. Sie wußte nicht recht, was mit ihr los war. Gestern noch hatte sie das Fehlen einer Freundin beklagt, heute schien ihr die Stelle vereist, die eine Freundin einnehmen könnte. Aufs Glatteis begäbe die sich, da sie doch nicht die Wahrheit kennen dürfte, und wie soll man eine Freundin auf Glatteis halten, das man selbst nicht betritt? Sie wüßte immer mehr als die Freundin, die sie doch suchte, um mit ihr zusammen, wie früher mit Ulle und Gudrun, der Gegenwart Paroli zu bieten, weil man die Vergangenheit kannte. Weil man sich erzählt hatte davon. Und während des Erzählens fanden auch Umbewertungen statt. Zum einen erforderte das Erzählen selbst eine Konzentration, die manches in anderem Licht erscheinen ließ als vordem. Zum anderen gab die Freundin, indem sie die eine oder andere Frage hineinstichelte, unmerklich dem Ganzen von dem ihr eigenen Kolorit ab, so daß mit jeder Freundin, die sie bislang gehabt hatte, die Vergangenheit in ein klein wenig unterschiedenen Farben hinter ihr lag. Aber das hatte nur dazu geführt, daß sie sich der wachsenden Vollständigkeit ihrer Erinnerungen freute, zu der eben die geringen, aber nicht bedeutungslosen Abweichungen gehörten.

Der Tee war ein wenig bitter geraten, sie hatte vergessen, den Filterbeutel herauszunehmen.

◆ ◆ ◆

Die Tage in der Praxis verflogen. Sie war dazu übergegangen, die Kinder nach Möglichkeit *schwarz* zu behandeln, gegen eine vergleichsweise geringe Gebühr. Was sollte sie auch tun? Sie hatte die Praxis vor drei Jahren von einer alten ausscheidenden Kollegin übernommen, ein Glücksfall, wie sie fand. Am Anfang hatten sie noch zusammen Dienst getan, und sie hatte sich manches abgucken können von der Dame. Natürlich vermochte sie ein kluges Gesicht zu machen, so daß ihre Fragen nicht als Fragen aufgefallen waren, die Antworten aber in offene Winkel tropften und sie zu schließen halfen. Ängstlich war sie hingefahren zum ersten Kontakt, hatte die Furcht aber vor der Begegnung abschütteln können. Sie machte einer übermächtigen Konzentration Platz, mit deren Hilfe sie Fragen der alten Dame mehr als zufriedenstellend beantworten konnte. Daß sie aus dem Osten kam, hatte die Lage ohnehin erleichtert, denn sie war die einzige Bewerberin aus diesem Landesteil gewesen, und die Neugier der Kollegin hatte sich mit ihrer ungezierten Anspruchslosigkeit sogleich verbündet. Diese Anspruchslosigkeit rührte allerdings daher, daß sie bislang nicht daran gedacht hatte, eine Praxis zu eröffnen. Seit drei Jahren schon saß sie hier, an diesem Schreibtisch, auf dieser Couchgarnitur aus den siebziger Jahren, und von Zeit zu Zeit kam die Vorgängerin noch vorbei. Sie freute sich, daß die alte Einrichtung so lange überdauerte, sogar zwei Gemäldereproduktionen, die damals üblichen van Goghs, hingen noch immer im Warteraum. Das einzige, was die neue Kollegin hatte kommen lassen, war ein lederbezogener Bürodrehstuhl, der ihr natürlich sofort aufgefallen war. Fachliche Gespräche zwischen den beiden bezogen sich eher auf einzelne Fälle, als daß sie theoretisierten, die Vorgängerin wußte von manchem Klienten Geschichten zu erzählen, die wichtig waren und das Anamneseverfahren abkürzten. So hatte sie neulich die komplizierten Familienverhältnisse einer Patchworkbeziehung zu berichten gewußt, deren jüngste Tochter auf dem Umweg über den schlafgestörten, unkonzentrierten, unter Dauerkopfschmerz leidenden Vater vorgestellt worden war. Der Vater war aber gar nicht der Vater, wie die alte Dame wußte, sondern der Dauerpartner der Mutter, die ihn nach zwei Ehen in ihren Haushalt adoptiert hatte und als Kinderpfleger benutzte. Und einen Kinderpfleger brauchte sie auch, denn sie hatte nach den drei ehelichen noch fünf weitere Kinder bekommen. Deren Väter zahlten Unterhalt, kümmerten sich ansonsten aber nicht um sie, die ihren Pfleger als Vater anerkannten und ihn auch so anredeten. Und der junge Mann schlüpfte anstandslos in diese Rolle, als hätte er nur zu verlieren, wenn er es nicht täte. Diese Geschichte war relativ untypisch für die Verhältnisse, aus denen ihre Klienten kamen, und für die Verhältnisse dieser saarländischen Kleinstadt schien es seltsam, daß die alte Frau sie kannte. Sie erzählte ihr, sie habe den jungen Mann schon als Kind gekannt und behandelt, er sei ein sensibler, konzentrationsgestörter Junge gewesen mit einem hohen Intelligenzquotienten, aber ein Schulversager. Nach elf Jahren hatte er die neunte Klasse mit Ach und Krach beendet und sogar einen Ausbildungsplatz bei einem Steinmetzmeister, einem guten Bekannten seiner Eltern, gefunden. Die Lehre gefiel ihm, und er wurde ein respektabler Steinmetz, der aber nach dem Ende der Ausbildung keine Anstellung fand. Statt dessen mutierte er zum Vater einer Reihe von Kindern, die viel zu alt waren für einen anfangs Dreiundzwanzigjährigen. Er hätte ein früherer Bruder sein können für sie. Die alte Dame wußte, daß er an Mumps während der Pubertät erkrankt war und es zu einer Orchitis gekommen war. Darauf angesprochen, ob die kleineren der Kinder von ihm abstammten, hatte er ihr seine Unfruchtbarkeit gestanden und erzählt, daß seine Freundin die Kinder brauche, um sich als vollwertige Persönlichkeit fühlen zu können. Daher sähe er immer weg, wenn sie zum Zweck der Schwängerung fremdgehe, das sei abgemachte Sache zwischen ihnen. *Tja, wozu so ein altes Vertrauensverhältnis nutze ist, nicht?*

Der junge Mann würde übermorgen wiederkommen, mal sehen, was sich mit Hilfe der von der Vorgängerin überbrachten Kunde alles aus ihm herauskitzeln ließ. Sie versuchte, die Fragen schon vorzuformulieren im Kopf. Als es klingelte, reagierte sie nicht sonderlich überrascht; als sie die Tür öffnete, aber schon. Ihr Mann stand draußen, es war seine Mittagspause, die er ansonsten in schöner Regelmäßigkeit in der Kantine verbrachte. Er fragte sie, ob er eintreten dürfe oder ob sie Besuch habe. Sie zog ihn herein, freute sich, daß er gekommen war. Die letzten Tage waren bedrückend gewesen. Wenn sie allein miteinander gesessen, gesprochen hatten, war Unzufriedenheit wie eine große glitschige Amöbe über sie gerutscht und hatte ihnen die Stimmen abgeschliffen. Jeder Ton, den sie sagten, kam gepreßt aus dem Kehlkopf. Mit den Händen hatten sie versucht, das auszugleichen, indem sie die Fingerspitzen aufeinandergelegt, den Körper des anderen vorsichtig berührt hatten, aber die Amöbe war hartnäckig und hatte sich nicht von der Stelle gerührt. Sie hatten versucht, nicht an sie zu denken, aber sie hatte vermocht, ihnen um so klarer vor Augen zu stehen, je mehr sie sie ins Abseits drängen wollten. Er sagte ihr, als er sich in der kleinen Küche der Praxis eine Brühe aufgegossen hatte, daß er ein paar Tage wegfahren wolle, um nachzudenken. So ginge es ja nicht weiter, daß sie sich in dieser Unzufriedenheit erdrückten, er wolle darüber Klarheit, und ihr täte es auch gut, allein zu sein, ohne ihn, das war sie drei Jahre lang nicht gewesen. Er werde nicht weit wegfahren, nur in ein Hotel im Nachbarort, da er nicht schon wieder auf der Arbeit fehlen könne. Er erinnerte sie auf einmal an einen Koalabären, wie er sie treuherzig und irgendwie putzig von unten ansah. Obwohl das zu Verhandelnde ihr gar nicht zum Lachen erschien, lachte sie. Lachte so sehr, daß ihr Tränen aus den Augen liefen und der Slip naß wurde. Sie konnte sich auch nicht einkriegen, als ihm schlecht wurde, von ihrem Lachen?, und er vornüber auf den Fußboden schlug, und sie lachte auch noch, als er wieder zu sich kam, gebeutelt, mit weißem, grünstichigem Gesicht und zitternd an allen Gliedern. Als endlich auch er anfing zu lachen, konnte sie aufhören, und nach einer Weile saßen sie auf eine Weise beieinander, die sie schon nicht mehr kannten. Ratlos, konfus, nicht weiter wissend, unentschieden, verwirrt. Als wäre ihr Lebensplan an sein vorläufiges Ende gekommen, ohne daß etwas passiert war. Das war ja das Seltsame: Es passierte nichts. Nur daß er auf einmal zu erzählen begann, von früher, von Bejlas Eigenarten und ihrem abgrundtiefen Verstörtsein, dem er keine Bedeutung zugemessen hatte anfangs, aber doch davon eingeholt worden war. In den ersten Jahren ihrer Ehe hatte es kaum Probleme gegeben. Die blieben aus, weil auch die Kinder ausblieben, hatte er scherzhaft gemeint – und Bejla tief getroffen. Er erzählte seiner Frau, wie er mit Bejla versucht hatte, in der Folgezeit ein Kind zu zeugen, wie aber die Unmöglichkeit seine Frau in immer tiefere Selbstzweifel stürzte. Dazu kamen die Schwierigkeiten, die sie sich beide mit dem Staatssicherheitsdienst eingehandelt hatten. Es verletzte Bejla zutiefst, wenn sie wieder einmal vermuten mußte, die Kerle hätten sich in der Wohnung aufgehalten. Das kam immer öfter vor, sie merkte es daran, daß ihre selbstgewählte Versiegelung – durch ihr eigenes Haar, das sie im Türspalt oder im Schrank deponiert hatte – erbrochen war. Dabei bestand ihre ganze Staatsfeindlichkeit in ihrer Standhaftigkeit zu der Frage, ob es sich bei dem rumänischen Regime um ein faschistoides handele oder nicht. Das hatte sie nämlich in einer Gewerkschaftsversammlung ihrer Poliklinik wutentbrannt von sich gegeben, weil sie es zu wissen glaubte. Erlebt hatte. Sie war Mitte der achtziger Jahre von einem Freund eingeladen worden, ihn nach Rumänien zu begleiten, wo er Freunde hatte. Zwar hatte sie sich gewundert über die Art der Reisevorbereitungen, sich aber, weil sie den Freund schätzte, daran beteiligt. Zu verschiedenen Ärzten war sie gegangen, sich die Pille aufschreiben zu lassen, weil Manfred, ihr Freund, das so wollte. Er war sogar so weit gegangen, einen Arzt ins Vertrauen zu ziehen und um ein teures Herzmedikament zu bitten, was dieser auch verschrieb. Sie hatte dies und jenes gehört über rumänische Verhältnisse, von Manfred, der Freunde unter den siebenbürgischen Dichtern hatte, aber sie hatte es nicht ernster genommen als das, was sie selbst als das täglich Ertragene, Ertragbare bezeichnete. Die Reise war einer Offenbarung gleichgekommen, sie hatte die Preise gecheckt, um die es hier tatsächlich ging. Die Angst vor der *Securitate* und der gleichzeitige Stolz, sich davon nicht beirren, gar unterkriegen zu lassen. Die Freunde Manfreds warteten mehrheitlich auf ihre Ausreise in den Westen, und wenn einer sie bekommen hatte, wie zur Zeit ihres Besuches, dann war Abschied angesagt, Wiedersehensabschied. Man feierte und feierte nicht. Man sprang mit zweierlei Augen herum, dem lachenden und dem weinenden. Der Frau, die ihren Abschied gemeinsam mit ihrem Mann gab, tränte tatsächlich das eine, während das andere funkelte vor Freude. Sie alle hatten ihre Erfahrung gemacht mit Festnahmen und Verhören, und doch war es andererseits gelungen, in der DDR eine Anthologie zu veröffentlichen – Gedichte, die Manfred außerordentlich schätzte. »Der Herbst stöbert in den Blättern« hieß sie, und Manfred nahm schon den Titel als Metapher – der Frühling hätte es vertan … Er habe, sagte er ihr, gestern und vorgestern in dem Buch gelesen und dem nachzuspüren versucht, was Bejla damals empfunden habe. Zum ersten Mal, sagte er, habe er die Zerissenheit spüren können, die aus den Gedichten spreche, und in der auch Bejla damals gesteckt haben mochte. Wer weiß. Nimm einen Text wie *Zuversicht*, von einem Rolf Bossert: *Das Blei ist träge, / noch steckt die Kugel im Lauf. / So haben wir Zeit.* Das sei doch wahrscheinlich Bejlas Grundgefühl gewesen, damals. Und er habe sich darum gar nicht richtig gekümmert, natürlich habe er zu ihr gehalten, aber wahrhaftig nachempfunden habe er nicht, was sie umtrieb. Sie war allein, dessen sei er jetzt erst sicher, und ihre spätere Erkrankung hätte womöglich nicht sein müssen, wenn er ihr zugehört, wenn er sie ernst genommen hätte. Daß sie mit paranoider Schizophrenie kämpfte, war erst in den Jahren nach der Wende aufgetreten, als es die Staatssicherheit gar nicht mehr gab, sie aber in beinahe jedem ihr Fremden einen Spitzel vermutete und meinte, die alte Seilschaften hätten sowieso überlebt. Sie war so weit gegangen, sich im Bett zu verkriechen, zitternd vor Angst, und zu behaupten, daß sie draußen im Baum säßen mit ihren Gewehren und nur darauf warteten, daß sie den Kopf höbe. Zuletzt hatte sie nichts mehr gegessen, was er nicht vorgekostet hatte vor ihren Augen. Zu ihm war ihr Vertrauen merkwürdigerweise ungebrochen, was ihr wahrscheinlich das lange Überleben ermöglichte. Der Tiefpunkt war erreicht, als ihre Eltern bei einem (selbstverschuldeten) Autounfall ums Leben kamen. Ihr Vater war immerhin schon sechsundsiebzig und noch auf Autobahnen und Landstraßen gefahren, als hätten sich die Verhältnisse dort nicht geändert. Und so war er eben einem schnelleren Auto in die Quere gekommen, als er eine Autobahnabfahrt verließ … Bejla aber meinte, daß dies das Werk der Genossen gewesen sei, die es im Rahmen der Sippenhaft auf ihre Eltern abgesehen und es geschafft hätten, sie *zu erlegen*. (Wie sie *zu erlegen* aussprach, war gut zu erinnern, aber schwer zu beschreiben: Sie hatte die Lippen breit auseinandergezogen, das r gerollt, und das alles in einer Tonart, die eine Oktave höher lag als ihre gewöhnliche.) Jedenfalls habe sie ja nach dem Tod ihrer Eltern kaum noch gearbeitet wegen langer Krankschreibungen, und daß er sie in dieser Zeit nicht mehr ernst genommen habe, liege jetzt klar auf der Hand. Für ihn jedenfalls. Er wüßte im Moment nicht, wie damit umzugehen sei. Und auch deshalb gehöre er weg von ihr, da sie ihn beim Nachdenken über Bejla störe. Und das sei lieb gemeint von ihm, keinesfalls herzlos.

Er nahm den letzten Schluck der kalt gewordenen Brühe und ließ sie stehen.

◆ ◆ ◆

Im Handumdrehen kamen, nachdem sie die Tür aufgeschlossen und die Tasche abgestellt hatte, die Vorwürfe, die sie sich selbst machte. Wegen ihrer Verdrossenheit, die auf ihn tropfte wie ein körpereigener Saft. Wegen ihres Eifers, die gegebenen Zustände als unzureichend zu definieren. Sie hatte ihn erst darauf gebracht, glaubte sie, die Vergangenheit hinterfragen zu müssen. Bejla wieder aufleben zu lassen. Bejla, die ihr so viel mitgegeben hatte in ihr derzeitiges Leben, an die zu denken sie sich aber seit langem versagte. Nun, da schon Gudrun und Ulle an ihr vorbeigezogen waren, vorbeigeschwommen, wehrte sie sich dagegen, ihr Oberstübchen zu öffnen für Bejla. Nein, das ginge doch nicht, an Bejla zu denken, hatten sie sich beide untersagt! Aber natürlich war es ihrem Mann ganz anders gegangen damit: Er war seine Abbilder, seine Hautverschwörungen mit Bejla, die Aromen, die sie verströmte, nicht losgeworden. Er hockte noch fest in jenem Zirkel, den Bejla um ihn geschlagen hatte, und daß für sie selbst in diesem Zirkel kein Platz sein könnte, kam ihr jetzt zum ersten Mal in den Sinn. Was, wenn Bejla über ihren Tod hinaus an ihm festhielt, seine Waden, Hinterbacken, Bi- und Trizeps umklammerte, seinen Geist sowieso?! Das wäre eine Lage, die sie so nicht vorausgesehen hatte, ihr Mut überschlug sich nicht gerade, die Folgen davon auszumalen. Für einen Moment ging sie die ihr bekannten Hotels der Nachbarorte durch, ließ die Idee, sie abzuklappern nach ihm, aber fallen. Ein Aufbäumen noch, dann war es geschehen um ihren Schneid, sich ihm und sich selbst zu stellen, zu versuchen, mit ihm gemeinsam vorzustoßen in Bejlas Reich. Nein, das war seine Sache, sah sie in plötzlicher Schärfe, und sie machte sich daran, einige Rechnungen per Homebanking zu begleichen.

Die Einladung zum Thüringer Klassentreffen fiel ihr in die Hände, sie lag unter einem Stapel Zeitungen neben dem Computer und hätte sicher ihren Weg in den Papiercontainer gefunden, wenn sie den Stoß nicht noch einmal durchgewühlt hätte auf der Suche nach einem Beitrag über Edward Teller, der in diesem Jahr 94 Jahre alt geworden war. (Den Artikel fand sie auch, schnitt ihn aus und legte ihn ab in ihrem Wissenschaftsordner, den sie für einen autistischen Jungen angelegt hatte. Boris brauchte Anregung, seine Eltern lasen keine Zeitung.) Die Einladung galt nur für ihre Person, und ein Novemberwochenende hatten sich die Organisatoren ausgesucht. Sie kannte sie ja nicht: *Heike Schmidt geb. Ege* und *Christel Schuchardt*. Wie überall, dachte sie. Immer war den Frauen an den alten Zusammenhängen gelegen. Waren neulich schon Ulle und Gudrun wieder aufgetaucht in ihrem stillgelegten Gedächtnis, so kamen jetzt ihre eigenen Schulkameraden hervor, einer nach dem anderen. Nahm sie Reinhard, hatte sie sofort seine geringe Körpergröße im Gedächtnis, die in Gegensatz stand zu der Riesenklappe, die er wider die Lehrer aufriß. Oder Gabi, die Regenwürmer für Geld aß, auch Spinnen und Kellerasseln. Ihr hatte an Annegret gelegen, Annegret aber nicht an ihr. Annegret war groß und dunkelhaarig gewesen und keine Schönheit im eigentlichen Sinne, aber wie die Jungs auf sie standen, war schon bemerkenswert. Sie trug von ihrer Mutter selbstgestrickte Kleider, und wenn dies im allgemeinen auch ein Synonym für Hinterwäldlertum war, so galt das nicht für sie: Die Kleider hatten das gewisse Etwas, waren oft bunt und in engen Maschen gestrickt, daß sie sich nicht verzogen, wenn man sie einige Zeit trug.

Annegrets Mutter hatte auch ihr ein solches Kleid gestrickt zum Geburtstag, aber ihre eigene Mutter hatte es wieder zurückgebracht mit der Bemerkung, ein solch hochwertiges Geschenk ginge über das zu diesem Anlaß Übliche zu sehr hinaus, das könne sie nicht annehmen. Nicht erst von jenem Tag an war Annegret reserviert gewesen ihr gegenüber. Beate hatte sich in die Lücke gedrängt. Beate mit den kurzen Haaren und dem niemals stillstehenden Schandmaul ... Was aus ihnen geworden war, hatte sie auf früheren Klassentreffen noch mitbekommen. Annegret war Kindergärtnerin, Beate führte die Geschäfte ihres Mannes, der irgendeinen Handwerksbetrieb im nächstgelegenen Dorf unterhielt. Klempner? Maler? Sie erinnerte sich nicht.

Im Sommer nach der Schule waren sie zusammen ins *Lager für Erholung und Arbeit* gefahren. Ihr Mathematiklehrer leitete das, und nach einigen Tagen kamen die Mädchen mit geheimnisumwittertem Blick morgens auf den Appellplatz, himmelten ihn an, oder sie wagten es nicht, ihm in die Augen zu schauen. Letztere machten sich meist hochroten Kopfes an die *Arbeit* und gingen zum Zweck der *Erholung* ganz eigene Wege, kamen nicht mit dem Lehrer und den Jungs in die Kneipe. Eines Tages hatte sie selbst das Erlebnis, das ihr das rätselhafte Verhalten der anderen erklären konnte. Ihr ehemaliger Lehrer paßte sie spätabends auf dem Weg vom Toilettenhäuschen ab, lud sie zu einem Spaziergang ein. Sie dachte an das bevorstehende Abschlußfest und glaubte, er wollte mit ihr Dinge besprechen, die die anderen überraschen sollten. Aber er ließ, nachdem sie auf einer Bank auf dem Friedhof Platz genommen hatten, seine Hände sehr sacht über ihre Arme wandern. Machte auch vor ihren Brüsten nicht halt. Küßte sie. Ging dann daran, sehr sorgfältig ihre Oberbekleidung auszuziehen und auf die Bank zu falten. Sie machte erschrocken mit, unfähig, ihrem Lehrer etwas entgegenzusetzen. Als er ihr aber an die Unterwäsche ging, waren ihr die Kräfte zurückgekehrt, sie zur Besinnung gekommen. Heftig atmend hatte sie sich unversehens angezogen und war davongelaufen, dem Zelt zu. Dort hatte sie die Mädchen geweckt und von ihrem Erlebnis erzählt, und siehe da: Nur wenige von ihnen waren ihm entgangen. Zwar hatte er nicht geschafft, sie alle zu penetrieren, aber drei von ihnen hatte er defloriert, und es waren drei, die hochroten Kopfes zur *Arbeit* gingen … Sie hatten es dabei belassen. Ihn nicht zur Rede gestellt. Ihm *keinen Ärger bereitet.* Sie waren zu unerfahren gewesen damals, ihnen war es wie die eigene Dummheit erschienen, die das möglich gemacht hatte. Als sie endlich darüber gesprochen hatten, waren sie nur noch gemeinsam aus- oder irgendwohin gegangen, und er hatte sich nicht mehr getraut, ihnen seine lächerlichen – zu oft erfolgreichen – Versuche mit der Versuchung anzutragen.

Sie legte sich, da es Abend war, im Wohnzimmer auf's Sofa, die Einladung zum Klassentreffen in der Hand. Daß es nicht ihre Klassenkameraden waren, die sie einluden, war klar. Nicht aber, woher sie ihre Anschrift hatten. Es war eigenartig, wie schwer ihr die Beine, die Arme auf einmal erschienen. (Sie hatte nicht einmal an so etwas wie autogenes Training oder progressive Muskelrelaxation gedacht.) Ihr Alleinsein war ungewohnt, wenn auch eine dreiwöchige Kur ihres Mannes noch gar nicht lange zurücklag, aber während dieser Zeit hatten sie abends stundenlang telefoniert. Jetzt wußte sie nicht einmal, wo er war, und was er tat, konnte sie sich beim besten Willen nicht vorstellen.

◆ ◆ ◆

So ruhig floß die Saar, daß in ihrem Murmeln nicht mehr lag als eine verglimmende Stimme, ein Abschiedswispern. Was für Dinge er auch gedacht haben mochte, als er sich hierher, an ihr Ufer, gestellt hatte – in seinem Kopf war nun alles eingeebnet. Das hatte er nicht erwartet, er versuchte, sich an seinen letzten Gedanken zu erinnern, und war froh, daß ihm eingefallen war, das zu tun, aber er kam nicht wieder, jedenfalls hier nicht, jetzt nicht, und als er ein paar Schritte am Ufer entlanggegangen war, mußte er sich ins Gras sinken lassen. So leer war sein Kopf. Er sah in die dichten Wolken, es war keineswegs gutes Wetter an diesem Abend, und daß er aus seiner Pension noch einmal ausgerückt war vorm Schlafengehen, hatte seinen Grund in dem Blutgeruch gehabt, der aus dem Hof aufgestiegen war zu seinem Zimmer. Die Vermieter lockten mit *hausgemachten Schlachterzeugnissen* zum Frühstück, und es war offenbar einer ihrer Schlachttage gewesen, den er erwischt hatte. Ganz schön früh, wie er fand, denn er erinnerte sich der Schlachttage zu Hause, in seinem thüringischen Dorf, die erst im Herbst stattgefunden hatten. Er lag im Gras am Ufer der Saar, das Blut stach ihm noch immer in die Nase, er glaubte würgen zu müssen, erbrach sich tatsächlich, und als er zu sich kam nach diesem Auf- und Umstülpen des Magens, fühlte er sich erfrischt und ein wenig abgekühlt. So wie er war, ging er ins Wasser. Schritt langsam voran, tauchte ein-, zweimal unter in seiner plötzlichen Lust auf totale Abkühlung, die ihn auch wirklich erreichte, natürlich, ehe er sich darüber klar werden konnte. Wie er kurze Zeit später in die Pension zurücktrottete, langsam und schweren Schrittes, die Hosen, das Hemd tropfnaß und an ihm klebend wie eine Folie, wurde er von den Passanten, die ihm auf der Straße begegneten, neugierig beäugt und hinter vorgehaltener Hand beflissen bewispert, aber niemand wagte es, ihn anzusprechen und seine Hilfe anzubieten. Zu sehr schien er in sich versunken und darauf aus, mit sich allein zu bleiben nach diesem Wassergang. In der Pension klingelte er, nachdem er sich abgetrocknet hatte und frisch bekleidet, ohne viel Federlesens die Wirtsleute heraus und bat sie um Wischeimer und Lappen, um seine Spuren beseitigen zu können. Wortlos brachte ihm die Frau das Gewünschte, machte aber aus ihrem Herzen keine Mördergrube. Es war gewagt, abends nach ihr zu trommeln, und wenn er das noch nicht gemerkt haben sollte, so setzte ihr Blick ihn in Kenntnis. Er wurde nicht kleinlaut darunter, sondern nickte ihr mit entwaffnendem Schliff zu, sagte, daß er Eimer und Schrubber nach Gebrauch in den unteren Flur abstellen würde. Entfernte sich. Sie sah ihm verdutzt nach, rümpfte noch einmal die Nase, ehe sie sich umdrehte und zurück in ihre Privatgemächer schlurfte.

Später, als er in seinem Bett lag, fiel nicht etwa wohlverdienter Schlaf über ihn her. Er sah sich mit Bejla am Ufer der Saar sitzen, die sie nie gesehen hatte. Sie überstrich seine Brauen mit ihrem ausgestreckten Finger, und er spürte, während er doch auf dem Bett lag und nicht wußte, wie ihm geschah, den festen Druck, den sie ausübte. Auf der Stelle straffte sich seine Stirn. Die Falten, die ihm mit Ende dreißig schon hier und da das Gesicht kreuzten, schienen von innen her weggedrückt, Bejlas Händen entgegen. Er weinte. Weinte aber nicht vor Heimweh nach ihr, nein, konnte vielmehr selbst nicht sagen, was ihn dazu trieb. Was seine inneren Schluchten so sehr zum Vibrieren brachte, daß Salzwasser über die Schnüre trat. Weil er sich nicht beruhigen konnte, opferte er sich seinen Tränen, ließ sich vollständig leerlaufen und wunderte sich nicht mehr, daß er am Ende, nach vielen Stunden des Wachens und Heulens, immer noch daran dachte, daß Bejlas Hände ihm einen Zuckerguß auftrügen – wenn sie nur könnten.

Er fuhr am Morgen zu seiner Arbeit, mit aufgequollenem Gesicht, aufgeworfenen Lippen. Die Kollegen sahen in ähnlicher Weise an ihm vorbei wie die Passanten am Abend zuvor. Nur Kollweg, ein Miesmacher und besonders naßforscher Typ, legte ihm den Arm um die Schulter und zog ihn in etwas hinein, was er Vertrauen nannte, fragte ihn nach den Gründen für seine dicken Augen und nickte dabei den anderen hoffnungsvoll zu, die das Fragen mitangehört hatten. Grinste. Als hätte er nichts vernommen, wand er sich aus Kollwegs Umarmung und strebte an seinen Platz, was die Kollegen mit lautem Gelächter quittierten. Er duckte sich. Hoffte vielleicht, so besser abtauchen zu können vor dem plötzlichen Gedröhn, hatte sich aber verschätzt.

Es verflog nicht, sondern setzte sich in seinen Ohren fest wie ein Pfropf, dem er nichts anhaben konnte mit seiner kleinen Ohnmacht, seinem Angsthaben. Es saß noch darin fest, als er längst den PC hochgefahren und sich an seine Aufgaben gemacht hatte. Sich auf zwei Dinge zu konzentrieren, war ihm schon immer schwergefallen. Auf der einen Seite seine Arbeit, der Lohnerwerb, der Brotberuf, und auf der anderen das zügellose Dröhnen in seinen Ohren – das allein war schon zuviel. Als aber dazwischen noch Bejlas Gesicht auftauchte und ihn fragte, was er da tue, ob er gut und ausreichend gefrühstückt habe am Morgen, ob seine Sachen rechtzeitig trocken geworden seien und ob er ihr, Bejla, die Wanzen aus ihrem Zimmer entfernt habe, daß sie den Tag frei und unbeschwert verbringen könne, da fiel er in sich zusammen. Holte tief Luft, um dem Ansturm standhalten zu können, sackte dann aber vornüber auf seine Tastatur, und seine Kollegen, die schon längst nicht mehr lachten, holten ihm schweigend den Pfropf aus den Ohren. Kollweg bot sich an, nach einem Arzt zu telefonieren, aber die anderen wollten darauf noch nicht zurückkommen, verbarrikadierten sich erst einmal mit ihren eigenen Vorschlägen vor dem göttlichen Auftritt eines weißen Kittels, und wirklich gelang es, ihn mit dem Geruch scharfen Essigs, den eine der Frauen, Marlene, vom Einkauf in ihrem Auto mithatte, zurückzuholen. Eine andere holte nasse Lappen, die sie ihm in den Nacken und auf die Stirn legte. So ruhte er noch eine Weile aus. Hätte Kraft gebraucht, um einen Gedanken zu fassen. Kraft, die er nicht aufbringen konnte.

Marlene brachte ihm einen Pfefferminztee aus der Küche. Sie hatte sich bislang für ihn interessiert, wie man sich eben für einen verheirateten Mann interessierte. Kaum. Wie er aber so dalag, brachte er ihr offenbar ungenutztes mütterliches Potential in Aufwallung. Marlene umstrich ihn wie eine läufige Katze, reckte das Hinterteil hervor bei jedem Gang in die Küche, den sie antrat, um ihm Zucker zu holen oder den Teelöffel, den sie vergessen hatte. Und ihm machte es Spaß, auf einmal, etwas zu verlangen und ihre katzenhaften Bewegungen zu erleben, mit denen sie sein Verlangen gegenzeichnete. Auch wenn es ihm schwerfiel, seine verquollenen Augen zu öffnen, so reichte der Schlitz, Marlenes Mütterlichkeit wahrzunehmen, etwas, wonach es ihn mit einemmal sehr gelüstete, und als er sich unbeobachtet wußte, als die anderen also wieder zurückgekehrt waren an ihre Plätze, leckte er das Innere ihres Ohres aus in einer rasenden Schnelligkeit. Als hätte sie nichts anderes erwartet, lugte Marlene über die Lehne eines Bürostuhls, hatte sich rasch entfernt von ihm, denn sehen sollte sie niemand in diesem Verhältnis, dieser *Konstellation.* Sie zwinkerte ihm ein paarmal zu, während er sich des Geschmacks vergewisserte. Etwas Bitteres herrschte vor, als sei ihr Ohrenschmalz ein wenig ausgelaufen und habe sich festgesetzt in den Windungen der Ohrmuschel. Ihm reichte das. Ob es ihr reichte, wußte er nicht zu sagen, und die schnelle Wiederkehr seiner Kräfte beschäftigte ihn nun weit mehr als Marlenes katzenhafte Mütterlichkeit. Nach wenigen Minuten stand er auf, ging an seinen Schreibtisch. Von Schmollen konnte keine Rede sein bei Marlene, wenn sie sich auch ein wenig wunderte, sich fragte, ob ihr Ohr tatsächlich Kontakt aufgenommen hatte mit seiner Zunge – oder ob sie das nur geträumt, träumend herbeigewünscht hatte in ihrer plötzlichen Läufigkeit. Sie verzog sich für eine Weile in die Küche, um dem Vorfall nachzusinnen und sich selbst einen Pfefferminztee zu gönnen nach der Aufregung. Ihre Hände bereiteten den Tee mit größtmöglicher Routine zu, so daß ihr Geist auf Wanderschaft ging in die nächste Vergangenheit. Sie hatte monatelang kein Glück gehabt mit den Männern, obwohl sie sich nicht für Verheiratete erwärmt und den Tattergreisen unter ihnen keinerlei Beachtung geschenkt hatte. Sie lebte allein, war eigentlich weder zu alt noch zu wenig attraktiv dafür, jemanden zu finden, der es zumindest versuchen wollte mit ihr, und daß es dennoch nicht klappte, berührte sie seltsam. Sie hatte es mit Kontaktanzeigen versucht, aber die Antworten, die sie bekam, versprachen viel mehr, als die männlichen Exemplare der Gattung zu halten in der Lage waren. Sie ging jedes Wochenende zu einer anderen Singleparty, kam aber stets allein wieder nach Hause. Hier, auf der Arbeit, wußte man voneinander zu wenig, um sich Gedanken darüber hinzugeben. Die Kollegen waren tabu, das war eine Selbstverständlichkeit, und daß sie daran gerührt hatte heute, daß sich daran überhaupt hatte rühren lassen!, erschien ihr als eine sehr aufregende Tatsache.

Er saß inzwischen wieder kerzengerade auf seinem Platz, ihn fingen die Wollmäuse unter dem Tisch viel mehr als seine Aufgaben, er pustete sie auf und davon, sah ihnen nach und wunderte sich über seinen langen Atem, der es ihm gestattete, aus steifer Sitzhaltung mit ihnen zu spielen. Mit Bejla hatte er Wochen vor ihrem Tod Wollmäuse gepustet, sie hatte einen enormen Spaß daran gefunden, die zunehmend vermüllte Wohnung durchzuschnauben, hatte sogar den Fön benutzt, um die kleinen kuschligen Staubwesen zu immer größeren Gebilden aufzublasen. Das hatte sie im Liegen tun können, brauchte nicht aufzustehen, was ihr ohnehin schwer gefallen wäre. Zum Ende hin war die Umgebung ihres Bettes ganz sauber gewesen, während in zwei Meter Entfernung die Flusen flockten. Wie ein überirdisches Wesen war sie ihm erschienen auf ihrer Bettinsel, in der Staubsee, die zwei Meter vor ihr anhielt mit ihrer Brandung. Noch immer hatte sie Gedichte gelesen, die ihm fremd vorgekommen waren, er hatte nur immer wieder neue Gedichtbände aus der Bibliothek geholt für sie. Ihre Unersättlichkeit hatte ihn kaum beeindruckt, zu verliebt war er damals gewesen.

◆ ◆ ◆

Wochenende. Schön, wenn er jetzt käme. Aber die Selbstverständlichkeit, mit der er gegangen war, ließ eigentlich keinen Zweifel daran, daß sie auf seine Wiederkehr nicht zu hoffen brauchte – sie würde kommen, den Zeitpunkt jedoch bestimmte er allein. Und Bejla.

Sie warf etwas Wäsche in die Maschine, bezog die Betten neu. Irgendwie war sie voller Elan, nicht die Spur einer Depression hatte sich festgesetzt. Wenn sie an ihn dachte, dann etwas unsicher, etwas beklommen, aber es siegte doch wieder das Zutrauen in die Verhältnisse, wie sie nun einmal waren. Ihre *Verhältnisse* … Sie setzte sich auf die Bettkante. Sah ihn, wie sie ihn am ersten Tag gesehen hatte. Ein kleiner, dünner Mann mit einem spitzen Gesicht und einem schwarzen Humor, den sie nicht verstand. Den er ablegte. Ihr zuliebe es wirklich schaffte, ohne ihn auszukommen. Das erste Mal hatte sie ihn gesehen, als sie Bejla besuchte, ihre Mentorin während des Praktikums, das sie im dritten Studienjahr zu absolvieren hatte. Daß sie an Schüben paranoider Schizophrenie litt, wußte sie damals noch nicht, mußte es aber sehr bald merken. Als sie Bejla nämlich zum ersten Mal zu Hause besuchte, fand sie sie in den Armen ihres verzweifelten Mannes, der sie zu halten und irgendwie zu besänftigen suchte, aber sie war trotzdem mit einer Pfanne heißen Öls auf sie losgegangen und hatte um ihr Leben geschrieen. So lange hatte sie sich die Erinnerung daran nicht durchgehen lassen, daß sie sich nun wunderte, überhaupt keine Vorstellung von Bejlas Aussehen mehr zu haben. Sie bemühte sich, die Züge zu rekonstruieren, Brauen, Augen, Nase, Lippen, Kinn, aber es kam nichts als ihr eigenes Gesicht heraus. Groß war Bejla gewesen, einen halben Kopf größer als er, ihr Mann, zu dessen vollständiger Besetzung sie im Zustand der Krankheit übergegangen war. Und ihn womöglich niemals losgelassen hatte, so daß sie ihn mit ihr teilen mußte. Sie strich die Bettdecke glatt, nachdem sie aufgestanden war. Draußen zwitscherten die Vögel, bereiteten sich auf ihre Reise gen Süden vor. *Himmelhoch jauchzend. Zu Tode betrübt.* Sie lachte. Die Vögel da draußen ahmten sie nach. Oder hatte sie die Vögel nachgeahmt? Das erschien ihr viel wahrscheinlicher auf einmal, und sie holte einen Recorder herbei, die Vogelmusik aufzunehmen. Natürlich gelang das nicht, sie hatte keine Ahnung, wie sie das Mikrofon hätte näher an die Sänger heranbringen können, die auf einer vorsintflutlichen Überlandleitung hockten und um die Wette schmetterten. Als sie das Band abhörte, verblüffte es sie aber doch, wie wenig von dem Gesang zu hören war, den sie überdeutlich wahrnahm mit ihren Ohren, und sie fragte sich, ob die Reizselektion, die ihr Unbewußtes offenbar vornahm, *gesund* sei. Gesund genug, um zu hören, ob ihr Telefon klingelte, ob eventuell gerade eingebrochen wurde bei ihr, ob unten dicke Autos vorbeifuhren? Sie fand keine Antwort. Statt dessen schloß sie das Fenster und war verdutzt, daß sich nichts änderte. Die Vögel tirilierten lauter, als sie durften, und das begann ihr Angst zu machen.

Er kam, als sie anfing, sich die Ohren zuzuhalten. Er strich ihr über die Stirn, und das Singen legte sich augenblicklich, sie war ihm dankbar, ohne vor Überraschung sagen zu können, wofür. Seine Augen waren grün geworden. Sie hatten farblich immer changiert zwischen blau und grün, nun aber schien Grün gewonnen zu haben. Seine Haare waren an einigen Stellen weiß, und sie fragte sich, ob sie das bislang nicht bemerkt hatte oder ob es eine Konsequenz seiner letzten, allein verbrachten Tage war. Seine Haut schien gebräunt, und ihr war nicht klar, ob die schon tiefstehende Sonne noch solche Wirkung haben könne oder ob er, seiner Gewohnheit zuwider, ein Sonnenstudio besucht hatte. So voller Farbrätsel, begrub sie den überlauten Singsang in ihren Ohren.

Sie standen eine Weile aneinandergelehnt, ehe er sich umdrehte und zum Kleiderschrank ging, neue Sachen für sich herauszuholen. Es war ein kühler, blasser Spätsommertag, und die Kleidungsstücke, die er nahm, unterstrichen das noch. Auch sie zog sich jetzt um, stieg aus den verwaschenen Sachen, die sie zur Hausarbeit trug, in einen buntscheckigen Overall, mit dem sie ihn zu fragen schien, ob er mit ihr hinauswolle, in die Felder zum Beispiel oder in dörfliche Abgeschiedenheiten, die ihnen guttun sollten. Er aber machte keine Anstalten, das Haus zu verlassen, sondern schlief beinahe schon, als er sich zum Bett schleppte. Sie deckte ihn zu, holte noch eine warme, flauschige Decke aus dem Wohnzimmer, es schien ihr auf einmal zu kalt zu sein. Ein kleines Zittern überlief ihr Gesicht, ein leichtes, hingetupftes Vibrieren.

Sie setzte sich ans Fenster. Draußen rannten Kinder, um die Wette offenbar, denn eines, ein säbelbeiniger Fünfjähriger, stand im Ziel und erwartete gespannt die Laufenden, seine Anspannung war ihm ins Gesicht geschrieben. Sie ertappte sich dabei, mitzufiebern, wer den Lauf gewönne. Mit einem Mädchen gingen ihre Wünsche, einem kleinen, dünnen Ding, das aber nur Zweite wurde. Der Gewinner war ausgerechnet der Dickste der kleinen Schar, der nicht nur seine Füße schnell vom Boden bekam, sondern sich im Ziel durch erstaunliche Gelenkigkeit auszeichnete. Er hüpfte ein paarmal hoch, wobei er die Beine weit spreizte, schlug Rad und ließ sich in den Spagat fallen. Sie feixte. Dachte an ihre eigenen sportlichen Auftritte, die Jahrzehnte zurücklagen und ihrer Schulzeit zuzurechnen waren. Nie war sie *sportlich* gewesen, und was sie auch unternommen hatte, es hatte ihre vermeintliche Unbeweglichkeit nicht ändern können. Eine Zeitlang hatte sie es mit Rennrodeln versucht, im Sommer mit Schwimmen, war in der Zentralen Sportgemeinschaft der nächstgrößeren Stadt sogar zum Geräteturnen gegangen. Was in der einen Vereinigung gelobt wurde, ihr Gewicht zum Beispiel im Rodelclub, geriet beim Geräteturnen zum Auslöser wenig nachsichtiger Sticheleien, die mit Rausschmiß drohten. Da war sie lieber von selbst gegangen nach einem guten Jahr hoffnungsloser Versuche, den Schmerbauch über's Pferd zu hieven oder über die minutenlange Hängeaktion am Stufenbarren wenigstens geringfügig hinauszukommen. Daß sie heute schlank war, verdankte sie ohne Zweifel angestrengten Aktionen periodischen Hungerns, denen sie sich zweimal im Jahr unterzog. So angestrengt, daß sie schon Wochen vorher versuchte, angenehme Diäten auszusuchen, die wenigstens einigermaßen Sättigung verhießen. Dazu zog sie verschiedene Zeitschriften, Magazine oder auch Bücher heran, die sie in der Bibliothek auslieh. Hatte sie eine Diät gefunden, deren Ausrichtung ihr behagte, die Pasta-Diät zum Beispiel, so versuchte sie ihn dazu zu bringen, sie zu mögen. Kochte Nudeln mit verschiedenen Saucen, einer fettfreien und zwei, drei anderen, um ihn gnädig zu stimmen und es sich selbst nicht zu schwer zu machen, durchzuhalten. Er aß natürlich drei- oder viermal soviel Nudeln wie sie, und wenn er sich rülpsend die Reste der genüßlich verspeisten Saucen, *für ihn allein!*, aus den Mundwinkeln wischte, räumte sie schnellstens den Tisch ab, holte noch Wasser und Bier oder Früchte zum Nachtisch aus der Küche und versuchte, ihre Gedanken vom Essen weg auf andere, glücksverheißende Dinge zu lenken. Auch jetzt verlief sie sich, freiwillig, im Labyrinth ihrer Ideen. Verfolgte nicht mehr zurück, wie sie von der Betrachtung wettlaufender Kinder über Diäten bis zur Frage gelangt war, was sie heute kochen sollte, sondern suchte schon unter den Dingen in ihrem Eisschrank diejenigen heraus, die ihr geeignet erschienen. Zwei gefrorene Forellen. Eine mexikanische Gemüsemischung. Dazu Kartoffeln aus dem kleinen Keller. Eine Dillsauce vielleicht? Aber dazu paßte die Gemüsemischung nicht, also würde sie die Forellen lieber ebenfalls in einer Art würzen, die sie für mexikanisch hielt, und die Kartoffeln durch Reis ersetzen. Unzufrieden machte sie sich an die Arbeit, ihr war eher danach, mit ihm zu sprechen, seine langsame, sie sichernde Art zu spüren, als hier für sie beide zu kochen, aber sie wußte, daß das jetzt zwecklos war. Er schlief.

Als es klingelte, öffnete sie zunächst nicht, hielt das Klingelzeichen für einen Streich der Kinder, die eben unten um die Wette gelaufen waren. Beim zweiten Mal jedoch eilte sie zur Tür, schaute durch den Spion. Der *Paketmann* stand da, sie lachte ganz kurz auf über diese Titulierung, die sie an ihre Zeiten als Kind erinnerte. Der *Paketmann* war ein dicker, sehr dicker

Mensch mit einem verwaschenen, angestrengten Dauerlächeln gewesen, der niemandem Angst machen konnte mit seiner Leibesfülle, es mit dem Tragen einer Uniform und den Allüren angemaßter Amtlichkeit aber genau darauf abgesehen hatte. Traurige Figur … Dieser hier aber war ein sehr dünner *Paketmann*, der wohl nur darauf aus war, seine Tour so rasch wie möglich zu beenden und nach Hause abzudüsen – sie sah ihn einen Augenblick lang biertrinkend allein sitzen in einer, wie sie beim zweiten Blick bemerkte, viel zu großen Küche, und wirklich gesellten sich eine adrette Frau und drei hübsche Kinderchen hinzu. So in Gedanken, nahm sie ihm die für ihren Mann bestimmte Sendung ab und unterschrieb, quittierte deren Erhalt. Gab ihm ein paar Cent Trinkgeld. Er war es nicht gewohnt, Trinkgeld zu bekommen, und reichte es ihr mit einem Ausdruck angewiderten Schauderns zurück, drehte sich auf dem Absatz herum und verschwand grußlos, während sie noch stand und ihm nachsah und nicht überblickte, was da eben abgelaufen war. Erst als ihr Mann sich schlaftrunken zu ihr gesellte, wurde ihr, was geschehen war, klar, und sie lachte nun wieder und drehte sich zu ihm um. Gab ihm das für ihn bestimmte Paket. Ersteigerte Klamotten, was sonst. Zu gern trieb er sich im Netz herum und beteiligte sich an Auktionen. Selten gewann er eine, aber darauf kam es ihm auch nicht an. Er liebte es als eine Art, mit Leuten in Kontakt zu kommen und doch unerkannt zu bleiben dabei. Sich in eine Schar von Bewerbern einzuordnen, unterzutauchen, wieder auf. Gelegentlich war es ihm ganz recht, ein paar gute Stücke wirklich zu kaufen. Seine Armbanduhr zum Beispiel, eine alte Meister Anker, oder einen guten Federhalter. Diese Klamotten aber lockten ihn in diesem Augenblick überhaupt nicht, er legte das Paket ungeöffnet beiseite und biß seine Frau, die darauf mit einem Ausbruch von Scheu reagierte, sich die betreffende Stelle am Oberarm rieb und nicht recht wußte, was nun folgen würde.

◆ ◆ ◆

Er hatte Bejla noch einmal zurückzustopfen versucht, sie aber hatte sich, wie früher auch, durchgesetzt, ließ sich nicht einstekken und nestelte mit ihren kühlen, schmalen Fingern an ihm herum, wenn er gar nicht an sie dachte. Er bemerkte zunächst, wie etwas über ihn hinhuschte und sich irgendwo versteckte, wo er es nicht sehen konnte. Aber ganz genau beobachtet fühlte er sich, so daß er sich umschaute und das, was über ihn hinweggegangen war, suchte. Natürlich fand er es beim ersten Mal meist nicht. Bejla lockte ihn und zärtelte an ihm herum, ohne ihn wirklich zu berühren, bis er sich ihrer erinnerte und dann, natürlich!, ihr blondes Haar sah, das nach einem Drehen seines Kopfes eben an ihm vorbeischnellte. Bis er ihren geblümten Rock mit den Augen erwischte, ehe er hinter einer Schranktür verschwand. So leicht war sie, daß sie einfach die Beine ein wenig anheben mußte, um sich vom Wind, den er um sie machte, tragen zu lassen. Seine Frau wußte auf einmal, daß sie immer im Zimmer war, wenn sie sich mit ihm allein wähnte. Daß sie überhaupt nicht mehr fortging, so sehr sie es ihr auch antrugen und nahelegten, doch Platz zu machen für sie und das Leben, das sie hier unten, so weit weg von Bejla, wie sie gedacht hatten, führten. Bejla war ihre Begleiterin geworden, und ob sie immer schon dagewesen war und sie sie nur nicht bemerkt hatten oder ob sie erst in den letzten Tagen hinzugekommen war, um sie an sich zu erinnern, wußten sie nicht zu sagen. Es fragte auch niemand danach.

An einem Mittwoch, der Sommer roch schon ein wenig nach Abschied, sollte sich aber zum Abend hin noch einmal erholen, ging sie wie immer zu acht Uhr in ihre Praxis. Der erste Patient wartete schon, ein zweiter mußte abgewimmelt und mit einem Termin versorgt werden. Sie tat das selbst, denn ihre Sekretärin, die stundenweise kam und die sie von ihrer Vorgängerin übernommen hatte, war in Urlaub geflogen. Bulgarien. Noch niemals war sie im *Osten* gewesen, und wenn sie nicht ihre Chefin gehabt hätte, die ihr die mallorquinischen Kinderfreuden an den

Stränden des Ostens viel billiger in Aussicht gestellt hatte, wäre sie vermutlich auch nicht auf die Idee gekommen, in Bulgarien ihr Urlaubsglück zu versuchen. Die Abwesenheit von Bejla, die immer nur kam, wenn sie mit ihrem Mann zusammen war, beruhigte sie. Noch immer wäre es ihr nicht möglich gewesen, Bejlas Gesicht zu rekonstruieren, wenn sie alleine war. Sie versuchte es auch nicht, sondern gab sich ihrer Arbeit hin, die sie in letzter Zeit mit einem ungesunden Altruismus zu tun versucht war. Sie merkte das, wenn ihr Gegenüber auf die Uhr sah und sie endlich seine ge- oder entnervte Physiognomie wahrnahm, nachdem sie eine gute Stunde überzogen hatte. Ihr hochkonzentriertes Zuhören und die Bewegungsmöglichkeiten, die sie von Fall zu Fall entwarf, überforderten zuweilen heillos. *Komm runter*, sagte sie dann zu sich selbst, *laß gut sein*. Die stoische Duldsamkeit ihres ersten Patienten heute brachte sie auf. Sie verabscheute Unprofessionalität, versuchte, sich aus der Wut hinauszukatapultieren, indem sie in seine Augen sah. Da, genau zwischen dem Wunsch, einfach nur ihre Arbeit zu tun, und der Aussicht, durch selbstverursachte Rage daran gehindert zu sein, meinte sie, an ihm etwas wahrzunehmen, was sie kannte. Sie forschte dem Eindruck nach, klamüserte seine Falten und Fältchen auseinander. Vollzog mit Kette und Schuß blitzschneller Rasterung die Form seines Kopfes, seiner Augen und Ohren, des Mundes und der Nase nach. Im plötzlichen Verdacht, diese Gedankenarbeit sei womöglich zu hören, sondere ein rasselndes technisches Geräusch ab, lief sie zur Toilette, nachdem sie einen Satz der Enschuldigung hervorgepreßt hatte. *Laß gut sein!* Die Mühe, sich wieder zu fassen, zeigte sich in roten Flecken ihres Gesichts und des Halsausschnitts, der groß genug war, ihre Brüste hervorspringen zu lassen, wenn sie sich zu weit vorbeugte. Kaltes Wasser und anschließendes Rubbeln vertrieben die Flecken, indem sie die roten Inseln zu einem ganzen geröteten Kontinent zusammenfügten, dessen Grenzen unter dem Haaransatz und hinter dem Saum des Pulloverchens nicht mehr auszumachen waren. Sie hatte nicht herausbekommen, was ihr an dem Manne bekannt vorgekommen war, aber seine ausgestellte Demut, das meinte sie nun zu wissen, war nichts als ein süffisantes Bestehen auf ihrer Bekanntschaft. Unter großer Anspannung ging sie nach einigen Minuten wieder ins Behandlungszimmer, wo sie ihn, entgegen aller sonstigen Gepflogenheit, zurückgelassen hatte, aber er war nicht mehr da. Nur sein schwerer Geruch, ein Duft, wie sie ihn aus sehr alten Zeiten noch kannte, schien sich festzusetzen und zu intensivieren, wenn sie an bestimmten Gegenständen roch. Ihr Füller, das Kissen auf ihrem Stuhl, die Vorhänge, ja selbst die van Goghs an den Wänden kamen ihr vor, als wären sie besprüht worden. *Schwarzer Samt.* Der Name fiel ihr ein, und mit ihm kam der Schrecken.

◆ ◆ ◆

Der *Paketmann* hatte ein gelbes Auto, mit dem er durch die Gegend fuhr. Manchmal ärgerte es ihn, daß er nicht, wenn er wollte, einfach anhielt und seinen Augen traute, die ihm schöne Ecken hie und da zeigten. Meist aber riß er seine täglichen Strecken in der erlaubten Höchstgeschwindigkeit herunter, um sich keinen Strafzettel einzuhandeln, gab das Auto dann ab und fuhr mit seinem privaten Fahrzeug wieder nach Hause. Das Dorf, in dem er wohnte, war winters nur langsam zu erreichen, der sehr kurvenreichen Straße wegen, die zu ihm hinführte. Aber auch jetzt, insbesondere bei Regen oder wenn der Nebel früh auf ihr gluckte wie eine fette Henne, die ihre Küken unters Gefieder stopft, um sie nicht zu früh den Gefahren der Außenwelt auszusetzen, mußte man, von N. kommend, das Tempo drosseln. Er aber kannte die Strecke so genau wie seine verpikkelte, vernarbte Gesichtslandschaft und fuhr recht schnell. Es machte ihm Spaß, Fremde mit seinem Fahrstil zu verblüffen oder zu ärgern, je nachdem. Nie wäre er mit einem seiner Kinder auf der Rückbank zu flott oder zu waghalsig gefahren, das nicht. Unbedingter Gehorsam der Straßenverkehrsordnung gegenüber war etwas, was er den lieben Kleinen alle naselang predigte. Überhaupt hatte er den Freiheitsentzug, den ihm die Macht der Gewohnheit bescherte, gänzlich in seine Persönlichkeit integriert und verfuhr damit wie mit einem Buckel. Man hatte ihn, also fand man sich damit ab. Saß er aber allein im Auto, so war das die einzige Zeit des Tages, die er sich freigesprochen fühlte. Fünfzehn Minuten hin, fünfzehn zurück.

Er hatte die Scheibe heruntergekurbelt und den linken Arm lässig in die Fensteröffnung gelegt, während er den rechten zum Alleinunterhalter des Wagens machte. Zog eine Packung Zigaretten zu sich heran, nahm sich eine und wollte sie mit einem Klick seines Gasfeuerzeugs anzünden, als er zurückschrak und der Wagen beträchtlich schlingerte. Jemand hatte es verstellt, so daß die Flamme stirnhoch züngelte und ihm die Augenbraue und das Haar neben seiner linken Geheimratsecke ankohlte. Es stank. Auf einem kleinen Parkplatz, der hinter der nächsten Kurve versteckt lag, wollte er sich vom Schreck erholen und das Mißgeschick begutachten, als schon das nächste sich ankündigte. Die Temperaturanzeige in seinem Auto war in den roten Bereich emporgeschnellt. Es schien unter der Motorhaube zu kochen, wie es sich anhörte. Jetzt stiegen auch kleine Dampfwölkchen durch die Ritzen der Kühlerklappe. Mit den Händen auf's Lenkrad zu schlagen war alles, was ihm einfiel, dann stieg er aus und rauchte. Endlich.

Auf dem Parkplatz standen noch weitere Autos. So genau sah er das nicht, denn er konnte die mobilen Toiletten nicht unsichtbar machen, die den Blick versperrten. Es interessierte ihn eigentlich auch wenig. Dennoch, fiel ihm ein, würde er fragen müssen, ob er von jemandem eine Flasche Wasser bekommen konnte, damit er wenigstens noch die Werkstatt erreichte. Wieder umkehren mußte er dafür, nach N. hinunterrollen. Er war sauer. Seine Nachfrage brachte ihm die freundliche Absage zweier Damen ein, die auf einer Bank saßen und Händchen hielten – sicher waren sie hierhergekommen, um ihrer lesbischen Verliebtheit zu frönen, dachte er. Ein höhnisches Grinsen ließ sich nicht unterdrücken, sein *politisch korrekter* Kanon zählte hier nicht. Dafür hatte eine andere Frau, die auf einer Bank saß und ein Taschentuch zwischen den Fingern rollte und knetete, gleich einen ganzen Kasten stillen Wassers im Kofferraum. Ein Glücksgefühl beschlich ihn, wie es nur selten in seinem pedantisch übersichtlichen Leben aufkam, und es stand im offenen Widerspruch, wie er betroffen bemerkte, zum Zustand der Frau. Sie versuchte, ein Weinen zu unterdrücken, das sich langsam heraufgefressen haben mußte aus ihren Eingeweiden, denn es war ein tiefes, verzweifeltes Weinen, wie es nur von sehr weit innen kommen konnte. Seine Diskretion verbot es ihm, sie albern nach Gründen zu fragen oder sie zu trösten, denn daß ihm das nicht gelingen würde, war allzu offensichtlich. Also setzte er sich neben sie, gab ihr ein neues Taschentuch aus der großen Packung, die er in seinem Handschuhfach aufbewahrte, und wartete. Sie legte nach einer Weile ihren müde gewordenen Kopf an seine Schulter und schlief ein. Es war noch früh am Tage, erst Viertel nach vier. Nach vielleicht zehn Minuten löste er sich aus seiner angespannten Lage, denn ihr Kopf war ungewöhnlich schwer, obwohl er leergeheult war, und bettete sie auf die Bank, legte auch ihre Beine hoch und überlegte, ob er sie hier allein lassen konnte. Die beiden Damen, er sah es genau, küßten sich jetzt und nestelten einander an den schönen Kleidern herum, und obwohl er sie zu stören wünschte, wo er nur konnte, traute er sich nicht, ihnen die schlafende Heulboje ans Herz zu legen. Blieb also stehen und betrachtete die Frau, und siehe da, er kannte sie. Hatte erst letzte Woche ein Paket für sie auszuliefern gehabt. Oder war es für ihren Mann? Egal, sie hatte ihm Trinkgeld reichen wollen, etwas, das er nachdrücklich verabscheute. Deshalb konnte er sich an sie erinnern. Auch daran, wo sie wohnte. Er wollte sie nicht so genau ansehen, merkte aber, daß es ihn genau dazu drängte. Hilflos lag sie vor ihm. Er hätte sie ausrauben können, wenn er gewollt hätte. Nun fiel es ihm auf: Sie machte in dieser Lage denselben unangenehmen Eindruck auf ihn wie an der Wohnungstür – sie war freiheitsberaubt. Wie er. Aber sie hatte sich nicht freiwillig in Gefangenschaft begeben und mit der Gewißheit, das Beste herauszuholen für sich und ihre Kinder, sondern etwas hatte sie, die eigentlich frei und ungebärdig war wie die Stare und Meisen und Sperlinge hier auf dem Parkplatz, dazu genötigt, sich unterzuordnen. Sie litt unter dem Arrest, er konnte es sehen. Hatte sie überhaupt Kinder? Er betrachtete die Wölbungen ihres Leibes. Nicht unwahrscheinlich, daß sie geboren hatte – er glaubte ein Auge dafür zu haben. Sicher hatte ihr Sohn oder ihre Tochter unten gespielt, als er das Paket vorbeibrachte, denn sie hatte, wie er von der Straße aus sehen konnte, am Fenster gesessen, als er angerollt war.

Er zündete sich eine weitere Zigarette an und überlegte.

Sie wohnte in N. Er sollte sie nach Hause begleiten, vielleicht würde sie ihm zum Dank ihren Wagen überlassen bis morgen. Auf ihr Wasser wollte er nicht zurückkommen, sondern hängte sein Auto an ihres an, ein Abschleppseil hatte er immer dabei. Dann erst fiel ihm ein, daß er sie nicht einfach würde auf die Rückbank in ihren Wagen implantieren können, denn einer mußte ja auch in seinem Auto am Steuer sitzen. Er beschloß, erst einmal einen Spaziergang zu wagen, nachdem er ihr Auto abgeschlossen und ihre Handtasche in dessen Kofferraum sicher verstaut hatte. Den Schlüssel steckte er ein, ehe er den kleinen Waldweg einschlug, dessen Seiten von Mimosen und Storchschnabel gesäumt waren. Blümchen Rühr-micht-nicht-an. Er bückte sich und erinnerte sich seiner Kindheit. Weit weniger wild als die anderen Jungen seiner Clique, hatte er sehr oft, wenn die anderen ihn auf seinem Beobachtungsposten zur Abwehr anderer Banden wähnten, einfach geträumt und Schoten dieser Pflanze aufspringen lassen, und wenn die fremden

Lümmel dann unversehens eingefallen waren in ihr Gebiet, hatte er schleunigst und still und heimlich das Weite gesucht, um weder ihnen noch den eigenen Leuten in die Hände zu fallen. Schön, wie die späte Sonne ihren Weg durch das Baumdickicht nahm. Er sah auf, weiter in den Wald hinein, der ihm fremd und vertraut vorkam, und etwas zog ihn vom Weg ab ins Gehölz. Die Hosen ließ er herunter, drückte den Rücken gegen einen Stamm und erleichterte sich. Es platschte zu seinen Füßen und bespritzte ihm Hosen und Sandaletten. Ein satter Fluch, von dem er gar nicht wußte, daß er ihn auf Lager hatte, durchbrach die Stille. Verschüchtert riß er Gras aus, wischte das Bekleckerte notdürftig ab. Die Schuhe mußte er ausziehen, etwas von dem braunen Schlamm war so ungünstig zwischen Ferse und Schuhsohle geraten, daß es schmatzte. Er ekelte sich, schaffte es aber, sich der Taschentücher zu erinnern, die er von vorhin noch in seiner Jacke trug. Schließlich schwenkte er wieder auf den Weg zurück, diesmal in entgegengesetzter Richtung. Er lief zum Parkplatz. Sie schlief noch. Natürlich. Er setzte sich auf die benachbarte Bank und streute den Spatzen Krümel seines Frühstücksbrotes hin, das er nicht geschafft hatte zu essen heute. Seine Frau hatte grünen Salat und Ei zur unvermeidlichen Wurst hinzugegeben, und eine Sandwich-Sauce schmeckte zwischen all den Zutaten hervor, die nicht schlecht war. Vermutlich hatte sie die wieder selbst gemacht, aus Eiern, Öl und Essig? Er glaubte, sich daran zu erinnern. In seinem eben erwachten Durst entsann er sich des Wassers in ihrem Kofferraum, und er schloß ihn auf, um sich eine Flasche herauszunehmen. Als er die Klappe ins Schloß fallen ließ, wachte sie auf.

Die Ringe unterhalb ihrer Augen schimmerten in einem schönen, wenn auch unnatürlichen Blau. Das gefiel ihm. Er hielt den Blick stärker auf diese Ringe fixiert, als daß er ihr wirklich in die Augen hätte schauen wollen. Sie reagierte darauf, indem sie unwillkürlich den Kopf senkte, um einen Blick von ihm zu erhaschen, aber er blieb an den Ringen hängen. Hing daran wie ein unbeweglicher Sack, dem der Atem ausgegangen war, der aber dennoch Luft holen mußte, um ihr ein paar drängende Fragen zu stellen. Ob er sie nach Hause fahren solle? Nein, nein, das könne sie schon selbst. Jetzt aber sah sie das Abschleppseil und schaute ihn fragend an, bis er ihr seinen ursprünglichen Plan erläuterte. Das Gefühl, den Mann zu kennen, schlich sich von hinten an sie heran und legte ihr seinen würgenden Arm um den Hals, den sie zunächst abschütteln konnte. Als er sie aber in sein Auto verfrachtet hatte, um es zu lenken und zu bremsen, während er in ihrem Wagen saß und es am Seil hinunter nach N. zog, klemmte es sich wie ein plötzlicher Kieferkeil zwischen ihre Zahnreihen, daß sie den Mund öffnen und offenstehen lassen mußte, während sie die Pedale trat. Es dauerte nicht lange, bis sie die Werkstatt erreicht hatten, doch als er ihr danken wollte, schreckte sie mit entblößten Zähnen vor ihm zurück und fauchte. Ihre Augen waren von einem schrecklichen Grün, das sich – nun wußte er, warum er sich vorhin an den Ringen aufgehängt hatte – mit deren Blau aufs schärfste biß. Sie hatte Angst, und daß sie sie vor ihm hatte, machte ihn nicht gerade stolz. Konfusion drohte, als er überlegte, was ihr Furcht einflößen könnte. Er war doch nicht allein mit ihr, genügend Leute standen auf dem Werkstattgelände herum, und wenn sie schrie, würden sie ihr dutzendweise zu Hilfe kommen. *Hejhejhej*, sagte er, *neulich hatten Sie diese Angst aber nicht, als ich das Paket bei Ihnen abgab!* Da dämmerte es ihr: Er war der *Paketmann*, nichts weiter. Daß sie ihn kannte, konnte man nicht sagen, aber zumindest hatte sie ihn schon einmal gesehen. Der Kiefer schloß sich, die Lippen zogen sich über die Zähne und verknoteten sich. So, mit fest verschlossenem Mund, war das Lächeln nicht zu sehen, das sich nun zeigen wollte, aber die Augen, deren Grün ihn ebenso gefangenhielt wie vordem das Blau darunter, offenbarten es ihm doch.

Er öffnete die Tür zu ihrem Auto, bat sie hinein. Als sie einstieg, tat sie es nicht ohne eine gewisse Koketterie, die sie selbst überraschte. Noch mehr aber überraschte sie der Geruch im Inneren des Wagens.

◆ ◆ ◆

Immer, wenn Harald Hartung an seine Mama dachte, sah er sie *im besten Alter* vor sich, in dem sie sich auch verdrückt hatte. Er hatte damals auch das Gefühl gehabt, im besten Alter zu stehen – mit sechzehn konnte man schon Alkohol trinken und, wenn man es schlau genug anstellte, Filme für Achtzehnjährige sehen oder bis zum bittersüßen Ende beim Tanz bleiben. *Beat* nannte man das damals. Seine Mama hatte sich eines schönen Tages einfach aufgehängt, hatte einen Brief für ihn hinterlassen, in dem sie ihn aufforderte, immer für andere dazusein. Anders, als sie es gemacht habe. Sie habe sich auf sich selbst verlassen und sei gescheitert damit. Es ging um's *Erziehungsrecht*, das ihr sein Vater abspenstig gemacht hatte, indem er auf ihre *Westkontakte* aufmerksam machte und darauf, daß dem Kind damit Flausen in den Kopf gesetzt würden, die man doch gar nicht wieder herausbekäme, wenn man nicht dagegen einschritte. Er war acht Jahre alt gewesen, als er von seiner Mutter zum Vater überwechselte. Sie hatte er nur noch an jedem zweiten Wochenende gesehen, samstags von vierzehn bis achtzehn Uhr. Seine Mutter hatte sich geweigert, weiter mit ihrem Mann, seinem Vater, zusammenzuleben, einfach so, ohne Angabe von Gründen, und der hatte seither versucht, ihr das Leben zur Hölle zu machen. Nicht geschafft hatte er das bis zu jenem Tag, da ihr das Erziehungsrecht ab- und ihm zuerkannt wurde. Sie war sogar bei ihm vorstellig geworden, um anzubieten, wieder in eine gemeinsame Wohnung zu ziehen und als Paar weiterzuleben, wenn er ihr nur den Jungen nicht wegnähme, aber da hatte er nur kühl gelächelt und sie gebeten zu gehen. Auf die Knie war sie gefallen vor ihm, mit zusammengebissenen Zähnen zwar, aber auf die Knie, und er hatte sich abgewendet von ihr und ruhig seinen Kaffee weitergetrunken, den er sich eingegossen, nachdem er auch ihr eine Tasse davon angeboten hatte. Sechs Jahre später hielt sie ihren Jungen für alt genug, ihren *Fehler* zu verstehen. Sie verabschiedete sich.

Das letzte Mal, als er sie sah, trug sie ein weißes Kleid mit kleinen roten Rosen. Dazwischen waren hellgraue Blättchen aufgedruckt, als Füllsel, und er hatte sich gefragt, warum diese Blättchen seine Aufmerksamkeit weit mehr fesselten als die feuerroten Rosen. Heute noch war ihm das ein Rätsel, er sah die Blättchen als letzten Gruß seiner Mama sogar auf dem Papier des Briefes, den sie ihm geschrieben hatte. Nur weil er just an dem Tag, da sie sich verdrückte, die Post heraufgeholt hatte, besaß er ihn, hatte ihn sofort beiseite genommen. Erst Tage später kam er dazu, ihn zu lesen, als die Kunde von ihrem Selbstmord längst schon die Runde gemacht hatte in dem Kaff, in dem sie lebten, und es ließ ihn seltsam kalt, was er da las. Wahrscheinlich, meinte er heute, hatte er sich damals gewappnet gegen alle Sorten mit ihr verbundener Schmerzen, denn der, den er verspürt hatte, als er umziehen mußte zum Vater, war so benebelnd und unwirklich gewesen, daß er wochen-, ja monatelang seine Fähigkeit zu laufen in Mitleidenschaft gezogen hatte. Er knickte ständig um und bekam die Füße nur schleppend und aneinanderschlagend vorwärts. *Psychogene Gangstörung* hatte ein Psychiater dem Vater bescheinigt. Er hatte geschwiegen, nichts gesagt, weshalb er außerdem einen *elektiven Mutismus* angehängt bekam. Als er erwachsen wurde, begannen ihn diese Diagnosen zu interessieren, und er las einiges dazu. Hatte überlegt, selbst Psychologie zu studieren, war aber nicht mutig genug dazu gewesen, sondern hatte sich der Zielrichtung gefügt, die sein Vater seinem Leben verordnet hatte. Nach dem Zehnklassenabschluß war es eine Berufsausbildung mit Abitur im *Gummikombinat* gewesen, er war Gummifacharbeiter von Beruf – etwas, woran er sich kaum mehr erinnerte und, hätte er als solcher arbeiten sollen, seine beiden linken Hände hätte vorweisen müssen. Später hatte er Informationstechnik studiert in Ilmenau. Seine Ausbildung, Fachrichtung Nachrichtentechnik, war ihm später sehr zupaß gekommen, denn sie unterschied sich durch ihre Gründlichkeit und Tiefe, zu der auch Mut und Fähigkeit zur Improvisation gehörten, von der heutiger Informatik-Studenten. Sein Unterricht bei der *Informatikgiraffe*, wie ihr Lieblingsdozent seines langen, hageren Körperbaus wegen genannt wurde, war umwerfend gewesen. Später hatte er sich seine Arbeitsstellen stets aussuchen können, hatte sogar selbst einmal eine kleine Soft- und Hardware-Firma in Ostberlin geführt, sich aber nicht verstanden mit seinem Kompagnon, so daß er die Segel gestrichen und ihm das Geschäft überlassen hatte. Seine Neigung zur Psychologie aber hatte seinerzeit, dessen war er sich sicher, seiner Neigung zu Bejla Vorschub geleistet. Er war begeistert gewesen, als er erfuhr, was sie studierte.

Je mehr er sich gegen den Auszugsschmerz gewappnet hatte, desto weniger hatte er an seine Mutter denken müssen und sich statt dessen der Frau angenabelt, die sein Vater ein halbes Jahr nach seinem Einzug bei ihm ehelichte. *Mutter* hatte er sie genannt, während die richtige Mutter das kleine, klägliche Wort *Mama* angehängt bekam. Kaum war *Mama* tot, packte übrigens ein Krebs seinen Vater bei den Eiern und schickte ihn der Toten hinterher. Tatsächlich lagen ihre Gräber auf dem Friedhof in Sichtweite auseinander, so, als wollten sie sich im Tode wenigstens gelegentlich grüßen und einander einen guten Weg wünschen. Seine *Mutter* aber war seine Mutter geblieben bis kurz nach seiner Hochzeit mit Bejla. Eines Tages war sie hochzufrieden eingeschlafen und nicht mehr aufgewacht, und begraben wurde sie an einer Stelle, die genau zwischen den Gräbern von Mama und Vater lag. Er hätte kurze Wege gehabt, wenn er sie alle drei hätte besuchen wollen. Aber seit vielen Jahren war er nicht mehr dort gewesen, hatte statt dessen einen Friedhofsservice mit der Grabpflege beauftragt und bekam jährliche Abrechnungen dessen geschickt, was sie angerichtet hatten auf den drei Grabstellen. Das Räkeln habe er sicher von seiner *Mama* geerbt, sagte seine Frau gelegentlich, wenn sie ihn ansticheln wollte. Harald Hartung, der Längs-, Quer-, Unter- und Oberräkler. Er hatte ihr erzählt von Mamas Räkeln. Daß er manchmal gar gesehen hatte, wie alle Gegenstände in ihrer Umgebung solche langsamen, gleichgültigen Bewegungen ausführten. Seine Frau aber war das Gegenteil einer Räklerin – agil und, wie zumindest er fand, von ziemlicher Dynamik. Wenn er ihr von oben nachsah, spät, wie sie davonlief, um ihre Joggingrunden zu drehen, konnte er sich des Eindrucks nicht erwehren, ihre Energie ließe nicht etwa nach im Laufe eines langen Arbeitstages, sondern höbe sich abends auf ein Level, das sie nur durch Rennen überhaupt wieder auf ein erträgliches Maß senken konnte. Er liebte sie, das hatte Bejla gewollt, und er hatte ihr diesen letzten Wunsch einfach erfüllt, ohne nachzudenken.

Seine Füße steckten in kamelhaarfarbenen Hausschluppen, die schnellen Schritten abhold waren. Als das Telefon klingelte, wäre er beinahe gestürzt, und er zog sie aus und warf sie in irgendeine Ecke. Eine ihm sehr bekannte Stimme fragte an, wie es mit einem Treffen stünde, *einem kleinen Rendezvous*?, und er bejahte das, scheinbar eifrig, indem er Marlene, der er vor ein paar Tagen in einem ihm unbekannten Zustand das Ohr rundum ausgeschleckt hatte, zu einem Abendessen einlud. Seine Frau und er würden sich freuen! Marlene druckste herum, sie hatte natürlich nur ihn im Sinn und nicht seine Frau, aber nach einigem Überlegen sagte sie zu. Sie einigten sich auf übermorgen, und als er auflegte, tat er es nicht ohne spitzbübische Freude über den gelungenen Coup.

Ein Hefter mit alten Rezepten wurde aus dem Regal in seinem Zimmer geholt. Da stand Soljanka, Eierragout Slatni Mostove, überbackenes Saßnitzer Seemannsgarn, Krömpele, Beamtenstippe, Bunte Katze, Dickmusik, Berliner Stelze, Tote Oma, Hackus und Knieste, Sächsischer Kohlklump, gestowte

Wruken, Schnudendunker, Wursthuller, Soldatenknöppe, Stolzer Heinrich, Saure Spalken, Alter Fritz – kurz, er konnte sich der Vielzahl der Gerichte gar nicht erinnern und ging sie einzeln durch, um etwas Ungewöhnliches zu finden für das gemeinsame Essen mit Marlene. Sächsischer Kohlklump erschien ihm angemessen. Weißkohl und Schweinefleisch waren zusammen zu garen, Kartoffeln zur Hälfte zu kochen und nach der halben Kochzeit mit geviertelten Birnen zu versetzen, die nach dem Kochvorgang herausgefischt und beiseite gestellt werden mußten. Im Mixer wurden dann rohe und gekochte Kartoffeln püriert, in Butter angeröstetes Weißbrot und Ei hinzugegeben, Pfeffer und Salz. Er schmeckte die Klöße, die hieraus herzustellen und zehn Minuten gar zu ziehen waren, schon im voraus, und suchte nach dem Mixer. Im Moment konnte er sich nicht recht vorstellen, daß der rohe Kartoffeln durchzog, und er fragte sich, welcher Mixer das wohl in seiner Heimat gekonnt hatte. Sein Kartoffelversuch ging schließlich jämmerlich schief, und da noch genügend Zeit bis zur Schließung der Geschäfte drüben in N. blieb, setzte er sich auf's Fahrrad und radelte los.

◆ ◆ ◆

Es roch nach Scheiße. Schlimm. Das Fenster hatte sie heruntergedreht und das mit der Sucht nach frischer Luft begründet. Sie sei so durcheinander gewesen, weil sie ihn in keiner Schublade hatte unterbringen können und doch plötzlich gefühlt habe, daß sie ihn kenne, da helfe nur Frischluft. Der ganze Tag sei von solchen Schrecknissen durchwoben gewesen, daher auch ihr Heulanfall, er möge es nicht übelnehmen, und vielen Dank auch fürs Nachhausefahren. Das Auto könne er natürlich bis morgen haben. An seinem Wagen hatte der Thermostat den Geist aufgegeben, das war keine große Sache, so daß er es in der Frühe ganz sicher zurückbekommen würde. Ob sie ihn für übermorgen zum Abendessen einladen dürfe? Er, der ohne seine Frau nirgendwohin ging und, da seine Frau nirgendwohin ging, immer zu Hause blieb, wurde unsicher. Inzwischen waren sie vor ihrem Wohnhaus angelangt, er öffnete ihr die Wagentür und lud sie mit einer galanten Bewegung zum Aussteigen ein. Wiederum schaffte sie es nicht ohne Koketterie, aus dem Wagen zu klettern. *Also übermorgen?* Seine Augen begannen zu flakkern, er sagte zu, wand sich dabei wie ein Egel, sagte wieder ab, druckste herum und brachte dann doch den Namen seiner Frau heraus. Elfi. *Na, Elfi kann doch mitkommen, aber klar.* Als sie sich verabschiedeten und er mit einem hohen Lachen im Hals, das er gar nicht mehr kannte, in ihrem Auto davonfuhr, war ihm leicht ums Herz.

Sie jedoch fühlte sich nach wie vor zu Boden gedrückt. Der Mann, der heute morgen auf der anderen Seite des Tisches in ihrem Behandlungszimmer gesessen hatte, war in der Tat wuchtig und groß gewesen. Aber natürlich machte ihr nicht das zu schaffen, sondern die Tatsache, daß sie ihn zu kennen glaubte. Die Art und Weise seines Verschwindens, unter der Hand, heimlich, ließ sie nicht los. Wahrscheinlich stimmte nicht einmal sein Name, den sie telefonisch aufgenommen hatte als *dringlichen Fall*, vor ein paar Tagen. Der Name sagte ihr nämlich nichts. Aber *Schwarzer Samt* war das Parfüm gewesen, das sie selbst früher bevorzugt aufgelegt hatte. Lange war das her, und daß sie sich an den Geruch überhaupt erinnern konnte, daran durfte sie gar nicht erst denken – zuviel löste sich damit aus. Zum ersten Mal hatte sie *Schwarzen Samt* zur Hochzeit bekommen. Zur Hochzeit ... Sie verfluchte ihre Gedanken und versuchte, sich vor ihnen aus dem Staube zu machen, indem sie die Treppe hinaufrannte und laut nach Harald rief. Ihre Schuhe stellte sie vor der Wohnungstür ab und öffnete sie. Drinnen war niemand. Oft streuselte er, ehe er am Nachmittag hochkam, noch ein Stündchen draußen herum, von hier nach da, von da nach hier, sein Energieniveau ein wenig aufzupäppeln. Ganz anders als sie. Er saß manchmal auf der Bank am Bach, der das zum Haus gehörende Gartengrundstück querte. Inmitten der Obstbäume, in der Nähe der von den Mietern angelegten Beete. Broccoli und Zucchini waren die Renner der Jahres. Die Zucchiniernte fiel so reichlich aus, daß sie hin und wieder ein Riesenexemplar von irgend jemandem angeboten bekamen, und es schmeckte ihnen sehr gut. Nach Kondensmilch, wie sie oft sagte. Nach Kaffeesahne, verbesserte er.

Sie lächelte.

Sah aus dem Fenster, konnte ihn aber unten nirgends entdekken. Vermutlich wäre er ohnehin gekommen, wenn er vom Garten aus das Schnaufen ihres Autos gehört hätte. Sie schloß daraus, daß er nicht da war. Fand aber auf dem Wohnzimmertisch, als sie sich in den Sessel geworfen und die Socken ausgezogen hatte, seinen uralten Rezepthefter, der aufgeschlagen, aber umgekehrt dalag. *Sächsischer Kohlklump* ... Als sie sich jetzt weiter umsah, konnte sie durch die offenstehende Küchentür den Mixer sehen und eine Kartoffel, die ziemlich angeschlagen danebenlag. Sie las das Rezept, und ihr wurde klar, was da abgelaufen war. Sicher hatte er ihr zuliebe diesen seltsamen Kohlklump kochen wollen, er wußte um ihre Liebe zu Weiß- und Rotkohl, zu dem auch der römischste Salat, das französischste Dressing oder das griechischste Tzatziki nicht in ernsthafte Konkurrenz treten konnten, obwohl die viel häufiger bei ihnen auf den Tisch kamen. Sie begründete das mit den langen Kochzeiten des Krautes, die im Gegensatz zu ihren durchschnittlichen Aufenthaltszeiten in der Küche standen. Wenn es sie aber überkam, besonders in der bleiernen Jahreszeit, wenn draußen der Nebel stand und die Luft grau und feucht zwischen den Häusern stockte, dann konnte es sein, daß es eine Woche lang Kohl in unterschiedlichsten Varianten gab. Als Suppe mit viel Kümmel und einem Klecks saurer Sahne, als Kohlrouladen mit Hackfleisch, als Weißkrautsalat, selbstgemacht, den sie eigenhändig nach dem Schneiden mit einem Holzstampfer bearbeitet hatte, damit er Saft zog, oder als Schichtkraut, im Schnellkochtopf gegart. Es dauerte gar nicht mehr so lange, bis diese Zeit wieder anstand. Sie seufzte, warf die Kartoffeln in den Abfalleimer und räumte den Mixer, nachdem sie die Schnur ordentlich eingerollt hatte, auf seinen Hängebodenplatz im Flur zurück.

Ein Mißton ließ sie innehalten und lauschen. Das Geräusch schien von einer harten Rassel, die regelmäßig mit Metall zusammenschlug, zu stammen und kam von unten, von der Straße her, die sie nur aus dem Wohnzimmerfenster einsehen konnte. Einen Moment überlegte sie, blieb aber dann in der Küche, wo sie das Abendbrot anrichtete für sich und ihn. Sie nahm, was sie fand. Sogar eine uralte Fischbüchse wurde geöffnet, der Tomatenhering herausgenommen und mit dem Rest einer Gurke, hübsch aufgeschnitten, auf eine Untertasse drapiert. Zufrieden war sie nicht, sie hätte noch einkaufen sollen heute, aber ohne Auto fehlten ihr Lust und Laune dazu. Zum Glück nahm das Essen sich nicht ganz so bescheiden aus, wie sie befürchtet hatte.

Wieder wurde sie von einem grellen, harten Ton aufgestört, und diesmal lief sie zum Wohnzimmerfenster. Ihr Mann fuhr auf seinem Fahrrad, hatte offenbar etwas zu reparieren versucht, und er sah zu ihr hinauf und lachte, quirlte die Luft mit den Armen und hatte Mühe, im Überschwang des Fuchtelns das Gleichgewicht zu halten. Das hintere Schutzblech war gnadenlos verbogen und schlug regelmäßig gegen ein paar Speichen, die auch nicht so aussahen, wie zu erwarten gewesen wäre. Er stieg ab, bog noch einmal und noch einmal am Blech herum und ließ es dann sein, schloß das Rad ab und kam mit seinem Plastikbeutel aus dem städtischen Haushaltswarenladen die Treppe herauf. Sie küßte ihn, anhaltend und überschwenglich, sog mit ihren Lippen an seinen, bis sie blau wurden. Noch auf dem Treppenabsatz hing sie ihm an wie ein kleines Kätzchen an der *Katzensau*, wie sie immer sagte. Festgesaugt. Seine Überraschung wollte, daß er erst einmal zwei Schritte zurücktaumelte und beinahe rückwärts hinuntergestürzt wäre, aber als er sich gefaßt hatte, fiel der Plastikbeutel polternd auf den Fußboden, wurde mit den Füßen gerade noch in die Wohnung gestoßen, die Tür hinter ihnen geschlossen. Seine Hände zitterten schon, während er ihre Bluse öffnete, aber als er mit der Linken ihre Brustwarze erreicht hatte, wurde er von einer Konvulsion geschüttelt, aus der er gerührt in einen Zustand der Erschlaffung überging – sein Samen hatte sich selbständiger gemacht, als ihm lieb war, aber so war es nun mal, und er blickte aus großen, offenen und irgendwie genügsam dreinschauenden Augen auf ihren Körper, der noch in Anspannung verharrte. Es dauerte, bis sie begriff, was geschehen war, und verlegen ihr Haar zurückstrich, ihre Kleider ordnete und ihn zum Essen aufforderte. Es fiel ihr nicht leicht, ihre Erregung mit einem disziplinierten Gesicht zu maskieren. Er konnte ohnehin an ihren Lippen, die dick und zuckend unter der Nase lagen wie ein gefangenes Egelpärchen, ablesen, wie es um sie bestellt war. Tee goß er ihr ein, gab Zitrone und Zucker hinzu und rührte um. Das Egelpärchen nahm die Bäuche auseinander, während es an Kopf und Schwanz fest miteinander verbunden blieb, und ließ den Tee hindurch. Langsam zog Beruhigung ein.

Sie fragte ihn schließlich, ob er *Schwarzen Samt* noch kenne, die alte Parfümmarke. Das verneinte er und ging dazu über, ihr von Marlene zu erzählen, die hinter ihm her sei wie der Fuchs hinter dem armen Gänschen, und da habe er sie für übermorgen Abend zum *Sächsischen Kohlklump* eingeladen, zum Abendessen zu dritt. Ein Grinsen zog über sein Gesicht. Den *Sächsischen Kohlklump* habe er sich natürlich erst hinterher überlegt. Erst nachdem er sie eingeladen hatte. Und deswegen sei er auch in die Stadt gefahren. Weil er einen gut funktionierenden Mixer brauche, um rohe Kartoffeln zu pürieren! Na, wie sie das finde? Sie schlug auf seltsame Weise ehrerbietig die Augen nieder, als sie die Runde der für übermorgen Eingeladenen um zwei erweiterte. Um den Paketmann, dessen Namen sie nicht einmal kannte, und Elfi, seine Frau. Sie sahen sich an und prusteten los.

Der Fisch nahm seinen Weg zuvörderst in seinen Magen, sie war, wie sie merkte, *noch satt* vom Tage. Oder *schon satt* von der Zubereitung des Essens? Ein Apriköschen. Ein Pfläumchen. *Einen Haps für Mutti, einen für Vati.* Er hörte auf, als er sah, wie ihre Backen sich ausbeulten, in denen sie alles sammelte, um es kurz darauf ins Klo zu spucken. Nun gut. Sie beendeten die Mahlzeit schön ordentlich, indem sie gemeinsam den Tisch abräumten. Als sie später beieinander in den Sesseln saßen, er hielt ihre Hand wie ein Fünfzehnjähriger, offenbarte sie ihm, mit dem schüchternen Augenaufschlag einer Fünzehnjährigen, ihr morgendliches Erlebnis. Erzählte vom Patienten, der sie voller Demut angeblickt habe, aber sie habe natürlich das süffisante Lächeln der Bekanntschaft dahinter gespürt, er habe sie angesehen, als lauerte er auf den Moment, da sie es endlich merkte. Sie habe hinausrennen müssen, auf die Toilette, und als sie wiederkam, sei er verschwunden gewesen. Am *Schwarzen Samt* habe sich dann alles entzündet, der sei plötzlich im Raum gestanden, und er konnte ja nur von ihm verströmt worden sein! Und *verströmen* sei ein gutes Wort, sagte sie, denn alles roch danach, was ihr in die Hände fiel.

So habe es bei Bejla auch angefangen, sagte er.

◆ ◆ ◆

Der *Sächsische Kohlklump* wurde zum Ereignis. Damit hatten weder Paketmann plus Frau noch Marlene gerechnet. Zwar waren sie gespannt gewesen, was es geben würde, er hatte an eine Quiche gedacht, seine Frau an einen Linsensalat elsässischer Art, und Marlene hatte in ihrem Hirnkästchen, obwohl sie wußte, daß sie nicht allein sein würden, ein veronesisches Liebesmahl entworfen, mit dem alles aus dem Lot geraten konnte. Als dann aber die Kartoffelklöße auf den Tisch kamen, das Birnengemüse und die Kohl-Fleisch-Mischung, erhob sich ein Grummeln und Raunen, und Elfi, die zuerst ein angewidertes

Gesicht machte, wußte sich am Ende der Mahlzeit vor Begeisterung nicht zu halten. (Daß sie auf die Einladung eingegangen war, hatte der Paketmann nur ihrem Geburtstag zu verdanken, der einige Tage zurücklag und den sie sonst immer mit einem Abendessen außer Haus begangen hatten. Selbst dazu hatte ihre Energie in diesem Jahr nicht gereicht.) *Tja, die Sachsen*, sagte Harald nur vielsagend, und alle lachten. Als abgeräumt wurde, erbot sich Elfi, kräftig mitzuhelfen, und tatsächlich half sie durch Nachstopfen des Restessens dabei, Platz im Kühlschrank zu sparen. Ein Rülps entflog ihrem Mund, gut hörbar, als sie sich wieder zu Tisch setzte. Man spielte Karten. Canasta zunächst, aber die beiden Männer wußten unter der Hand ihre Schärfe auf richtigen Skat zu vereinbaren, der dann auch kam. Das war nichts für sie. Sie sah Elfi, Marlene, dem Paketmann und Harald eine Weile zu, ging dann aber hinüber in ihr Zimmer, um eine andere, bequemere Hose anzuziehen. Die sie trug, sperrte am Bauch. Sie hatte Schlüpfergummi nehmen und durch das Knopfloch ziehen müssen, um damit den Knopf zu erreichen, der leider weit weg war. Das Essen hatte das Seinige dazu getan, sie nicht gerade zu entlasten in dieser Frage, und sie ärgerte sich darüber, drei Klöße und vier Kellen Fleisch mit Kohl auf ihren Teller gehäuft zu haben im Laufe des Abends. Daß er aber auch immer so unendlich viel kochen mußte! Noch jetzt ging ihr der Kümmelgeschmack, der das Gericht veredelte, immer wieder in Wellen über die Zunge, und sie fragte sich, wann sie wieder an etwas anderes würde denken können. Wenn man satt war, müßte es doch mit der Begeisterung für's Essen vorläufig vorbei sein, aber bei ihr war das vermutlich nicht so. Wenn ihr etwas geschmeckt hatte, dann ging ihr das Pikante, Würzige, Aromatische noch lange nach, so daß sie immer in Versuchung geriet, noch ein kleines und noch ein viel kleineres Häppchen hinzuzunehmen, die sich aber, wenn sie sie in Gedanken zusammenlegte, zu zwei bis drei weiteren Mahlzeiten addieren konnten. Kein Wunder, daß die Hose sperrte. Sie nahm eine mit Rundum-Gummizug aus dem Schrank. Die würde nicht kneifen, und den Rest des Abends, den die anderen beim Wein verbrachten, würde auch niemand mehr auf ihre Figur achten. Eine lange, beinahe bis zu den Knien reichende schwarze Strickjacke ergänzte die Aufmachung.

Als sie zurückkam, hatte sich Marlene offensichtlich für den Paketmann erwärmt und versuchte, ihm unter dem Tisch kleine Zeichen zukommen zu lassen, denen er aber entschieden aus dem Weg ging. Das schien ihren Ehrgeiz anzustacheln. *Ach, wie die Kinder.* Ihr Verstand feierte noch immer kleine Aussetzer wegen des *Schwarzen Samtes*, aber weil sie ihn auch zu Hause nun des öfteren in der Nase spürte, hielt sie eher für eine Halluzination, was ihr widerfahren war. Daß der Mann verschwunden war aus ihrem Behandlungszimmer, paßte zu seiner hingebungsvollen Demut, die sie zu provozieren begonnen hatte – etwas, was solche Patienten nicht leiden können. Sie trat zum Fenster und sah hinunter, und da meinte sie auf der Straße die Silhouette eines dicken Mannes zu erkennen, der zurück in den Schatten eines Baumes trat, als er sie wahrnahm. Sie drehte sich eilig um, schloß kurz die Augen und wischte den Moment weg.

Am Tisch ging es einigermaßen aufgeknöpft zu, und das auffordernde Nicken ihres Mannes, doch dazuzukommen, auch wenn sie nicht Skat spielen könne, tat ein übriges. Sie setzte sich. Vor ihren Augen zogen die hübschen Damen des deutschen Kartenspiels mit den Buben davon, und die Könige, die meinten, ein Recht auf die Jungfern zu haben, forderten zum Duell. Im Degengeklapper hörte sie nicht, wie Marlene von der Ohnmacht ihres Mannes erzählte, die in der Firma *ein ganz schönes Wirbeln* ausgelöst habe. Nicht, wie sie ihn mit Essig und Tee gerettet hatte. Daß er mit seiner Zunge in ihr Ohr gefahren war, erzählte sie nicht, gab ihm aber mit verschwiegenem Blinzeln zu verstehen, daß sie das jederzeit ausplaudern könnte. Er lachte nur und erzählte es selbst. Daß er gar nicht so genau wisse, was ihn zu derartiger Tat verleitet habe. Marlene errötete und schaute peinlichst berührt aus den Augenwinkeln auf seine Frau, die dasaß und lächelte, als habe sie von alledem nichts mitbekommen. Dem Paketmann und Elfi stieg jetzt der Angstschweiß hoch, doch noch in einen seltsamen Zirkel aus sexueller Anmache und gespielter Verlegenheit zu geraten, und er sah auf die Uhr und gab der auf einmal schweigend dasitzenden Runde kund, es sei an der Zeit, nach Hause zu fahren. Auch Marlene wollte nichts wie weg. Dem plötzlichen Aufbruch setzte Harald nichts entgegen, sagte aber beim Abschied, und es war deutlich, daß dies ein ehrlich gemeinter Satz war, daß es doch schön gewesen sei und man sich unbedingt wiedersehen müsse.

Sie blieben allein. Daß sie verstört war, merkte er nicht erst an ihrem Gesicht, sondern hatte es schon an der Art ihrer Bewegungen gespürt, die kleinräumig nestelnd, fingerverhakelnd in ihren Kleidern steckenblieben. Dieselben Bewegungen kannte er von Bejla, und überhaupt sah er jetzt, im Halbdunkel der kleinen Tischlampe, daß die Übergänge zwischen den Gesichtern fließend waren: Seine Frau schwamm ein Stück in ihrer eigenen Haut durch den Raum, verpuppte sich vor seinen Augen beinahe unmerklich, für wenige Augenblicke, mit einer Bejla-Hülle und kam zurück zu sich. Das Wechselspiel brachte ihn dazu, zitternd die Handballen vor die Augen zu pressen und sie zu fragen, ob er verrückt geworden sei. Bejla setzte sich neben ihn und fragte mit der Stimme seiner Frau, wie er denn darauf komme, ob es nicht reiche, daß sie selbst für sich diesen Verdacht habe, und er sah sie an und sah Bejlas Gesicht sich auflösen in ihrem, daß er gar nicht mehr wußte, wen er vor sich hatte. Sie weinten, ehe sie einschliefen.

Der nächste Morgen fand sie so eng aneinandergepreßt, daß er ein wenig dazwischengehen und sie mit einem frischen Luftzug, der über ihre nackten Schenkel dahinpfiff, auseinanderbringen wollte. Er merkte überrascht, daß ihm das nicht gelang, ehe es ihn weiter nach Westen zog. Harald Hartung und seine Frau erwachten, und daß sie in einem krampfartigen Zustand ineinander verkeilt lagen, aus dem sie nicht so schnell herausfanden, machte, daß ihre Haut schweißig und ihre Gliedmaßen zitternd dalagen.

Eine halbe Stunde später saßen sie beim Kaffee in der Küche. Sie mußte in letzter Zeit damit begonnen haben, Porzellantassen zu sammeln.

◆ ◆ ◆

Marlene war als Freundin ungeeignet. Es war ein Versuchsballon ihres Mannes gewesen, mit dem sie in ihre Wohnung gelangt war, aber daß sie keine Ulle und keine Gudrun war, hatte sich spätestens bei ihren kindischen Annäherungen an den Paketmann gezeigt. Den verläßlichsten Kontakt zu einer anderen Frau hatte sie mit ihrer Sekretärin, die aber nur stundenweise kam, derzeit sowieso in Urlaub war und einer Art Mensch angehörte, die sie als Freundin nicht brauchbar erscheinen ließ. Sie trauerte.

Der Tag in der Praxis war ruhig und unspektakulär vergangen, was sie nun beinahe schon wieder freute angesichts des Erlebnisses mit dem demutsvollen Herren. Sie hatte drei Geschwister dagehabt, deren Eltern durch keine Art von Nachkommen zufriedenzustellen gewesen wären. Was lohnte es da, an den Kindern herumzudoktern, während ihre Eltern die in Wahrheit Therapiebedürftigen waren? Die drei sahen im übrigen ziemlich genau, daß sie, egal wie sie sich verhielten, ihren Eltern zu keinerlei Freude Anlaß geben würden, und was sie daraus für sich geschlossen hatten, war, genaugenommen, das Gesündeste: Sie schlugen über die Stränge. Die von ihren Eltern um sie gezogenen bildeten dabei kein ernstzunehmendes Hindernis, sie wurden gar nicht mehr wahrgenommen. Interessant waren erst jene Stränge, die im größeren Zusammenhang galten. Schulische Hausordnung. Verhaltensregeln im erweiterten Sozialbereich. Dagegen zu verstoßen war ihnen Reiz und Genugtuung zugleich. Sie hatte keine Lust, sich mit den Gören abzuplagen. Aber ihre Eltern für eine Zusammenarbeit zu gewinnen, erschien ihr ebensowenig verlockend, so daß sie von ihrem Hinweis, eine Praxis nur für Erwachsene zu führen, Gebrauch zu machen gedachte. Vielleicht wäre sie die fünf dann los. Während sie an sie dachte, zog draußen ein machtvolles Gewitter auf. Für den heutigen Tag hatte sie sich per Münzwurf für's Rad entschieden. Das verleidete es ihr, jetzt schon nach Hause zu fahren, sie wollte das Ende von Blitz und Donner abwarten. In ihrem Rucksack, den ihr Harald heute morgen gepackt hatte, fand sie ein Viertelpfund Kaffee, ihre Ration für die Woche. Sie freute sich und brühte eine Tasse auf, setzte sich auf ihren Drehstuhl und begann, leise zu singen. Ihr war, als würde ihr Gesang mit einer winzigen Verzögerung, weniger als eine Sekunde, reflektiert – sie hörte, was sie sang, doppelt, und begann, lauter zu singen. Schon in Kindertagen hatte sie gelernt, daß man gegen Furcht vorgehen konnte, indem man sang, nach Leibeskräften. Was sich hier jedoch ereignete, war, daß ihre Furcht sich auflud, zunahm, anschwoll, so daß sie schon mit ihr ringen mußte, bis sie mit einem letzten lauten Lied aus ihrer Kehle brach und vor ihr zu Boden fiel. Vorsichtig sah sie dem Riesenbrocken Angst zu, wie er in nur geringer Entfernung von ihren Füßen zitterte und Anstalten machte, zu ihr zurückzukehren. Dem kam sie zuvor, indem sie mit einem dicken Lexikon der Psychologie, das auf ihrem Schreibtisch gelegen hatte, danach warf. Als die Angst darunter nur leicht zusammenzuckte, aber sonst keinen Schaden genommen zu haben schien, begann sie, mit dem Buch auf den Pfropf einzuschlagen. Die ersten Seiten waren gelöst, die Bindung ging aus dem Leim, als sich Anzeichen zeigten, die Angst könne zerplatzen, und wirklich zerstob sie nach dem fünfundsechzigsten Schlag in viele kleine Stücke, die sirrend und summend hinwegschmolzen. Erleichtert trank sie ihre Tasse leer, aber es verlangte sie nach einer weiteren, diesmal viel stärkeren Kaffees. In ihrer Teeküche gab es eine Kaffeemaschine, einen Tauchsieder, einen Gasherd mit Backofen, eine Mikrowelle und einen Elektrokocher mit zwei Herdplatten. Wozu ihre Vorgängerin all diese Möglichkeiten des Kochens und Warmhaltens gebraucht hatte, konnte sie nicht sagen, aber auf einmal kam ihr die Idee, ein Fest zu veranstalten in ihren Praxisräumen. Ihren Mann würde sie gut gebrauchen können, und wenn es ihr gelänge, Herrn Demut einzuladen, dann würde sie ihm nicht so allein gegenüberstehen. Wenn sie auch die überwiegende Zeit an eine Halluzination glaubte, so hatte sich die Möglichkeit einer früheren Bekanntschaft doch angstvoll festgesetzt in ihrem Kopf und flackerte hin und wieder auf. Sie löschte sie, indem sie kraftvoll schluckte und ihren Argwohn wie ein Stück trockenen Brotes hinunterwürgte. Dann hatte sie wieder Zeit, genügend Speichel und Kraft zu sammeln für eine nächste solche Aktion. Und mit dem Gedanken an eine Festivität hier in ihren Räumen, mit Kindern und Erwachsenen, ihren Patienten, die einander nicht kannten, deren Bekanntschaft aber doch zumindest in einigen Fällen wünschenswert gewesen wäre, gelang es ihr sogar, dem Mißtrauen bis zum nächsten Aufglimmen eine viel längere Pause aufzuoktroyieren. Während es draußen also dunkel wurde, es donnerte, als schlügen die Blitze gleich im Nachbarhaus, neben dem ihren, ein, entwarf sie drinnen eine an Speisen und Spielen gleichermaßen reiche Geselligkeit, verfertigte anhand ihres Bestellbuches eine Liste zueinander passender, einzuladender Patienten und begann, sich auf das Ereignis zu freuen. Einen Samstag wählte sie aus, an dem sie mit ihrem Mann sonst lange im Bett geblieben wäre, ausgiebig gefrühstückt und den Tag hätte verlaufen lassen wie heruntergetropfte Farbe im Sand. So jedenfalls würden mehrere Fliegen mit einer Klappe geschlagen: Sie konnte ans Werk ihrer Vorgängerin anknüpfen, die üppig gekocht haben mußte in der Küche, nahm man den Zustand der Geräte ernst. Sie konnte ausprobieren, ihren Patienten einen schonenden Umgang miteinander zuzumuten, was ihr noch nie in den Sinn gekommen war. Sie konnte, im stillen, überprüfen, ob sie spönne, und mit Hilfe ihrer Sekretärin, die sie in der kommenden Woche aus Bulgarien zurückerwartete, würde sie einen Teil der Räumlichkeiten in einen Salon, den anderen in eine Juxbude verwandeln, in der die anwesenden Kinder zu Possenreißern, Lümmelfüchschen und Kriechmonstern mutierten vor ihrem inneren Auge. Ja, es machte ihr Spaß, sich den Spaß vorzustellen, den man womöglich aneinander hätte, und wäre das Gewitter nicht gewesen, hätte sie nichts mehr zurückgehalten, ihrem Mann von diesem Plan zu berichten. Sie trank den viel stärkeren Kaffee in kleinen Schlukken.

Es klingelte. Sie lief, noch leichtfüßig im Vorgefühl des Festes, zur Tür, um zu öffnen. Draußen stand niemand.

Als sie später nach Hause radelte, kam ihr das Gefühl, beobachtet zu werden, gar nicht mehr so schlimm vor. Sie hatte das Regencape auf halber Strecke ausgezogen, sah sich hin und wieder nach hinten um, konnte aber nichts und niemanden entdecken. Menschen schienen wie verschluckt vom Unwetter, das niedergegangen war. Lediglich ein altes Mütterchen, das am Stock langsam die Straße herunterkam, blinzelte sie freundlich an, um sich sofort wieder den Gärten am Wege zuzuwenden. Die lagen satt vom Regen in der späten Abendsonne, die ersten Hagebutten zeigten sich schon. Im *halben Licht*, wie sie es nannte, sahen die gepflegten Grundstücke einfach einladend aus.

◆ ◆ ◆

Er *sudelte*. So nannte er es, wenn er im Garten Schlammskulpturen baute, die meist aber nur zu kleinen Träufeltürmchen gerieten. Alles andere ging, ehe die gewünschte Form zu erkennen war, den Bach hinunter, und das war hier durchaus wörtlich zu verstehen, denn er *sudelte* an dessen Ufer, hinter dem Haus. Ein Arbeitstag lag hinter ihm, an dem ihn Marlene zwar nicht unfreundlich behandelt, aber doch jede Annäherung hatte vermissen lassen, und das tat ihm gut. Er hatte sich sehr gewünscht, ein kollegiales Verhältnis wiedererstehen zu lassen zwischen ihnen, das es ihnen erlaubte, einander aus dem Wege zu gehen, ohne daß Ignoranz daraus erwüchse. Ignoranz kannte er von seinen früheren Arbeitsstellen als Vorstufe von Feindschaft, und eine Feindschaft strebte er keinesfalls an. Also war er mit fröhlichem *Sudeln* beschäftigt, als sie nach Hause kam und ihm schon von weitem gestikulierend zuwinkte – so hatte er sie lange nicht mehr gesehen. Sie überschlug sich förmlich in der Schilderung ihrer Idee, ein Fest zu veranstalten in den Praxisräumen, und er wunderte sich, wo sie das hernahm, denn er fühlte sich der Unauffälligkeit ihres Lebensstils verpflichtet. Daß sie Gäste zum Abendbrot luden, war schon ganz schön weit vorgewagt, wie er fand, und wenn er es auch nicht sofort wiederholen wollte, so hatte er es doch gespeichert als einen ersten Versuch, *innerhalb* der Unauffälligkeit ein klein wenig Abwechslung einziehen zu lassen. Es wäre ihm lieber gewesen, die Leute hier wären allesamt geselliger. Dann hätte Unauffälligkeit darin zu bestehen, eben hin und wieder Gäste zu haben. Aber hier war es Usus, die Abende allein in familiärer Trautheit zu verbringen, und er wußte, daß es ein Weilchen dauern würde, bis er einen neuen Vorstoß wagte. Daß sie jedoch ein Fest feiern wollte, brachte ihn dazu, sein Nackenhaar zu sträuben. Er sah ihr bittend in die Augen. Sie aber war wie von Sinnen, lud ein, plante durch, hielt inne, spielte aus und legte fest. Sie war froh, ihn hier draußen angetroffen zu haben, wo Bejlas Anwesenheit nicht so drückend und zäh war wie in geschlossenen Räumen. So konnte sie halbwegs frei von der Leber weg sprechen und mußte nicht darauf achten, ob ihre Sätze zu nah an Bejla herangerieten, sie verletzten oder verstörten. Bejla besaß offensichtlich immense Kräfte. Hier draußen konnte sie ihren Mann bitten, doch mitzukommen und ihr beim Kochen zu helfen, beim Vorbereiten der Kinderbespielung und dabei, sie stark und ungebunden erscheinen zu lassen, ohne daß Bejla dazwischenging mit einer Körperlichkeit, die zum letzten Eindruck, den sie von ihr hatte, nicht recht passen wollte. Ein klitzekleines Dörrleichlein hatte sie abgegeben, dessen Haare festgehalten werden mußten, wenn Wind aufkam. Jetzt, da sie daran dachte, fröstelte sie, und Harald legte ihr seine Jacke um. Sie setzten sich auf die Bank unterm Apfelbaum. Wirklich idyllisch, was die Natur hier angerichtet hatte. Blickte man geradeaus, konnte man bei schönem Wetter weit hinten am Horizont drei große Schornsteine sehen, Monumente einer stillgelegten Farbenfabrik, aber bis dahin war die Sicht frei und streifte über Felder und Wiesen, daß es eine Freude war. Zu gern saßen sie hier und ließen die Zeit hinter sich, die alte Vettel, die dann gar keine Lust mehr hatte, sich an sie heranzuquälen – sie waren so abgeschnitten von ihr, daß es ihr zu anstrengend gewesen wäre, sie wieder einzufangen. Also wartete sie lieber ab, bis sie ihre Augen vom Horizont gelöst und sich umgedreht hatten, und wenn sie nachher seufzten, hatte die Zeit sie wieder mit Haut und Haar. Dann merkten sie, daß sie eben noch herrenlos gewesen waren, und blickten sich an, als müßten sie voreinander verbergen, daß sie an jemandes Leine schlurrten. Sie ahnten, daß es die Zeit war, die sie am Bändel hielt, wagten ihr aber keinen Namen zu geben.

Die Äpfel würden noch im Spätherbst, im Winter sogar hier hängen, es waren kleine, harte Dinger mit einem holzigen Biß und kaum wahrnehmbarer Säure. Wenn das Frühjahr kam, würden sie braun zerfallen unter dem Baum. Vor ein, zwei Jahren hatte sie versucht, Apfelmus aus den winzigen Früchten zuzubereiten, aber es rettete sich nichts, was man Geschmack nennen konnte, über den Kochvorgang hinweg in die bereitgestellten Gläser. Sie hatte Zitronensaft zugesetzt und das Mus schließlich zu Kuchen verbacken. Der Aufwand hatte sich nicht gelohnt. Auch die anderen Bäume waren alt und knorzig, nur zwei junge Kirschen standen am südlichen Rand des Grundstücks. Sie hatten versucht, mit dem Vermieter das Fällen der langsam absterbenden Exemplare zu vereinbaren, und ihm angeboten, auf eigene Kosten Neupflanzungen vorzunehmen, aber er hatte auf ihren Brief nicht einmal geantwortet. Ein Birnbaum, sie sahen es jetzt deutlich, verlor schon seine wenigen, gelbgefleckten Blätter, die ohnehin nur noch im unteren Drittel zum Vorschein gekommen waren, und würde im kommenden Jahr wohl kaum noch einmal austreiben. *Schade*, sagte sie, und er wußte, was sie meinte.

Während sie auf der Bank saßen, hatte sich eine kleine Verspätung unbemerkt von der gelangweilt dasitzenden Zeit gelöst. Sie stach die beiden in den Nacken mit einer langen, dünnen Nadel. Dann setzte sie auf die Einstichstellen Schröpfköpfe, um ihnen ein Stündchen Unzeit abzuringen, denn sie hatte gemerkt, daß sie beide davon genug besaßen. Mit Unzeit konnte die Verspätung bei ihrer alten Mutter, der Fettvettel Zeit, brillieren – die nahm sie wie einen Ritterschlag entgegen, der ihre Stärke gegenüber der Feindin zeigte. Sie hatte eine große Truhe mit kleinen Stücken Unzeit fest in Verwahrung und achtete darauf, daß nichts davon abhanden kam. Ihrem Ziel, Unzeit ein für allemal zu vertreiben, war sie dadurch zwar nicht wesentlich näher gerückt, aber sie war so alt geworden, daß das Sporadische der Unzeit und ihre Modernität sie nicht gefährden konnten. Dumm war nur, daß einzig die Verspätungen einen siebten Sinn für Unzeit hatten und sie nicht selbst auf die Jagd gehen konnte.

Inzwischen rieben sich die beiden genau an der Stelle, an der jedem von ihnen eben noch ein Schröpfkopf angehangen hatte, und meinten, von einem Insekt gestochen worden zu sein. Die Zeit, zwar sauer, daß die Verspätung, so klein sie auch war, sich einfach aus dem Staub gemachte hatte, war doch froh über das Scherflein Unzeit und ließ die beiden noch einen Augenblick länger als sonst unbeachtet da sitzen, um die Beute sicher zu verstauen. Dieser Moment reichte aus, um ihnen die Augen zu öffnen für das, was vergangen war. Als sie sich nämlich umdrehten, lag es, ungeschützt, einfach vor ihnen. Was sie sehen mußten, bereitete ihnen Entsetzen. Zum Glück war die Zeit sofort wieder zur Stelle, sie an die Kandare zu nehmen, und bereitwillig ließen sie sich von ihr wegführen, in ihr Wohnzimmer.

Sie hüteten sich, daran zu denken. Es wäre ihnen ohnehin kaum gelungen, denn die Zeit meinte, daß sie noch nicht reif war für solcherart Enthüllungen. Daß der Schmerz, der damit einherging, längst noch nicht von rabenschwarzer Reife war, wie sie es gern hatte.

Am Abend, der gleichgültig und mit verwaschener Unlust über sie kam, setzten sie sich noch eine Weile vor den Fernsehapparat, aber der Film, den sie ausgewählt hatten, rauschte an ihnen vorbei wie ein Zug, in dem sie nicht saßen. Keiner von ihnen stieg ein. Statt dessen hing jeder fest in einem engen Futteral aus Zwängen, in die sie sich unmerklich hineinmanövriert hatten. Sie konnte nicht anders, als die Liste der Einzuladenden zu ihrem Fest um und um zu wälzen. Mit jedem Namen, der neu erschien, wurde ein anderer gestrichen, bis eine erste Fassung der Liste gänzlich durch eine andere ersetzt war. Lediglich ein Name blieb stehen, und das war der des demutsvollen Herren, in dessen etwaiger Bekanntschaft sie sich so unwohl fühlte. Er aber konnte seine Gedanken nicht von den alten Bäumen lösen, die draußen im Garten ihrem Ende entgegensahen. Daß er, gerade unter dem Verdikt der Unauffälligkeit, es sich nicht leisten konnte, eigenmächtig zu Werke zu gehen und die Bäume einfach umzunieten, bedrückte ihn, ja, ließ ihn Szenarien ersinnen, in denen er als Befehlsgeber der Aktion gänzlich verschwand. So beschloß er, morgen früh unter dem Namen des Vermieters ein in der Region bekanntes Gartenbauunternehmen anzurufen und mit der raschen Baumfällung zu beauftragen. Er würde auf einem Festpreis bestehen, den er dem Unternehmen in bar einfach in den Briefkasten stecken konnte, selbst wenn die Rechnung natürlich an den Vermieter geschickt werden würde. Und waren die Bäume erst einmal ab, würden sie neue pflanzen, die zwar ein paar Jahre brauchten bis zu den ersten Früchten, dann aber bestimmt genug abgäben für den Frischverzehr und ein paar Gläser Marmelade oder Mus. Er stellte sich das Gespräch am Telefon vor. Sicher würde der Betrieb auf einem handschriftlich unterschriebenen Auftrag bestehen. Für diesen Fall würde er versuchen, Marlene zu gewinnen, als des Vermieters Frau zu unterschreiben. Sie wohnte so weit ab von ihnen, daß sie nicht in Frage käme, sollte er Nachforschungen anstellen lassen. Aber vermutlich wäre er sogar ganz froh, daß ein Unbekannter die Aktion bezahlt hatte. Abwarten.

◆ ◆ ◆

Die nächsten beiden Wochen verbrachte sie mit Festvorbereitungen. Für die Einladungskarte verwandte sie ein Foto, auf dem Schäfchen mit Menschen Ringelreihen spielten, schrieb in sattem Lila *Wir wollen uns feiern!* darüber und setzte mit grüner Schrift Tag und Uhrzeit hinzu. Nicht daß sie zufrieden gewesen wäre mit dem Kärtchen, aber sie wußte nicht, wie sie es besser hätte machen sollen, und sorgte dafür, daß es in schönen, handgeschöpften Kuverts verschickt wurde. Für die Speisenfolge hatte sie ebenso viele Ideen wie für die Spielordnung, es war schwer, eine Auswahl zu treffen. Sie wollte sich mit ihrem Mann darüber beraten, der aber den Spieß umdrehte, indem er ihr Vorschläge machte, die sie unmöglich annehmen konnte. So wußte sie nach kurzer Zeit recht genau, was sie nicht wollte, und nun war es nicht mehr schwer, das Geeignete auszuwählen. Ihre Sekretärin war natürlich nicht bereit, auch nur eine Minute länger Dienst zu tun, als sie bezahlt bekam, und so machte die Chefin ihr das Angebot, für die kommenden zwei Wochen drei Stunden zusätzlich zu arbeiten. Sie sagte nach einiger Überlegung, ihre Kinder und das eben begonnene neue Schuljahr betreffend, zu.

Die beiden Frauen verwandelten die Praxis Stück für Stück in ein Klimbimkabinett allererster Güte. Über die Eingangstür hängten sie einen kurzen indischen Wandbehang mit kleinen, rotbunten Elefanten, denen anstelle der Augen Spiegelpailletten gewachsen waren. Im Behandlungszimmer, im Warte- und Empfangsraum berückten aufgefaltete, über Stuhllehnen und Fensterknäufe drapierte Saris den Besucher. Die Sekretärin hatte in ihrer noch gar nicht so lange zurückliegenden Jugend Indien besucht und so manchen Stoffballen nach Hause geschleppt, und sie begeisterte sich zunehmend an der Idee, all dem Zeug wenigstens einmal die Gelegenheit des Zurschaustellens zu geben. Ein indischer Tempelstein, ein hölzerner Elefant von Kniehöhe, drei große goldfarbene Blumenübertöpfe mit eingelegten Glassteinen und zwei orientalische Windlichter führten dazu, daß es nicht mehr ohne Räucherstäbchen ging. Die konnten sie allerdings in einem asiatischen Feinkostladen kaufen, und sie entschieden sich für Patchouli. Auch die beiden Frauen hatten vor, am Tag des Festes möglichst indisch auszusehen. Ein pinkfarbener Sari und ein weinroter Salwar Kameez mit aufwendiger Straßstickerei und einer golddurchwirkten Dupatta lagen bereit. Die Sekretärin hatte gewühlt und gewählt, nur wer in welchem der guten Stücke erscheinen durfte, darüber herrschte noch keine rechte Einigkeit.

Der Ausflug nach Indien brachte selektive Wahrnehmung mit sich. Viel öfter sah sie nun Menschen, denen sie das Attribut *indisch* anhängte, viel öfter kamen ihr in Geschäften indische Lebensmittel unter, nahm sie Nachrichten aus Indien auf, die vorher nur kurz auf ihrem Gedächtnisrost gelegen hätten und dann unrettbar hindurchgefallen wären. Eine indische Großwetterlage pegelte sich ein, in der er mit sächsischen Gerichten nicht weit kam. Der Patchouli-Duft begann schon jetzt den *Schwarzen Samt* zu überlagern, aber nur für die kurze Zeit, in der ein Stäbchen bis auf den Grund brannte. Wenn sie morgens die Praxis betrat, hing der *Samt* schwer und wirklich schwarz in der Luft. Sie öffnete immer zuerst alle Fenster der Erdgeschoßwohnung und war heilfroh, daß sie Patchouli anzünden und Kaffee kochen konnte, den sie in letzter Zeit dem Tee vorzog, des Geruchs wegen. Sie liebte es plötzlich, ihrer Sekretärin, die allmorgendlich pünktlich sofort nach ihrem Erscheinen ein großes Toilettengeschäft vollzog, auf's Örtchen zu folgen, wo sie den Gestank tief einsog. Alles war ihr lieber als *Schwarzer Samt*. Sie fragte sich nicht, was das zu bedeuten hatte, wenngleich sie sich daran erinnerte, den Duft einmal sehr gemocht zu haben.

Die Tage gingen mit großer Gleichförmigkeit ins Land. Hatte sie ihre Arbeit hinter sich, die sie manchmal bis achtzehn oder neunzehn Uhr in der Praxis festhielt, radelte sie nach Hause. Das Auto mochte sie nicht benutzen, es gefiel ihr, mit freiem Kopf zu strampeln und, war sie zu Hause angelangt, das Gefühl zu genießen, sich verausgabt zu haben. Die letzten zweihundert Meter legte sie einen regelrechten Sprint vor, denn die Straße zu ihrem Haus war kaum befahren und eine ideale Rennpiste. Schwer atmend stieg sie vom Rad und schaute nach, ob er sich irgendwo im Garten versteckt hatte. Fand sie ihn, besprachen sie das Nötigste. Einmal war das Nötigste ein Kinobesuch, für den sie in die nächstgrößere Stadt fahren mußten, dann wieder hatte sie etwas gelesen, was sie ihm unbedingt heute noch zur Kenntnis bringen mußte. Es waren Tage, an denen Bejlas Anwesenheit zu einer Konstanten in ihrem Leben wurde, und das brachte es mit sich, daß deren Seßhaftigkeit den Charakter von etwas Beiläufigem annahm. Von etwas, gegen das man nichts ausrichten konnte und das deshalb tiefer und tiefer rutschte, bis es nur noch gelegentlich ihre Aufmerksamkeit erregte.

Da, mitten in den Vorbereitungen ihrer Festivität, passierte es, daß sie sich den Daumen und zwei Mittelhandknochen brach: Sie war beim Zuschneiden eines Girlandenstücks, das sie im Gehen vollzogen hatte, über eine Schnur gestolpert, hingestürzt und hatte den Finger so unglücklich in der Schere gehabt, daß er wie ein mürber Stengel abknickte. Zunächst hatte sie nicht an eine Daumenfraktur gedacht, aber der Schmerz entzündete sich immer wieder an kleinsten Bewegungen, bis sie die Hand zum Arzt schleppte und einen schönen Gips bekam. Mit dikkem Verband trug sie das Händchen fortan in einem schwarzen Dreieckstuch, weil es ihr schwerfiel, es in angemessener Position zu halten. Zudem vergaß sie hin und wieder den Gips und wunderte sich dann, daß die Hand so gewichtig war. Alles in allem kam ihr die Verletzung nicht gerade gelegen, denn auch ihre schönsten Kochhoffnungen bröckelten bei der Vorstellung, mit links schneiden oder umrühren zu müssen. Nicht leicht, sich anzuziehen. Nur ein ausgelabbertes dunkelblaues T-Shirt paßte über den dicken Verband. Alle anderen Blüschen und Hemdchen und Kleidchen hatten so enge Armöffnungen, daß es ihr nicht gelingen mochte, sie darüberzuzerren. Also trennte sie einige lange rechte Ärmel unten ein Stück auf, wenn sie mit einem Knopf verschließbar waren. Die anderen Sachen schienen ihr *zu schade* dafür. So konnte sie nun für eine Zeitlang nicht mehr frei wählen, was sie tragen mochte, und sie begann zu experimentieren. Eine gepunktete Bluse kombinierte sie mit einem karierten Rock und band sich dazu ein geblümtes Tuch um den Hals. *Mustermix* nannte sich das, sie hatte es in einer Modezeitschrift entdeckt und wählte eine gestreifte Jacke aus, das Outfit zu vervollständigen. Freilich konnte sie nur in den linken Ärmel des Jäckchens hineinschlüpfen, den rechten zog sie ein. Das labbrige blaue T-Shirt trug sie zu einem knappen rosa Röckchen, das bis auf eine blitzende Kante von einem knappen Zentimeter darunter verschwand. Dazu hochhackige Pumps. Das alles sorgte für mehr Aufsehen, als sie bedacht hatte, aber es freute sie, so ausgelassen und unvorsichtig zu sein. Sogar einen Schritt weiter ging sie und ließ ihr langes blondiertes Haar rot färben, brachte es sozusagen mit künstlichem Farbauftrag in seinen Urzustand zurück, und als sie danach im Spiegel ihre Sommersprossen wiederentdeckte, die so köstlich zu dem roten Haar aussahen, daß sie sich beinahe nach sich selbst zu verzehren begann, zog eine leise Ahnung ihr für einen Moment wie eine Leimspur durch den Sinn. Jemand kannte diese Sommersprossen zu ihrem roten Haar sehr gut und war legitimiert genug, ein Recht auf sie zu haben, aber ehe ein Abbild die Leimspur kreuzen konnte, war diese Ahnung schon wieder verflogen.

Sie werkelte mit Hilfe ihres Mannes weiter. Zwar war die Praxis bereit, aber es gab Stühle, die noch nicht die beabsichtigte thronale Ausstattung hatten, und es gab einen Tisch, der an keiner seiner vier Ecken schon indisch aussah. Sie gaben ihm ein Gepränge, das seinesgleichen suchte. In die Kanten wurden eng nebeneinander antik aussehende Polsternägel eingeschlagen, er wurde mahagonifarben geölt und mit einer dünnen Schicht feinster rötlicher Seide überbunden, deren Knoten sich an den Stirnseiten zu einiger Größe aufbauschten, weil sie weihnachtliche Ketten – Englein, Sterne und Monde – hineinzogen. Auf ihm sollte das Geschirr, sollten die Gläser, zitronenzuckerverkrustet, für ihren Einsatz bereitstehen. Die Stühle versahen sie mit riesigen Schilden aus Pappe, die sie entweder mit Alufolie überzogen und mit bunten Plastik-Edelsteinen beklebten oder aber mit Goldbronze anstrichen, was sie durchweg zu Unikaten machte. Sie standen im langen Flur und in den Zimmern, immer in Zweier- oder Dreiergruppen, und wer sich darauf setzte, wuchs allein durch die Anmutung eines Thrones um fünf Zentimeter. Am Vorabend des Feiersamstags saßen sie sich im Behandlungsraum gegenüber und wußten gar nicht, wohin sie zuerst schauen sollten: Einander in die Augen oder aber auf all die Elemente eines indischen, subkontinentalen Ganzen, das so war, wie sie es sich vorstellten, aber mit der dortigen Wirklichkeit sicher so wenig zu tun hatte wie ein Ameisenbein mit einem Elefantenschenkel. Es war anheimelnd, hier zu sitzen, und im Kühlschrank warteten die fernöstlichen Zutaten auf ihre Komposition zu einem Märchenmenü.

◆ ◆ ◆

Seine Stirnader schwoll fingerdick an, wenn er an Herrn Demut dachte. Dreckskerl. Wollte sich an seiner Frau vergreifen und hatte sie zu diesem Zweck bei der Samstagsfete einfach abgepaßt, als sie an der Toilettentür vorbeiging, hatte sie hineingezogen und ihr den Mund zugehalten, und wahrscheinlich war es nur ihrer gipsernen Faust zu verdanken, daß er nicht dazu kam, ihr wirklich etwas zu tun. Sie versetzte ihm einen unerwarteten Schlag gegen die Schläfe, daß zunächst er, sofort darauf auch sie anfing zu schreien, denn ihr Mund war nun wieder frei. Der Polizei sagte er, er habe erwischt werden wollen, weil er nicht mehr an sich halten könne mit seiner Lust. Neulich, zu seinem ersten Termin bei ihr, den er scheinbar aus ganz anderen Gründen wahrgenommen hatte, wäre es ihn schon angefallen wie ein wilder Hund, ihr beischlafen zu wollen, so daß er nur auf eine Gelegenheit gelauert habe, abzuhauen. Die neuerliche Einladung jedoch habe ihm bedeutet, daß es eine Fügung sei. Daß er nicht dagegen ankomme und daß er es wenigstens tun wolle, ehe er sich freiwillig festnehmen lasse. Sie hielt diese Spielart der ihr hin und wieder unterkommenden sexuellen Aberrationen für *normal*, passend zu ihrem Arbeitsalltag, nicht weiter erwähnenswert. Ihm jedoch machte es schwer zu schaffen, sich vorzustellen, daß sie mit diesem Mistkerl allein in der Praxis gewesen war. Gleichzeitig hätte er ihn küssen können dafür, daß er aus Angst und Erschrecken vor sich selber Reißaus genommen hatte an jenem Tage, da er ihr zum ersten Mal begegnet war. Diese widerstreitenden Gefühle beutelten ihn, in ihrem Taumel befand er sich nun schon seit Tagen. Natürlich war ihr Praxisfest nach diesem Vorfall aus und vorbei gewesen, er hatte die Polizei geholt, und nach deren Erscheinen waren die Gäste befragt worden nach dem Eindruck, den der Mann auf sie gemacht hatte. Nach eventuell dem Ereignis vorausgehenden Beobachtungen. Personalien wurden aufgenommen, etwas, was nun so gar nicht zu der erhofft heiteren, unbeschwerten Feier passen wollte, und die Geladenen hatten die erste Gelegenheit beim Schopfe gepackt, vom Ort des Geschehens zu verschwinden. Nur sie war tatsächlich heiter geblieben, vielleicht auch erst geworden. Zu erleichternd war der Ausgang der Geschichte für sie, die sie dem Manne schon eine länger dauernde Bekanntschaft glaubte unterschieben zu müssen, die sie vergessen, verdrängt hatte. Gelassen wickelte sie nun Saris von Stuhlpfosten, fror indisch gemeintes Essen in großen Portionen ein und freute sich, daß so vieles vorbei war. Er schaute ihr dabei zu, konnte ihr nicht beispringen in ihrem Bemühen um Ordnung für den Beginn der kommenden Arbeitswoche. Ihr schien ein übergroßer Wunsch erfüllt worden zu sein, den er, wenn er es recht betrachtete, hatte mittragen wollen. Nun, da sie wußte, daß von dem Mann keine Gefahr außer der für Leib und Leben ausgegangen war, schien sie ruhig und fröhlich zu sein. Er sah es mit einem erstaunten und einem erleichterten Blick, und aus der Sekunde zwischen beiden entschlüpfte die Zeit, die alte Fettvettel, und versuchte, mit einem derben Waschholz ins Erinnern einzugreifen und es durchzustuken, daß den beiden die Sinne vergehen sollten, aber: Nichts eilte. Sie schaffte es nicht, sie hing schwer und bleiern in den Seilen wie nach einem verlorenen Boxkampf. Besah das Waschholz in ihren Händen und wußte nicht, wo es hergekommen war. Sah sich um und hinter sich, vielleicht vierzig, fünfundvierzig Jahre entfernt, eine Frau, die sich mühte, ihre Kochwäsche zu bearbeiten damit. Träge, wie sie nun einmal war, ließ sich die Zeit Zeit mit dem Zoomen. Die beiden aber gingen von der Küche ins Behandlungszimmer und kümmerten sich nicht um sie. Er hatte mit beiden Händen nach ihr gelangt, sie sich ihm entzogen mit ausgefuchster Katzenhaftigkeit, und jenes Lächeln, das verschmitzt und nun voller Erwartung von ihr ausging, breitete sich mit Eifer auch über sein Gesicht, zog seine Mundwinkel in die Höhe mit spitzen Fingern. Zwar bemerkten sie, wie die Zeit sich dehnte, dachten sich aber nichts dabei.

Ihr Herz beschleunigte seinen Trab und nahm seins mit. Sie sahen unter, neben, über sich nichts als Himmel, wo doch vier

Wände, Fußboden und Decke waren, und als sie nackt über die Dielen kugelten, fühlten sie frisch die Luft hereinbrechen, die doch außerhalb war. Schwarz und samtig legte die Nacht ihren Mantel um ihre bloßen Leiber, daß sie nicht einmal froren.

Die Zeit aber, als sie endlich herangeholt hatte, was sie sah, wunderte sich. Es war seine Mama, die da zugange war mit dem Waschholz, und es waren seine Windeln im Topf, sie stanken unter dem reichlichen Waschpulver hervor, daß der Zeit schlecht ward, und als die Frau nicht mehr konnte, in einem Moment, in dem plötzliche Kraftlosigkeit und Aufbegehren zu einem Urteil lebenslänglicher Haft zusammenklumpten, schleuderte sie das Waschholz in eine Gerümpelecke, aus der die Zeit es hervorgekramt haben mußte mit sicherem Griff. Sie erinnerte sich nicht daran, und das machte ihr zu schaffen. Daß sie es hier und heute in den Händen hielt, konnte nur heißen, daß Unzeit wieder einmal dabeigewesen war, ihr den Plan zu verderben, den sie hegte. Ein altes Waschholz war nicht geeignet, das Erinnern der beiden durchzustuken. Die Federn, Räder und Riemchen waren so fein und festgezogen, daß sie nur durch einen Hauch, eine Idee aus dem Gleichmaß gebracht werden konnten, in dem sie sich bewegten. Die alte Fettvettel zweifelte zum ersten Mal daran, daß es ihr gelingen würde.

Sie lag inzwischen in beinahe komatösem Schlaf eng an ihn geschmiegt. Im Ebenmaß ihres Herzschlages blühte Blumenkohl auf dem Rasenstück vor ihnen, zogen menschengroß Kröten mit weisen, wichtigtuerischen Gesichtern auf und wiesen auf Inderinnen, die an einem neu angelegten Tümpel in einer Plattenbaugegend ihre Wäsche zu waschen versuchten, an der Schlammgrundigkeit des Wassers aber zu verzweifeln drohten. Sie selbst saßen im Biergarten eines nahe gelegenen Lokals und lachten über die Kröten, wollten den Inderinnen aber ihre Waschmaschine zur Verfügung stellen, damit sie es leichter hätten. Ein bißchen wunderten sie sich, wo die Frauen hergekommen waren in ihren bunten, im Plattenbauwind flatternden

Saris, aber als sie versuchten, mit ihnen Kontakt aufzunehmen, antworteten sie in solch einem hellen Deutsch, daß die eigene Sprache ihnen auf einmal gar nicht mehr dunkel und verdämmernd vorkommen wollte. Sie staunten.

Er hatte die Jungbullen wohl als erster gesehen, die heranzogen mit martialischem Gebrüll, das ihnen aus den Stiernacken zu stoßen schien, so rückwärtsgewandt wirkte es. Der Anführer rannte mit schnellem, aber schwerem Schritt auf die Frauen zu und beschimpfte sie als Gesocks, Zigeuner, und die anderen taten es ihm, manche zögernd, nach. Eine Schlägerei begann, in deren Verlauf die Jungbullen erstaunlicherweise schnell zurückgedrängt wurden von den starken, behenden Frauen, die eine asiatische Kampfsportart zu beherrschen schienen. Sehr plötzlich fuhren ihre Beine unter den langen Stoffbahnen hervor, die Füßchen trafen mit kluger Berechnung Stirn oder Kinn der Männer, die zu taumeln begannen und sich dann einer nach dem anderen auf den Rasen betteten. Außer Gefecht. Die Frauen steckten, ohne ein Wort zu sagen, ihre Saris wieder fest und machten sich im Gänsemarsch auf zur Wohnung der beiden, deren Anschrift sie kannten, ohne daß sie hätten fragen müssen. Eine von ihnen zog einen Schlüssel hervor, er hing an einer Goldkette, die bis dahin seltsam unbeweglich über der Brustfalte klebte. Nun war das ja klar: Der Schlüssel klemmte fest zwischen den Brüsten und hielt das Kettchen in Position. Sie schloß auf, verbeugte sich dreimal gen Osten und betrat als erste den schummrigen Korridor, in dem es muffig roch, als habe sich dort in den letzten Monaten niemand blicken lassen. Die anderen folgten, und auch die beiden traten ein in die Höhle, wobei er vorsichtig, sie aber mit entschlossenem Schritt aufs Bad zuging, das sie öffneten. Die Waschmaschine entpuppte sich als eine überdimensionierte Kürbisschale, in der ein Rotor die Wäsche drehte und wendete, sie lief, und wie es aussah, schon lange, denn die Hemden und Hosen waren, als sie sie herauszog, dem Zerfall nahe, so dünn und durchscheinend war der Stoff. Sie erschrak und wollte ein bißchen weinen über den Zustand der Wäsche, besann sich dann aber, legte das dünngescheuerte Zeug in eine Schüssel und bot den Frauen an, nun ihre Sachen dem Kürbisrotor zu überantworten, was diese mit glockenhellem Dank auch taten. Inzwischen gingen die beiden ins Wohnzimmer, wo ein zehn-, elfjähriger Junge lümmelte, den sie zu kennen glaubte, den er aber nicht wahrnahm. Sie beachtete ihn nicht weiter, das Fernsehprogramm hatte es ihr weit mehr angetan, und auch er fläzte sich in einen der großohrigen Sessel und starrte auf die Mattscheibe. Eine Mittagstalkshow, mit aufgemotztem Moderator und *armen Mäuschen*, wie sie fand. Zwar verstand sie von alledem, was da verhandelt wurde, kein Wort, denn es wurde in Hindi palavert, wie ein untergelegter Textstreifen am Bildrand mitteilte, aber wie die jungen Mitteleuropäer, so schien es, sich im Hindi als ihrer Muttersprache bewegten, das faszinierte sie. Die Inderinnen kamen mit ihrer gewaschenen Wäsche ins Wohnzimmer und fragten nach einer Möglichkeit, sie zum Trocknen aufzuhängen. Die jungen Leute auf Sendung beachteten sie nicht im mindesten, als seien sie selbst der fremden Sprache nicht mächtig. Er warf ein, daß in Indien mehr als 230 Sprachen gesprochen würden, da sei es schon möglich, daß diese ihnen unbekannt sei. Sie verneinte das, wußte aber nicht recht, warum. Die Balkontür klemmte, mit vereinten Kräften erst gelang es ihnen, sie zu öffnen. Draußen waren in Bauchhöhe, unterhalb der Brüstung, reichlich Leinen für einen großfamiliären Wäschedurchlauf gezogen worden, und die Frauen begannen, mit Klammern ihre Bündel anzutackern. Er sah ihnen dabei zu und holte eine noch ungeöffnete Klammerpackung aus der Küche, weil er deren Ende schon frühzeitig kommen sah, riß sie auf, tat das aber so überschwenglich, daß die Klammern in hohen Bögen den Frauen um die Ohren witschten. Sie lachten, fingen sie auf, bedankten sich ehrerbietig. Kopfschüttelnd setzte er sich, während sie, als er widerstrebend ihrem Blick auszuweichen begann, sich regelrecht verhakelte darein, ihren Augen gar keine andere Möglichkeit ließ, als sich mit seinen zu verschwistern. So hockten sie schließlich beide einander gegenüber, er sah, wie in einem Spiegel, seine Augen in ihrem Gesicht, sie hatte ihre ausgemacht unter seinen starken Brauen. Sie erwachten. Wußten fraglos, daß sie in einem gemeinsamen Traum miteinander zugange gewesen waren, der heftig in ihnen nachklang, und als sie sich umdrehten, war ihnen, als säße vor ihnen der Junge, lachend, älter geworden um einige Jahre, wenn man von der Gestalt ausging. Wenn sie knapp an ihm vorbeisahen, konnten sie, wie sie glaubten, sein Gesicht ausmachen, versuchten sie aber, ihm in die Augen zu schauen, traf ihr Blick einen blinden Fleck.

◆ ◆ ◆

Das Kommando der Baumfäller rückte vier Tage später an und begann, die greisen Obstbäume vom Gartenstück zu nehmen, zu zersägen, das Stammholz zu stapeln und das Geäst zerhäckselt auf das mitgebrachte Auto zu laden, um es zu entsorgen. So hatte man sich mit Marlenes Hilfe geeinigt, der die Rolle der Vermieterin unerwarteterweise spitzen Spaß gemacht hatte. Die Zicke hatte sie gegeben im Laden, hatte mit Lippenstift und Puderquaste ihr Gesicht bearbeitet, während der Geschäftsführer ihr die vorbereiteten Papiere zur Unterschrift vorlegte. Sie aber fand immer wieder etwas zum Meckern und brachte den Chef zur stark rotwangigen Weißglut, die er zwischen die Zähne zurückpfiff und ein erstaunlich seidiges Gesicht dazu zeigte. Marlene hatte ihm in höchsten Tönen davon erzählt und gefragt, ob er nicht mehr Auftritte dieser Art organisieren könnte für sie. Wenn sie sich als Schauspielerin fühle, hatte er geantwortet, so könne sie ja im *Gartenläubchen* anfragen, dem Laientheater der Stadt, und sie einfach stehenlassen. Sie hatte in ihrer Wut eine Weile überlegt, der Gartenbaufirma den Schwindel zu offenbaren. Als er nach Minuten zurückkam, entschuldigte er sich, er habe einen so plötzlichen Harndrang verspürt, daß ihm nichts anderes übriggeblieben sei, als auf und davon zu laufen, und sie war froh über ihr Gefühl, in die Sache zu sehr verwickelt zu sein, um sie offenlegen zu können.

Er stand am Fenster und sah mit unflätigem Grinsen dem Treiben auf dem Grundstück zu. Für heute hatte er sich Heimarbeit organisiert, etwas, was in der Firma seit längerem als Möglichkeit diskutiert und inzwischen auch erprobt wurde. So konnte er verfolgen, wie die ganzen Kerle da unten die Aufgabe meisterten, an der er sich so lange die Zähne ausbeißen zu müssen geglaubt hatte, ehe ihm diese grandiose Idee gekommen war. Jedes Umfallen eines Baumes, jedes Krachen und selbst die Häckselgeräusche lösten Wohligkeit aus, in der er wie in Puderwolken unterging. Wieder auftauchend, versuchte er, eine Weile zu arbeiten, aber es standen so viele Bäume da unten, daß er bis zum Nachmittag immer wieder im Puder versank. So schön war das, daß er mitunter an einen Orgasmus gemahnt wurde und sich zurücknehmen mußte im herbstlichen Licht, das draußen wie drinnen den Ton angab mit seiner braunroten Innigkeit. Die Luft stieg in ihn ein wie in einen Zug, und jedes Atemholen erschien ihm wie ein Halt auf freier Strecke, bei dem ein Fahrgastwechsel für Aufregung sorgte. Erst gegen Abend begannen die Männer, die nur zwei kleine Pausen gemacht hatten, ihre Gerätschaften zusammenzupacken und aufzuladen. Nun kam Müdigkeit über ihn, als hätte er den ganzen Tag über in der Natur geschuftet, sich erschöpft und verausgabt. Er strich sich mit den Fäusten über die Augen, die klein und schlitzig geworden waren, und machte eine Handvoll Kniebeugen, um munter zu werden. Schließlich zerbröselte er etwas trocken gewordenen Tabak, rollte ihn in ein Zigarettenpapierchen, entzündete es und rauchte langsam. Das half. Erweckte ihn wieder.

Seit dem vergangenen Samstag hatte er mit einer großen Klebrigkeit an seiner Frau gehangen, wußte aber nicht einmal, warum. Die dauernde Anwesenheit von Bejla ertrugen sie mit stiller Fassung, ja, manchmal schien es, als könnten sie sich daran gewöhnen, und in solchen Momenten haftete er mit Haut und Haar an seiner Frau und spürte sein Froschdasein auf ihrem breiten Rücken. Sie schwammen dann beide, Frosch und Fröschin, hinüber ins Land der Zirkelschlüsse, wo die Sinnestäuschungen sie mit Luftspiegelungen, Phantomen und Phantasmagorien in Atem hielten, im Fieberwahn. Bejla wurde dort regelmäßig zu einer Randerscheinung, deren belanglose Nebenrolle sie nicht weiter verfolgten, sich statt dessen mit Krötenmenschen ums Stückchen Land im Lande stritten und hitzig in den sauren Apfel bissen, den sie so *sonderbar*, er hingegen *gespritzt* fand. Beide Worte standen für eine gewisse Verrücktheit, die sie wohl spürten und zuweilen mit *Mondsucht* übersetzten oder mit *Schmonzes,* niemals aber einander zugegeben hätten, daß sie sich im Wahnsinn wähnten. Und das taten sie, brachten sich gegenseitig mit überspannten Bögen in tausend Ängste und genossen die Erleichterung, wenn ein Pfeil, den sie, versehentlich?, abschossen, ins Nirgendwo ging und nicht etwa den anderen traf, wie sie es befürchtet hatten. Dort, im Land der Zirkelschlüsse, wie sie es nannte, war während der letzten Tage ihr bevorzugter Aufenthalt gewesen, und wenn sie sich davon losreißen konnte, dann nur mit der Gewißheit, daß ihr Ähnliches auch bei ihrer Arbeit begegnen würde. So gut konnte sie sich einfühlen in ihre *halluzinierenden, delirierenden, besessenen* oder auch nur *eigenen, hintersinnigen* und *ferkelnden* Kunden, daß sie mit ihnen gemeinsam halluzinierte oder delirierte, hintersinnelte oder ferkelte, und die Kunden dankten es ihr, indem sie, beglückt über das erlebte Höchstmaß an Empathie, sich eingemeindet glaubten in ihre Seelen-Verwandtschaft. Mehr als eine Ahnung davon ließ er nicht zu, und während er den abziehenden Baumfällern zusah, trat ihm der Schweiß auf die Stirn. Was er sich nicht gestattete, fand seinen Weg durch die Poren.

Kuchen und Kompott? Ihr Auftrag, am Rand der Straße, die er entlangradeln mußte, um zu seiner Arbeit zu gelangen, nach

Birnen, Äpfeln oder Zwetschgen zu schauen, fiel ihm ein. Gestern hatte er einen Korb voller kleiner Pfläumchen mitgebracht. Die holte er aus dem Keller und sah sie durch. Am besten wäre es, daraus Pflaumenmus zu kochen, und er sah nach, ob genügend Zucker da war. Er fand vier Kilotüten, wer weiß, was sie damit vorhatte, und machte sich an die Arbeit. Entsteinte die Früchte, war erstaunt, daß sie kaum von Maden bevölkert waren, dabei hatte er Apfel- und Pflaumenwickler in diesem Jahr reichlich gesehen, im Mai, Juni, wenn er spätabends noch im Garten gesessen und dem zu- oder abnehmenden Mond zugeschaut hatte. Aus einem alten Stromzählerkasten hatte er sich ein transportables Teelicht-Lämpchen gebaut, für das er in die Bäume Nägel eingeschlagen hatte, und um dieses Licht waren die Pflaumenwickler herumgetänzelt im noch kühlen Abendschein. Aber er hatte irgendwo gelesen, daß diese Wicklergeneration in der Regel nicht so sehr für den späteren Befall verantwortlich war, sondern erst die zweite, die im Juli oder August ausschwärmte, und diese hatte er nicht gesehen, wenn er sich recht erinnerte. Die halbwilden Pflaumen waren süß und überreif, er steckte hin und wieder ein Exemplar in den Mund und zerquetschte es zwischen Zunge und Gaumen, und der den Schlund hinabrinnende Saft gemahnte an dicken Sirup, wie er ihn zwar aus Pflaumen nicht kannte, aber aus anderen Früchten schon. Seine Mutter hatte jedes Jahr im Herbst Berge von Sanddorn zu Sirup verkocht, das heißt, sie hatte den Saft unter Zuckerzusatz bei siebzig Grad pasteurisiert und in leere Mostflaschen gefüllt, die mit Gummistopfen zu verschließen waren. Heimlich hatte er immer ein Fläschchen davon in seinem Zimmer stehen gehabt, er schmeckte, mit Wasser verdünnt, so gut, daß er jeden käuflichen Apfel-, seltener Orangensaft, dafür stehengelassen hätte. Auch seine Mama, und er spürte ein plötzliches Herzstechen, als er daran dachte, hatte Sirup gekocht. Dafür war sie tagelang in den Wäldern nach Himbeeren unterwegs gewesen, die sie mit dem Dampfentsafter bearbeitete. Zucker hinzu, aufgekocht und abgefüllt, in Gläsern meist, die im Einkochapparat nochmals erhitzt und mit einem Glasdeckel überm Gummiring verschlossen wurden. Jetzt meinte er sogar das Zischen zu hören, wenn solch ein Glas durch einen kräftigen Zug an der dafür vorgesehenen Gummilasche geöffnet wurde. Über's Vanilleeis hatte Mama den Sirup im Sommer gegeben, im Winter aber so manchen Grießbrei damit veredelt. Er füllte die Pflaumen mit Zucker in die Edelstahlpfanne und setzte sie auf kleiner Flamme auf, und als sie kochten, stellte er sie in die vorgeheizte Backröhre, die er einen Spalt offenstehen ließ. Nun aber begann ihn Unruhe zu beuteln, wo sie denn blieb, denn es war längst Zeit. Manchmal hatte sie eine Patientin in den Abendstunden bestellt, nach 20 Uhr, aber sie hatte ihm vorher kundgetan, wenn so etwas anstand. Die Unruhe ließ sich schwerlich abtun mit guter Zurede, *sie werde schon kommen* oder *vielleicht hat sie jemanden getroffen* – seit dem vergangenen Samstag, seit dem Zwischenfall in ihrer Praxis, hatten sich ihm ganz neue, erschreckende Möglichkeiten von Ungemach aufgetan, und wenn er an sie dachte, so sah er zuerst ihren immer noch schönen, feinnervigen Körper, der sicher auch andere Männer jucken konnte. Zunächst rief er in der Praxis an, und als nicht abgenommen wurde, galt ihm das keinesfalls als Zeichen, daß sie unterwegs, daß alles in Ordnung war, sondern er malte sich aus, wie sie blutüberströmt auf der Toilette deponiert worden war, gefesselt unter dem Tisch lag oder, nicht mehr atmend, mit eingeschlagenem Kopf, hinter der Tür. Besorgt nestelte er an seiner Kleidung herum, er hatte einen ausrangierten Nicki-Hausanzug von ihr an, den er immer trug, wenn er mit Fett, Schlamm oder anderen unangenehmen Substanzen zu hantieren hatte. In der Fleckenpalette nahmen sich die Pflaumenspuren nun nicht gerade bemerkenswert aus, so daß er nach einigem Überlegen dazu kam, sich nicht noch einmal umzuziehen. Statt dessen setzte er sich ins Auto und fuhr die zehn, zwölf Kilometer nach N. hinüber, sie zu suchen und, wie er hoffte und fürchtete, auch zu finden. Den Praxisschlüssel trug er glücklicherweise bei sich, und als nach entschlossenem Klingeln kein Zeichen kam, öffnete er die Tür und trat ein. Eine mit sauberem, geradezu liebevollem Strich gemalte Raute empfing ihn auf dem Fußboden des Flures, längsdiagonal mit einem kleinen Schlitz versehen – das pubertäre Mösenzeichen, das sie als Teenies überall hingeschmiert hatten, auf Toilettenwände, Haustüren oder Mauern, und das sie in so manche Baumrinde eingekratzt hatten mit mäßigem Erfolg. Er bückte sich, die Farbe war noch nicht fest, ein warmer Rotton, und als er sich aus dieser Position umsah, nahm er das Zeichen vervielfacht wahr auf Wänden, Bildern, Spiegeln, sogar auf der Tischplatte im Behandlungszimmer, aber sie konnte er nirgends entdecken, selbst als er Zimmer für Zimmer absuchte und auch die Teeküche, das Kabuff und die Toilette nicht vergaß. Schlagartig ging sein Gedächtnis auf die Unruhe ein: Das Symbol prangte schon im Treppenhaus an exponierter Stelle, an der Wand bei den Briefkästen, aber es war offenbar unterhalb der Aufmerksamkeitsschwelle geblieben. Nun lief er die halbe Treppe hinunter, um nachzusehen, und auch hier war der Lack noch nicht getrocknet, rannen sogar rostrote Farbnasen die Wand hinab. Kurz entschlossen rannte er zurück, um die Tür zu schließen, dann auf die Straße, und wirklich, die Spur der roten Mösen zog sich an den Fassaden entlang, über Schaufenster oder Trottoirsteine, alle zwanzig Meter war mit einem Zeichen zu rechnen, an der nächsten Kreuzung muße er auch nicht lange nach dem richtigen Weg suchen. Quer über die Tür eines längst geschlossenen Waschsalons war ein leuchtendes Hoheitszeichen der Weiblichkeit gemalt worden, und er lief und verfolgte die Spuren, die Tropfen, die Spritzer, geriet in helle Aufregung wie in den Schlund eines Untiers, und als er schon kaum noch Luft holen konnte, weil ihm die Unruhe den Atem verschlagen hatte, da sah er sie, wie sie, mit dem Lächeln einer Beseligten, daranging, die Heckklappe eines Kombis zu verzieren. Er kam auf sie zu, aber sie schien ihn nicht zu erkennen, arbeitete weiter, ihre Haare standen lichterloh um ihren Kopf, und als er nahe genug heran war, schlug er ihr das Farbtöpfchen aus der Hand. Rangelte mit ihr über den Bürgersteig, sie war ganz stille und lächelte, ohne einzuhalten – ihr Lächeln tauchte die von vor Stunden noch regennasse Straße in einen milden, milchigen Schein und suppte über die in der Nässe funkelnden, blitzenden Autos hinweg auf die andere Seite, wo die Fassaden der Häuser es reflektierten. So, im Schein ihres Lächelns, erstarrte er plötzlich, hielt inne, und eine dunkle Rede ging ihm von den Lippen, in der er sie darum bat, doch mit ihm mitzukommen zum Auto, das zwei Straßen weiter, vor ihrer Praxis, stehe, sie solle einsteigen, sie würden nach Hause fahren, dort warteten viele, viele Wände auf das Zeichen, das zu setzen sie sich auf die Fahnen geschrieben habe, und rostroten Lack habe er im Keller stehen, vom Streichen des kleinen Schränkchens, *weißt du noch?*, ein viel besseres Pinselchen als das ihre warte auf sie, wenn sie doch nur mitkommen wolle, und eingelullt in ihr eigenes Lächeln, ließ sie sich von ihm dahin führen, wo der Wagen stand. Seine Art, sie hineinzusetzen, zu betten, schien liebevoll und gerührt zu sein, auch wenn die übergroße Unruhe seine Hände flatternden Flügeln ähnlich machte, die auf und ab gingen im Pulsschlag. Er stieg ein, wußte sich keinen besseren Rat, als die nächste Klinik anzusteuern, wo er sie auslud, zur Notaufnahme führte und, nach Aufname der Personalien, schilderte, wie er sie gefunden hatte. Man gab an, sie ruhigstellen und morgen früh in die Psychiatrie nach M. hinüberbringen zu wollen, wo ihr sicher geholfen werden könne, aber das lehnte er ab. Als ihr Mann verlange er eine sofortige Überstellung in die psychiatrische Klinik. Man kam überein, daß er selbst sie hinbringen solle, führte ein Vorab-Telefonat mit dem zuständigen Aufnahmearzt und gab ihr ein paar Papiere mit, auf denen ihr Zustandsbild skizziert war. Als sie ankamen, lächelte sie noch immer ihr milchiges, mildes Lächeln, und ihre betropften, bespritzten Hände griffen nach dem Gesicht des Arztes, um es zu sich heranzuziehen und innig zu küssen.

◆ ◆ ◆

Das Pflaumenmus war verdorben, als er in den frühen Morgenstunden wieder zu Hause anlangte. In schwärzlichen Krusten knisterte es in der Pfanne. Schon im Treppenhaus war ihn der brandige Geruch angeflogen, war es ihm wieder eingefallen, so daß er die letzten Meter hinaufgehastet war, um nach dem Rechten zu sehen. Zum Glück standen nur Schwaden in der Wohnung, und er riß Fenster und Türen auf, sie hinauszubefördern. Löschte mit kaltem Wasser die Pfanne ab und setzte sich erst einmal in den Flur, auf das kleine Schuhschränkchen, um mit der Luft um sich herum auch die Gedanken aufklaren zu lassen.

Damit hatte er nicht gerechnet: daß sie entgleisen, im Treibhaus ihrer Beziehung einseitig die Temperaturen derart ansteigen lassen würde, daß es zum Kollaps kam. Die Bilder galoppierten in seinem Kopf, er schreckte davor zurück, sich zu verdeutlichen, in welchem Zustand sie gestern aus dem Haus gegangen war, um sich nicht mitschuldig fühlen zu müssen an dem, was danach geschehen war mit ihr. Zwar hatte er sie begleitet ins *Land der Zirkelschlüsse*, aber sie waren doch jedes Mal gemeinsam und unversehrt von diesen Ausflügen zurückgekommen, daß er schon gedacht hatte, sich eine hübsche Freizeitbeschäftigung erschlossen zu haben. Er schloß die Augen, die Lider wurden ihm schwer, ohne daß er an Müdigkeit dachte, und als er sie wieder öffnete, sah er Bejla vor sich, die ihn verschlagen anblinzelte. Ihr Lächeln dazwischen ähnelte dem, das seine Frau hervorgeholt hatte am gestrigen Abend. Mit ihr im Schlepptau begann er nun, das begonnene, verkohlte Mus aus dem Tiegel zu schaben, sie reichte ihm Kratzschwamm und Scheuermilch, er wähnte sich besessen von ihr und wußte nicht, wie er sich dieser Besitznahme, die einer Besatzung gleichkam, entziehen konnte. Ertappte sich dabei, daß er eine gezwickmühlte Rede hielt, in der er ihr einerseits versicherte, alles sei so gekommen, wie sie es gewünscht habe, andererseits sei es ihm nicht recht, von ihr derart kontrolliert zu werden. Seiner Frau seien schon die Sinne geschwunden, was bei ihm selbst vielleicht auch unmittelbar bevorstünde, und was dann? Bejlas Lachen kam unvermittelt laut und herzlos, daß ihm für einen Moment jegliche Kraft aus den Knien und Fesseln wich und er zusammensackte, sich aber schnell wieder fand. Ihr Lachen jedoch hielt an, es gellte in seinen Ohren, die für ein derartiges Geräusch viel zu zierliche Muscheln und Gehörknöchelchen hatten, so daß es ihm beinahe die Trommelfelle zerrissen hätte, wäre da nicht das Klingeln gewesen, das wie ein Schlußpfiff für ein Ende des Krachs in seinen Ohren sorgte. Erlösung. Er lief zur Tür, öffnete. Die alte Frau Hach, eine Etage über ihnen wohnend, war nach unten gekommen, weil sie in ihrer Schlaflosigkeit die Schwaden bemerkt, gerochen hatte, die vom Pflaumentopf aufgestiegen waren. *Es brennt!* rief sie, *tun Sie doch was, ich halte den Gestank nicht mehr aus, ich habe eine Rauch- …, eine Rauchvergiftung!,* und er konnte all seine Mühe endlich darauf verwenden, eine hilflose Person zu beruhigen, ihr unter dem Dach ein Dach überm Kopf anzubieten, sie hereinzubitten, sie Platz nehmen zu lassen. *Sehen Sie? Das ist schon vorbei*, flüsterte er stoisch, *das war nur mein mißglücktes Pflaumenmus*, und er bettete sie auf den Fernsehsessel ins gelüftete Wohnzimmer, wo die Luft seiner Meinung nach schon nicht mehr nur brandig roch. Von draußen zog ein schwerer Duft nach Herbstregen herein, es hatte wieder angefangen, mußte begonnen haben, als er schon zu Hause gewesen war. Den Sessel mit Last schob er näher zum Fenster, damit sie die Frische tanken konnte, und der Alten gefiel auf einmal die Existenz als umsorgtes Bündel. Sie stellte sich hilfloser noch, als sie war, mümmelte sich eins mit ihrem zahnlosen Mund und dümmelte unter den weißen Brauen hervor mit schielendem Auge. Das gelbstichige Haar hatte die Abendpflegerin zu einem Zopf geflochten und lieblos mit einem Schnipsgummi festgezurrt, und die fettigen, streng riechenden Strähnen hatten sich hier und da schon aufgedröselt. Eine Haarwäsche täte gut, mußte er denken, als er mit der Nase zu nahe an die Alte herangerückt war, sie nach ihrem Befinden fragen wollte und nun schnell und mit angeekelter Grimasse den Kopf abwandte. Die Frage blieb in ihm stecken, wie er auch den Gedanken ans Haarewaschen nicht hochkommen ließ, statt dessen die Decke glattzog, die er ihr um die Beine geschlagen und es ihr auf diese Weise warm und bequem gemacht hatte. Als sie nichts mehr sagte, sich schlafend stellte, wie er an dem verräterischen Zucken ihrer Mundwinkel sah, aber ohnehin nicht angenommen hatte, daß sie in solch wenigen Augenblicken in Morpheus' Umarmung hinsinken konnte, ging er zurück in die Küche, sich seinem Topf zu widmen. Bejla gewährte er im Morgengrauen keine Audienz mehr, hielt sie sich vom Leibe, was zunächst außerordentlich schwer fiel. Ihr schallendes Gelächter wurde zu einem absonderlichen Mißton, der neben ihm einschlug, ihn nicht erreichte, und mit der Sicherheit, in die er sich davor brachte, wuchs auch seine Kraft, an Bejla vorbeizusehen. Die schließlich saubere Pfanne stellte er umgedreht in den Ablagekorb, ließ sie austropfen und wunderte sich über die Sauberkeit des Herdes. Dann kam ihm in den Sinn, daß die Pfanne keinesfalls voll gewesen war, sondern daß er nur zu einem Drittel Pflaumen hineingegeben hatte – also keine Gelegenheit, überzukochen. Mit einem Anflug von Zufriedenheit schloß er die Herdklappe und ging zum Fenster hinüber. Das Pladdern des Regens stand laut und vernehmlich im Raum, und nun, da er ihm zusah, beschlich ihn eine leise, aber lauter werdende Wasserangst – er sah es ansteigen, das quirlige Grau begann seinen Kopf zu durchstrudeln, er dachte daran, zum Fenster hinausschwimmen zu müssen, und wußte nicht mehr, ob er überhaupt schwimmen *konnte*, und je stärker diese Angst ihn einzunehmen begann, desto hastiger wurden seine Bewegungen, standen ihm

Arme und Beine nicht mehr still, sondern fielen in einem Taumel der Erschütterung übereinander her. Er kämpfte gegen sich selbst, in dieser Pose kam ihm kein Ankerplatz unter, an dem er hätte haltmachen und seine Leine auswerfen können, und als er endlich zu sich kam, saß er am Boden und schaukelte wie eine alte Kogge in der See, die sich um ihn her ausgebreitet zu haben schien. Er sah aus, als habe ihn das Wasser wirklich erreicht. Naß hing ihm das Haar herab, durchnäßt klebte ihm die Kleidung am Leib, und die Schweißtropfen, die ihm von der Stirn die feinen Wangenfalten hinab in den Mund liefen, waren salzig wie Meerwasser. Er fühlte sich so verloren wie ein alleingelassenes Kind auf einem überfüllten Rummelplatz, sein Kopf hallte noch immer wider vom Dröhnen der Wassermassen, und daß er nicht wußte, was er jetzt, in diesem Moment, hätte tun können, sah die Alte sofort, als sie herüberkam. Sie hatte gehört, wie er kämpfte, hatte einen Eindringling für möglich gehalten und sich erst einmal ruhig verhalten, aber dann, als er zu Boden sank und Stille einkehrte, hielt es sie nicht länger in ihrem Sessel. Sie hatte einen ungewöhnlich scharfen Blick trotz des schielenden Auges, was man ihr nicht ansah, was sie aber zu einem unangenehmen Gegenüber machen konnte. Im Lokal »Zum Bären« zum Beispiel, wo der Kellner nur einmal versucht hatte, sie über's Ohr zu hauen, das dann fürderhin unterließ wegen des Gezeters, das sie veranstaltete. Im »Bären« traf sie sich mit niemandem, obwohl es genug Leute gab, die sie dort treffen wollten. Der alte Biruta zum Beispiel, dem sie eine hochwillkommene Lebensabend-Bekanntschaft hätte sein können, dem sie aber mit den Händen vor den Augen herumgefuchtelt und gemerkt hatte, daß er tatsächlich nichts mehr und nicht, wie er gesagt hatte, *nur noch wenig* sah. Er kannte den »Bären« aus seiner Hochzeit der Kneipenbegängnisse, jeder Stuhl, jeder Tisch war ihm vertraut, und daß er sie nur hier treffen und sie nicht besuchen kommen wollte, hatte ihr Mißtrauen erregt. Dabei sahen seine Augen so lebendig, so geübt um sich, daß man gar nicht darauf kam, es mit einem Blinden zu tun zu haben! Eines Abends, als sie sich schon von ihm verabschiedet hatte, war sie noch in der Kneipe sitzen geblieben, an einem Tisch gleich am Eingang, und hatte gesehen, wie er abgeholt worden war von seiner Tochter. Den Blindenstock holte er sich von der Herrentoilette herbei, wo er ihn deponiert hatte, und verließ Arm in Arm mit ihr die Gastwirtschaft, ohne daß er die am Eingang Sitzende erkannt hätte. Zur nächsten Begegnung hatte sie dann die Fuchtelaktion vor seinen Augen ausgeführt und beschlossen, es mit ihm nicht auf eine engere Verzahnung ankommen zu lassen. Und dieser hier, obgleich viel jünger als der alte Biruta, schien sie ebensowenig zu sehen, war ganz eingelassen in seinen Block, den sie spürte und nicht überwinden konnte, um zu ihm vorzudringen. Sie lief um ihn herum, bückte sich, drückte vorsichtig mit ihren durchaus derb zupackenden greisen Händchen seinen Arm, kniff ihn in die Wange, führte ein Tänzchen vor ihm auf, für das sie den Morgenrock bis über's Knie hochzog – nichts, keine Reaktion. Sie seufzte. In solchen Situationen der Ratlosigkeit hatten ihr in der Regel immer starker Kaffee und das dazugehörige Kaffeepäuschen geholfen, und sie machte sich auf die Suche nach den benötigten Ingredienzen. Das waren nicht nur Kaffee und Wasser, nein, sie wertete ihn, wie sie sagte, auf – mit je einer Prise Salz, Zimt und Zucker und einem knappen halben Teelöffel Instant-Kakao. Es dauerte einige Zeit, bis sie sich in der fremden Küche durch die unordentlichen Fächer gewühlt hatte, da stand nicht so hübsch eine Schachtel auf der anderen wie in ihrer eigenen, aber sie fand alles, wenn auch der Zimtzucker schon angemischt war und sie nicht so genau eine Prise abzuschätzen vermochte. Sie brühte den Kaffee türkisch auf und setzte sich an den Tisch, sah zum Fenster hinaus und genoß es, im Moment die einzige handelnde Person abzugeben, wie sie es vordem genossen hatte, sich als Bündel der Hilflosigkeit darzubieten. Es knisterte in ihrem Kopf vor wohliger Anspannung, was nun zu tun sei. Sie trank den Kaffee in kleinsten

Schlucken, kaute jeden an die sechs-, siebenmal durch und kam zu dem Entschluß, es mit dem Handauflegen und Besprechen ihrer Mutter zu versuchen, die ihr diese Kunst wohl beigebracht, die es aber nicht geschafft hatte, sie so weichzukochen, daß sie sie so bedenkenlos anwandte wie sie selbst. Das Morgenmäntelchen wurde ausgezogen, sie trug ein Nachthemd mit roten Rosen darunter, und daß sie ein wenig Urin verloren hatte, ärgerte sie. Sie hatte keinen Schlüpfer mit Einlage angezogen wie sonst zur Nacht. Also wedelte sie ein wenig mit dem Hemd herum, aber so bald mochte es natürlich nicht trocknen. Eine abfällige Handbewegung verriet, was sie darüber dachte, aber sie war schnell wieder bei ihrem Vorhaben. Die linke, vom Herzen kommende Hand legte sie ihm auf die Stirn und murmelte, indem sie mit der rechten an einem imaginären, nicht enden wollenden Tuch oder Seil in seiner Herzhöhe zog, Beschwörungen und Formeln. Auch wenn man näher hätte heranrücken können, wäre es wohl kaum zu verstehen gewesen, was ihre Mutter ihr vor fünfundsiebzig Jahren beigebracht hatte. (Sie zählte gerade zehn Jahre, und soviel Zeit war auch seit dem damals letzten Krieg vergangen.) Die Mutter hatte die Beschwörungen aus dem ukrainisch-polnischen Unterholz mitgebracht, wohin sie mit Grischenka, Frau Hachs Vater, vor jeglicher Kriegspartei geflohen war und sie ganz auf sich allein gestellt gewesen waren. Da waren ihr die Zauberformeln ganz von selbst eingefallen, die sie vor Ungemach beschützen und so viel Glück schenken sollten, daß sie wenigstens ein Kind von Grischenka mitnehmen durfte, als er weiter nach Osten zog, sie aber wieder umkehrte in Richtung Schlesien, wo ihr Vater auf sie wartete, um mit ihr ins Ruhrgebiet zu ziehen. Frau Hach hatte ihren Vater nie gesehen, ihre Mutter aber oft ukrainisch oder polnisch murmeln gehört, und sie hatte es mit einer Wißbegierde aufgenommen, die typisch für sie gewesen war. Ihr Lehrer Ambrell, und jetzt mußte sie, nach einundsiebzig Jahren, an ihn denken, hatte immer laut in die Klasse gerufen, daß sie *schlau, schlau* sei, aber *faul wie'n Eckensteher*, und sie hatte doch nicht gewußt, was das ist, ein Eckensteher. Jedenfalls war sie ein Mitbringsel aus östlichem Walde, so viel war ihr wenigstens bekannt. Andere hatten sich dort Pilze und Beeren geholt, aber für ihre Mutter war sie ein Souvenir der besonderen Art gewesen. Rosig, sechs Pfund schwer und grunzend – ein *Ferkel*, hatte die Siebzehnjährige gesagt, als sie das Töchterchen zum ersten Mal sah. Das Töchterchen erinnerte sich einer schönen Kindheit. Ihr Großvater hatte sich eine reiche Bankierswitwe untertan gemacht mit seinem Gemächt, und obwohl er nur ein einfacher Mann gewesen war, der in der Ruhrkohle schuftete, hatte er sich doch erst sonntags gewaschen, wenn er von der Witwe zurückkam. Die liebte den Schweißgestank und den kohligen Ruß an ihm, und daß sie ihn vorlassen, ihm anhängen konnte mit kleinkindlichem Gemüt, bezahlte sie ihrer Haushälterin und ihrem Koch teuer, die sie sonntags mit reichlich Geld ausstattete und auf die Walz schickte, wie sie es nannte. Jetzt schien sogar das Gesicht der Witwe vor der alten Frau Hach auf, es war ein weißwurstiges, teigiges Gesicht gewesen, in das sich ihr Großvater unmöglich verliebt, das er aber schätzen gelernt haben konnte. Wenn er seine Enkelin mitgenommen hatte zu ihr, waren der Zuckerbäcker und der Konditor um die Ecke gleichermaßen erfreut gewesen, denn sie hatte von der Dame Münzen bekommen, mit denen sich gut eine Streuselschnecke und ein Stück Torte kaufen ließen. Mit der Warnung, ja nicht vor sechzehn Uhr wiederzukommen, hatte sie sie zuweilen noch einmal zurückgerufen und ihr Geld für den Jahrmarkt oder den Puppenspieler zwei Straßen weiter gegeben. Das Erstaunen, sich so deutlich als kleines Mädchen durch die Straßen von Hattingen laufen zu sehen, machte ihr Magendrücken, sie kniff sich in den Oberbauch. Die Mutter fiel ihr ein, die mit ihren jungen Jahren einen Schmied fand, der sie mit Tochter nehmen wollte, das aber nicht durchhielt. So wuchs sie beim Großvater auf, und nur hin und wieder kam ihre Mutter, um nach ihr zu sehen, ihr Beschwörungsformeln beizubringen und sie zu stählen für ihr weiteres Leben, indem sie ihr Milch und Weißbrot brachte, das sie sich andernorts vom Munde abgespart hatte. Frau Hach hatte noch zwölf Halbgeschwister bekommen, aber keines von ihnen kennenlernen dürfen, und wenn sie, wie jetzt, daran dachte, wurde ihr noch flauer um den Magen herum, konnte sie das Drücken und Ziehen nicht durch Kneifen übertünchen. Sie hatte sich, kaum war sie vierzehn Jahre alt geworden, auf's Liebedienern verlegt, wie sie es nannte, war als Hure in den großen Städten des Ruhrgebietes zu einiger Berühmtheit aufgestiegen und hatte später, auf dem Gipfel des Ruhmes, den Parteigenossen Hach geheiratet, der mit ihr weiter nach Süden gezogen war, wo man sie nicht kannte und ihr keinen Strick drehen konnte aus ihrer Erwerbstätigkeit. Und hier war sie geblieben, war zwischen Deutschland und Frankreich gewechselt, ohne umzuziehen, und als es endgültig nach Deutschland zurückging in den fünfziger Jahren, war sie schon drei, vier Jahre ohne Mann. Im Überschwang eines Haßanfalls hatte sie ihn während des Beischlafes getötet, indem sie ihn zu immer schnellerem Ausholen drängte und einen Herzinfarkt herbeiführte, der ihm ein unschönes, schmerzhaftes Ende bereitete, aber das hatte er verdient, wie sie fand.

Sie sah den Weg ihres Lebens, wie er sich durch die deutsche Zeit schlängelte, sah sich als listiges altes Weiblein, das dem deutschen Pflegewesen besonderen Beistand abgenötigt hatte, und als sie ihre Hand nun endgültig von seiner Stirn nahm, fühlte sie, wie das Leben verlosch, wie es sie aus seinem Kreislauf entließ. Sie sank neben ihm nieder mit einem seligen Lächeln auf den Lippen, und die Zeit, die alte Fettvettel, ärgerte sich schwarz darüber, daß die Frau sie ausgetrickst hatte: In diesem Moment ihm wieder aufzuhelfen, in dem sie selbst ihr Leben aufgab, damit hatte die Alte nicht gerechnet.

◆ ◆ ◆

Einerseits kam es, wie er es geplant hatte. Er packte den Rechnungsbetrag für das Baumfällen in einen Umschlag, den er mit schnörkelnder Aufschrift versah, steckte ihn nach Dienstschluß in den Briefkasten des Gartenbauunternehmens und wartete ruhig ab, was weiter geschehen würde. Andererseits aber hatte er die tote Frau Hach aus seiner Wohnung zu schaffen, und das versetzte ihn in einen Zustand der Unruhe, in dem er sich nicht gestattete, an ähnliche Entsorgungsleistungen in früherer Zeit zu denken. Daß er es diesmal so ganz anders machte, rückte die Erinnerung daran vorerst noch ein wenig in die Ferne. Er holte seinen Hausarzt, der ohne weitere Umstände den Totenschein ausstellte, enterte ein Bestattungsunternehmen, das ihm der Arzt empfahl, obwohl, wie er fand, das nicht gerade seine Aufgabe sein konnte, und machte sich an die Organisation einer kleinen Totenfeier. Die Erben, die zwölf Halbgeschwister, waren nicht leicht zu ermitteln, da mußte womöglich ein Nachlaßpfleger bestellt werden. Aber in Absprache mit der Kommune gab er an, Feier und Bestattung für die Frau auf eigene Kosten ausgestalten zu wollen, und die war froh darüber, wurden ihr doch so erst einmal Kosten erspart. In ihrer Wohnung, zu der er sich, ebenfalls nach Rücksprache mit der Kommune, Zugang verschafft hatte, fand er vereinzelte Briefe und ein Adreßbüchlein, in dem er nach Eintragungen suchte, die neueren Datums und vielleicht noch gültig waren. Fünfzehn Anschriften wählte er aus, erhielt neun Trauerkarten zurück und eine Zusage, am Abschied für Frau Hach teilnehmen zu wollen. Die kam von einer der letzten Pflegerinnen. Er bestellte über ein Internet-Gebrauchtwarenhaus eine kobaltfarbene Porzellan-Dekkelvase, von der er glaubte, daß sie Frau Hach gefallen hätte. (Sie hatte ein großes, dunkelblaues Kobalt-Kaffeeservice in ihrem Stubenschrank stehen, und er fragte sich, ob sie jemals so viele Leute um sich versammelt hatte, daß wenigstens ein Drittel der Tassen und Teller genutzt worden war.) Das Gefäß brachte er zum Bestatter mit dem Wunsch, es möge Frau Hachs Asche aufnehmen. Zwar musterte der ihn etwas seltsam, machte aber keine Anstalten, dem eine eigene, angemessene Urne entgegensetzen zu wollen. Nach drei Wochen war es soweit, zwei einsame Menschen fanden sich in der Kapelle ein, in der ein Pfarrer die Totenrede hielt. Sie mußten sich mit Allgemeinplätzen zufriedengeben, denn viel war niemandem aus Frau Hachs Leben bekannt, und der Pfarrer hatte wohl oder übel auf fünf Minuten dehnen müssen. Danach ging es quer über den Friedhof zu der vorgesehenen Stelle, an der Frau Hachs Urne in die Erde versenkt wurde, und die beiden *Hinterbliebenen* reichten einander über dem Grab die Hand. Er fragte sie, ob sie mit ihm noch etwas essen gehen würde, sie wollte, und so sah man die beiden verschwinden in einem griechischen Restaurant, aus dem sie der angebotenen Fleischfülle wegen aber schnell wieder flohen und mit einer Asia-Imbißbude vorliebnahmen. Er bestellte sich gebratene Nudeln mit doppelt gebackenem Huhn, sie eine Tofu-Pfanne, und schweigend nahmen sie im Angedenken an die Tote ihre Mahlzeit ein. Beinahe wortloser Abschied. Er lief in der Stadt noch ein wenig herum, kaufte, weil ihm danach war, für seine Frau ein neues Nachthemd, Unterwäsche und einen leuchtend roten Lippenstift, lief schließlich zurück zum Friedhof und setzte sich, denn es war ein schöner Oktobertag, auf ein Bänkchen unweit des frisch aufgeschütteten Grabes. Frau Hach erschien ihm nicht, so sehr er sich auch bemühte, ihr Gesicht vor sich erstehen zu lassen und ihre Hände noch einmal zu spüren, an die er eine sehr dunkle, beinahe nachtblaue Erinnerung hatte. Statt dessen erschien ihm der Pfarrer, setzte sich zu ihm und sprach von der langen Reihe von Beerdigungen, die ihn heute in Atem gehalten hätten, das sei doch sehr ungewöhnlich für so ein kleines Städtchen, und die Frau Hach, *Hach?*, wäre ja nicht nur deswegen ein bißchen zu kurz gekommen, sondern auch, weil sie keine Kinder habe und keinerlei Freundschaften unterhalten, da sei es schon sehr hilfreich, daß überhaupt jemand sich engagiere für ein schönes Begräbnis. Und schön sei es doch gewesen, *oder*? Er bejahte, gab dem Pfarrer aber unzweideutig zu erkennen, daß er allein sein wolle. Nicht mit Frau Hach, aber doch für sich. Dem Geistlichen, dick und prall in seinem Talar, fiel das Laufen recht schwer und das Atmen nicht leicht, so daß er sich seufzend und prustend erhob und langsam von dannen wackelte.

Die Sonne stand tief, war aber von einer scharfe Schatten zeichnenden Leuchtkraft. Die beiden Bäume links und rechts des Bänkchens, eine Linde und eine Ulme, waren groß und hoch, und wenn man in ihren Kronenschatten eintreten wollte, mußte man sich erheben und ein Stück laufen. Er sah über sich, daß die Ulme welke Blätter an den unteren Ästen trug, und erinnerte sich an einen Artikel, den er vor Tagen in der Zeitung gelesen hatte. Die zweite Welle eines Ulmensterbens habe in den Sechzigern schon siebzig Prozent des Bestandes gekostet, und eine dritte Welle wüte seit einigen Jahren und setze dem verbliebenen Rest gewaltig zu. Zunächst raffe ein Pilz namens *Ophiostoma novo ulmi* die Bäume nach und nach dahin, und die toten Exemplare seien beliebte Brutplätze des Ulmensplintkäfers, der seine Eier unter die Rinde lege. Die Larven nähmen Pilzsporen auf, die sie als spätere Käfer huckepack zu den gesunden Bäumen trügen, die sie zum Fressen aufsuchten. Resistente Gen-Ulmen könnten die Rettung sein, bräuchten aber noch viele Jahre in geschlossenen Labors, ehe sie vielleicht irgendwann hinaus in die Natur dürften. Der Gedanke daran verursachte ein leichtes Frösteln auf seiner Haut. Er hatte Mitleid mit dem gewaltigen Baum, der nun wohl oder übel Thyllen bilden würde in seinen Gefäßen und sich über kurz oder lang selbst strangulieren. Daß die Blätter trotz der fortgeschrittenen Jahreszeit zum großen Teil am Baum verweilten, als genierten sie sich, herabzufallen, belustigte ihn hingegen.

Er saß und wartete. Worauf, wußte er nicht zu sagen.

◆ ◆ ◆

Als sie die dritte Woche in der Klinik war, merkte sie, daß der Schein des Zeitlichen von ihr genommen war. Nichts eilte. Die alte Fettvettel konnte die Grenze nicht übertreten zum *Land der Zirkelschlüsse,* ihre Macht endete am Beginn des Wahnsinns. Seltsam zeitlos war ihr deshalb zumute. Als kleines Mädchen fuhr sie mit dem Roller durch ihre Träume, die hart und schwarz waren durch die Psychopharmaka, mit denen man sie aufzuhellen gedacht, ihr aber die Träume verdüstert hatte. Sie hatte *alles* erzählt, *alles* war ihr wieder eingefallen, aber *alles* war von der Ärztin, die für sie zuständig war, zu einer Diagnose komprimiert worden, die als *schizophrene Episode mit Elementen von Pseudologia phantastica* in den Behandlungsunterlagen vermerkt wurde. Daß sich beide Diagnosen nicht vertrugen, daß Pseudologia phantastica eigentlich dem konversionsneurotischen Formenkreis zuzurechnen war, während die Schizophrenie ungeklärten endogenen Ursprungs zu sein hatte und somit im Gegensatz zum neurotischen Geschehen stand, hatte die Ärztin als multifaktoriellen Ansatz beschrieben, gegen den nichts ins Feld zu führen war. Die Patientin war der Zeit entrückt und wähnte sich abwechselnd als Säugling und als altes Weib, als Teenie und als Sterbende. Was sie erzählte, hatte die Ärztin am Rande ihrer Aufzeichnungen als *Räuberpistolen* tituliert, und als sie am Ende der vierten Woche nicht mehr darauf bestand, die Wahrheit zu sagen, sondern in einen Zustand somnambuler Apathie fiel, aus dem sie auch kein Psychopharmakon herausholen konnte, war es für's erste geschafft. Dachte die Ärztin. Die Apathie aber durchlöcherte sich zusehends, Wölkchen gutgelaunter, klarer Großherzigkeit stiegen daraus auf, in denen sie gerne saß und ihr Geld verteilte, das er ihr mitgebracht hatte, damit sie sich hin und wieder einen Kaffee oder einen Eisbecher in einem der Cafés auf dem weiten Klinikgelände kaufen konnte. Nach weiteren drei Wochen war alles Apathische verflogen, und eine Seelenruhe hatte sie ergriffen, vor der auch die Ärztin nur seelenruhig ergriffen verweilen konnte. Sie bekam Ausgang.

Verhielt sich wie durchgespült. Sauber. Obwohl es Anfang November war, konnte ihr nicht einmal der Nebel draußen die Anmutung vollkommener Klarheit nehmen, mit der sie sich bewegte. Jetzt war er soweit, ihr bei einem seiner Besuche vom Tode Frau Hachs zu erzählen, der nun schon sieben Wochen zurücklag. Sie hörte der Geschichte gleichmütig zu, entzündete dann ein Teelicht, das sie immer in ihrer Handtasche bei sich trug für den Fall, der Strom fiele aus und sie müsse sich im Dunkeln zurechtfinden. Sie beteten, obwohl sie das noch nie getan hatten in ihrem Leben, und Frau Hach erschien ihnen beiden ein letztes Mal.

An diesem Tag stieg, nur für einen pulvrigen Augenblick zunächst, ein Gefühl in ihm auf, das er noch nicht kannte – das Gefühl, Bejla unbotmäßig, unter dem Mantel einer falsch verstandenen Schweigepflicht, entsorgt zu haben. Die ersten Male kroch es wie ein scheuer Wegerich hervor und wurde gekappt, kurze Zeit darauf aber sproß es an entlegensten Stellen, zu denen er so schnell gar nicht hingelangen konnte. Wegerich war auch in jener Senke gewuchert, in der sie Bejla abgelegt hatten. Da war sie schon drei Tage lang tot gewesen, er hatte geweint und sich in jene Frau vergraben, die Bejlas Stelle einnehmen sollte, einfach und umstandslos. So hatten sie es geplant, und so war es gekommen. In den Nächten nach Bejlas Tod war ihre Sexualität von nie dagewesener Schärfe gewesen, sie hatte dagelegen und geweint, während er mit schweren Stößen sich vorarbeitete in sein neues Leben, das nun beginnen sollte. In dunkler Nacht hatten sie den Kasten mit Bejlas Leichlein, das leicht und verkrümmt darin lag, mit dem roten Kostüm der Lebenden, mit deren Unterwäsche und Strümpfen, deren Schmuck und frisch getöntem Haar, in sein Auto geladen und waren hinausgefahren. Sie hatten die Stelle gemeinsam mit Bejla vor Monaten ausgesucht, sie *gesegnet* (oder was sie dafür hielten) und dann ihren Leichnam darein versenkt. Hatten Wurzeln und Zweige und krautiges Gewächs darübergeworfen und sich aus dem

Staube gemacht. Er hatte ihren Mann nie gesehen, sich keine Vorstellung gemacht von ihrem Sohn. Das war ihre Bedingung gewesen. Sie hatte sich in Bejlas Mann verliebt, und es schien eine sich selbst erfüllende Prophezeiung, die Bejla initiiert hatte. Wie sie in Bejlas Bann geraten waren und es allmählich für selbstverständlich ansahen, ein Paar zu sein, hatten sie nicht gemerkt. Ein Paar, das Bejlas Weihung entgegennahm und den Plan, Lou in ihre Existenz schlüpfen zu lassen, um ihr den Weg freizumachen in eine andere – als tote Lou würde sie Bert Willer endlich heimzahlen können, daß er sie und ihre Eltern auf dem Gewissen hatte … Sie hatte sich ganz darauf konzentriert, schnell und still zu sterben, um ihren Plan Wirklichkeit werden zu lassen.

Das einzige Hindernis, das dabei gelegentlich aufflackerte, schien Lous Sohn zu sein. Aber da es Bejla gelungen war, Lous Mann-Liebe auf Harald zu kopieren, verschwand das kleine Kerlchen David und damit Lous Kinder-Liebe hinter dem Vorhang, auf dem die Kopie sich abgespielt hatte. Sie hatten es sich schließlich versagt, Worte zu verlieren, die darauf hindeuteten. Lou hieß nun Bejla, und sie war so ganz und gar übergegangen in deren Koordinaten, daß sie ihren Sohn konserviert in weißem Wachs vor sich sah, wenn sie an ihn dachte. Das war schön. Sich vorzustellen, daß er es ruhig und befehlsfrei hatte in seinem wächsernen Futteral, stellte sie frei. Bejla hatte sie, als sie noch lebte, ihrem Bann unterstellt, der von Wahnsinn getragen war, und Lou hatte sich willig dreingeschickt.

Natürlich hatte ihm die Ärztin von den *Räuberpistolen* erzählt, die sie vor Wochen noch täglich wiedergekäut hatte, und natürlich hätte er, wenn er gewollt hätte, die Wahrheit dieser *Räuberpistolen* nachdrücklich bestätigen können, aber gerade als er darüber nachsann, das zu tun, erschienen sie ihm auf einmal in einem fragwürdigen Licht. Er entschloß sich, darüber zu schweigen. Je strahlender seine Frau aus der Apathie herauswuchs, desto verschwommener sah er die Vergangenheit, und desto mehr schien sie abgeschlossen zu haben damit, so daß auch er den Abschluß finden und sich ihrer neugewonnenen Klarheit anschließen wollte.

Nichts eilt, dachte er und machte sich daran, alles für ihre Rückkehr aus der Klinik vorzubereiten. Und das Auto brachte er zu ihr, damit sie in den nächsten Tagen schon immer mal nach N. hinüberfahren konnte.

GLEICH DREI

MICHAELA MORNEWEG WUNDERTE SICH ÜBER DIE UNGEWÖHNLICH LANGE TRAGEZEIT IHRER HÜNDIN. Es war November geworden, die Jungen hätten längst dasein müssen, aber der Tierarzt, den sie deswegen aufsuchte, hatte sie obenhin beruhigen wollen. Es wäre ja offenbar nicht sicher, wann die Hündin besprungen worden sei, vermutlich sei sie noch gar nicht trächtig gewesen bei der Rückkehr von Teneriffa, und ihre Beteuerungen, daß das aber bestimmt so gewesen und ihr auch ärztlicherseits bestätigt worden sei, verpufften. Sie zweifelte, las viel über die Trächtigkeitsphase von Hunden. Stets verließ sie die immer ruhiger werdende Lou mit einem flauen Gefühl im Bauch, das sich auch nicht löste, wenn sie von der Arbeit zurückkehrte und alles vorfand, wie sie es verlassen hatte. Am zweiten Freitag des Monats war es dann soweit. Sie fand die tote Hündin mit prallem Bauch, in dem es noch ein wenig zappelte, ehe auch diese Bewegungen abstarben wie das Muttertier, das nicht hatte gebären können. Die Köpfe der Jungen waren viel zu groß gewesen, aber das ahnte Michaela Morneweg nicht, wie auch Bert Willer von alledem nichts ahnte, als er am zweiten Freitag des Monats in den Zug stieg, um nach N. zu fahren. Für die

Eisenbahn hatte er sich der Aufregung wegen entschieden, die ihn gefangenhielt, seit er Bejlas Adresse schwarz auf weiß vor sich liegen gesehen hatte. Immer wieder malte er sich aus, seine Schuld auszusprechen, nichts beschönigen und sie um Vergebung bitten zu wollen. Dann würde in sein Leben vielleicht eine gewisse Beruhigung einziehen. Seinem klein gewordenen Sohn hatte er gesagt, daß er übers Wochenende wegfahre, und er solle sich von dem Geld, das er auf dem Küchentisch deponiert hatte, kaufen, was er brauche. Was er wolle, berichtigte er sich. David aber hatte das Geld genommen, war seinem Vater nachgelaufen und in den gleichen Zug eingestiegen wie er. Zwar trug Bert Willer die Augen geöffnet, doch waren sie übervoll mit allem, was er vorhatte, so daß er seinen Sohn zunächst nicht sah, der nur zwei Reihen hinter ihm saß. Sie waren am Ostbahnhof eingestiegen, die Bahn passierte den Alexanderplatz und die Friedrichstraße.

David hockte zusammengesunken in der Sitzschale des Großraumwagens und sah zum Fenster hinaus. Natürlich achtete er nicht auf die Dinge da draußen, weder die Großbaustelle Potsdamer Platz noch irgend etwas anderes vermochte die wattige Substanz zu durchstoßen, die sich um seinen Kopf gelegt und, er wollte es nicht zugeben, mit seinem Vater zu tun hatte. Ohne Gepäck, in womöglich zu dünner Jacke, war er eigentlich nicht gerüstet für eine längere Reise, und daß er seinem Vater gefolgt war, verwunderte ihn. Am Bahnhof Zoo wurde es laut im Wagen, viel mehr Leute als am Ostbahnhof stiegen ein. David wurde von einem dicklichen Mittvierziger überaus barsch aufgefordert, den Platz zu räumen, den er *gegen die Ordnung* eingenommen hätte. Er sagte wirklich *gegen die Ordnung,* und David wußte im ersten Moment nicht, worin diese Ordnung bestehen könnte. Der Mann verwies auf das Schild über dem Fenster, auf dem die Reservierung des Platzes bis Frankfurt am Main festgeschrieben war. David erhob sich, eingeschüchtert. Betrat den Mittelgang, als ihn sein Vater, der sich im Gedränge umgeschaut hatte nach dem lauthals schimpfenden Dicken, sah. Hielt ihn wohl für eine Fata Morgana, denn sehr langsam wandte er den Kopf zurück, um sich dann ruckartig noch einmal umzudrehen: Ja, tatsächlich, es war sein Sohn, der da bedruckst herumstand, sein kleiner, handlicher Sohn mit Lous Sommersprossen und den viel zu langen Hosen und Jackenärmeln! Hektisch sprang er von seinem Platz auf, kam nicht gleich vorbei an dem Dicken, der Mühe hatte, die gehörige Menge Gepäckstücke um sich herum auf der Ablage und unter den Sitzen zu verstauen. Als er endlich saß, schloß Bert Willer seinen Sohn in plötzlich aufwallender Verwunderung sehr fest in die Arme. Verwunderung darüber, wie er ihn schon wieder hatte vergessen, ihn *in den Skat* hatte drücken können. Verwunderung darüber, wie schutzbedürftig sein Sohn sich zeigte. *Seines* Schutzes bedürftig. Verwunderung aber auch, daß David ihn nicht allein hatte wegfahren lassen wollen. Dafür gab es zwei Erklärungen. Die erste: Er hatte vor, ihn auszuspionieren und das in den letzten Wochen Verschwiegene offenzulegen. So offen, daß er darin herumgehen und sich anschauen konnte, was sein Vater dachte. Die zweite: Beunruhigung durchzog sein Denken, kam ihm der Vater in den Sinn. Womöglich wollte er Bert vor Gefahren in Schutz nehmen, zumindest so weit, wie sein Körper es zuließ, daß er ihn nicht ohne seine Begleitung fahren lassen mochte. Womöglich war er, Bert, schon viel zu oft und zu oft allein abgehauen, als daß es für David ohne Besorgnis abgegangen war! Er entschied sich für die zweite der Erklärungen und umarmte seinen Sohn noch fester. Für den Moment der stärksten Umklammerung überflog ein Blaustich dessen Gesicht.

Der Platz neben Bert war natürlich besetzt. Überhaupt war der Zug überaus voll, und die beiden machten sich gleich nach Spandau auf den Weg in den Speisewagen, der ihnen endlos erschien und beschwerlich war. David stolperte mehr, als daß er ging, und auch sein Vater hatte Mühe, zwischen den am Boden Sitzenden über die Taschen hinwegzusteigen. Er hielt sie in der

Mehrzahl für Studenten, die nicht genügend Geld hatten für ein Bahnfrühstück, zum Glück, sonst hätten sie keinen Platz gefunden. So aber war ihnen, als sie endlich saßen, als hätten sie einen unterirdischen Tunnel nach ihnen langender Megären hinter sich gelassen und säßen nun im Paradies, das von zwei wuselnden Kellnern bewirtschaftet wurde. Wahre Paradiesvögel, wie Bert tatsächlich fand. Des einen Zunge spielte unentwegt an einem Piercing, das die Unterlippe durchbohrte. Trug eine Punkfrisur. Der andere hatte blondiertes Haar mit Pinksträhnen. Bert konnte sich nicht vorstellen, daß sie sich in der Kelleruniform wohl fühlten, aber das sollte seine Sorge nicht sein. Er bestellte für sich einen Kaffee und einen Cognac, für David ein komplettes Frühstück mit gekochtem Ei. Sie schwiegen. Bert aber sah David nun unentwegt an, als hätte er ihn nach unendlich langer Zeit endlich wieder einmal, zufällig, getroffen, und Davids Augen wußten keinen Ausweg, als seinem Vater Paroli zu bieten. Sie starrten zurück, wenn sie sich vom Brötchen, vom Ei, vom heißen Kakao kurzzeitig lösten. Eine Frau, die nebenbei saß, in die Ecke gequetscht, sah ungläubig von einem zum anderen, wunderte sich über die Blicke, die sie einander wortlos zuschleuderten. Wäre sie zwischen die Fronten geraten, hätte sie womöglich erhebliche Verletzungen davongetragen, und während sie das dachte, richtete David die ersten Worte an seinen Vater. *Bin satt.* Er strich sich über den Bauch. Bert lächelte, bestellte einen weiteren Cognac, woraufhin der Junge den Kellner heranpfiff und die Bestellung stornierte, nachdem er sich überlegt hatte, den Zug nicht mit einem besoffenen Vater, unterm Arm?, im Handgepäck?, verlassen zu wollen, und wieder lächelte Bert. *Der Junge hat ja recht.* Statt dessen orderte er noch einen Kaffee und erkundigte sich nach einem Eisbecher, der aber nicht vorrätig war. David erhob sich, um die eingequetschte Frau hinauszulassen, die schnaubte und leise durch die Zähne pfiff. (*Orales Grimassieren*, mußte Bert denken.) Nun endlich allein, jedenfalls so, daß kein ungebetener Gast mithören konnte, fragte David den Vater nach dem Ziel der Reise, und Bert mußte lange nachdenken, ehe er eine Antwort darauf riskierte. *Nach Witzenhausen, Itzenplitz ansehen. In Wümmelschimmel den Kümmelpimmel besuchen. Über Gardelegen nach Bargfeld-Stegen, den Bart bewegen.* In seinem Kopf gaben sich die Sprüche die Klinke in die Hand, aber keiner schlüpfte hinaus, zum Glück. Der Junge hatte eine aufrechte Antwort verdient, und wenn er dazu weit ausholen mußte, so mußte er es eben tun. Punktum. Aber so sehr er sich auch bemühte, die Gedanken splitterten. *Lassen Sie uns nach Ausfeld fahren, den Klaus bewahren. Nach Bad Düben trügen uns dünne Fliegenflügel, einander Mißvergnügen vorzulügen. Immer im Mittwinter die Kinder sintern und hinterm Hintern intern den Rindern Zylinder printern.* Die Reime wurden immer verrückter, wie auch seine Wut auf sich selbst immer konfusere Züge annahm, er ärgerte sich über die Maßen, daß irgend etwas in seinem Inneren ihn daran hinderte, dem Jungen die verdiente Auskunft zu geben, dabei wußte David eigentlich genug, um ihn, zumindest akustisch, verstehen zu können. Je angespannter er versuchte, sein Hirn von Sinnlosem freizuräumen, desto stärker drängte es hervor und machte seine Versuche, zu Erklärungen anzusetzen, zunehmend hilfloser. Mund öffnen. *Ich* sagen. Mund wieder schließen. Mund öffnen, … *möchte* sagen. Mund wieder schließen. Mund öffnen, nichts mehr sagen, Mund wieder schließen. Es war ein Kampf, den er ausfocht, und wogegen er anrannte, konnte David nur als Windmühlenflügel ausmachen. Sein Vater vermochte ihm nicht zu sagen, wohin die Reise ging, also bat er um die Fahrkarte. Erleichtert gab ihm Bert das gute Stück. Er kannte den Ort nicht, konnte aber nun zumindest dem Schaffner, der eben den Wagen durchquerte, sagen, wo er hinwolle. Daß er das Fahrgeld bezahlte, ließ Bert nicht zu, sondern kramte seine EC-Karte hervor. Der Schaffner steckte die Karte in seine mobile Apparatur, holte sie wieder heraus und las wie nebenbei den aufgedruckten Namen, wohl um die Unterschrift abzugleichen.

Bert glaubte ein erstauntes Erschrecken auf dem fremden Gesicht auszumachen, seine Hände begannen unwillkürlich zu zittern und griffen nach der Karte, die der Schaffner aber nicht herausrücken wollte. Statt dessen stand er starr vor Bert und David und sah auf einen entlegenen Punkt zum Fenster hinaus. Als er nach beendeter Transaktion zwei Finger an den imaginären Mützenrand hob, um auf diese Weise eine gute Fahrt zu wünschen, fiel ein Tropfen auf Bert Willers linke Hand. Er konnte nicht anders, als ihn für eine Schaffnerträne zu halten.

Bert Willer schloß die Augen. Er sah Bejla, wie sie ihn anlächelte, ihn lockte, etwas, was sie selten, wenn, dann aber mit großem Einfallsreichtum getan hatte. Aber nein, sie lockte ja gar nicht ihn, sondern ihren Mann, den Bert hinter seinen Lidern zu erwischen versuchte, der aber immer wieder aus dem Bild geriet, wenn er sich eine Vorstellung von ihm machen wollte. Stand er nicht zentral, sondern an der Peripherie der Szene, die sich vor seinem inneren Auge vollzog, so konnte er ihn erkennen. Wollte er ihn aber ins Zentrum rücken, so war er verschwunden. Seine überaus schnellen Augenbewegungen wurden von David wahrgenommen. Er grimassierte dazu, sein Mund zuckte, wenn er Bejlas Mann stellen wollte. Das wiederum konnte David nicht wissen, der die Zuckungen seines Vaters für eine Art Einschlafreflex hielt, und seufzte, denn das letzte, was er nun vorhatte, war schlafen gewesen. Er sah zum Fenster hinaus und erinnerte sich daran, daß sein Vater ihm erzählt hatte, früher seien die Züge in Richtung Süden alle über Jüterbog gefahren. Das sei aber seit einigen Jahren schon nicht mehr so. Um so mehr verwunderte es ihn, daß sie nach Forst Zinna nun eben Jüterbog passierten, langsam, mit irgendwie tuckerndem Geräusch, und er mußte unwillkürlich an das große Zugunglück von Eschede denken, das auch einen Freund von ihm das Leben gekostet hatte. Er hatte Jascha im Ferienlager kennengelernt, das die Eltern für ihn über den Jugendherbergsverein bezahlt hatten. Jascha war ein kurzer und bündiger Junge gewesen, im wahrsten Sinne des

Wortes. Klein und stämmig, sprach er nur das Nötigste, das aber mit großem Verstand, aus. David hatte ihn schon nach dem ersten Tag regelrecht angehimmelt. Jascha schien das überhaupt nicht zu bemerken, aber am letzten Tag in der tschechischen Bergbaude war er als Zwerg verkleidet zu David gekommen und hatte ihm ewige Zwergentreue geschworen. Was aussah wie den Regieanweisungen für einen letzten Hüttenabend entnommen, hatte doch Davids Brustkorb mit einer untrüglichen Hochstimmung geradezu verstopft, so daß es ihm schwerfiel, zu atmen und Jascha nicht zu heftig zu umarmen. So, daß es aufgefallen wäre. Zärtlichkeiten zwischen Jungs, so viel wußte er schon, gehörten sich nicht. Als er daran dachte, konnte er einen kleinen Rest jener Hochstimmung nachfühlen. Sie endete aber jäh an einem schwarzen Trauerblock, der hoch aufragte und ihn an den Rand des Heulens drängte. Jascha war tot, und daß er nun schon einige Jahre lang nicht mehr daran gedacht hatte, verursachte ihm ein schlechtes Gewissen.

Kurz hinter Jüterbog hielt der Zug. Eine Durchsage brachte Aufklärung. Der Zug habe heute nicht die übliche Route genommen, sondern müsse aufgrund *technischer Schwierigkeiten* die Ausweichstrecke über Jüterbog bedienen. Der Zugführer sagte tatsächlich *bedienen*. In Davids Kopf begann sich sein toter Freund eines sehr abgegriffenen Bildes zu bedienen. Jascha zog ein Leibchen mit langen Strümpfen an, die daran festgeknüpft waren. David kannte so etwas von seiner Mutter, die eines davon aufbewahrt hatte *für später*, wenn niemand ihr mehr glauben würde, welch eklige Dinge zu tragen man sie in ihrer Kindheit gezwungen hatte. David hatte Leibchen und Strümpfe in der dritten Klasse mit in die Schule genommen, als sie sich dort über die Kindheit ihrer Eltern austauschten. Ein voller Erfolg war das gewesen, einige Schüler hatten in der Pause versucht, das Leibchen überzuziehen und die Strümpfe daran zu befestigen. David hatte pro Minute fünf Pfennig daran verdient. Jascha stand, nur mit diesem Leibchen und den Strümpfen bekleidet, sonst aber nackt, im schönsten Sonnenlicht und schwor David ewige Zwergentreue, wobei sich sein kleiner, dicklicher Pimmel aufrichtete. Damit hatte David nicht gerechnet. Hektisch schlossen sich seine Augen, öffneten sich wieder, und seine Hände rutschten über die Hose, wo sich die Entsprechung fand: Auch sein Geschlecht hatte sich *gemöpselt*, fiel aber schon wieder zusammen, so groß war der Schrecken gewesen. Jüterbog also. David sah sehr angestrengt in die Landschaft, die sich draußen ausbreitete wie ein zäher Schleim. Es wurde langsam hell, das Licht kroch über Bäume und Sträucher bis zum sich immer weiter verschiebenden Horizont. Von hier oben aus war Jüterbog überhaupt nicht zu sehen, dabei hätte er ganz gern einen Eindruck erhascht von der Stadt, merkte er. Irgendwo hier mußte auch Wiepersdorf liegen, der Landsitz derer von Arnim, deren Geschichte sie gerade erst in der Schule durchgenommen hatten. Für die kommende Woche war deshalb ein Ausflug geplant nach Wiepersdorf, sie würden bis nach Jüterbog mit dem Regionalexpreß fahren und für die letzten zwanzig Kilometer den Bus nehmen, der nur zwei-, dreimal am Tag fuhr. Er selbst hatte die Fahrtkosten ausgekundschaftet und der Lehrerin mitgeteilt, die ihm seltsamerweise dafür ein Lob eingetragen hatte ins Klassenbuch. Er lächelte und glaubte plötzlich, Jascha zu sehen, der gerade den Speisewagen verließ. Er wollte ihn rufen, besann sich aber seines anscheinend schlafenden Vaters und machte sich auf, Jascha hinterherzulaufen. Empfahl sich. Schlich sich davon, durchstolperte den überfüllten Zug bis zur Spitze und wieder zurück, ohne Jascha zu entdecken. Als er resigniert wieder einscheren wollte auf seinen Platz im Speisewagen, sah er ihn über die Gleise davonspringen. Kein Zweifel! Die Türen des Zuges waren zwar verschlossen, doch hatte der Schaffner ausgerechnet die Tür ihres Waggons geöffnet, war ausgestiegen und schlug an der unteren Kante mit einer eisernen Stange herum, als überprüfe er etwas. Die Leute, die hier im Vorraum herumsaßen, schauten überaus müde drein. Eine Frau wollte, als David sich hinabschwang, ihm einen Moment lang etwas hinterherrufen, aber ihre Kraft reichte nicht, gegen die Trägheit anzugehen, die sich ihrer offenbar bemächtigt hatte. Die anderen drehten den Kopf auf die jeweils andere Seite und taten so, als habe der Junge sie beim Einschlafen gestört. Er entkam, ungesehen vom Schaffner, übersprang die Gleise und lief hinter Jascha her auf das Bahnhofsgebäude zu, das vielleicht einhundert Meter entfernt an den Hang gedrückt stand.

◆ ◆ ◆

Bert Willers stumme Ansprache an seinen Sohn begann, als der Zug wieder anfuhr. Die Augen hatte er nicht geöffnet, wähnte David also neben sich, der auf eine Antwort wartete, die er ihm nicht zu geben vermochte. Wie er die irrlichternden Sprüche in seinem Kopf kurz und klein geschlagen hatte, hätte er nicht sagen können. Auf einmal ging es, und es trieb ihm die Hitze auf die Wangen:

Weißt du, diese Geschichte ist so lang und so unsauber, daß ich vor lauter Dreck den Weg nicht mehr sehe und mich vielleicht verlaufe, aber du wirst mich sicher zurückholen können, wenn ich mich in eine Sackgasse verrannt habe. Ja, ich habe deine Mutter Lou liebgehabt, aber ich hatte auch andere Frauen, sehr viele, sehr schöne, sehr fordernde, sehr kleine, sehr große, sehr braune, sehr blonde, sehr, sehr, sehr. Deine Mutter hatte ein Gesicht, in das viele andere Gesichter einfach einlaufen konnten wie in einen Hafen. Zwischen ihren Wangenknochen zwinkerte auf einmal Susanne, ihr Lächeln war plötzlich das von Monique, ihre Sommersprossen ergaben sich unbemerkt der glatten, bleichen Haut von Marthe, ihr Haar blondierte sich, spiegelte mir Bejla vor. Ich sah deine Mutter, aber ihr Gesicht verschwisterte sich mit denen anderer Frauen, und heute ist es umgekehrt. Ich erkenne offenbar sogar in Hundeschnauzen die Züge von Lou … (Hier schluchzte er auf, bekam sich aber rasch wieder unter

Kontrolle.) Wenn ich mußte, konnte ich, und wenn ich konnte, wollte ich auch. So ungefähr. Für eine große Sache, unsere Sache, den Sieg dieser Sache – das war das Zauberwort, das durch viele kleine andere Worte ersetzt wurde: Komm mit, lauf weg, du bist schön, ich will dich, mit dir schlafen, bei dir bleiben, dazu mußt du, hast du Schlüssel, kannst du knipsen, gib mir Antwort, laß mich machen, dich erkennen, mich erkennen, nicht erkennen, setz den Hut auf, zieh den Mantel aus, die Strümpfe an, laß gut sein, mach auf dunkel, sprich nicht, sprich doch, sprichst du Bände?, Tür auf, Tür zu, nicht zu schnell, nicht zu langsam, blaue Finger, rote Nase, du frierst ja, nimm das weg, was dazwischen, das darunter, überleg nicht, mach ein Foto, eine Skizze, hörst du Schritte?, setz dich nieder, auf den Boden, ich will weg hier, muß verschwinden, wart auf später, komm mit, lauf weg … Bejla habe ich kurz nach deiner Mutter kennengelernt, eine geplante Bekanntschaft, was sie natürlich nicht wußte. Bejla … (An dieser Stelle hielt er unfreiwillig inne, als habe er sich verschluckt und nun Mühe, das Verschluckte zurückzuhalten und nicht herauszuhusten, seine Schläfenadern schwollen an, kleine Schweißtröpfchen zeigten sich auf der Stirn.) Bejla war mir so lieb wie ein paar warme, von deiner Mutter gestrickte Socken, wenn ich das mal so sagen darf. War ich bei ihr, dachte ich immer an Lou und schloß die Augen, sie roch sogar auf eine verstohlene Weise so ähnlich wie deine Mutter, so daß ihr Gesicht gar nicht erst einlaufen mußte in den Lou-Hafen. Ich fühlte mich heimisch, und wenn ich die Socken, die deine Mutter mir gestrickt hat, auch liegengelassen hatte in der Marzahner Wohnung – hier glaubte ich, sie anzuhaben, so warm war mir. Wie bei keiner anderen der geplanten Bekanntschaften. Du willst wissen, was es mit der Marzahner Wohnung auf sich hatte? Das war ein konspirativer Treff. Das klingt aufregender, als es in Wirklichkeit war. Eine ganz normale Zweizimmerwohnung, möbliert mit Schrankwand, Couchgarnitur und einer Schlafmöglichkeit. Da traf ich mich mit meinem Führungsoffizier, oder ich kam alleine, um mich umzuziehen und die eine Existenz abzulegen wie – eben ein Paar warmer Socken, von Lou gestrickt. In der zweiten

Existenz bewegte ich mich anders, was nicht nur an den Klamotten hing, die einen anderen Gang nahelegten. Ein langer dunkler Mantel mit breitkrempigem Hut erfordert nun mal eine leicht federnde, elegantere Art zu laufen als ein Jugendmodeparka, abgewetzt, mit schäbigem Lochstreifen an den Taschen … Ach, Junge, was soll ich dir sagen. Du weißt doch schon so viel. Hast die Akten gelesen. Und meine Doktorarbeit …

Eines Tages sollte Schluß sein mit Bejla, da wurde ich in die Aufklärung versetzt, hatte von nun an häufiger außer Landes zu tun und dort fortzusetzen, was ich bei Bejla gelernt zu haben glaubte. Der Schluß kam übrigens etwas schneller als geplant. Ich rief zwischen ihren blonden Locken nach Lou, so sehr fühlte ich mich zu Hause. Da war es aus und vorbei, sie warf mich auf der Stelle hinaus. Gut so, dachte ich heulend. Bejla, die kleine Psychologiestudentin mit den literarischen Ambitionen. Wenig habe ich aus ihr herausgeholt, viel öfter habe ich dringesteckt, Du weißt schon. Den Genossen war das Herausholen bei Bejla irgendwann nicht mehr so wichtig, vielleicht, als ich die Abwehr verlassen sollte und die Pläne für die Aufklärung Gestalt annahmen. Da kam es darauf an, daß ich eine stabile Zweitbeziehung neben anderen und neben der Ehe führen konnte. Vielweiberei. Göttin Polygynia thronte über allem, ich schlief einen festen, tiefen Schlaf unter ihrer Fuchtel. Kam mir irgendwo entgegen, solange Lou davon nichts ahnte. Und sie ahnte tatsächlich lange nichts davon, bis Anfang der neunziger Jahre, als ich das Institut verließ, um meiner Enttarnung zuvorzukommen, und es ihr erzählte. Aber von Bejla habe ich nichts gucken lassen, und auch nicht von den anderen Frauen, an die ich mich, zugegeben, selbst kaum mehr erinnerte. Ich hätte es wohl tun sollen, denn auch diese Art von Aufklärung kam über sie, wie'n Fluch. Als sie nämlich studiert hat, zum zweiten Mal und Psychologie, weil sie's nun ganz genau wissen wollte, was mit mir und ihr los ist, mußte sie ein Praktikum machen in einer großen Berliner Klinik, und der Zufall, oder wer?, wollte es, daß ausgerechnet Bejla ihre Mentorin wurde. »Meine« Bejla, die inzwischen Hartung hieß und in Berlin wohnte und natürlich, als sie ein Foto von mir in geselliger Runde zu Gesicht kriegte, nicht wieder wurde. Deiner Mutter erzählte, von früher, von unserer Beziehung und wie sie zu Ende gegangen war. Weil ich nach Lou rief zwischen ihren blonden Locken im höchsten aller Augenblicke, oder wie man das nennen will. Daß sie später aber natürlich herausbekommen habe, daß ich als IM auf sie angesetzt gewesen sei, die Akten mit dem schwarzen Balken gab sie deiner Mutter in Kopie, und die rieb sie mir zu Hause unter die Nase. Das waren Zeiten! Wir haben versucht, dich außen vor zu lassen, aber wie das so ist. Letztlich ohne Erfolg, wie dein Aktenfund zeigt. Ich habe diese Sachen nie gelesen. Als deine Mutter mich dazu zwingen wollte, sich daneben gesetzt hat und es überwachte, habe ich freilich so getan als ob, aber es ging einfach nicht. Habe immer die Augen wandern lassen über eine Seite – gelesen habe ich nichts. Und als deine Mutter dann mit mir darüber sprechen wollte, habe ich geschwiegen, und sie hat, verdammt noch mal, gedacht, daß es mir peinlich sei, aber peinlich war es nun gerade überhaupt nicht! Es kam aus einem anderen, im Dauerfrost erstarrten Daseinszustand, den ich schön hatte überwuchern lassen mit kleinen und größeren Pseudosörglein und den bunten Blumen auf Lous Kleid. Den Stoff dafür hatte ich ausgesucht, und als sie es aus der Schneiderei holte, es war im Juli 1990, begann für mich die neue Zeit. Das Kleid war übrigens das erste, was Lou entsorgte nach Bejlas Rapport. Nicht mal für die Altkleidersammlung war es geeignet, es gehörte verbrannt, und wie sie das zelebrierte, in der Küchenspüle bei weit geöffnetem Fenster, werde ich nie wirklich vergessen können. Lou wußte natürlich, daß sie mir mit nichts eine größere Freude machen konnte als mit dem Tragen dieses Kleides, und bestimmt reichte das schon aus, um es nun zu verbrennen.

Die letzten Jahre waren schwierig, weil alles Graue Berlins sich nun in ihr Gesicht zurückzuziehen schien, während es sich aus dem Stadtbild tilgte, ja, es war sogar so, als spiegelten sich auf ihrem Gesicht nicht nur die äußeren, nein, auch die inneren Beschädigungen, die von den vergangenen vierzig Jahre hinterlassen worden waren. Ich konnte das anfangs gar nicht so genau ausmachen, wunderte mich nur über den verhärteten Zug, den deine Mutter neuerdings um den Mund trug wie einen Ring lästiger Herpesblasen. (Die Herpesblasen bekamst übrigens in Wirklichkeit du.) Der Ring verschloß ihren Mund immer öfter, es kam vor, daß sie zwei oder drei Tage lang mit mir nicht mehr sprach, dann aber zurückkehrte wie aus einem schlechten Traum und da anknüpfte, wo sie vor der Schweigephase stehengeblieben war. Nach ihrem Zweitstudium arbeitete sie nicht, sondern verabschiedete sich Morgen für Morgen, um in Berlins Bibliotheken zu lesen. Manchmal blieb sie so lange dort, daß ich Ausschau nach ihr hielt, zum Bahnhof Kaulsdorf fuhr, mich in die Kneipe setzte und darauf wartete, daß sie aus dem Zug stieg. Wenn sie dann kam, war ich ihr meist lästig. Manchmal jedoch hatte sie die neue Härte überschminkt, der Lippenstift war dann ein wenig weiter gezogen, als es die Kontur ihrer Lippen hergab, und an solchen Tagen konnte sie schnäbeln und schöntun. Mir war das immer eine regelrechte Erholung, wenn ich sie mit breiten Lippen anstiefeln sah. Manchmal kamen wir sogar miteinander ins Bett, das heißt, zur gleichen Zeit, aber sie schlief schon, während sie noch das rechte Bein nachzog, während ich vorsichtig versuchte, mich ihr irgendwie zu nähern. Manchmal quälte ich mich auf deiner schlafenden Mutter in den Schweiß, aber es wurde nie mehr wie vordem. War ich fertig, schob sie mich mit einer unnachahmlichen Geste hinüber auf meine Bettseite. Zeigte pikiert, daß sie natürlich nicht geschlafen, den Schlaf nur vorgetäuscht hatte, um der lästigen Pflicht zu entkommen, zu der ich sie dennoch verdonnerte. Sie wollte, aber sie konnte mir nach Bejlas Rapport nicht mehr gut sein, das bleibt das Fazit, so traurig das auch ist. Und so wenig ich das auch wahrhaben wollte.

Deine Mutter hat mir kurz vor ihrem Tode erzählt, Bejla sei eingegangen wie Seebachs schwarze Katze, aber ich bekam heraus, daß sie lebt. Über die alten Kanäle übrigens, man arbeitet heute im öffentlichen Dienst, nur die Rosenholz-Datei könnte darüber Auskunft geben. Die Amis sind ja wohl auch dabei, die rüberzureichen. Vielleicht habe ich noch mal Glück gehabt, daß es klappte? Bejla sei tot – eigentlich eine seltsame Mitteilung deiner Mutter, wirklich, ich möchte wissen, woran sie bei dieser beiläufigen Lüge dachte, aber es steht mir vielleicht gar nicht zu. Womöglich dachte sie mich zu treffen, zu verletzen. Womöglich hatte sie sogar eine unausgesprochene Unterschwellenwut auf Bejla, die ihr den Mann ausgespannt hatte, wer weiß? Vielleicht hat sie auch den eigenen Tod schon vorausgenommen, indem sie ihn Bejla anhängte ganz in Gedanken, wo sie oft verweilte in den letzten Monaten. Manchmal glaube ich neuerdings, mich damals gänzlich verhört zu haben …

Von meiner Seite aus wäre unsere Beziehung eigentlich durch nichts zu erschüttern gewesen, glaube ich. Anders als mit ihrem Tod konnte sie mir nicht mitteilen, daß dem nicht so ist. Ich wollte und konnte nicht sehen, was sie sah: daß ich unsere Beziehung entwertet hatte und daß sie tun konnte, was sie wollte – sie kriegte nicht neue Werte in die alten, löchrigen Schläuche, wenn ich mich nicht zumindest am Flicken beteiligte. Das aber konnte ich nicht, zu tief war ich Abwehr, wo ich hätte Aufklärung sein müssen. Ha, da sind sie wieder! Die alten Begriffe! Siehst du, nun kommen sie mit anderem Inhalt über mich wie flattrige Gespenster, ich kann ihnen einfach nicht entkommen!

Er öffnete die Augen. Die letzten Sätze hatte er laut und schnell ausgerufen, so war er überrascht worden von ihnen. Aber seinen Sohn sah er nicht. Er sah in die Augen des strähnenweis blondierten Pinkhaarkellners, der ihm mit weit geöffnetem Mund gegenüberstand. Seine rechte Hand knüpperte an den oberen Knöpfen seines Kellnerhemdes herum, als sei es zu eng. Ihm zu warm? Er schluckte. Dann aber setzte er ein überlegenes Grinsen auf und brachte Bert auf der Stelle einen doppelten Cognac. *Geht auf's Haus*, sagte er, und als Bert fragend aufsah, *geht auf'n Zuch, is doch klar.*

◆ ◆ ◆

Als die Jüterboger Blumenfrau im Supermarktkomplex nahe dem Bahnhof ihre heutige Ware ablud, es war Samstagmorgen und schon recht kalt, die Autos standen überfroren am Straßenrand, sah sie beiläufig einen Jungen, jungen Mann?, über den Parkplatz gehen. Der ist aber zu leicht bekleidet, dachte sie noch, ohne ihre Arbeit zu unterbrechen, da hörte sie schon den bellenden Husten, der dem Kerlchen die Brust auseinanderzureißen drohte. Sie rief ihn heran, fragte nicht weiter, sondern brühte ihm einen Tee auf. Eine dicke Damenstrickjacke hing über dem Garderobenhaken in ihrem Küchenverschlag. Leider war sie rosa, so daß sie nicht recht wagen konnte, sie dem Jungen für den Rest des Weges – sie hoffte wohl, daß er bald zu Hause sein würde – anzubieten, aber hier, wo ihn niemand sah, konnte sie sie ihm einfach um die Schultern legen. Wenn sie die Ladentür schloß, war es warm, aber sie mußte sie immer wieder aufreißen, um ihre Schnittblumen und Gestecke, Töpfe und einiges an Blumenbindeartikeln, die ausgerechnet heute geliefert worden waren, ins Geschäft zu tragen. Als sie das geschafft hatte, nahm sie von ihrem Kaffee und sah ihn von der Seite an. Er war noch immer durchgefroren, stellte die leere Tasse fragend auf den Küchenschrank, und sie gestattete ihm, natürlich, sich noch einen Teebeutel zu nehmen. Das Wasser im leistungsstarken Kocher war schnell zum Sieden gebracht, er goß nach, stukte den Beutel ein paarmal ein und roch am Aufguß. Joghurt/Kirsche verhieß das Etikett. Sie wußten beide nichts zu sagen, die Luft zwischen ihnen stand friedlich still, und als er ausgetrunken hatte, legte er mit dankbarem Kopfnicken die Jakke über die Stuhllehne und ging. Nicht, daß sie ihm nachgesehen hätte, aber ein paarmal sollte sie heute noch an ihn denken.

David lief die Straße entlang. Fragte sich, wie Jascha hierhergekommen war aus den Weiten des Himmels, in dem er doch schon eine Zeitlang weilte. Als es ihm plötzlich absurd erschien, den toten Freund hier gesehen zu haben, wechselten die Dinge um ihn herum die Farbe. Die Wohngebäude links und rechts, die er den fünfziger Jahren zugeschlagen hatte, changierten für einen Moment zwischen Hellgrün und Rosa, ehe sie sich in ein blasses Gelb hineinbegaben. Der Himmel wurde blaugrün. David mußte stehenbleiben und die Augen schließen. Die Häuser konnten aber auch gut schon an die zwanzig Jahre älter sein, dachte er, als er zu sich kam. Nach einer kleinen, gewundenenen Passage, in der Ruinen und halbwegs sanierte, gesichtslose Fassaden des vorvergangenen Jahrhunderts nebeneinanderherdümpelten, kam er in die Altstadt – und war überrascht. Von deren Schönheit. Weitläufigkeit auf der einen, romantische Enge auf der anderen Seite. Wenn es nicht so kalt gewesen wäre, hätte er sich sicher umgesehen und ein Haus ausgesucht. Das machte er immer, wenn er in eine fremde Stadt kam: Suchte nach einem alten, verfallenden Gemäuer, von dem er sich vorstellte, es wiederzubeleben. Dann zog er eine Schar Freunde nach, die mit ihm gehen würden, und wenn sie jenseits der Dreißig angekommen waren in seinen Gedanken, Kinder hatten und Frauen, bei denen sie schlafen konnten, verlor sich ihre Spur. Ein schönes Spiel. Heute aber sprang er, als er einen geöffneten Thai-Imbiß bemerkte, schnell über die Straße und setzte sich hinein. Die Leute waren Vietnamesen, keine Thais, kam es ihm in den Sinn, aber Thai-Imbiß klang vielleicht besser als Vietnam-Bistro in den Ohren der Jüterboger. Von *Fidschis* hatten sie hier wie anderswo in Brandenburg die Nase voll. Das waren Leute, die schon *zu alten Zeiten* hierhergekommen waren und jetzt den dicken Max herauskehrten mit eigenen Geschäften. Textilien, Geschenke, Blumen, Imbißbuden. Etwas, was die Brandenburger nicht so einfach auf die Beine stellen konnten. David hatte darüber einen Film im Regionalsender gesehen, der O-Ton schmerzte in seinen Ohren nach. Er hätte nicht sagen können, daß er diese Vietnamesen hier mochte, aber sie nicht zu mögen, wäre ihm ebensowenig eingefallen. Die Menükarte versprach einiges, was sie auch hielt, als er sein bestelltes Gericht bekam – doppelt gebackenes Rindfleisch, zum Frühstück nicht gerade das Gewohnte. Jetzt war er froh, daß sein Vater den Fahrpreis im Zug mit seiner Karte gezahlt hatte.

Langsam und bedächtig kaute er, denn er wollte das Lokal nicht so schnell wieder verlassen müssen. Er dachte an Michaela Morneweg und ihre braunen Brüste und bestellte sich einen Grog dazu, der im Angebot war. Was sie jetzt tat, wußte er nicht zu sagen, und daß er keine Sehnsucht nach ihr hatte, erleichterte ihn. Dennoch hatte er, als er auf ein Stück Rindfleisch biß, das Gefühl, eine ihrer Brustwarzen erwischt zu haben.

Jetzt zu sich zu kommen wäre das Beste gewesen, aber er verblieb bei seinem Vater in der nun schon sehr fernen Bahn, sicher hatte sie Halle passiert und war auf dem Wege nach Weißenfelsnaumburgweimar. Er kannte die Strecke, früher waren sie oft nach Thüringen in Urlaub gefahren, meist ohne den Vater, der zu arbeiten hatte, wie er sagte, aber mit seiner Mutter hatte er schöne Touren gemacht. Ihre Semesterpausen waren lang genug gewesen, die ganzen Sommerferien hinweg unterwegs zu sein. Sein Vater, das wußte er heute besser als damals, hatte Angst gehabt, dem Akquisejob nicht gewachsen zu sein. Deshalb hatte er lieber durcharbeiten wollen und jahrelang keinen richtigen Urlaub genommen. Es war ihm egal, ob sein Vater ihn vermissen würde, so recht konnte er sich das ohnehin nicht vorstellen, wenn auch seine Freude über seine Anwesenheit sicher echt gewesen war. Aber er würde ihn, dessen war er sich sicher, bald wieder vergessen haben wie so oft, vor und nach dem Tod der Mutter. Wo er hinfuhr, hätte David schon gern gewußt, aber was nicht ist, ist nicht, sagte er sich und gab obenhin die beleidigte Leberwurst für einen Moment, in dem seine Augen beinahe aus dem Kopf herausrollten und die Lippen sich zu einem abschätzigen Pfff-Laut verzogen. Die kleine Vietnamesin kam vom Nachbartisch herüber und fragte erschrocken, ob ihm das Essen nicht schmecke. Er schluckte, lächelte und gab Entwarnung. Wenn man der einzige Gast war, zog man die Aufmerksamkeit des Personals eben in besonderer Weise auf sich. Ob er sich eine Jacke kaufen sollte? Er zählte das Geld auf den Tisch. Ihm blieben sechzehn Euro, das würde bestimmt nicht reichen, aber als er zweieinhalb Stunden im Imbiß verbracht hatte und die Vietnamesen sich Sorgen zu machen begannen, was er denn überhaupt wolle, ob er, womöglich, der Sohn des Hygieneinspektors war und auf seinen Vater wartete, der sich zu einer Kontrolle nicht einmal anzumelden brauchte, machte er ihrer Unruhe ein Ende, indem er zahlte, das kleine Lokal verließ und nur über einen kleinen Vorflur das Nebengeschäft betrat – eine Billigtextil-Handlung. Wühlen. Schauen. Er fand eine schwarze Jacke für elf Euro, die ihm aber zu klein war. Schließlich ging die Verkäuferin, die ihn die ganze Zeit scharf beobachtet hatte, nach hinten und kam mit einem dunkelblauen Stück wieder zurück, das sie ihm anbot. Zwei Knöpfe fehlten, aber dafür kostete es auch nur sechs Euro. Er schlug zu, reichte das Geld über den Ladentisch und zog den Anorak über. Steif war er, dick und viel zu groß, seine Arme blieben mit ausgestreckten Fingerspitzen zwei Zentimeter vor der Ärmelöffnung stehen, aber das kam ihm nur entgegen: Im Hinausgehen griff er, ohne zu überlegen, nach einer Schal-und-Mütze-Garnitur, die er blitzschnell in den Ärmel hineinzog. Laut hämmerte sein Herz wegen des Diebstahls gegen die Rippen. Als er aber fünfzig Meter entfernt war vom Laden, holte er das Päckchen hervor und wurde auf der Stelle ruhig. Eine Mütze stand ihm zu an einem solchen Tag, und wenn er noch Geld für die Rückfahrt nach Berlin brauchte, dann mußte er sie sich einfach nehmen können. Wenn sie in der kommenden Woche mit der Klasse nach Wiepersdorf fuhren, würden sie auch in Jüterbog zwei Stunden bleiben, und dann, aber das mußte er sich noch genau überlegen, konnte er das Diebesgut ja unbemerkt zurücklegen. Für alle Fälle steckte er die Verpackung sorgfältig gefaltet in die Anoraktasche.

Er fragte eine alte Frau, die in der Kälte auf einer Marktplatzbank saß, nach dem Bus, der ihn nach Wiepersdorf bringen konnte. Während er sprach, schien es ihm, als versteckte sie etwas, schöbe es mit der linken Hand hinter sich. Jetzt erst fiel ihm ihr ungepflegtes Haar auf, das strähnig und irgendwie klebrig aussehend auf einem speckigen Mantelkragen landete. Als sie den Mund öffnete, zeigte sich ein einzelner oberer Schneidezahn, und als sie zu sprechen begann, polterten die Worte vom Alkohol angedickt von ihren Lippen. Nun merkte er auch, was sie versteckt hatte, denn ein kleines Kümmerling-Fläschchen rutschte zwischen zwei Banklatten hindurch und fiel auf den Boden, wo es auslief, ehe sie hätte schaffen können, es aufzuheben. Aber sie war offenbar eine alte Jüterbogerin, denn sie kannte die Abfahrtsstelle des Busses genau. Sie befand sich in etwa dreihundert Meter Entfernung, und wenn er sich beeilte, würde er den Vorzwölferbus noch schaffen, wie sie nach einem Blick auf ihre intakte Armbanduhr bemerkte.

Er nahm den Bus, fuhr los, das Geld reichte. Als der Busfahrer allerdings das Ziel seiner Fahrt hörte, seufzte er. Es war ihm lästig, den Abstecher von der Bundesstraße hinunter ins Dorf zu machen.

David hockte am Fenster. Es waren nur zwei Frauen außer ihm eingestiegen, die weiter hinten saßen. Manchmal drangen Fetzen ihres Gespräches zu ihm vor, wenn der Bus zum Beispiel an einer Ampel wartete oder einem anderen Fahrzeug die Vorfahrt gewährte. Sie unterhielten sich, ungläubig drehte er sich ein- oder zweimal nach ihnen um, über das Kotzen. Ihre Kinder kotzten, ihre Männer kotzten, sie selbst kotzten. Er verstand den Zusammenhang nicht, den die Gesprächsfetzen miteinander hatten, und gab es auf, darauf zu achten. Als sie in Nonnendorf nach rechts abbogen, war er eingeschlafen und mußte in Wiepersdorf unsanft geweckt werden. Nach seinem Aussteigen streuselte er ziellos umher, nahm den Weg nach dem Rotkäppchenwald, wo vermutlich abgehalfterte ABM-Kräfte eine achthundert Meter lange Rotkäppchentour eingerichtet hatten, mit einer zum Sitzen einladenden Kiefer, auf der sich Rotkäppchen ausgeruht haben soll, und dem efeuberankten Eingang zu jenem Plätzchen, an dem einst Großmutters Haus stand. Er grinste.

Verspürte Durst. Hatte nicht eine Kneipe am Weg hierher gelegen? Als er sein Geld abzählte, kam er auf nicht mehr als drei Euro. Da es für die Rückfahrt sowieso nicht reichte, konnte er es auch gleich ausgeben. In der Kneipe bestellte er nacheinander drei Zitronenlimonaden und ein Bier, wissend, daß er so viel nicht bezahlen konnte. Die kleine Frau im Kneipchen brachte ihm die Rechnung, und er sagte, daß er so viel nicht mehr habe. Sie seufzte, hatte jedoch gesehen, mit welchem Durst der Junge jeweils sein Glas geleert hatte, und sagte nichts. Resigniert schüttelte sie den Kopf und machte ihm ein Zeichen, daß er gehen solle. Da bot er ihr an, zum Beispiel Holz zu hacken oder allen anfallenden Abwasch heute und morgen zu machen, er müsse sich noch das Geld für die Rückfahrt nach Berlin verdienen, ob sie nicht auch eine Schlafmöglichkeit für ihn hätte? Erstaunt über sein Vorpreschen, hielt er an dieser Stelle plötzlich die Luft an, aber die Kneipenwirtin öffnete die Tür neben dem Tresen und fragte ihn, ob er sich zutraue, den Saal, der sich dahinter verbarg, für die Faschingsfeiern der kommenden Woche zu säubern und zu dekorieren. Girlanden und Luftschlangen und Luftballons hätte sie noch die Menge vom letzten Jahr, das dürfte reichen, aber der Geruch müsste noch irgendwie raus, der ganze Muff, die Fenster blieben viel zu oft geschlossen, und dann sammle sich die warme Feuchte des Gastraumes im Saal, den man durchqueren mußte, um zu den Toiletten zu gelangen. Sie schaute skeptisch drein, er aber bejahte die Frage einigermaßen freudig und ohne nach der Höhe des Lohnes zu fragen und wollte sich sofort an die Arbeit machen.

◆ ◆ ◆

In Weimar mußte Bert Willer umsteigen. Daß er über Thüringen nach Frankfurt am Main fuhr, hatte er sich genau überlegt. Dann wäre er nämlich noch längere Zeit in Ostdeutschland, und vielleicht reichte dies aus, sich auf den Westen einzustellen?

Was er in den vergangenen vierzehn Jahren immer noch nicht gelernt hatte … Die Strecke über Hannover hatte ihm, als er davon erfuhr am Kartenschalter, schwer auf den Magen geschlagen. Nur etwas mehr als eine Stunde war es bis zum Passieren jener Linie, die früher die Grenze gewesen war, und beim Gedanken daran tat er sich nach wie vor schwer. Wurde unruhig. Seine Zehennägel schienen sich verkehrtherum aufzurollen, und wenn er einen Schritt machen wollte, schmerzte es in den Schuhen. Je näher er nun Eisenach kam, desto brenzliger wurde die Situation, es grenzte an Panik, was ihn besetzen wollte, und erst ein versehentlicher Stoß, den ihm der Ellbogen eines jungen Mädchens verpaßte, brachte ihn in die Wirklichkeit der Mitreisenden zurück. Wie er sich auch umsah – Angst konnte er in keinem der Gesichter um seinen Platz herum entdecken.

Was seinen Sohn betraf, so glaubte er, in diesem Zustand einer Halluzination aufgesessen zu sein. Er war gar nicht hinter ihm hergelaufen, hatte nicht dieselben Busse und Bahnen benutzt, um ihm zum Bahnhof zu folgen, und natürlich war er auch nicht in den Zug eingestiegen. So wurde zumindest der Gedanke an David erträglich. Was aber Bejla betraf, so wuchs seine Anspannung, gleichzeitig aber auch sein fester Entschluß, das hier durchzustehen bis zum Ende, und wenn es ein bitteres sein sollte, würde er dem nicht ausweichen. (Die Zeit, die alte Vettel, hatte sich wieder einmal an ihn herangepirscht und hockte im Gepäcknetz über seinem Platz. Ihre Laune war unentschieden. Einerseits freute sie sich, ihm die alten Geschichten mit Macht übergeholfen zu haben. Andererseits ging er anders damit um, als sie vorausgesehen hatte, ließ den Schmerz zu und besiegte ihn dadurch hin und wieder, natürlich ohne ihn verschwinden lassen zu können. Mal sehen, wo das hinführt, dachte sie kopfwiegend und ärgerte sich, daß ihre schmerzliche Größe hier an Grenzen stieß.)

Gleich hinter Eisenach schloß Bert Willer zum zweiten Mal während dieser Fahrt die Augen. Die Lippen hielt er fest aufeinandergepreßt, daß kein Laut entweichen konnte. Sein Körper merkte es, als der Zug bei Gerstungen die *Linie* passierte, die Nackenhaare stellten sich auf, und unterhalb des Adamsapfels zeigte sich für Minuten ein Nesselausschlag, der aber wieder verschwand, je näher der Zug auf Bebra zurollte. Hatte in Bebra, bei irgendeinem provinziellen Wurstblatt, nicht der ehemals höchste Berliner Parteifunktionär gearbeitet? Jener, der auch die Maueröffnung bekanntgegeben hatte? Bis er vor drei, vier Jahren in den Kahn einrücken mußte, natürlich ... Der hatte eine ähnliche Karriere genommen wie er selbst, dachte er höhnisch. Und hatte nicht der Regierende Bürgermeister ihn begnadigt, zum zehnten Jahrestag der deutschen Einheit? Jetzt, da er an diesen windigen Typen dachte, den er schon vor der *Grenzübertretung* nicht hatte leiden können, wurde ihm auf einmal übel, er stieß sauer auf. Als er die Augen öffnete, sah er nichts als liebliche Landschaft, trotz des Novemberwetters. Seine Augen bissen sich regelrecht fest an vereinzelten Bäumen in der Ferne, um einen Halt zu haben. So wich er dem Eisenbahn-Nystagmus aus, dachte er, bot aber gleichzeitig seiner ausgeprägten West-Angst Paroli – wenn er ferne Bäume fixierte, mußte er nicht wahrnehmen, was sich in der Nähe tat. Auf den Haltebahnhöfen freilich hätte er genau hinsehen müssen, aber da schloß er wieder die Augen und ließ die Leute aus- und einsteigen, je nach Belieben. Daß sie um ihn herum wechselten, bemerkte er überhaupt nicht. In Frankfurt suchte er schnellstens den Bahnsteig, auf dem der Zug nach N. abfuhr, ohne sich nach rechts und links umzusehen. So hatte er vom Frankfurter Hauptbahnhof, als er ausfuhr, ein Bild wie vom Leipziger oder Dresdener, ein Kopfbahnhof eben. Sein Herz raste, und hätte er seine Blutdruckmanschette dabeigehabt, hätte er spaßeshalber nachgemessen. Während die Silhouette Frankfurts an seinen geschlossenen Augen abprallte, sank, sehr langsam, die Herzfrequenz. Nun saß er in einem Regionalexpreß, und die nächsten zweieinhalb Stunden versprachen nichts Gutes. Zu oft würde der Zug halten, als daß es eine halbwegs erträgliche Fahrt für seine Augen werden könnte, wenn er sie weiterhin in Bahnhofsnähe schlösse. Schleppend wagte er es, sich dem Druck zu ergeben, den Nystagmus zuzulassen, und als sie Mainz passierten, konnte er zum ersten Mal für Momente auf die Stadt schauen. Bad Kreuznach. Bad Münster am Stein. Bad Sobernheim. In Kirn gelang ihm die erste Durchfahrt geöffneten Auges, und in Türkismühle (welch schöner Name übrigens, dachte er) sah er einem alten Mann hinterher, der den Zug verließ und, als hätte er einen Staffelstab weitergereicht, einem jungen Platz machte, den er ebenso offenen Blicks hereinkommen sah. Er wunderte sich, daß die Leute um ihn herum ihn nicht weiter beachteten, er hielt sich für den zehn Kilometer gegen den Wind zu erkennenden Ossi, er hatte nur einen Anzug, den er im Dienst trug, und bevorzugte unmodische Jeans in Karottenform, karierte Hemden und lange Parkas, hatte zum Ende des Oststaates zwölf davon billig in einem Ramschverkauf erstanden und nahm alle zwei Jahre einen neuen vom Stapel, der gerade mal um die Hälfte kleiner geworden war bislang. Das Haar schnitt er sich selbst, allerdings mit einem Barttrimmer, das schon, und den Bart rasierte er nach wie vor naß, sein Rasierschaum und sein Aftershave waren von Koivo, seine Creme für gelegentlichen Gebrauch von Florena – sollten die Leute um ihn herum von alledem keine Notiz nehmen? Offenbar nicht, und seine Hände begannen bei diesem Gedanken unmerklich zu zittern.

Als er in N. aus dem Zug stieg, es war kurz vor drei und samstagsruhig, brauchte er einen Schnaps.

Nachdem er in einem Kiosk vier Fläschchen erstanden und einen Hieb davon genommen hatte, faltete er das Adreßblatt und die zugehörige Stadtplanskizze auf, die er aus dem Netz gezogen hatte. Die Hartungs wohnten weitab, in einem Vorort. Er hätte sicher einen Bus nehmen können, wollte aber den Zeitpunkt des Zusammentreffens hinauszögern und ging zu Fuß. Es ging durch einige vorgelagerte Stadtteile hindurch, daß er schon meinte, nun würde ihm die Luft aber wirklich zu knapp zum Atemholen. Als er endlich innehielt, war es anderthalb Stunden später. Hunger beutelte ihn. Bert Willer setzte sich an einer Bushaltestelle auf eine Bank und holte ein Brotpaket aus der Tasche, das er sich mitgebracht hatte.

Nach einem letzten Hügel ging es endlich auf ein etwas abseits gelegenes Haus zu, das Bert beinahe mit Gehöft bezeichnet hätte, als er den zugehörigen großen Garten sah. Er machte sich am Klingelkasten zu schaffen, streckte zweimal die Hand aus, als wolle er einen Knopf drücken, zog sie dann aber zurück und entfernte sich unschlüssig für ein paar Schritte. Aber als zöge ihn der Klingelknopf magisch an, stürzte er nach kurzer Zeit mit vorgestrecktem Arm wieder darauf zu, ohne sich allerdings entscheiden zu können. So ging das noch einige Male, bis ein Mann die Treppe herunterkam, vor dem Bert Willer flüchtete. Er versteckte sich bei den Mülltonnen, in einer großen Holunderhecke, die ihn allerdings, so ohne Laub, nur deshalb verbergen konnte, weil es bereits dunkelte. Der Mann, als er sein Fahrrad aus dem Schuppen geholt hatte, schwang sich in den Sattel und radelte los. Bert stand einen Moment reglos, dann lief er zum Schuppen, stellte fest, daß er nicht verschlossen war, und kam mit einem Damenfahrrad wieder heraus. Er fuhr dem Mann entschlossen hinterher.

Später sah man die beiden Männer halbwegs einträchtig nebeneinanderherlaufend zurückkommen. Ob Bert ihn eingeholt hatte, oder ob er, sich umsehend, den Verfolger gewahrt und auf ihn gewartet hatte, ihn zur Rede zu stellen – das hätte nur die Zeit, die alte Fettvettel, offenlegen können.

◆ ◆ ◆

Auch David fuhr Rad. Er war zum Schloß gelaufen, nachdem er den Saalboden gewischt hatte und der erst einmal trocknen mußte. Dort fand er, in einem offenstehenden Kabuff, in der Tat sechs gut geölte Herrenräder, alle lila und mit gelben Sätteln, und ehe er darüber nachdenken wollte, ob hier Selbstbedienung gestattet sei, hatte er sich eines herausgenommen. Nach hinten fuhr er, in den weitläufigen Park, der das Schloß umgab. Von den eingepackten Statuen nahm er keine Notiz, fuhr alle Wege je einmal ab und setzte seinen Weg dann draußen fort, auf einem Damm, der wohl für Skater hergerichtet worden war und der jetzt, im Vorwinter, wenig genutzt wurde. Sein Wunsch, sich zu verausgaben, kam nicht überraschend, wenn auch der bellende Husten, der in regelmäßigen Abständen heraufstieß, dem entgegenstand. So unmerklich schien ihm die Zeit vergangen, seit er mit seinem Vater von Teneriffa zurückgekommen war, daß er sich sogar über den Jahreszeitenwechsel wunderte. Was seither geschehen war, reduzierte sich für ihn auf Kurzfilmlänge, und daß er selbst darin eine maßgebliche Rolle spielte, spürte er nicht. Auf einmal wollte er aber merken, daß er am Leben war, daß seine Hände und Füße wirklich seine Hände und Füße waren und daß sein Kopf sich Sachen ausdenken konnte, denen sein Körper nur mit Mühe gewachsen war, und so schoß er auf einmal auf seinem Fahrrad los. (Die Zeit, die zundrige, plundrige Alte, hielt es angesichts seines enormen Tempos für angemessen, ihr Versehen von vor wenigen Wochen rückgängig zu machen, und ließ ihn zu alter Größe wachsen, was sich in einer komischen Haltung auf dem Fahrrad bemerkbar machte: Hatte er anfangs in angemessener Größe auf dem 26er gesessen, so schien das Rad unter ihm zu schrumpfen, seine Knie zogen sich weit über neunzig Grad an seinen Körper heran beim Fahren, und die Arme hatten es nicht mehr weit genug bis zum Lenker, so daß er jetzt sehr aufrecht auf dem Sattel saß.) War er in beinahe somnambulem Zustand von seinem Vater abgerückt kurz hinter Jüterbog, hatte er gegessen und getrunken unter einer Glocke aus drüsigem Dunst, durch die ihn nichts wirklich erreichen konnte, so fühlte er hier und jetzt, wie sie in schneller Fahrt aufriß. Sich festklammerte an seinem Kopf, aber doch Stück für

Stück fortflog, und als er den Zirkel über Hohenseefeld und Nonnendorf bezwungen hatte und wieder einfuhr nach Wiepersdorf, sah er es anders als zuvor. So ohne Dunstglocke um seinen Kopf stand es klar in der Dämmerung, atmete laut gegen die Einöde an, in der es lag und aus der es niemand herausführen würde. Wenn seine Klasse in der nächsten Woche kam, um in der Provinz Hauptstadtgeruch zu verbreiten, wollte er nicht dabeisein. In der Berliner Hierarchie standen die Hellersdorfer ganz unten, und wenn sie in den Fläming reisten, konnten sie das für einen Tag vergessen und sich als Hauptstädter aufführen. Darauf hatte David keine Lust, und als er zwei Gestalten sah, die sich dem Schloß näherten, einen Schlüssel zückten und aufschlossen, radelte er laut rufend hinüber zu ihnen. Tatsächlich warteten die beiden, nahmen ihn in die Mitte und mit hinein.

◆ ◆ ◆

Bert Willer verbrachte den Abend bei Harald Hartung. Der sagte nicht viel, schien resigniert. Sein Gesicht lief, so dachte Bert, wenn er ihn von Zeit zu Zeit verstohlen ansah, leise aus. Immer weniger war darin zu erkennen, bis es gegen dreiundzwanzig Uhr einen Zustand vollkommener Reglosigkeit erreicht hatte. Er hatte Bert erzählt, daß Bejla im Krankenhaus sei und morgen entlassen werden würde, und er hatte für ihn Bettzeug hervorgeholt und das Wohnzimmersofa gerichtet. Harald Hartung war so wenig erstaunt gewesen über sein Kommen, daß Bert zunächst verwirrt war, und wirklich: Er mußte nichts erklären, nichts in Zusammenhänge bringen – Hartung wußte Bescheid. Sie würden am nächsten Morgen zu zweit losfahren zu Bejla, aber Hartung bat ihn, sich zunächst noch im Hintergrund zu halten – Bejla käme immerhin aus der Psychiatrie. Sein Verständnis für Bert schien grenzenlos, und sein Verhalten war von einer übergroßen Ergebenheit, von der Bert nicht recht wußte, ob er sie ihm oder dem Schicksal zollte.

Nach einer unruhigen Nacht, Bert war viele Male aufgestanden und erwartungsvoll im Zimmer auf und ab gegangen, hatte gepinkelt, Chantré getrunken und wieder gepinkelt, beichtete Hartung, daß das Auto schon auf dem Krankenhausparkplatz stünde seit ein paar Tagen, damit Bejla während des Ausgangs Stadtfahrten machen und einiges besorgen konnte. Sie könnten mit dem Fahrrad hinüber nach M. fahren, aber es würde schwierig werden, beide Fahrräder in den Kofferraum zu packen zur Rückfahrt. Also nahmen sie den Bus. Angekommen, wies Hartung auf das Haus mit der Nummer 6 und sah sich um, aber Bert hatte schon die Reste der alten Stadtmauer entdeckt, die ihm gerade recht kam und die, denkmalpflegerisch besorgt?, in die Anlage des Krankenhauses einbezogen und stückweise restauriert worden war. Dort bezog er Stellung.

Harald Hartung schien einen Schatten auf dem Rücken zu tragen. Wenn er sich drehte, wendete, hing er schwer an seinen Schultern, brachte ihn zum Kippeln, zum Umkippen fast. Lou hingegen kam lachend und leichtfüßig, aus entgegengesetzter Richtung, auf ihn zu und umarmte ihn stürmisch, als hätte sie sehr lange auf diese Begegnung warten müssen. Ihre Füße steckten in leichten roten Schuhen, die in ihrem Farbton das Kleid nachahmten, ohne es zu erreichen. Eine Jacke hatte sich Lou um die Hüften gebunden, eigentlich war sie für die Jahreszeit zu leicht bekleidet. Trug eine schwarze Tasche über die Schulter gehängt und griff hinein, nach einer Zigarette?, während Hartung es schwer hatte mit seinem Schatten, den sie übrigens gar nicht zu bemerken schien. Er drehte, wendete sich unablässig, sogar aus ihrer Umarmung, aber der Schatten blieb. Ließ sich nicht abwerfen. Machte sich eine Lust mit seiner schlaffen Last und hängte ihm an wie ein Sack.

Wirklich: Lou zündete sich eine Zigarette an. Sie lächelte, lachte immer wieder zwischen den losgelassenen Worten. Ihr halblanges Haar flatterte zuweilen in ihren Mund hinein, es war frisch gewaschen und ohne eine Spur von Festiger, und daß es rot war, verwunderte nach dem Blick auf Kleid und Schuhe nicht mehr. Ein schönes, sanftes Rot. Kein bißchen zu viel Schärfe, keine vordergründige Explosivität lagen in dem gewählten, das Natürliche dennoch übersteigenden Farbton. Hätte Hartung die Last des Schattens nicht gespürt, wäre sein Verlangen, in dieses Haar hineinzugreifen, sicher zum Zuge gekommen. So aber erstarb jeder Versuch einer Berührung schon im Anheben der Hand, die einfach nicht erreichte, was sie wollte. Hätte es außer Bert Willer hinter dem Mauerrest einen weiteren Beobachter gegeben, wäre diesem die Ähnlichkeit sicher aufgefallen, die jener mit dem Schatten auf dem Rücken Hartungs hatte, und als die beiden, Lou und Harald Hartung, ins Auto stiegen und davonfuhren, drehte sich Bert Willer um. *Seebachs schwarze Katzen*. Er legte die Hände vor die Augen und begann still zu weinen.

Nichts eilt, wußte die Zeit, die sie alle wiederhatte.

– ODER?

An jenem Abend im November, ich saß in Wiepersdorf, wo ich als Stipendiatin des Hauses weilte, beim Abendbrot im Schloßspeisesaal, öffnete sich die Tür. Meine Kollegin Doris und der Komponist Hans traten ein. In ihrer Mitte der Junge, den ich ein, zwei Stunden vorher gesehen hatte, wie er sich ein Fahrrad aus dem Kabuff stibitzte. Er sah nicht wie ein Dieb aus, ich hatte lächeln müssen und ihn fahren lassen. Allerdings – dieser hier kam mir größer vor als der von vorhin, dessen Jackenärmel immer wieder über die Fingerspitzen hinweggerutscht und dessen Hosen eindeutig zu lang gewesen waren. Sein Gesicht jedoch hatte ich sehr genau erkennen können, und da ich ihn nie zuvor gesehen hatte, konnte ich mich einfach nicht irren. Er war es! Als er sich setzte, um mit uns zu Abend zu essen, kam eine der Küchenfrauen und fragte, wessen Gast er denn sei. *Meiner* rief ich laut und schneller, als mir lieb gewesen wäre. Doris und Hans sahen mich grinsend an und forderten den Jungen auf, nur reichlich zuzulangen. Er sagte nichts während der Mahlzeit, aber seine Geschichte kam mit einiger Gewalt über mich. Ich mußte mich noch am gleichen Abend an meinen Laptop setzen und mit dem Aufschreiben beginnen. Am nächsten Tag sah ich ihn noch einmal, wie er ins Auto von Bodo, dem Grafiker und Buchhersteller, stieg, der ihn mit nach Berlin nehmen wollte.

Ich hoffte, die Zeit würde ihn nicht unterkriegen.